U0452404

绘千秋

长安篇

寒武承纪 著

湖南文艺出版社

图书在版编目（CIP）数据

绘千秋．长安篇 / 寒武承纪著．-- 长沙：湖南文艺出版社，2023.9
ISBN 978-7-5726-1314-2

Ⅰ．①绘… Ⅱ．①寒… Ⅲ．①长篇历史小说-中国-当代 Ⅳ．①I247.5

中国国家版本馆CIP数据核字(2023)第127625号

绘千秋·长安篇
HUI QIANQIU · CHANG'AN PIAN

作　　者：	寒武承纪
出 版 人：	陈新文
监　　制：	谭菁菁
责任编辑：	徐小芳　李雪菲
封面设计：	末末美书
内文排版：	刘晓霞
出版发行：	湖南文艺出版社
	（长沙市雨花区东二环一段508号　邮编：410014）
印　　刷：	长沙鸿和印务有限公司
开　　本：	880 mm×1230 mm　1/32
印　　张：	12.5
字　　数：	336千字
版　　次：	2023年9月第1版
印　　次：	2023年9月第1次印刷
书　　号：	ISBN 978-7-5726-1314-2
定　　价：	49.80元

（如有印装质量问题，请直接与本社出版科联系调换）

前言

这是一个关于供养人的故事。所谓供养人,即制作圣像、开凿石窟的出资人。

在纷繁如海的壁画和石窟中,每一幅壁画和窟龛背后都有它的供养人,每个供养人都有一段往事,或难放下,或难忏悔,或难救赎……千万种情感凝聚成一幅幅壁画,有的有据可查,通过寥寥几句去参阅品读当年的真实历史;有的已剥落残缺,无法细究;还有的只是空白一片,连姓名都不曾提及……只字片语也好,只字未提也罢,供养人当年的往事已湮没在历史长河中,留下的只有窟龛和壁画。千年后,它们依然震撼着我们的视觉,涤荡着我们的灵魂……

那些绚烂夺目的壁画,美的到底是画匠的精湛技艺,还是供养人虔诚的精神世界?打动你的到底是艺术,还是信仰?

匍匐在须弥山下,
我是虔诚的供养人。
谁不曾鲜衣怒马?
谁不知尔虞我诈?
谁没有相思牵挂?
谁不图富贵通达?
而今都随他。
卸去高傲的铠甲,
仰视圣洁的莲花。
任世间纷繁复杂,

我心中只念放下。

匍匐在信仰脚下，
我是笃定的供养人。
人生路蜿蜒成画，
哪一笔不滴血生花？
千年一刹那，
道不尽的藏于诗画，
带不走的没于黄沙，
解不开的留在天涯，
看不透的终成虚化。
唯有心中莲花，
开成绝世芳华，
用时光笔墨，
书写不朽神话。

目 录

001　楔　子
007　第一卷　羡长安
061　第二卷　入画门
129　第三卷　初得意
157　第四卷　生死别
205　第五卷　股掌间
325　第六卷　人上人

楔子

这是一个静谧的夜晚，静得能听到脚踩落叶窸窸窣窣的声音，静得能听到自己急促呼吸的声音，静得能听到快从嘴里跳出来的心脏扑通扑通的声音，还有"嗤——"，衣服被树杈扯烂的声音……

乌云遮住了月亮，山路黑得伸手不见五指。

一路追兵举着火把，像条火龙似的在山中穿梭："活要见人，死要见尸！"……追兵越来越近，生死一线的压迫感让他喘不过气，此时但凡有个石缝，他都能钻进去！

上天似乎不打算让他就这么死在这儿，黑漆漆的岩壁间果然出现一道山缝，他像看到生机一般拼命挤进去。

这是一道像被巨斧劈开的山缝，宽处不过两尺，高不见顶，两面的岩石似无数把锋利的刀，一不小心就将肩膀和后背划破，但与逃命相比，这种小伤根本不算什么，他连哼都没哼一声，依旧铆足劲儿往里钻。

只钻了十来步就卡住了，慌乱中，又听到领兵"快，快点"的督促声，追兵已迫在近前……情急之下，也不知哪来的力气和胆量，他竟踩着如刀刃般的山岩往上攀。

此情景莫说别人，连他自己都不信，他一个毫无武功的宫廷画师，竟能在这么陡峭的崖壁上攀爬。

几道电闪雷鸣，老天爷落井下石一般让暴雨狠劲冲刷着本就光滑的山岩，他脚下一滑差点掉落，慌乱间伸手一抓，恰好抓住一丛蒿草才险险站住。刚站稳，只听脚下传来叫嚷声："赶紧给我找，明明就在这座山上，还能插翅飞了？"

"报告大人,我们已经查过,这道峭壁里面是条绝路,根本过不去。"

"峭壁底下过不去,那上面呢?"

听到这话,他紧张得心都快跳出嗓子眼儿了,用手牢牢抠住岩石,屏住呼吸不敢有任何声响。

"这峭壁连猴子都爬不上去,就凭那弱不禁风的张天画,根本不可能……"

话还没说完,当官儿的已飞来一脚:"少废话!派两个人爬上去看看。"

"是。"

一种不祥的预感让他的身体有那么一瞬僵硬,生死就在这一刻了……他心里盘算着,若是侥幸不被发现,便是死里逃生;若是有人爬上来,死前也要拉几个垫背,上来一个踹一个,踹下去两个就算赚了……

还不等他踹,只听"啊!""啊!"两声,两个人从岩壁上掉了下去,然后就是疼痛的叫唤声。

"没用的蠢货,换个地方继续搜!张天画肯定还在这座山上,活要见人,死要见尸!"

人声渐渐远去,他依然紧张得不敢动,十个指头紧抠在岩缝中。

不一会儿,追兵便杀了个回马枪,所幸大雨模糊了视线,任谁都看不见在这高不见顶的崖壁中间还趴着一个人,像壁虎似的贴在岩石上。

追兵在杀过两轮回马枪之后,很久没动静了。雨打岩石的声音显得格外响亮,"哗啦哗啦"。他仰头喝了几口雨水,努力让自己紧张的情绪平缓一些,然后静静等着他们第三轮回马枪……直到雨停了,天也亮了,仍不见他们杀回来,这才发现,他不上不下正好卡在崖壁中间。

他抠出一小块岩石扔下去，试探追兵虚实，又等了一会儿，确实不见有人，这才认真为自己打算起来。既然已经卡在了中间，就干脆往上爬，说不定这出其不意的一举反倒能躲过追捕，辟出一条生路。

此时他已浑身是伤，每个指头都在流血，抓过的岩石上留下一个个血手印。随着越爬越高，背后的深渊已不见底，掉下去便是粉身碎骨，每一步都仿佛用尽浑身力气。本就破烂的衣衫几乎成了破布条，掩盖不住浑身一道道划伤，有的刚结出深红色的血痂，有的还在渗血，看上去斑驳可怖……

终于险而又险爬到崖顶，这里应该安全些。料那些追兵怎么也想不到，就是他这个手无缚鸡之力、弱不禁风的宫廷画师，愣是从陡峭的崖壁底下爬了上来。

体力和疼痛已经到达极限，他躺在地上稍作喘息，顺便回想了一下前半生，是怎么背负着血海深仇，从最底层的平民爬到宫廷画师的位置，又是怎么沦落到如今被追捕通缉的。那真是：

> 闹战屡败不及逭，含恨带怨离故乡。
> 画遍脂粉妆，跻身官宦场。
> 东边唤来西边闯，荒唐对荒唐。
> 而今不知路何方，归途已茫茫。
> 只恨这水沧浪，只恨这天苍黄。

第一卷 羡长安

1. 生于晚唐

公元846年4月,京城长安,年仅三十二岁、正值盛年的唐武宗李炎驾崩。

在如呜咽般的丧钟声里,任芸娘为张府诞下一名男婴。虽添新丁,但张府却笼罩着深重的悲伤与绝望,一家之主张宏武刚被免了官职,此刻正关在大牢里等判生死……起因只是一幅由他亲手画下的佛像。

张宏武的祖上本是河南登封人,家中清贫,还偏遇连年灾害,先是旱灾,后是蝗灾,几亩薄田颗粒无收,村里的乡亲们大都去别处逃荒了,张家却因父亲患有咳疾,受不得颠簸,只能乞讨度日,为了给张父买药治病,他们卖了家具再卖地,最后连锅碗瓢盆和被子都卖了,还是没能留住他。大冬天里,张父在缺衣少食又断药的情况下,连冻带饿离开了人世。张母一人带着三个孩子,没吃没喝,叫天天不应,叫地地不灵,总不能眼睁睁地看着孩子们都饿死,于是一狠心,把两个稍大些的女儿白送给富人当丫鬟,只求能管女儿一口饭,把当时仅有三岁的儿子送上少林寺,自己则改嫁去了……从此,一家人天各一方。

儿子到了少林寺,不仅有机会学习认字,还练得一身武功。他比同辈弟子都刻苦,本来大有前途,但脾气刚烈,又太耿直,眼里非黑即白,容不得别人犯错,一丁点错便大打出手。一次他师弟偷藏了一个馒头,被发现后拒不承认,两人争执起来,他一气之下打断他师弟一条腿,师父骂他毫无仁爱,他反骂师父黑白不分、是非不辨,终被师父逐出少林。

离开少林寺后,他依稀记得自己俗家姓张,仗着一身武艺,便给自己取名张宏武，想试着找寻亲人，但毫无线索。孤身漂泊了一段时间，正巧长安的神策军招兵。神策军既是禁军，也是一支朝廷直属的野战部队，历来都是由宫廷宦官统领，给养三倍于其他军队，待遇十分优厚。张宏武正愁无处容身，索性从了军。

这支军队说是隶属神策军，其实是为武宗"灭佛"而生。

唐武宗登基之后，崇信道教，深恶佛教，再加上佛教寺院不纳课税，经济过分扩张，损害国库收入等原因，终于在道士赵归真的鼓动和宰相李德裕的支持下，颁布了《拆寺制》："两京城阙，僧徒日广，佛寺日崇。劳人力于土木之功，夺人利于金宝之饰……且一夫不田，有罹其馁者；一妇不织，有罹其寒者。今天下僧尼，不可胜数，皆待农而食，待蚕而衣。寺宇招提，莫知纪极……"意思是说佛教的发展使得天下人除了负担自己生活之外，还要养活这些不劳而获的僧尼，于国于家都是大大的不利。出于对国家财力、人力的保护，开始了闻名历史的灭佛运动。

据说当年全国各地的寺院共有四千六百余所、兰若四万余所，僧尼更是多达二十六万余人。《拆寺制》一出，长安和洛阳作为都城，可以各保留寺院两座，每座寺院仅可保留僧人三十名，也就是整个长安一共只允许有两座寺庙，六十名僧尼。至于地方各州则分为三等，所留僧人依等级递减，依次是二十人、十人和五人，且不论州的等级高低，都仅允许保留一座寺院，而那些没能留下来的寺院全部勒令拆除。

一时之间寺庙火光冲天，僧尼被迫还农，负隅顽抗、抵御朝廷者被杀无数……

张宏武就是在这样一支军队中冲锋陷阵。他刚被逐出少林，对佛门怀恨在心，适逢有皇令撑腰，正好公报私仇借机泄愤。他不问青红皂白，对手无寸铁的僧人下手极狠，说是杀人魔王也不为过，对佛寺毁之而后快，别人下不去手的事，他统统都敢干……很快就从普通士兵中脱颖而出。

按理，他不是名门出身，身后也没有士族撑腰，想在士族和官宦掌控的神策军中升迁，基本属于痴心妄想。但他杀了无数僧人，评功论赏，这份"战绩"任谁都抹不掉。终于一步步跃过身边的名门将后，爬到了左神策军副尉的位置，按品阶算，是从七品下，已经是白手起家的神话了。

为巩固这好不容易拼血拼来的地位，张宏武也不得不打起姻亲的主意，只有娶了官宦人家的小姐，他才算真正跻身上层社会，他的后代才能不挨饿受欺。百般打听盘算，迎娶了尚书左司郎中任彦卿的庶女任芸娘为妻。虽娶了庶女当正妻，但任家在当时也算比较大的名门望族，任彦卿本人是从五品上的品阶。在张宏武看来，这场姻亲算是公平交易。

再说这个任芸娘，其实她在任家是最不起眼的庶女，一个女仆生的她，生时难产，生后便死了，连名字都没人记得，只听说是杜氏。她一出生就过继给另一个姜室王氏，与任彦卿虽说是父女，可对她从来不管不问，甚至连面都没见过几次，就好像没她这个女儿似的。继母王氏本身没有子嗣，也不怎么得宠，在任府地位只相当于半个主子，身边伺候的丫鬟少，便把任芸娘也当丫鬟，啥脏活儿累活儿都让她干，还时常吃不饱肚子，其他公子小姐不理她，连家仆都瞧不起她，唯一对她好的是任芸芳——嫡母的二女儿，印象中仅有的几顿饱饭都是任芸芳带给她的……根本不是平日想象中富家小姐的生活。

张宏武去提亲时，要不是因为年纪大、没出身、没背景，家族中其他小姐都不愿意嫁，任家也不会想起还有芸娘这号人物。就这样，任家随便捡了几件便宜东西当陪嫁，寒碜得还不如一个得势丫鬟，像打发乞丐一样把芸娘打发给张宏武。

嫁出任家，芸娘心里也是一轻，她名义上虽有父亲，却从未感受过父爱；名义上虽有个家，但从未感受过家的温暖。她的遭遇很大程度都是庶出造成的，所以她从小就立志宁给穷人当妻、不给富人当妾,如今有机会嫁给七品官员当正妻,她心里很满足。

张宏武是武将,又是穷苦出身,没那么多穷酸讲究,加上老夫少妻,自成亲当晚,便把芸娘放在手心儿里疼,他说芸娘以前太压抑苦闷,现在则给她充分的自由,想干什么就干什么;芸娘有个头疼脑热或是擦破皮的小伤,他都心疼得不得了,他给芸娘安排了贴身侍女萍儿,还有另外几个女仆,那萍儿经常开玩笑说老爷不是娶了个夫人,而是娶了个祖宗……人心都是肉长的,如此真心以待,芸娘仿似重生一般欢笑不断,对张宏武百般照顾,两人如胶似漆,恩爱有加。正所谓:

左盘右算,凑出一段姻缘。
歪打正着,成就一桩美谈。

芸娘的温柔是恶魔蜕变的一剂猛药,她像春雨般悄无声息地滋润着张宏武的心,把他从杀戮和血污中一点一点拉出来,他不再每天只想着打打杀杀,而是更多地考虑媳妇,考虑他们的小家。尤其在得知芸娘怀孕后,他刚烈的性子更是变得温和,不愿再杀人,也开始试着反省自己与佛门、与僧人之间的关系。

少林的养育之恩在心中激荡,他从行将饿死的幼童到练就一身本事,正是因为少林寺,他才能成为现在吃皇粮的将军,往事一幕幕浮现……自己竟被名利蒙蔽了双眼,变成杀人魔王,双手沾满恩人的鲜血。

可他这样的改变是神策军不愿看到的。摧毁不了寺庙,完成不了皇命,养你何用?

在又一次的"灭佛"行动中,一队僧人自知死期将至,淡然地双手合十,大声诵经……张宏武看到他们那副超脱生死的虔诚模样,怎么也下不去手。

一边是上司连催促带威胁的叫喊,一边是手无寸铁的僧侣,张宏武第一次感到手中的刀那么重,灵魂像被撕扯……最终,他经不住"不杀僧人就是违抗军令,按军法处斩,还要株连九族"的恐吓,牙一咬,眼一闭,一刀挥下,一刀一个……僧人的血把他脚下的土地都染红了。

站在队伍最后的僧人看到师兄弟们一个个倒地,面无惧色,如清风般幽幽地说:"一切因果轮回。今日你举起的屠刀,来日必会反噬于你!今日你以身立命的本事,来日也必会夺命于你!"

张宏武愣了一下,这句话仿似戳到他心里最软的地方,让他片刻迟疑,但看了看眼前的一地血污,还是心一狠,一刀划过僧人脖颈……

一抹鲜血溅进他眼里,把他灼烧得睁不开眼,有眼泪混着那僧人的血一起流下……这是他记事以来第一次哭。

回到家,他久久无法平静,僧人临终前说的话一遍遍在脑海中回响:"今日你举起的屠刀,来日必会反噬于你!今日你以身立命的本事,来日也必会夺命于你!"

他摸了摸芸娘已快临盆的肚子,竟呜咽出声……恍惚间,忆起了当年那个饥寒交迫的小娃儿初上少林时的感激与崇敬,那时佛门就是他的天,是他虔诚的归宿,他单纯而又快乐……不知从何时起,那份感激与崇敬已消磨殆尽,就连最初的善良也恍如迷失在盲目的仇恨与物欲横流之中。如今,他刀下满是僧侣的冤魂,怎一个愧疚了得!

于是,他铺纸研磨,用最初的那份感激与崇敬,画下了一幅佛像,向佛祖忏悔。那真是:

> 金满屋、银满屋,换不回人如初。
> 领上珠、手中笏,难掩这心头苦。
> 说什么心念佛祖,却怎么人怨天怒。
> 说什么寥寥难诉,却已是穷途末路。

眼见这名与禄，即化为尘与土。
眼见这欢乐府，即成为断魂处。
娇妻稚儿不忍负，此劫怎堪度？

这是他离开少林寺后画下的唯一佛像，双眼半睁半闭，神情庄重慈祥，大耳下垂，右手举到胸前，手掌朝外自然张开……这个手势是佛祖要救济众生，也让众生无畏安心之意。

芸娘见他画得如此用心，舍不得扔，便把这幅佛像收了起来。谁知，这幅佛像竟成了他的催命符。

2. 一语成谶

与张宏武同时参军的士兵中，有一位叫崔仲谋的，是中书令崔正海的侄子。崔家是长安有名的大户人家，六个支系下来约有五百人，除了崔正海官拜正三品，族中还出了一个崔正耀，官职十六卫大将军，也是正三品，其余四品以下官职多达数十人。这么荣耀的家庭出身，崔仲谋一参军便是陪戎副尉，从九品下。

崔仲谋是典型的富家纨绔子弟，吃喝嫖赌样样精通，去烟柳巷比去军营还频繁，哪家姑娘水灵，哪家娘子风骚，他比谁都清楚，经常一掷千金，只为一夜风流……这么一个玩世不恭的浪荡子，却与张宏武走到了一起。原因有二：

其一，崔仲谋不差钱，但没功夫、没胆识，见到缺胳膊少腿、肠子流满地的尸体，他第一个吐，腿都是软的，更别提冲锋陷阵了。虽然笼罩着家族光环，但身在军营，没有战功也是升迁不了的。他必须找一个愿意出售军功的人，而张宏武正巧就是他需要的人。两人一拍即合，一个出钱，一个出力，十几年来始终合作愉快，崔仲谋升至正六品，张宏武也已是从七品下。

其二，崔仲谋是名门世族出身，他的家族资源不容小觑，若是能挤进他的圈子，许多老百姓觉得是天大的难事，他们贵族圈只要相互打个招呼，很简单就能办妥。比如，张宏武暗地里倒卖古董文物，虽然价格昂贵，但这个圈子轻松就能消化掉，而且来者不拒；张宏武暗地里收购土地，多少带有强买强卖的意思，也是这个圈子在暗箱操作……他在贵族圈中捞了不少好处，自然也不会亏待崔仲谋。

两人相交十几年，各得利益，十分顺畅。他对崔仲谋早已没了防备，无话不说，掏心掏肺，可谁知人心隔肚皮，他以为的好兄弟不过是他以为，崔仲谋对他只是赤裸裸的利用，嫉妒他的才华，还打心底里瞧不起他的出身。之前一直买卖战功，这嫉妒便压在心底没有发作。自他成亲以后，可买的战功少之又少，慢慢变成再无战功可买，多年积累的嫉妒便一并膨胀发作，开始酝酿着背地里坑害他。

一次崔仲谋来张府，正巧张宏武在练书法，他便顺道翻看书画习作，翻着翻着看到了那幅佛像，崔仲谋愣了一下，大好的时机岂能放过？当下便打起了主意。

他装作若无其事的样子把佛像连同书画习作归放原位，又像往常一样喝了会儿酒，与张宏武胡吹冒摆了一阵，假装喝多了，摇晃着回去。而实际上，他从张府出去就直奔军营，通过族际关系直接找到神策军的督军，将张宏武画佛像一事添油加醋地向最高将领揭发……然后，督军勃然大怒。

皇上三令五申"灭佛"，身为皇室禁军，竟然出现了有悖皇令的佛教信徒，简直是神策军的奇耻大辱。于是，张宏武所在的左神策军彻查此事，并以此为戒，进行全军整顿。

如果这种事由张宏武的直接上司处置，不要往大里捅，可能最多就是个降职处理，但如果是自上而下的倒查，这种操作小事也能闹大。任他再有能耐，跟上司关系混得再好，也不可能有翻身机会，处理必须轻罪重罚以儆效尤。那真是：

  掏心掏肺称兄弟，却怎料，背后捅刀不胜防。
  肝胆相照命相托，却怎料，一朝反目狠如狼。
  朱门酒肉的场，背信弃义的谎。
  摸不清人心辗转，看不透虚假伪装。
  只道是，天要我亡，只道是，地要我偿！

当时左神策军的督尉付锐与张宏武本就有些过节，正好拿此事大做文章，亲自带队在张府搜寻罪证，顺便打碎些家具、扯烂些衣物。翻箱倒柜找到那幅佛像，人赃并获押入大牢，只等即日审判。

这对张府来说简直是晴天霹雳，任芸娘急得实在没办法，挺着将要临盆的肚子赶回娘家，希望任彦卿念及一点父女之情，帮一帮丈夫，不求洗脱罪名，只要保住性命。

岂料任彦卿连面都不肯露，生怕牵连到自己，令几个粗鲁的家奴出来打发任芸娘。在与家奴争吵推搡的过程中，芸娘动了胎气，一阵阵剧痛令她站都站不稳，血顺着大腿直往下流。这是关乎两条性命的大事，即便陌生人见了也不会无动于衷，可任家绝情到不仅没有收留抢救，反而趁机把她抬出大门，像扔垃圾似的扔在大街上，然后紧锁大门，任芸娘再怎么哭喊、拍门，通通视而不见。那真是：

  父爱如山山崩裂，儿情似水水阻绝。

还好萍儿一直陪在芸娘左右，眼见任家绝情到这种地步，再有任何幻想都会延误生产，后果将不堪设想，她果断把芸娘拉上轿抬回家，又请来接生婆。

芸娘连嗓子都哭哑了，哪还有力气生产，连生了两天都没生出来，眼见人已迷糊，萍儿急中生智说了句："这是老爷唯一的根，你要不把孩子生出来，老爷死不瞑目。"

芸娘有气无力地问："老爷如何了？是生是死？"

"生完再告诉你。"

芸娘大喊一声似用尽一生力气，憋住一口气硬把孩子生出来，然后就晕了过去。

也不知萍儿给她灌了多少汤药，再醒来已是三天以后，她抓着萍儿的手，第一句话不是问孩子，而是问："老爷如何了？是生是死？"

萍儿欲言又止。

芸娘着急地追问："快说，有老爷的消息吗？"

萍儿当下眼就红了："消息是有，就，就是按军法处斩，明日午时行刑。"

"老爷认罪了？"

"认了，只有老爷认罪，他们才能放过您和少爷。"

芸娘像魔怔了一般，睁大双眼呆坐着，连呼吸都仿佛停了。萍儿吓得抱着她边哭边摇晃："夫人，您醒醒啊，夫人……"

芸娘喷出一口血，仿似回了些神，披了件袍子就往外跑，刚跑两步又站住，仰着头任眼泪一个劲儿地流。哭了好一阵才轻声说："萍儿，帮我梳妆吧。"

她挑了件最好看的衣裳，化了最精致的妆容，抱着刚出生的儿子来到军营。

张宏武因是上级督办大案的要犯，看管极严，芸娘上下好一番打点才进去。看到张宏武后，两人抱头痛哭，再多的恩爱与嘱托都来不及诉说就要生离死别……

张宏武看到刚出生的孩子："这就是我儿子啊！"抱了又抱，亲了又亲……他为自己取名宏武，一辈子武功盖世，却不得善终，正应了那和尚的话:"今日你举起的屠刀,来日必将反噬于你!今日你以身立命的本事,来日也必会夺命于你!"是佛门养育了他,他却用佛家弟子的血去换来功名利禄,最终,又因一幅佛像让自己命丧黄泉。

有因必有果,欠的债终究是要还的……他说:"我儿子千万不要走我的老路,就取名张天意吧,天要怎样便怎样,顺其自然,切莫刻意强求。"

正所谓:

> 钱财重了又重,乌纱耸了又耸。
> 不过是,白骨堆上建军功,光明殿里争权宠。
> 今日踩着他人攀富贵,明日不知谁又来送终。
> 荣华富贵终是梦,醒时已魂断坟冢。
> 名利场上失名利,酒色圈里酒色空。
> 惟剩这一丝清醒,叹人生太匆匆,惆怅着离人痛!

在看守的反复催促下,芸娘带上萍儿,抱着张天意走了。没有回张府,更没有回任府,而是去了遥远乡下的一处别院。这是张宏武为告老还乡时准备的农家小院,除了他们夫妻俩,再没别人知道。

幸亏任芸娘离开军营后直接远逃,张宏武一被处死,崔仲谋就带人去了张府,如果任芸娘在,那将必死无疑。他里里外外搜了几遍没找到,心想着孤儿寡母应该回了任家,因督军说过只要张宏武死就放过妻儿,他不敢贸然违令滋事,再加上任家不好惹,父女俩即便不和也血浓于水,万一任彦卿要护她,他势必讨不着半点便宜……思来想去,暂且不搞大动作搜索,但不会就此放过他们,既然已经结下死仇,就要斩草除根。

3. 童年印象

任芸娘忘不了崔仲谋的设计陷害。正是崔仲谋用一幅佛像小题大做,又向督军告发,又旁敲侧击鼓动付锐去查办,上蹿下跳非要置张宏武于死地……要不是他,他们一家三口现在不知有多幸福。

崔仲谋这个名字连同仇恨一起根植于她们主仆二人的血液,浓得化不开。若说这世上还有什么让她执着的事情,除了对儿子的爱,便是对崔仲谋的恨。

自张天意记事起,芸娘和萍儿每天谈论最多的就是如何报仇,只要他说好好读书,将来当大官儿为家里报仇雪恨,芸娘和萍儿就高兴,说他是好孩子,所以他从小便把读书考功名定为人生目标。

可考取功名谈何容易!从当时科举的类型来看,分为"制科"与"常科"两种。制科是皇帝临时下诏聘纳"非常之才"的一种办法,因是皇帝亲自选拔,普通老百姓连边儿都沾不着。常科是每年定期举行的科目,举子有生徒与乡贡两种途径。中央有国子监、弘文馆、崇文馆,地方有州、县学,中央及各州县学每年冬天都要将经考合格的学生选送尚书省参加考试,这些被选送的考生叫"生徒",而那些不在校学习却自学有成的人,需向州县"投牒自举",以书面形式提出申请,经州县考试及第后再选送尚书省参加考试,这些考生因随着各州县进贡物品一同解送,故称之为"乡贡"。

张天意的科举之路必须先从乡贡开始,再考明经,再考进士,再经选试……方能入仕。

明经科考试内容繁多,《礼记》《左传》为大经,《诗经》《周礼》《仪礼》为中经,《周易》《尚书》《公羊传》《穀梁传》为小经,《孝经》《论语》为必考。而进士科更难,原来只考策问五篇,主要对时下国家的政治、经济、法律、军事、政务、漕运、盐政等方面进行作答，后来又加上了帖经和杂文，帖经只帖大经，有时还会再加帖《老子》，诗赋各一，录取率仅为百分之一二，因此学子中广泛流传着"三十老明经，五十少进士"的说法，如果三十岁考上明经就已经老了，但五十岁考上进士还算年轻。而且参加进士科、明经科等考试及第之后不能立即授官，还需要通过吏部的选试，选试合格者才能授予官职。连大文豪韩愈中了进士之后，连续三次选试都没有通过，只能去刺史那里做幕僚，可见科举入仕多么难走。

任芸娘亲自教张天意读书认字，每早四更天起床，亥时才能休息，每年只有过年的时候稍玩几天，其余时间再不得清闲。他们没靠山、没关系，乡贡考试对他们来说都难如登天，只有多吃苦、多读书，考出硬邦邦的成绩才可能上榜，所以除了应试书目外，张天意还要加读许多书。读书读到嘴唇起泡、握笔握到手指生茧都是平常事。

为了躲避崔仲谋的追查，任芸娘他们一直深居简出，几乎不与四邻来往，吃穿用度尽量自给自足，即便有换米换布买盐之类的接触，也要戴着斗笠遮面，从不以真面目示人，久而久之，村里的孩子们都不愿找张天意玩儿，虽然从小孤独，倒也让他能静心读书。

读书之余，张天意唯一的乐趣就是画画。说来也奇怪，他对画画有一种天生的敏感，拿笔画画比写字还顺，即便没有正经拜过师父，只在芸娘的指点下临摹一些事物，但他一眼就能看出所画之物的特征，画什么像什么，萍儿管这叫天赋。

年幼的张天意自是不懂什么叫天赋，只是喜欢画，只要那种感觉上来就非得画，必须要把眼中的世界展现在方寸之间，让那些灵动与美好都跃然纸上才肯罢休，好像不画不过瘾，又好像只有在画画的时候，他才能暂时放下那些沉重的家族仇恨与复兴希望，沉浸在自己的世界里，专心享受这片刻的纯粹与轻松……

就这样，他画花、画鸟、画山水，画官、画奴、画美人……什么都画。唯一不能画的，便是佛像。

那是任芸娘心里一道不可愈合的伤，也是他们家迈不过的坎儿！

4. 化斋和尚

张天意很快便已十三岁。那是春暖花开的时节，院子里桃花粉、梨花香，一片片姹紫嫣红。

他捧着书坐在桃树上，大声背诵着《论语》，只听有人叩门。他们家一般很少有人来，这叩门声当即让他兴奋地翻身下树。

开门一看，竟是位和尚，手中捧着一个铜钵，像是来化斋的。二十多岁的年纪，容貌甚为俊秀，浑身上下收拾得干干净净、清清爽爽，像不食人间烟火的云游仙客。他不禁有些恍惚，世上竟有此等神仙般的人物，感叹道："好清澈的眼睛啊！"

那和尚看到他，也是一怔："没想到在此竟遇上一位有缘人！"

"什么有缘人？"

和尚正欲开口，萍儿一把将他拉开，径直挡在门口，十分不客气地说："哪里来的泼皮淫僧，见我们孤儿寡母便想欺凌一把？"

和尚赶紧解释："女施主言重了。贫僧一路走来，见到周围的房舍都是篱笆院墙。近年来朝廷横征暴敛，老百姓的日子都不好过，贫僧虽饥饿难耐，但也知道篱笆院墙内的百姓更贫苦，若去这样的人家化斋，就是抢了他们活命的口粮，所以再饿，也只舍得讨碗水喝。路过这里，见到砖墙木门，像是大户人家，才敢叩门讨碗斋饭，不承想竟是寡母弱子，还望女施主莫要见怪，贫僧离去便是。"

张天意本来见这和尚就觉得亲切，又听他这么一说，更觉得此人纯善，不愿他空腹离去，从萍儿身后探出个头大喊道："和尚别走，我家有饼子呢，等我给你拿！"

刚要转身去厨房，被萍儿一把揪住："家里哪有多余的饼子！厨房里剩下的那几块儿，都是掐指头算好顿的，舍给他，咱们吃什么？"

张天意赌气似的说："大不了我两天不吃饭，把我的口粮给和尚。"

萍儿生气地骂道："胡闹！你正是长身体的时候，两天不吃饭，饿出个好歹怎么办！还不赶紧回去背书，若是惊动你娘，小心剥了你的皮！"然后转头骂和尚："你这妖僧莫要诡辩，要走赶紧走！还杵在这儿干什么！"

芸娘不知何时已站在他们身后："天意，这个时候你不去读书，反倒为一个和尚跟萍姨大声吵嚷，像话吗？赶紧跟萍姨认错。"

"可是我……"

话还没说完，芸娘立刻大声呵斥："跟萍姨认错！"口气丝毫不容分辩。

和尚见孩子受了委屈，欲替他解释："阿弥陀佛，这一场误会皆因贫僧而起，实乃贫僧之过！"

芸娘连头都不回，依旧一副侧脸对着他："这里不欢迎和尚！任何跟佛有关的东西，都不许到我家来。"说完，她继续看着张天意，势要等他给萍儿道歉。

张天意一向十分敬重芸娘，见她说得如此坚定，顺从地低下头："萍姨，我知错了，不该跟您犟嘴。"其实他心里清楚，芸娘只是不好直接骂和尚，用这种方式表明她坚定的态度。

和尚见芸娘对佛家偏见至此，再解释什么都是多余，便合十双手："善哉！善哉！世间事皆因果轮回。贫僧这就离去，打扰之处多海涵。阿弥陀佛。"说罢，转身走了。

张天意冲出门想叫住他，可"和尚"两个字哽在嘴边就是叫不

出口。芸娘和萍儿就在跟前,叫住他又能如何,还不是连碗斋饭都不能给他?张天意心中正难过,只听和尚边走边唱:

> 莫笑我今日落魄,焉知来日不是你的果?
> 莫笑我一只铜钵,焉知来日你不会念佛?
> 心中的对错,焉知不会颠簸?
> 眼中的美丑,焉知不会凋落?
> 追求的善恶,焉知不是泡沫?
> 所谓的奋斗,焉知不是蹉跎?
> ……………
> 人生不过一场大梦,醒时不分贵贱、无谓福祸!

他不明白和尚在说什么,只觉得不能让这个神仙似的人物饿着肚子走。他悻悻地回到家,闷头钻进书房,心中盘算着萍儿早上烙的大饼,他们只吃了一顿,厨房肯定还有剩的。

待芸娘和萍儿都各忙各的,他悄悄溜进厨房,果然还剩六个大饼,应该够和尚吃两天。他用树叶把饼子包好,没敢走正门,从后院翻墙出去。估摸着和尚应该快到村口了,若此时抄条捷径,差不多能在村口堵住他。虽知道芸娘会生气,说不定还会狠狠揍他一顿,但他就想这么干,付出再大代价也愿意。

到了村口,远远看见和尚就在前面。他高兴地急急追去:"和尚,等一下!"

他回过头,一脸不解:"小施主,你大老远追贫僧有何事?"

他从怀里掏出六个大饼,满眼期待地捧到他面前:"给你送斋饭,快吃吧。"

没想到他却不收:"出家人化斋归化斋,但不吃嗟来之食。你母亲是家里的主人,她不接纳贫僧,这饼子就属来路不正,贫僧万不能吃的。"

和尚太执拗了，若他不吃，他又偷饼子又翻墙，大老远跑到这儿，岂不白折腾了？赶紧劝说："这不是我娘的饭食，而是我的口粮。刚才我不是当众说了嘛，愿意两天不吃饭，把我的口粮给你。你放心，我说到做到。我娘也同意了，所以我才能送来，不然哪来的这些饼子？"

见他说得信誓旦旦，和尚便信了："倘若真如你所说，这是你两天的口粮，也是经你娘同意的，贫僧便谢谢小施主了。"

终于糊弄住他，和尚真好骗。他高兴地说："别客气，快吃吧。"

自打再见这和尚，他的眼睛就一直盯着他，连他咬一口饼子的动作都不放过，反而让和尚有些不好意思，忙用衣袖挡住脸，转过身去吃。

他傻傻琢磨着，这么一个神仙似的人物到底从哪儿来？他那里的人是不是都这么不染纤尘……

和尚吃完一块饼，明显感到脸上有了血色："感谢小施主的斋饭。"

他脸上写满好奇："不用客气！你要想感谢我，就讲讲你的故事吧，你叫啥？从哪儿来？到哪儿去？"

他笑着说："贫僧从长安来，名叫了清，本要去少林寺和五台山参学，这一路走来见了很多老弱病残，到处都是衣不蔽体、食不果腹之人，便觉得长安虽繁华，也只是偏安一隅，长安之外普通老百姓的日子并不好过啊！"

一听他从长安来，张天意更是激动："都说长安繁华，到底怎么个繁华？能给我讲讲吗？"

了清淡淡地说："贫僧一个出家人，眼中能有什么繁华？无非就是房子多些、人多些，再没别的。"

"再讲讲长安的事吧。"

在他的反复央求下，了清说："长安住着天子，是大唐的心脏所在。之前武宗灭佛，宣宗一即位就立马杖杀了道士赵归真那些人，然后复兴佛教。宣宗是武宗的叔叔，曾被武宗视为威胁，为自保一直假装痴憨，但武宗不信他痴憨，总想除了他以绝后患，被善良的宦官所救，藏于江湖游历四方，其间结识了很多高僧大德，让他对佛法有了深透的见解和感悟，为开创'大中之治'奠定了基础，在位十四年使本已衰败的朝政呈现'中兴'局面。只可惜生前未立太子，现在的皇帝懿宗李漼是宣宗最不喜欢的儿子，据说是弄权的宦官扶植起来的，不重科举，喜好游宴，百姓目前虽尚得安宁，也是老皇上的余荫。若他仍不思悔改，继续骄奢淫逸、任人不能，那么政治腐败的直接后果就是民不聊生，则天下大乱不久矣。"

他说了这么多，当时只有十三岁的张天意并没有听懂，只觉得这和尚博学多识，而且很真诚，没把他当小孩糊弄。他问："对了，你刚才离开我家时唱的那个词挺好听，是什么意思？"

他说："初听不知词中意，再听已是词中人。你听不懂，是因为还没到懂的时候，贫僧此时说再多，你还是不懂。等你经历了人生的酸甜苦辣、悲欢离合，到时贫僧即便不说，你也自然会懂。"

张天意更糊涂了，可能和尚道士说话都喜欢这样，云里雾里的让人捉摸不透："你说与我有缘，我们还会再见面吗？"

"见与不见，缘分早已注定。贫僧念及今日斋饭之恩，送你一句话：西北之隅可安祥，大盛之地有佛光。切记，切记。"

"西北之隅？大盛之地？啥意思？"

他只浅笑，并未回答："愿我们各自安好，贫僧告辞了。"

说完，他转身离去，依然两袖清风，不带尘埃。

5. 两天不食

了清虽然已经走远,但他的一举一动还在张天意脑中回现。

以前一直觉得,凡是高僧大德,不是跛脚就是癞头,现在看来也不尽然,也有相貌俊美、举止优雅之人。要不然,唐太宗李世民的爱女高阳公主也不可能放着贵族出身的丈夫不爱,偏偏爱上辩机和尚,当他们隐情暴露后,太宗皇帝大怒,腰斩了辩机,高阳公主因此非常怨恨,太宗驾崩都没有悲伤……想那辩机和尚应该也如了清这般儒雅俊朗吧。

这么胡思乱想着,便到了家门口,没敢从正门走,依然在"老地方"翻墙进院。

脚刚落地,只听背后传来芸娘的声音:"回来了?"

他吓得魂都出去半个:"回,回来了。"

芸娘和萍儿就站在后院的老梨树下,等着将他逮个正着。看来一顿家法在所难免。他牙一咬,背一挺,准备接受暴风骤雨……

没想到芸娘却柔声细语地问:"你送去的饼子,那和尚可还吃得惯?"

"啊?"芸娘的反应与预期相差太远,他一时不知所措,没头没脑地答:"吃,吃得惯。"

"哦,吃得惯就好。"芸娘越这样云淡风轻,他心里越七上八下。

想来想去,他还是忍不住说:"娘,我知道错了,您要打便打,要骂便骂吧,孩儿都认了。"

芸娘浅笑道:"你以为我要打你?我今天偏不打。"

他一脸不可思议:"真的?这事儿就这么过去了?"

"是啊，就这么过去了，只是……"

他刚放松的神经转而一紧："只是什么？"

"只是考虑到你近期读书辛苦，为了给你补身子，那饼子是用猪油做的，和尚吃得惯就好！"

"什么？用猪油做的？娘，这可不是开玩笑的，您别唬我。"

芸娘一本正经地说："这么严肃的话题我会唬你吗？整整用了一盆猪油呢，难道你没吃出来？"说完，她嘴一撇，拉着萍儿走了。

他脑子嗡嗡的。若真是用猪油做的饼，跟直接吃猪肉有什么分别？这可是和尚的大忌啊……

他赶紧追问："娘，这不是真的吧？"

她头也不回："是真的。"

他仍不死心，急急地又问："萍姨，这饼子是您做的，告诉我一句实话，饼子是用啥油做的？"

萍儿刚要回答，芸娘扯了她一把，她赶紧跟着走了，还不忘回头补一句："夫人不是说了嘛，用猪油做的。"

张天意顿时僵化在原地。姜还是老的辣，这招比打他一顿还狠……

到了吃晚饭的时候，思来想去，他答应了清两天不吃饭，不能第一顿就失信。本来就饿，不见饭还能忍，见饭就忍不住了，他硬把自己关在书房。芸娘和萍儿也不来劝，一副自己夸的海口自己承担的态度。

为了转移注意力，他特意拿出最喜欢的《道德经》读，好不容易熬到亥时，躺在床上却睡不着，翻来覆去地念叨："赶快睡，睡着就不饿了。"

第二天，张天意比平时起得还早，不是睡醒的，而是饿醒的。如果昨天肚子里还有点油水，今天就完全是饥肠辘辘。很想冲到厨房大吃一通，但想到了清，那么虔诚，又那么信任他……答应他的事必须做到，就算再饿，也一定要忍住。

不能吃饭，总可以吃些水果吧。张天意跑到后院一看，那些个树啊藤的，都在开花，好不容易看到老梨树上挂了些果，可结的果子还没指甲盖儿大。也顾不得许多了，先摘几个填进肚里再说。

不咬还好，一口咬下去，酸涩得浑身直哆嗦，眼泪都挤出来了，赶紧吐掉……

后院没什么可吃的，索性到农田里去看看，应该有大片大片的苜蓿、马齿苋、蒲公英等野菜，随便摘点也能混饱。

可出去一看，农田里的新麦稀稀拉拉夹在杂草丛中，田埂边的确有苜蓿、马齿苋、蒲公英……但都已经被人捋过好几茬了，只剩下些嚼不烂的根茎。

他想起了清曾说的话，那些篱笆院墙内的百姓连顿饱饭都吃不上，看来果真如此。平日在母亲的庇护下，一直躲在书房读圣贤书，没想到周围乡亲们的日子竟这样贫苦，就差啃树皮了……难道真如他所说，离天下大乱不远了吗？

饿得扶着墙出去，又扶着墙回来，正赶上芸娘和萍儿吃晚饭，他口水止不住地流，恨不得冲到桌几旁端起碗直接往嘴里塞。

萍儿见他饿成这样，心疼地说："别管跟和尚的约定了，伤了身体那和尚又不负责，苦的还不是自己？快来吃吧。"

他愣在饭厅门口，踏进一只脚，进退两难……就在快要破防的时候，芸娘说："别管他，这么大的孩子了，若连吃不吃饭这种事还让人操心，以后也不会有大出息。"

他一听这话，一咬牙将迈进饭厅的半只脚又抽回来，扭头进了书房。

终于坚持了两天，当第二天晚饭来临的时候，幸福感真是汹涌澎湃，每一口都舍不得嚼，直接咽。萍儿在旁边一个劲儿地劝："慢点儿吃，别噎着。"

他一个劲儿地说："再来一碗。"

6. 进城赶考

了清走后,正如他所言,老百姓越来越穷困潦倒,就连张天意家的日子也一年不如一年。以前没见过人吃树皮,现在经常能见到,以前没见过饿死人,现在也经常能见到。

朝廷局势现在更紧张,以前乖乖的南诏小国,那酋长酋龙居然称帝,国号大礼,屡屡侵犯大唐;浙东的土匪裘甫造反,连败官军多次……朝廷连年用兵,东讨西伐。

就在这举国的多事之秋,张天意十八岁了,依当地规矩已算成年,这就意味着可以参加乡贡考试了。

芸娘和萍儿好一番忙乎,给他准备了一大包行李,左叮咛右嘱咐,无非都是些全家的希望系于他一身,千万要好好考之类的话。其实对于乡贡考试,他还是很自信的,毕竟打记事起,他都在准备这一件事,历年的考题也做过很多遍了,只要正常发挥,应该没什么问题。他拜别了芸娘和萍儿,胸有成竹地来到县城驿馆住下。

驿馆不大,只有一个院子,四面房子住人,院子的北角有一口井,房后还有一排马厩。

住在驿馆的几乎都是十里八乡前来赶考的人,两到三人住一间。大家都在紧张复习,有的窝在房里读书,有的坐在井边,还有的坐在院子里……平时冷清的驿馆,只有每年赶考时最热闹。

张天意住的这个房间位于院子最北角,基本晒不着太阳,是整个驿馆最偏最背的房间,像个窑洞,里面阴暗暗的,眼睛还得适应一阵才能看清……

只听一阵咳嗽声:"兄台,麻烦把门关一下。"

"哦,好的。"他顺手把门关上,这才细细打量这间屋子。屋里一个大通炕，三张旧草席紧紧张张铺在一起，其余一无所有。刚才叫他关门的小哥，就睡在靠墙的草席上。他只铺了单薄的一层床单，没有铺褥子，床单和被子都打着补丁，被子的补丁处开了线，能看到里面装的不是棉花，而是干草。他的脸色不怎么好，像是病着。

见他上上下下打量着，他懒洋洋地问："新来的？"

这位应该就是传说中的"老考户"，年年考不上，年年都要考。与这样的人同住也有好处，考试经验一箩筐，说不定能打听到有用的消息。张天意赶紧搭话："是啊，第一次进城赶考。请问这位兄台怎么称呼？"他边问话，边收拾自己的行李，把行李放在离他较近的草席上，把靠窗户的一个床位空着。只见他先铺上一床厚厚的棉褥，棉褥上再铺一层细织棉质床单，又掏出一床柔软的棉被，被面还是真丝质的……

小哥看得满眼羡慕，又见他穿一身青衣，应该是富家子弟，这才坐起来，说话也客气了许多："我叫黄文举，是路井乡的，你呢？"

"我叫张天意，也是路井乡的。真是太好了，老乡见老乡，两眼泪汪汪，跟着老哥住，彼此也能有个照应。"

黄文举瞪大双眼，一副不可思议的样子："张兄弟相貌堂堂、衣着不凡，应是大户人家，路井乡就那么大，我怎么没听说过你？"

他笑着说："我们是从长安迁过来的，我娘性子静，不常与人打交道，一直深居简出，所以乡亲们对我们都不熟悉。"

"哦。"黄文举也高兴起来，"乡里的确有一户人家，院落典雅，却时常锁着大门，原来就是张兄弟家啊！我小时候还在你家门口玩过呢。"

"既然都是乡里乡亲，就别客气了，我年方十八，应该比你小，黄兄要么叫我全名张天意，要么就按咱乡的规矩，叫我小张子。"

"哈哈，好啊，那我以后就叫你小张子。"

说话间，门开了，又进来一人，看到炕上坐的黄文举，大叫一声："我的天！你怎么还在这儿？怎么又跟你住一间房？"

黄文举看他一眼，轻笑道："你去年回去了，今年不还得再来，还不如像我，干脆不回去，就在这儿复习，又清静又方便，啥时候考上了，啥时候再回去。"

来人一副不以为然的表情，似乎是嫉妒："照你这种拼命法，今年估计没问题，在下先恭喜了。"

黄文举听出对方不悦，忙解释道："唉，没啥可恭喜的，最近身体出了些状况，平时都好好的，偏就临考试这几天染了风寒。这不，头疼得厉害，怕是又没希望了。"

来人看了看张天意："这位怎么没见过？新来的？"

他赶忙拱手作揖："在下张天意，今年第一次赶考，与黄文举兄长是同乡。"

"别这么客气，我可是个粗人。我叫王大郎，一听这名字就知道没啥文化，父母都是种地的，家中有兄弟三人，我是老大，叫王大郎，我家老二叫王二郎，老三叫王三郎。"

王大郎边说边收拾东西，看到张天意的被褥，又转身看了看他的衣着，小心谨慎地问："张兄弟家中有人做官？"

他说："并无人做官，家中只是比周围的乡亲多种了几亩薄田而已。"

王大郎白了他一眼，不屑地说："既然家中无人做官，搞这么大阵仗，穷显摆。还不跟我们一样，来给人当炮灰的。"

"你说谁当炮灰呢？"这种时候最恨有人说不吉利的话。

王大郎仗着自己身材魁梧，毫不示弱地一挺胸："就说你呢，炮灰，怎么着？"

黄文举一见两人气氛不对，似有大干一场的架势，忙站到中间："大家都是出来赶考的，不是出来打架的，眼看考试在即，就别置气了。"

王大郎丝毫不听黄文举劝告，针锋相对："都是平头老百姓，他好像比谁高级似的，拿这么些褥家当来，我看着就碍眼。有本事别住这儿，南面房都是富家子弟，滚过去住呀。"

初出茅庐的张天意正有种不怕虎的气势："你会不会说人话？不会我教你！"说完，冲着他的脸就是一拳，将他从炕上打下地。

王大郎一时没反应过来，生生吃下这一拳，从地上爬起来："敢打我，看老子今天打不死你。"说完，两人又是拳又是脚，瞬间打在一起。

张天意毕竟年纪小他七八岁，身体瘦弱些，平时又没怎么练过，哪里是他这乡野莽夫的对手，吃亏不小。

黄文举一看拉不住了，毕竟与张天意是同乡，就帮他一起打王大郎。

他们三人的一番动静惊动了驿馆的管事，门被推开，大声喝道："都给我住手！"

一看当官的来了，三人立刻停了手，一个个鼻青脸肿，齐齐站好。

黄文举弓着身子，一脸谄媚地笑："王管事好。"悄悄用手戳了戳张天意。

张天意立马跟风问候："王管事好。"

王管事谁也不搭理，厉声训斥着："这里是我的地盘，你们要打出去打，打死都可以，但在我的地盘闹事就不行。"

要是因为此事，王管事给考官说个啥影响成绩就得不偿失了，张天意和黄文举赶紧认错讨好："是，是，王管事教训的是。""立马改正，再不敢了，还请王管事给我们一次机会。"

再看王大郎，虽然也老老实实地站着，但就是不吭声。

王管事接着说："我不管你们考试不考试的，只要别给我生事就行。"他打量了一下张天意："你第一次来？"

"是的，我叫张天意，第一次进城赶考，承蒙王管事照顾，心中不胜感激。刚才是我不对,牵扯了王兄和黄兄,也望两位兄长多多包涵。"说完,向黄文举和王大郎作揖认错。

那两人也不拆台计较,配合得相当默契:"小张子严重了,没多大的事,兄弟间开个玩笑而已。"

王管事要的就是这种和稀泥的结果,见张天意如此懂事,不禁刮目相看,又瞅了一眼他的行李:"张天意是吧?搬到南面第二间房去吧!"说完,转身走了。

7. 同舍公子

按照王管事的吩咐,张天意抱着被褥,搬到了南面的第二间房。

南面房明显比北面房豪华,摆了两张床,床上草席质地柔软、编织细密。临窗下还摆着一张几,几上放着一个茶壶和两只茶碗,几的两边各摆了一个蒲团。

靠窗的一张床已经铺好厚厚的被褥,崭新的床单,被面还是丝质,绣着青莲……看样子此人不仅是个富家子弟,品位还很清雅。

张天意铺好床,打算去看考场。大家通常都是提前一天进城安顿住所,熟悉熟悉考场,第二天就正式考试。

考场离驿馆不远,大门用封条封着,门口有官兵把守,考生不让进去。门外贴着几张榜,写着考场分配情况和考试时间安排。

此次考试共设 9 个考场,每场 25 人,报名参加考试的共有 225 人,而录取仅有 30 个名额,录取率一成多一点,竞争相当激烈。考试时间是从上午巳时到下午酉时,整整一天。

张天意在第三考场,同一考场的还有黄文举。225 个考生中,只有一少半住在驿馆,其余的要么家住县城,要么投奔县城亲戚。

回到驿馆，大家基本在临阵磨枪，各看各的书，也有个别关系好的到附近酒馆吃饭聊天。张天意因跟王大郎打架脸上挂了彩，不愿出门，窝在房间里看书。

明天就要考试了，今晚得早睡，可迟迟不见室友回来。

他刚躺下，却见王管事扶着一名公子进来了，这位公子喝得酩酊大醉，满嘴冒着酒气，还不时打个臭嗝，将吃进去的山珍海味经过胃酸发酵后的臭气毫无遮掩地喷在王管事脸上，比屁还臭……但王管事也没嫌弃，伺候他上床躺下，嘱咐张天意："公子喝多了，晚上好生照顾着。"

他忙答应："好的，王管事放心。"出于礼貌，他起身送他，刚送出门，王管事转身问："还有别的事吗？"这其实是在暗示要送钱财的话，此时正是时候……

但初出茅庐的张天意哪里知道这行情，想也没想就答："没事，就是请您早些休息。"

王管事眼睛一转："哦，知道了，你回去吧。"说完便转身走了。

回到房里，王管事扶回来的公子早已呼声震天，张天意心中一阵轻松，不用照顾醉汉了，抓紧时间睡觉。

第二天，天刚亮院子里就热闹起来，大家都忙碌着洗洗漱漱，拿出最好的状态迎接大考，唯独昨晚喝醉的这位公子还睡得四仰八叉。那床绣有青莲的被子极不谐调地盖在他身上，与清雅二字完全不搭边。如此紧张的时刻还能睡得心无旁骛，张天意不禁对他的身份好奇起来。

眼看考试时间将至，张天意不忍他错过考试，就拍了拍他："这位兄台，快醒醒，今天考试呢，别迟到了。"

他揉着惺忪的睡眼坐起来，伸了个大大的懒腰，还带着宿醉的酒气："妈的，今天还得去考个鸟试，差点儿忘了。"

见他起床了，张天意便先走一步去考场，毕竟是人生中第一次大考，又带着全家的希望，容不得半点马虎。考场里坐得满满当当，只有他身旁空了一个位置。

考题发下来足足过了一刻钟，那位宿醉的"贵公子"才慌慌张张跑进来，一屁股坐在空的那个位置上。原来他叫刘玉生，是黑池乡的，他们不仅同舍，还在同一个考场。

考题虽然难，但张天意还是轻松应答。答完后，为了不给监考官造成浮皮潦草的印象，他没有提前交卷，而是把答卷从头到尾又审阅一遍。等到了交卷时间，才稳稳地交了试卷。

走出考场，刘玉生大喊："张天意，今天早上多亏你叫醒我，要不然就误大事了。走，我请你喝酒去。"

"好啊，把黄文举也叫上，咱们一起走。"毕竟是同乡，总有一种亲切感。

黄文举一看是刘玉生做东，二话不说就跟着来了。

三人来到县城最大的酒楼。一进门，刘玉生就大声嚷嚷着："小二，我们来了，上酒上菜！"把熟客的架势摆得很足。

店小二也极为热情地招呼着："刘公子，楼上请，包间都给您留好了。"

刘玉生边走边说："就昨天那些菜，再来一桌，一样都不许少。"

店小二有些为难："公子，昨天那一桌您七个人都没吃完，今天才三人，会不会有些浪费？"

刘玉生大声打断他："妈的，叫你上菜就上菜，在这儿瞎叽歪啥呢，老子有的是钱。"说完扔给他一个钱袋，装着满满一袋钱。

店小二掂了掂钱袋子，高兴得嘴都快咧到耳朵根，哪里还顾得上浪费不浪费，屁颠屁颠准备去了。

三人落座后，东家先开口："我是黑池乡黑池村的，我爹是村正长。今天多亏张天意兄弟，要不然就错过大事了，非得被姨父骂死。"

张天意客气地说："举手之劳而已，何需言谢。"同时脑子在盘算着，他爹不过是个村正长，在县城不该有这么大势力，让驿馆的王管事给他铺床、请他喝酒……他背后的势力定是他"姨父"。

黄文举接话道："常听人说刘兄天资聪颖、才识过人，早就想与刘兄结交，不承想今日竟能如愿，真是三生有幸啊。来，我们先干一杯再说。"说完，自己先饮而尽。

黄文举明显在拍刘玉生的马屁，看来对他底细十分清楚。

不等张天意说话，黄文举接着拍："今日考场上，刘兄虽迟了几步，但答题时笔下生风、如有神助，我不禁为刘兄高兴，看来金榜题名是必然的了，第二杯为刘兄祝贺。"

黄文举一顿溜须拍马，把刘玉生吹得晕晕乎乎，高兴地又吃又喝，大放厥词，嚼碎的食物细末喷得满桌子都是……

张天意内心其实压根不认同他会金榜题名的说法，如果连这样的酒囊饭袋都能考过，那乡贡还有什么公信力？但他既然有所谓的"姨父"撑腰，这马屁该拍还得拍："刘兄为人仗义直爽，能认识刘兄，还能同住一间房，真是我的福气。第三杯，愿我们永远是兄弟。"

"对，永远是兄弟！"

一晚上绞尽脑汁地阿谀奉承，三人竟然都喝多了。

刘玉生正在兴头上，嫌酒场不过瘾，大着舌头咧咧道："走，哥带兄弟们去对面快活快活。"

对面可是怡红楼，张天意连忙摆手："你们去耍吧，我就不去了。"心里想着还没娶妻成亲，说什么也不能稀里糊涂跟个娼妓干那事。

黄文举一眼就看出他的顾虑，但还使劲拉他："今天刘兄做东，一起走吧，别扫了刘兄的兴。"

张天意仍坚持："我先回去，给刘兄铺好床，再倒盆热水备着，晚上给刘兄解乏……"

刘玉生一听这话大笑起来："小张子是个雏，还不懂男女那回事，老子今天高兴就不回去了，要回你自个儿回吧。"

8. 初试落榜

刘玉生果然一晚上没回来。

第二天一早，只有黄文举一人回来了。他春风得意地讲述着昨晚如何威猛，如何让小娘子求生不得、求死不能，以至于今早回来的时候，腿都软得打战……

张天意对这些毫无兴趣，只问他："黄兄家中可有娘子？"

黄文举不以为然："我这年龄，自然是有的。"

"既然已有娘子，为何还要跟刘玉生去怡红楼？难道黄兄不觉得这种放荡之举很龌龊吗？"

黄文举叹了口气："唉！你还是太嫩了，这个世界不是你想的那般清澈。"

"我知道这个世界很复杂，可我们不一样。如果不知礼义廉耻、不疾恶如仇、从善如流，我们读圣贤书还有什么用？"

黄文举也没辩解，慢慢诉说着："我比你大七岁，七年前，我和你一样清高，一样不谙世事、饱读诗书。可为了考乡贡，我用了整整七年时间，这七年，彻底改变了我。头两年落榜，我认为自己学业不精，后两年落榜，我看到那些酒囊饭袋都一个个金榜题名了，我开始反思，真的是因为他们有才吗？不，不是。他们要么舍得花钱，要么背后有靠山，就是这么赤裸裸。认清这个现实后，第五年，我才开始为自己找门路，但还是落榜。去年，我索性不回乡，在县城里上下打点、左右逢源，我都不记得花了多少钱、找了多少门路，今年，轮也该轮到我了。这么跟你说吧，我肯定榜上有名,那个刘玉生也肯定能上,而兄弟你,不是我有意打击,正如王大郎所言,肯定上不了榜。"

一句话戳到张天意的痛处,真想撕破脸跟他吵一架,但碍于同乡的情面,还是忍下了:"黄兄这话太武断,连成绩都没出来,怎能如此轻视我?"

黄文举说:"不是我轻视你,现实就是这么残酷。你可知那刘玉生是什么背景?"

"什么背景?"

"他的亲姨娘是咱们合阳县令王安勇的二姨太,王大人平时最宠的就是这个二姨太,听说最近又快临盆,犯忌讳,所以刘玉生才住驿馆。这次考试对他来说,不过就是走个过场而已……"

这他妈的都是什么跟什么!张天意气愤地甩上房门,不愿再听,也不愿再说话。

过了一会儿有人敲门,是王管事,带了个杂役来搬刘玉生的行李,临走前问:"你什么时候回?"

他一直觉得王管事挺好,内心几许亲切:"等发榜了就回,感谢王管事连日来的照顾。"

王管事连正眼都不看他:"嗯,离发榜还有几天呢,你收拾东西搬回北面房去吧。"说完,带着杂役转身走了。

王管事待他的态度前后判若两人,他脑子里回想起黄文举刚才的那番话,难道王管事知道他要落榜,所以迫不及待把他赶出好房子?怎么有种落井下石的感觉……

搬就搬,成绩还没出来,说不定他们都看走眼了!张天意赌气似的抱着被褥,又回到了最初那个阴暗的北面房。

王大郎此时正躺在炕上跷着腿晃悠,见他进来,斜眼一睨,冷笑着挖苦:"回来了?以为巴结上刘玉生就能翻身呢,还不是灰溜溜地回来了?怎么?是马屁没拍够,还是银子没送够?"

黄文举对王大郎嚷了一句:"行了,你就少说两句吧!"

张天意一句话没说，冷冷地看了他们一眼，钻到被窝里，把头一蒙装睡。心里大概已经有了最坏打算，但还是放不下，抱着一丝希望。

忐忑不安地过了三天，吃不下、睡不着，直到院子里有人大喊"发榜啦！"他才一个蹦子从床上跳起来，飞也似的往考场跑，却越跑腿越软，心越慌。

考场门口贴着榜单，一共三十个名字，排在第一的就是刘玉生，黄文举排第二十五。张天意上上下下、左左右右地看了几十遍，仍是没有自己名字……万念俱灰地一屁股坐在地上。

"怎样？没你吧？"王大郎偏巧不巧奚落着。

正愁一肚子火没处发，来了个出气筒，他没好气地说："没我怎么了？也没你。我好歹是第一年考，你都连考七年了，年年当炮灰，还好意思笑我呢。论起屎来，你比我更屎！"他此刻最想的就是能跟谁打一架。

王大郎本来脾气火暴，但此刻却没动手，只是大着嗓门吼道："你以为老子连考七年心里还想着这个破烂乡贡吗？实话告诉你，老子早不稀罕了！之所以年年跑来当炮灰，就是憋着一口气儿，想看看这帮贪官污吏到底有没有良心发现的那一天！七年了，戏本子都一样，上梁不正下梁歪，他们的良心都让狗吃了，老子看也看够了，明年再不来了！"

王大郎像没事人一样，两手一甩轻松地往回走，张天意则魂都丢掉半个，这是他有生以来受到的最大打击，恍恍惚惚地跟在王大郎后面。

驿馆里张灯挂彩、敲锣打鼓，张天意之前住过的南面房和现在住的北面房门框上都挂了红绸子，一看就知道是为刘玉生和黄文举挂的，北面房更是被围得水泄不通。他拨开里三层外三层的人，只见黄文举站在人群最中间，胸前挂着大红花，甚是喜庆。王管事和其他几个驿馆杂役正说着恭维话。

"别看这间房朝北,风水却极好,出了个黄大官人,让整个房间都亮堂多了。"

"就是,黄大官人眼看就要飞黄腾达,可别忘了咱驿馆的哥儿几个。"

…………

等恭维的人渐渐散去,张天意和王大郎才凑到黄文举身边。虽然知道他这个乡贡是怎么得来的,但平心而论,他算有真才实学,张天意还是由衷祝贺他:"黄兄此次榜上有名是实至名归,兄弟真心为你感到高兴。"

王大郎拍着黄文举的肩:"七年啊,真不容易。老子跟你死磕了七年,终于看你上榜了。"

黄文举看不出有一丝喜悦:"七年了,总算得了这个头衔,可我已不是当年的我了。"正所谓:

> 七年夙愿终得偿,物是人非却两样。
> 上下求索难交往,左右逢源难守望。
> 年少一心想流芳,年过只笑少年狂。
> 人前装风光,人后暗自殇,
> 初心遗落在他方,徒留虚名金榜上。

一番话后三人都沉默了。他们静静地收拾各自行李,准备返乡。

9. 再试落榜

张天意与黄文举一起离开驿馆。

在回乡的路上,黄文举语重心长地劝说:"小张子,你身上这股劲有我当年的影子,看到你,就像看到了从前的我。但作为同乡,我还是奉劝你几句,顺者昌,逆者亡,你要适应这个世道,不能让世道来适应你,太清高是没有出路的。"

他倔强地一昂头:"我不是清高,只是觉得读了圣贤书就要做圣贤人,不然读书干什么?"

黄文举说:"读书是为了敲开功名的大门。七年赶考让我看清了世态炎凉,它一丝一缕抽走了我的清高,一分一毫磨平了我的棱角,让我变成今天这般趋炎附势,为达目的不择手段。与我们这种人相比,你再看看王大郎,他对那些衣冠禽兽是什么态度?瞧不起,不愿与之为伍,可结果怎样?七年了,还不是炮灰?除了像你我这样熟悉他的人,其余又有几人正眼看他?别人只会把他当笑话,说他痴傻罢了。身边的例子活生生都摆在这儿,你要考虑清楚,你不送礼,多的是人去送,你不拉关系,多的是人去拉,你自命清高,多的是人不要脸,到时候吃亏的还不是你自己?"

他打心底里不认同黄文举的这番话,并不想回应他,两人在路口分两个方向回村,礼貌性相约过段时间再聊。

村口,远远望见芸娘和萍儿等在那儿。多日未见,他百感交集,既觉得自己不争气,让她们失望了……又觉得委屈,十几年的努力竟考不过一帮酒囊饭袋……

"娘,孩儿对不住您,落榜了……"他哽咽着。

萍儿忍不住在一旁抹泪,但不见芸娘有丝毫难过。她拍了拍他,宽慰道:"我儿不容易啊,娘都懂,不怨你。"这个女人总把软弱压在心底,展现给儿子的永远都是坚定和不屈,看到她,就仿佛看到了主心骨,再大的怨气都会慢慢消融。

萍儿要接他的行李,他心疼她年纪大,就自己背着。一家人边聊边往家走。

回到家,说是休养几日再复习,但考场上的情景总挥之不去,那些人、那些事,仿佛让他明白了些什么,却又说不出来到底明白的是什么……

想把那些不明不白、模模糊糊的感悟写下来，铺纸研墨，字没写出一个，那些鲜活的形象却不停在眼前闪现：有的洋溢着自信，落笔似有神；有的谨小慎微，左右揣度不定；有的神情紧张，浑身发抖，似有晕厥之兆；有的苦大仇深，好像背负着千斤重的压力，每落一笔都事关生死；还有的，虽大字不写几个，却是考场上最具光环的那一位……

想着想着，一幅惟妙惟肖的《考场图》跃然纸上，图中有刘玉生、黄文举、王大郎……还有他自己。一个个形形色色的考生，各怀不同的心思，演绎着不同的角色……还有两名装模作样的监考官。

完成这幅图，似有一种酣畅淋漓的痛快。人生大舞台，他也算窥之一隅了。

大约过了半个月，黄文举得到通知，要到县衙履职。虽然只是主簿所管的一个记事人员，不属官，但也是吏，算吃皇粮的。这在他们十里八乡都传遍了，说黄秀才寻了个好去处，得了个铁饭碗。

临行前，张天意去为他饯行，没想到十里八乡沾边不沾边的人都来了，乌泱泱一大片。他被众星捧月似的围在中间，东说几句，西说几句。张天意好不容易凑过去，远远打了个招呼，说了些客套祝福的话，直到他风光离乡也没顾上再说句话。

黄文举这一赴任便很忙，毕竟好不容易得来的官差，总要努力表现一番，很少再回来。而张天意也忙于起早贪黑地复习功课，一心想打翻身仗，很少再寻思别的事情。

转眼，又到了乡贡考试的时间。说快也快，考场失利仿佛就在昨天；说慢也慢，日盼夜盼这一雪前耻的机会，足足又盼了一年。

他轻车熟路地收拾好行李，来到县城驿馆住下，还是王管事，还是一脸的憨厚老实，他还是执拗地没给他任何"表示"，所以还住在最北角那间最阴暗的房。

推门而入，随着"吱呀"一声，时空穿梭一般，往日黄文举与王大郎的身影涌入眼前……他对着中间那张草席轻笑道："我来了。"

边铺床边想，以前学习时若还有心高气傲、怕累偷懒的情况，那么去年考场失利，则完全磨平了这股傲气，让他重新审视自己，静下心来又细细打磨了一年……所以今年上榜的这三十个名额，怎么说也应该有他一个。

正胡思乱想着，门开了，进来两位少年，年纪与他相仿，一看脸上的那股青涩，便知是第一次赶考。

"大哥好。"他们热情地打着招呼。对于先进驿馆的人，不管年龄大小，总是礼貌地称为兄长。

他也礼貌回应："你们好。"

然后他俩看着剩下的两张草席，商量谁睡去年黄文举睡过的那张："风水这么好的位置居然还空着……"

一句话还没说完，另一个人已经笑眯眯地先把行李放了上去，毫不客气地说："既然还空着，我就当仁不让了。"

没抢上的人显然有些后悔："抢到这么好的风水，今晚你请客。"

"好，不光请你，把这位小哥儿也叫上，咱们三个一起。"

"好。"张天意笑着答应了。

他们一起看了考场，然后随便找了家饭馆，点了几个家常菜，够三人吃而已，不留浪费的余地。由于第二天要考试，也没要酒。

三人边吃边聊。原来他俩是同村，一个叫王明，一个叫王生，房前屋后地一起长大，跟亲兄弟似的，干什么都在一起，连考试也是两人约好了一起来。

吃完饭，他们早早回去休息了，明天要拿出最好的状态迎接大考。

考场上，张天意比去年明显从容了许多，越答越自信，感觉胜券在握。今年要是再落榜，这天下就没什么公平可言了。

考完回房，看王明和王生一会儿捶胸顿足，一会儿热烈辩论，还沉浸在考试的氛围中，而张天意只是淡笑不语。其实心里清楚，这两个小兄弟八成都是炮灰。

又是忐忑不安地过了三天，终于等到成绩出来，三人连跑带颠去看榜。张天意屏住呼吸，在榜单上一个字一个字地看，生怕因一个呼吸错过自己名字……

可无论怎么屏住呼吸，怎么小心翼翼，甚至连鼻尖都碰到榜单，一个字一个字地反复嗅，终是没找到"张天意"三个字。

他落寞地靠在榜单旁的柱子上，仰头望着天，不明白这到底为什么……他不信，不信自己的努力全都付诸东流，一点回报都没有；不信那些榜上有名的人，个个都比他强；不信这个世道真的乱成这样，公平躲在墙角里发抖，蝇营狗苟却在光天化日下大肆招摇……

王明和王生拍了他一下："张兄，想开些，我们不都没考上嘛，大不了明年从头再来，男子汉大丈夫的，你别哭啊！"

他哭了吗？手往脸上抹了一把，果然有泪，却不是为了落榜，而是痛惜这个乱世，痛惜这个人心沦丧的时代！

10. 依傍同乡

回到家，收起自己低落的情绪，日子还得过，生活还得继续。这一次，他必须为自己的未来重新谋划。

看来黄文举说得对，如果不找关系走门路，想靠硬邦邦的成绩通过科举入仕基本不可能。

他把自己的人际关系细细捋了一遍，发现能用上的人只有两个,黄文举和刘玉生。刘玉生的后台虽然硬,但自从去年分开后,与他再无往来,就算想巴结,也没个合适的由头。而黄文举不同,虽然自他去县衙任职就很少回来,但毕竟是同乡,走动关系也不会显得那么突兀。

第二天,他便准备了一份厚礼来到黄文举家,借着看望黄老伯母的名义套近乎。黄文举也是家中独子,自去县城之后,家中便只有他的老母亲、妻子和两个年幼的孩子。

张天意去时,黄家正在修葺宅院。表明来意之后,黄老伯母热情接待了他,并收下了他带来的礼物。

记得初见黄文举时,他衣着寒酸,睡着破烂的床单,连棉被都盖不起,如今上任不过才一年光景,已经可以修葺宅院了,可知他捞了不少好处,再看黄老伯母收礼时的顺当劲儿,断定平日来给他们送礼的人肯定不少。

既然大家都心知肚明,他也不绕弯子了,顺理成章地留下来和工人们一起干活。黄老伯母也不客气,使唤他又挑沙子又扛木头,用得很顺溜。

在他家干了半月有余的苦力,总算把宅院修葺完成,但仍不见黄文举回来。

张天意心想着,干了这么多活儿,他总会知道,就算此时不在家,也总有回来的时候,所以没跟黄老伯母提任何要求,就独自回家了。

到了过年的时候,黄文举回来了,特意去张天意家拜年,算是对他帮忙修葺宅院的还礼。

待客套的寒暄之后,他们便在书房边喝茶边聊天。好不容易逮着机会,他赶紧表明意思:"大家都说黄兄命好,寻了个官差,其实我知道,不是黄兄命好,而是黄兄够拼。"

黄文举是何等聪明的人,不道破也知道他的意思,便把话往主题上引:"别人只说我命好,寻了个好去处,可哪有天上掉馅饼的好事，我这个好去处是花了多少钱、吃了多少亏才办成的。"

他附和道："还是黄兄有真才实学，多少人又花钱又吃亏还办不成呢。别说黄兄此番在县衙当记事，就算当个主簿，往后当个县令，也都令人心服口服。"

黄文举笑了笑，直截了当："别说那些虚头巴脑的，说句真心话，我一直都想提携你。咱们乡难得有几个出息人，你若好好跟着我，咱们兄弟联手定能干出一番大业来。"

他趁机赶紧表态："黄兄的才识我佩服，我愿意跟着黄兄干。只是，我连续两年落榜，眼看仕途无望、前程渺茫，还望黄兄在这条路上多指点提携啊。"

黄文举说："依我看，这两年你连续落榜也未必是件坏事。人在社会上生活，终归要跟社会风气接轨，要不然，不是被淘汰，就是被碾碎。你现在的转变很好，这样下去，很快就能成才。当务之急是要寻一个机缘，让县令王安勇赏识你。如果能直接搭上王安勇这条线自然最好，如果搭不上，就得先从他身边的人下手，曲线接触。"

他俩边聊，黄文举边随意翻看着他的书画作品。当他看到那幅《考场图》时，兴致盎然，目不转睛地盯了许久，图中每个人的表情都不错过、一一对号入座，不禁赞叹道："我从未见过这么惟妙惟肖的画，想不到你竟有此等天赋。"

见黄文举如此感兴趣，他赶紧识时务地说："感谢黄兄谬赞，若不嫌弃，这幅画便赠予黄兄了。"

黄文举十分高兴："我还真爱不释手呢，既然兄弟有意相赠，我就不客气地笑纳了。"他边收画边继续说："你有没有想过，以你画画的这份天赋，若稍加训练定能出人头地，不见得非得走科举之路，干脆弃文从画算了。"

关于这一点他早想过："其实，我从小就喜欢画画，但凡见过我画之人，无不夸赞我。别人的画是表面像，而我的画是骨子里像，可画师毕竟不是官，我还是想当官，所以一直以来画画只作消遣，闲时画一画，忙时便搁置了。"

黄文举边听，边转着眼睛想办法："既然你下定决心要当官，何不换一种方法打通人脉？你可知那县令王安勇酷爱收藏书画，如果你能投其所好，按他的兴趣精心作一幅画，有机会赠予他，他定会对你大加赏识，说不定不用考试，直接提拔任用也未尝不可啊。"

他茅塞顿开："是啊，我怎么没想到呢！如果真能用一幅画打动了王县令，既展示了我的才学，又不违背圣贤之道，此乃毛遂自荐的上上策！真是太感谢黄兄了。"他高兴得眉开眼笑，仿佛心中积郁多时的雾霾让一阵清风吹散："只是不知王大人喜好什么画？"

黄文举也为自己的智慧激动不已："据知王大人酷爱美色，仅姨太太就收了六房。别的拿不准，如果是美人图定不会错，到时我找机会帮你转送，再顺便美言几句，这事儿准成。"

张天意越说越激动："这个不难，美人图好画，只是……美女不好找，放眼咱们十里八乡的女子，年轻一些的虽有姿色但无韵味，年长一些的虽有韵味但已无姿色，很难找到一位风华正茂的绝世佳人。若能画出像杨贵妃那般的美人儿，准保一眼便能打动王大人的心。"

黄文举眼睛一亮："我倒有个主意，只怕，只怕对令堂不尊，说出来小张子别怪罪。"

"黄兄一心为我出谋划策，我心中早已感激不尽，岂有怪罪之理？黄兄但说无妨。"

"其实不用找什么大美女，最好的蓝本就在你身边。"

张天意瞪大双眼："莫非你指的是，我娘？"任芸娘贵族出身，带着高贵的气质，明眸皓齿、风姿优雅，如果照着任芸娘的样子画出来，定是一幅绝世美人图。

黄文举淡笑道："这可不是我说的，是你自己想到的。"

"多谢黄兄指点!"

黄文举走后,他把这个想法告诉了任芸娘。芸娘左思右想,犹豫不决,但见他一副宏图待展的模样,不忍泼他冷水,便勉强答应了。

她穿着平日最喜欢的翠色衣裳,梳了堕马髻,簪了发饰。精心打扮之后,大气端庄、高雅婀娜,让张天意和萍儿都惊艳不已。

此时已是秋天,就画一幅《美人赏菊图》,美人凭栏而立,望菊生情,凤眸淡转,含情却羞。

正所谓:

篱前菊正艳,瓣瓣似招摇。
有女立篱前,含香浅带笑。
他人品高风,我独见窈窕。
女子云鬓绾,夕阳落发梢。
且嗅且流连,且盼且夭夭。
容姿可羞菊,乡间一抹娇。

好一幅《美人赏菊图》啊!

11. 招来登徒子

这幅画寄托着张天意对官场的希望,凝结着对未来的憧憬,再加上画的是他娘,当倾尽全力。画好后,还专门跑了一趟县城,把画郑重其事地交给黄文举,然后满怀期待地回家等消息。

消息来得很快,没几天,黄文举就亲自登门送信儿,还带来了五匹绢和半头猪肉。张天意全家热情地招呼他,萍儿忙前忙后张罗了一大桌丰盛的菜肴，兄弟俩边吃边聊。

"黄兄来就是了，还带这么贵重的礼，太客气了。"

"不是我客气，这些都是王大人的心意。"

张天意心中一喜，看样子情况不错："王大人见到我的画了？"

"见到了。"

"大人可喜欢？"

黄文举眼一抬，笑眯眯地说："大人何止喜欢，简直爱不释手。一直夸你的画出神入化，凡间难得几回见。"

说得他眉开眼笑，仿佛亲耳听到了县令大人的夸奖："多谢黄兄提携！今天定要给黄兄好好敬几杯酒，咱们兄弟一醉方休！"

黄文举也很高兴，倒多少喝多少，来者不拒。

夸赞的话真是令人心神荡漾，听多少都不觉得够："王大人还说了什么？"张天意接着问。

"王大人还说，有这般画功的人，学识一定不会差。稍加提点，必成大器。"

张天意被夸得晕晕乎乎，仿佛看到了将来飞黄腾达的那一天："大人还说了些什么？"

"大人还说，画中人有闭月之容、羞花之姿，想那杨贵妃也不过如此。"

"哈哈哈，大人真是谬赞了，杨贵妃美得倾国倾城，我娘哪有那份姿容！"聊到这儿，他心里涌起一种怪怪的感觉，问了那么多遍，黄文举都只说王大人夸赞的话，对如何提拔使用只字未提……

借着酒劲，他省掉那些拐弯抹角，直接问："依黄兄所言，王大人对我赏识有加？"

"岂止是赏识，王大人完全是想重用你。"

终于说到重点了，他激动得心跳都快了几拍："大人想如何重用我？"

黄文举一大口肉配一大口饭，嚼完再喝下一碗酒，若无其事一般:"画中人,若妻之,定予富贵。"

张天意像得到圣旨似的一字一句重复着,细细揣摩品读王大人的心意:"画中人,若妻之,定予富贵"……天哪!这,这是看上他娘了。

都说县令是百姓的父母官,清廉为民……他哪怕不清廉,只要为民也行啊!可这个王安勇哪里是什么父母官,假公济私、鱼肉百姓……还是个无耻之徒,看了任芸娘的画像后,竟起了色心!

他一股怒火直冲脑门儿,猛地一拍桌子,转身跑到书房,抽出他爹以前的佩剑,怒气冲冲地又跑回饭厅,不管三七二十一地砍向黄文举:"你这个王八蛋,老子今天要砍了你!"

黄文举没想到他拿了剑,连躲带闪:"你别急呀,听我解释!"

他们当他是宾朋,拿出好酒好肉招待,不承想却引狼入室,他竟是那登徒子县令的走狗,帮腔作势一起打芸娘的主意:"还解释个屁呀,这么不要脸的话都说得出口,今天若不砍死你,留你害我娘吗?"

芸娘和萍儿一听屋里叮叮当当,赶紧冲进来,又见张天意拿了剑,一副要杀人的凶样,一把拦住他:"好好吃着饭呢,怎么还动起凶器了?"

他也没解释,只是一味跟芸娘和萍儿抢剑,要再去砍黄文举……一不小心划伤了芸娘的胳膊。芸娘没吭声,倒是萍儿大叫一声:"啊呀!你个浑小子,伤到夫人了还不撒手,非要闹出人命才罢休?"

看到芸娘胳膊上又长又深的血口子,他这才松劲儿,让萍儿顺势把剑拿走。没了剑,又见黄文举还杵在那儿,气不打一处来,端起桌上一盘菜就朝他砸去,菜洒了他一身,盘子掉在地上"咣啷"碎了……"滚,你个王八羔子!"

黄文举走狗样十足地说:"你现在正在气头上,我不与你多说,三天后,等你气消些了,我再来与你详谈此事。"说完便转身走了。

张天意一听这话，火上浇油一般冲他的背影又扔出一盘菜："你他妈若还敢来，老子就敢砍死你！"

黄文举走后，他扶芸娘进了卧房，小心翼翼地清洗伤口，再敷上金疮药，包扎好……

娘俩谁都没吭声，萍儿忍不住先开口："一年来都是兄长弟短的，这次费这么大劲才把人家请进门，辛辛苦苦张罗半天，怎么说翻脸就翻脸，还动了凶器？"

张天意瞅了她俩一眼："就当认识了一只狼，所有付出都喂了狼，别再提了。"说完，把黄文举拿来的礼物通通扔出门外，然后紧锁大门，自己躲到书房生闷气。

芸娘走进书房："天意呀，你从不是一个暴躁任性的孩子，今天这么做肯定有你的原因，跟娘说说，到底怎么了？"

他看芸娘那么温柔、那么慈祥，侮辱性的话怎么都说不出口："没什么！"

芸娘一脸严肃："肯定有事，而且还和我有关，你就说吧，我什么没经历过，就连你爹出那么大的事，我不也好好地挺过来了。"

他心中一疼，再也控制不住自己的情绪，跪在她膝下痛哭起来："娘啊，孩儿不孝，孩儿害了您！"

芸娘要扶起他，他执意要跪，芸娘无奈，只得由着他，非常淡定地说："只要咱们一家人平平安安，其余全是小事，你且慢慢说来。"

他深吸了两口气，努力让自己冷静下来，这才说道："都怪我不好，那黄文举是个典型的小人，亲君子远小人，我却偏要接近他，还信了他的谗言，按娘的形象画了幅《美人赏菊图》，想以画自荐，谁知道县令王安勇全然是个酒色之徒，看到这幅画竟对娘起了色心，说什么'若妻之，定予富贵'的混账话，那黄文举更不是东西，不仅不念同乡之情，竟连良心和廉耻都没了，公然当那登徒子的走狗来游说，我实在气不过，才要砍了他。这种人留下也是祸患,即使不害我,将来还会祸害别人。"

"唉!"芸娘叹了口气,"没想到大唐的官场竟混乱至此,用的全是些溜须拍马之徒,国家之难,社稷之难啊!"

她沉思片刻,接着说:"黄文举既是那狗官的走狗,此事必不会善罢甘休,他说三天后再来,要么狗官给他指派了任务,要么他在狗官面前夸下海口,定要拿我交差。"

"娘,咱们现在逃吧,逃到一个他们找不到的地方……"

"要逃也不能现在逃。"芸娘打断他,"这十里八乡都是他们的人,任何风吹草动都逃不过他们的耳目,况且咱们三人目标太明显。"

张天意真是绝望到了极点,如果时间能倒流,他绝不会巴结黄文举,绝不会画下那幅《美人赏菊图》……可事已至此,就算螳臂当车也好,蚍蜉撼树也罢,他都必须冲出来义无反顾地保护他娘:"娘放心,孩儿就算粉身碎骨,也定会护您周全。"

芸娘满脸愁容:"此事没那么简单,狗官是堂堂县令,咱们孤儿寡母硬碰硬肯定死路一条,还得好好筹谋一番。"

12. 生离死别

之后的两天,他们把庭院稍作布置,角角落落里藏了些刀剑棍棒之类的器械,又在后院开了个暗门,将钱财和衣物等收拾了几个包袱,藏在暗门附近,做好举家逃跑的准备。

第三天,黄文举果然厚着脸皮来了,而且不止他一人,身后还跟了十来个衙役,每个衙役身背两大捆干柴,将张天意家用干柴围了起来,一个衙役举着火把,随时候命点燃干柴……

待一切布置妥当,黄文举才摇晃着一把折扇慢悠悠进来,大声笑道："哈哈哈，道喜了，小张子，真是天大的喜事啊！"

看外面这阵势，明显就是强行逼迫，一旦不能遂他心意，便要连屋带人付之一炬……张天意此时早已豁出性命，无所畏惧："黄兄客气了，喜从何来呀？"

黄文举嬉皮笑脸地说："令堂要当县令夫人了，此乃一喜，你要一步登天当县令公子了，此乃二喜，如此双喜临门的事，还不算喜？"

张天意也学他嬉皮笑脸地说："你咋不把你娘嫁给县令呢？如此双喜临门的事不能让我家全占了，也该你家轮一轮。"

黄文举的脸一阵青一阵白："县令夫人岂是谁想当就能当的？王大人能看上你娘，那是你娘的福气，多少人求之不得，别敬酒不吃吃罚酒。外面的阵势你也看到了，实话告诉你，今天这事成也得成，不成也得成！"

张天意一拍桌子："那我也实话告诉你，今天这事，我们就算死，也绝不会让它成！"

黄文举露出一脸凶相，猛地抬起右手，似是要给外面候命的衙役打手势下命令，一旦他放下手，这老宅将化为火海……

张天意也顾不得那么多了，手摸着桌子底下的一把短刀，心想着只要他打手势，他就抽刀冲上去抹他脖子，即使杀不死他，也要伤他一伤……

就在这剑拔弩张的紧张时刻，任芸娘站了出来，悠悠说道："黄大官人且慢！这既是关于奴家的婚事，也该听听奴家自己的意见！"

黄文举转了转眼睛，依旧举着手："也对，确实该听听夫人的意思。夫人愿意嫁给县令大人吗？"

任芸娘没有片刻犹豫："愿意。"

张天意惊得瞪大双眼："娘，你怎么能……不是说过不怕死嘛，为什么要向小人妥协？"

黄文举倒是一脸不可思议："夫人回答得如此轻巧，不会是骗我的吧？"

任芸娘也不看张天意，直接对着黄文举说："天意是我一手拉扯大，这么多年我们孤儿寡母很不容易，其中的辛酸只有我知道。我儿两次考试接连落榜，眼看前程无望，我必须为这个家重做打算。你说得对，承蒙县令大人抬爱，不仅让我后半辈子有了依靠，也给天意的前程大开方便之门，如此美事，我何乐而不为？"

一番话说得黄文举连连拍手："还是夫人深明大义！为了不节外生枝，夫人现在就跟我们回县衙，至于公子，目前还不便跟随，毕竟夫人与大人还没正式成礼。一旦成了礼，公子就可以名正言顺搬进府了。不过夫人放心，我会在此留下四人日夜不停地好好照顾公子，绝不让公子受丁点儿委屈。"

任芸娘冷笑一声："哼，说得挺冠冕堂皇，无非是对我们娘俩不放心，留四个人看住我儿。也罢，我今天便随你去县衙。不过，我们母子眼看要分别几日，免不了说些贴心话，还请黄大官人成全。"

黄文举这才缓缓放下手："又不是生离死别，过几天就见了，有什么话不能等到见面时再说？"

张天意气得又要抽刀跟他拼命，被芸娘一把拉住："黄大官人如果连这个小小的请求都不答应，奴家今日便不走了。"

黄文举一听这话，转眼服了软："回县衙路途遥远，我只是担心天黑路不好走，没别的意思。既如此，就请夫人抓紧时间交代吧。"说完，他招呼身边的人都散去。

张天意以为任芸娘故意用这招支开黄文举，然后举家逃跑……一看周围没了人，他拉着芸娘就往后院走，被芸娘一把甩开："天意，你听我说……"

"娘，再不走就来不及了！"

芸娘将慌慌张张的张天意搂在怀里，泪流满面："不能走，外面那么多人,我们出去只有死路一条。"

这还是他第一次见任芸娘哭,看来她是下决心了,明知去县衙意味着什么,也要护他周全……他的心像刀绞一般:"娘,孩儿不怕死,就怕眼睁睁看着您往火坑里跳,我这就出去跟他们拼了!"

芸娘硬是抱住他,不让他动:"儿啊,活着比什么都重要,只有活着才有希望,听娘的话,无论如何都要活下去。"

"不,您从小就教我宁死不屈,就算死,也绝不向小人低头!"

芸娘深吸一口气,努力让情绪平静下来:"那是我教错了,盛世的时候宁死不屈,不向小人低头,死是有意义的,颓世的时候,活下去才重要,眼看现在小人当道,乱世将至,咱们即使死也是白死,无非赌了心中一口恶气,毫无意义。所以咱们先得活着,忍下屈辱也得活着!"

正说着,黄文举催促道:"时间不早了,咱们该出发了。"

芸娘没理他,声音急促地继续交代:"我到现在才明白你爹为什么给你取名天意,天要你怎样便怎样,莫要强求,其实他给你取名的时候便已经把什么都放下了,不愿你陷入上一代的仇恨,是我自己没放下,误导了你,非要让你考取功名,报仇雪恨……是我错了。你生性纯良,注定不能与这些奸佞为伍,强行走这条路就是违背天意,对你来说,是比死还痛苦的折磨,可惜我明白得太晚。往后,不要再想着当官了,也不要再想着为我、为你爹报仇,一切顺其自然,好好活下去!"

任芸娘突然交代这么多,一种不祥的预感涌上心头,他发疯似的要拉她走:"娘,就算孩儿求您了,别跟他们去,您要是用清白换我活命,我哪还有脸苟活于世。"

黄文举又吆喝着催促了一遍。情急之下,芸娘"啪"地甩了张天意一记耳光:"不要再说什么苟活不苟活的话!我们所有的努力都是为了你,你若不好好活下去就是不孝,就是大逆不道,我死也不原谅你!"

黄文举不耐烦了，让人在他们旁边敲锣，急促的锣声转瞬淹没所有声音。张天意仍不甘心地拉着任芸娘，而她只是坚定地握了握他的手，转身离去……

他奋身去追，四个彪形大汉一把拦住他，只有她的一片衣角从手中滑过，任他声嘶力竭的哭喊都淹没在"铛铛"的锣声中，任芸娘再也没有回一下头……

13. 又添新仇

张天意被四个莽汉关在屋子里死死盯着，就算萍儿来送饭都不能见。

尽管被当成重刑犯一样看管，但他的心丝毫不在自己身上，一遍一遍推演着任芸娘进县衙后的种种可能。

以她刚烈的性子，有可能为保清白自毁容貌，那狗官一怒之下把她杀了……也有可能自寻短见，或上吊，或撞墙……更有可能为保他性命，真被那狗官玷污了……

思来想去，心如刀绞般疼痛，宁愿她被那狗官玷污，只要她还活着……

如此担惊受怕地过了半个月，看守的四莽汉越来越懈怠，整日除了酒肉就是赌博，再无事可做。

一日，其中一名莽汉问带队的："头儿，咱们几时能撤？"

带队的说："快了，听说县老爷已经把美事办了，喜得不得了，称七夫人为菊花夫人，黄秀才把赏金都领了，咱们只等他传个信儿就回去分赏金。"

一听这话，张天意心里只有说不出的难过，竟喷出一口血来……

果然，没多久便飞来一只信鸽，四莽汉纷纷高兴地说："撤！回去领赏钱！"

眼见他们走了，萍儿这才敢进来，与张天意抱头痛哭。他边哭边暗下决心，定要去县衙将任芸娘救出来，然后再也不痴心妄想高官厚禄，只要一家人平平安安守一起！

他让萍儿留在老宅，自己换上夜行衣，带上刀剑等武器出发了。到县衙刚好半夜，趁着天黑，趴在院墙上观察整个院子。院落分前后两部分，前庭处理政务，后庭是生活区，妻妾们都住在后庭，据说狗官已有一个正妻和五个妾室，芸娘是七夫人，应该住在西边的最后一间房……

正这么想着，只听一声刺耳的尖叫划破夜空："啊！快来人啊，菊花夫人上吊了！"

他惊得差点从墙上掉下去，牙齿狠狠咬住嘴唇不让自己叫出声，屏住呼吸静静等着，希望刚才那个尖叫的女仆看错了，根本没人上吊，或是上吊的不是菊花夫人……

他揪着一颗心，看整个院子沸腾了，然后从右手最后一间房里抬出一个人，那人，真的是任芸娘……

他的整个世界崩溃了，瓦解了。

他憋着声音往山里跑，使劲儿跑，好像跑步能发泄心中的怨恨、愁苦、悲凉……

不知跑了多久，天已大亮，四周只剩空寂的大山，他再也压抑不住自己的情绪，大哭起来。

旧仇未报，又添新仇，父仇未报，又添母仇……他恨黄文举，恨王安勇，更恨这个人心沦丧的乱世。

他一拳拳打着树，活得这么窝囊，真恨不得一刀了结自己。但目前还不能死，任芸娘牺牲自己换来的活路，他不能不明不白地辜负掉。以芸娘的聪慧，早就将一切都计划好了，偏偏在那个时候选择死，完全知道他就在墙外。

她先从了王安勇，目的是把他从禁锢中解救出来，而他一旦获得自由，定会贸然去县衙救她，这无疑又是白白送死，所以赶在他进府之前自杀，彻底断了救她的念头……其实这一步，她打从答应黄文举进府的那一刻就决定了。

这条命是芸娘精心设计、舍弃自己才救下的，芸娘说"只有活着才有希望"，他必须好好活着。

芸娘死了，捅出这么大娄子，别说王安勇了，连黄文举都想到要杀人灭口、毁尸灭迹。张天意虽然出来了，那个萍儿不是还在家吗？料张天意不会不管。

张天意一想到萍儿，便快马加鞭往家赶，他得在黄文举动手前救出萍儿，这是他唯一的亲人。

家门口平静如常。若是以前，他肯定先冲进去救人，但经历了这么多事也学聪明了，这种时候越平静就越反常，他没有冒失进院子，而是躲起来悄悄观察。

果然还是那四个莽汉，在厅堂里守着被五花大绑的萍儿。萍儿已经打得没了人形，躺在一片血泊中，只剩一丝游息勉强算是活着。

"张天意那小子不会不回来吧？"

"放心，只要这老婆子在咱们手上，他肯定回来。"

他确实心疼萍儿，确实想跟他们拼了，但硬是咬牙忍住。牙齿都快咬碎了，硬将两行泪憋回去。

终于熬到天黑，熬到那四个莽汉连连打盹的时候，张天意悄悄走到屋子跟前，一把火点燃了围着他家屋子的干柴，然后匆匆离去。

在远处的高山上，看着他家化为火海。这个他童年成长的老宅，他们一家人快乐相守的老宅，在火海中慢慢垮塌……

有两个身上着火的人冲出来，连喊带叫地在地上打滚，没滚两下就不动了，其余的三个人包括萍儿在内，都没有出来。

他对着火海说:"萍姨,原谅我没有进去救您,原谅我点了这把火,亲自送您上路,但您没有白死,我让这四个畜生给您陪葬了!"

说完,他对着火海猛磕了三个头。

父母给他取名张天意,何为天意?难道就是家破人亡?去他的天意难违、顺其自然。老天给了他画画的天赋,既然一无所有因为画,也会应有尽有因为画。命运由我不由天,张天意已随着这老宅一同烧死……

从此,他叫张天画。

他要去那人山的最高峰,去那权力的最中心!

第二卷 入画门

14. 只送不卖

长安城大体分为宫城、皇城、外郭城三部分，宫城位于长安的最北端，是皇帝、后妃及皇子生活的地方。皇城有南北七条大街、东西五条大街，宫城和皇城位于外郭城北部中央，各坊分布在宫城和皇城的东、西、南面。

这里是多少人的富贵梦，锦衣华服，琼楼馔玉，又是多少人的春闺梦，霓裳羽衣……多少人在这里逐梦，又有多少人在这里梦碎，碾为尘烟……

一腔肝胆何时报？满腹惆怅怎得销？
金车玉辇皆缥缈，不让碌碌复今朝。

未到长安时，期盼着它的繁华，如今到了长安，眼中却独不见繁华。《美人赏菊图》啊，那幅张天画心中至真至美的画，凝聚着他所有纯真与梦想，如今却像把尖刀一样深深扎在心里。既然一切因它结束，就一切再因它开始吧。

带着千万种滋味，他又画了一幅《美人赏菊图》。

可如何打开长安人脉？他有些无从下手。突然想起则天女皇时期的陈子昂，花千缗钱买张胡琴，先让众人惊叹他的钱多豪横，再摆酒宴约请听奏，待宾客落座后举琴摔碎，让众人惊叹他的狂傲不羁，碎琴后当场又分赠自己的文章，让众人惊叹他的文采与风骨。三个惊叹让他一举成名，从此立足长安、步入仕途……有钱人可以如法炮制，但张天画没钱，只能借鉴不能效仿。

皇宫位于城北，因此王公贵族们大都住在宫城、皇城周边的坊，南部的坊多为百姓居住。城北东市西市为主要贸易场所，商人们多聚集于此地；靠近选院的崇仁坊为求官者的聚集地……

摸清这些，张天画便在东西两市之间的各坊轮番展示《美人赏菊图》，并打出招牌——只送不卖。

这一招很管用，越是"只送不卖"，围观的人越多。

这天，一群人围着《美人赏菊图》指指点点，赞叹者有之，贬低者有之。就在熙攘的人群中，挤来三个富家纨绔。

一个满脸横肉的人问："小子，你这画挺精致，画上的女人也挺美，多少钱？"

张天画指了指立在一旁的招牌："此画只送不卖。"

"横肉"嘴一咧："反正是送，干脆送我吧。"说着便要去拿画。

他一把拦住："公子且慢，此画只送有缘人！"

"我就是你的有缘人，送我吧。"

"有缘人能看懂这幅画，也会因画懂我。你看懂了吗？"

"无非就是一个女人在看菊花嘛，有啥懂不懂的。"说完扭头问另两个纨绔，"你们看出啥名堂了？"

其中一个胖得圆滚滚的说："一幅画而已，能有啥名堂？依我看，他是在故弄玄虚，坐地起价。"

另一个稍显瘦高的豪横道："对，他这是自我炒作。我就不信这世上还有金钱买不到的东西，如果有，那就是钱砸得还不够。打出招牌又怎样，照样用钱砸翻它。"

"横肉"一听两个同伴这么说，更加来了气势："小子，别在这儿装模作样了。你也不打听打听老子是谁，整个长安城就没有老子买不起的东西，今儿难得我高兴，五千贯钱砸你这幅画，回家偷着乐去吧！"

周围一片惊叹："天价呀！""这样的画能卖五千贯，还不赶紧脱手……"

纨绔们一脸自豪，只等他屁颠屁颠地收钱交画，再好好挖苦讽刺一番，没想到他淡淡一句："不卖。"

纨绔们明显感到下不了台，脖子一梗："啥也不说了，一万贯，成交。"

他依然一句："不卖。"

"两万贯！"

"不卖。"

…………

"横肉"一把揪住张天画衣领："两万贯钱够你这穷货活半辈子了，别给脸不要脸。"

要在以前，他也不是怕事的，早跟他们动手了，但现在他忍了，明知鸡蛋碰石头，绝不能冲动，来日方长，又何必逞一时之快……

他不急不缓、彬彬有礼地说："大家都看着呢，我招牌早立在这儿，说得清楚明白，只送不卖，别说两万贯钱了，就算十万贯，我还是不卖，这个道理到哪都说得过去，别看你有权有钱，还能堵了大家的嘴？"

"横肉"气得一拳打倒他，又一脚踩在他脖子上，将他踩得喘不过气。另两个纨绔劝道："齐兄息怒，今早刚被你爹教训过，你爹说三天之内若再惹事就扣你月钱，为了条贱命不划算。"

"就是，张萱和周昉的画都在你家库房收着，这幅破画算什么，犯不着为它再惹你家老爷子。"

"横肉"听了劝，眼睛骨碌一转："他娘的，一个贱民而已，要在平时，老子早弄死你了。今儿就暂且放过你，识相的赶紧滚出长安，下次再让我看见，可就没这么简单了。"说完脚一抬，甩着袖子嚣张地走了。

张天画咳嗽着从地上爬起来，周围人有骂他尿的，也有可怜他被揍的，但自始至终他都没说一句话，只一味拍打着身上的土。

一顶香气缭绕的轿子在他面前落下，一个幽婉的女声从轿内传出:"这位郎君气度不凡,想必也出自富贵人家,刚才却能忍下那伙无赖的挑衅羞辱,可见郎君心中必有一番大抱负。"

"抱负谈不上,我只是个爱画之人,想寻一位知己,共同赏画而已。"

轿中女子掀起侧帘,看了一眼《美人赏菊图》。虽只露出了个侧脸,足以看出那绝美的轮廓。她悠悠说道:"满眼菊花不忍摘,却叫他人脚下踩。花尚开,人何在?画未衰,鬓先白。昔日芳魂化尘埃,徒留傲骨覆青苔。郎君所画之人,美是美矣,但见高雅,不见妖娆,但见清冷,不见娇媚,可知画中人乃郎君至敬至亲之人,此画又只送不卖,想必这画中人已长眠花下,若论了价钱,无论高低都是对画中人的冒犯与亵渎。"

听了这番话,张天画不免震惊,这女子极不简单,只看一眼就猜透了他的心思:"娘子所说与我的经历一点不差,既已看透了这幅画,我便兑现招牌上的承诺,将画送给你,还请好生保管,我在此谢过了。"

轿中女子欣然接受:"感谢郎君一番美意,这幅《美人赏菊图》我暂为保管。只是,郎君画功了得,我十分欣赏,想请郎君也为我作一幅画,不知可否?"

"千金易得,知己难求,我已视娘子为知己。若是娘子所托,我定全力以赴。"

"既如此,我也不会亏待你,必会给你一个满意的酬劳,还请郎君随我一叙。"

他们边说话,她随身的小丫头边来收画。但见这小丫头,只有十一二岁的模样,穿着打扮却极为成熟,头挽高髻、长裙曳地,低低的衣领紧裹着刚发育的胸,露出一大片雪白的脖颈,虽然还带着些许童真与青涩,却已显露出这个年龄不该有的妖娆与世故。

轿中女子到底什么人?相貌绝美、用度奢华、谈吐文雅、眼光犀利,像是大户人家,可为什么偏用一个如此奇怪的丫头?张天画心中不禁好奇:"娘子前面引路,我紧随其后。"

他背起简单的行李,跟着这顶幽香的轿子,穿过春明门、金光门大街,来到了平康坊。

15. 初进平康

庞大的长安城被分为一百零八个方格状的坊,各坊如同一个由围墙围起的小城,围墙四面有坊门,通常日出而启,日落而闭。

平康坊位于皇城外东南,东邻东市,西邻务本坊,南邻宣阳坊,北临春明门、金光门大街。坊内东西宽六百五十步,南北长三百五十步,以大十字街划分四区,四区内以小十字街再分四区,就这样全坊共被分为十六个小区。坊内有很多达官显贵的宅第,也有妓女聚居的三曲巷……

张天画跟着轿子从北门进入,向左一拐便到了三曲巷,就是南曲、中曲、北曲,这里昼夜喧呼,灯火不绝,是极风流的地方:"京都侠少"和"新科进士"最常活动于此……

这女子来此干什么?莫非她是……?

张天画心里正犯嘀咕,轿子穿过南曲的圆月拱门,在一处院门前落下,院门不大,却极华丽,雕刻着各式各样的花,有牡丹、桃花、兰花……大有争奇斗艳之势,匾额上写着"兰香苑"三个大字,两边的楹联分别是"迎送远近通达道,进退迟速逝逍遥"。

这是名副其实的青楼,难道,她是青楼女子?不知怎的,他心中竟一疼。

轿帘还未掀起,只听看门的小厮吆喝着:"兰娘子回来了。"

一位打扮妖艳、披金戴银的中年妇女从院里火急火燎扭出来,一看就是鸨母,半嗔半怒地掀起轿帘:"兰儿啊,我的好闺女,你总算回来了,说是去寺里上香只走半日,却足足走了四个时辰,你不在呀,整个兰香苑都快翻天了。"

老鸨边说边伸手掀轿帘,扶兰娘子下轿:"那宰府的公子和王府的郡王都点了你,哪边都捧着明晃晃的金子,哪边都得罪不起,只求好闺女多担待些,把两位爷伺候好,其他什么都依你。"

兰娘子在老鸨的搀扶下,款款下了轿,但见她白皙的皮肤犹如凝脂,明眸皓齿,朱唇黛眉,丰腴娇艳,胖一分则嫌胖,瘦一分则嫌瘦,眼波流转间风情万种,举手投足间灼灼生姿……不愧是那些王公贵胄们争相亲泽的对象。

这种情况下,张天画是跟她们进去呢,还是不进?……

正犹豫着,老鸨转头凶悍地吼道:"你个穷小子是干吗的?这里可不是你该来的地方,赶紧滚!"

话音刚落,院里院外的众小厮便冲过来要轰赶张天画。

兰娘子立马拉住老鸨:"妈妈快住手!他是我请来的画师,妈妈莫要刁难。"

老鸨眼珠子骨碌碌转:"好好的怎么又突然想起请画师了?而且还是个男的,你就不怕里面那些财神爷往歪处想?"

兰娘子面色一沉,半娇半嗔:"妈妈刚才还说什么都依我,转眼就变了,看来平日里说爱我疼我的话,都是嘴上说说来哄我的,并不见真。我刚一路奔波回来身子也乏了,就不见客了。"

老鸨立刻满脸堆笑:"你是妈妈的心头肉,哪能哄你呢,好好好,只要你乖乖接客,别说一个画师了,就是十个,我兰香苑也给你养了。"

兰娘子俏皮地对老鸨一笑:"还是妈妈好。"然后转头对张天画说:"你先随他们去,吃好喝好玩好,休息着,等我忙完了就叫你。"

兰娘子被老鸨拉着上了楼,他则被小厮安顿在一间客房里。不一会儿就端来一桌酒菜,他也不客气,一个人大吃大喝起来。吃饱喝足还不见兰娘子传唤,便在客床上沉沉睡去。

第二天，还在睡梦中，一个小丫头敲门喊道："兰娘子叫你呢，随我来吧。"

张天画匆忙起来，在小丫头指引下来到兰娘子的房间，进门前，还特意整理了一下衣着和发式。

只见屋内凌乱不堪，两个小丫鬟正在收拾屋子。床榻上一片狼藉，被褥床单卷得乱七八糟，空气中还停留着男女欢爱的余味。兰娘子正坐在梳妆台前化妆，只穿一件白色中衣，隐约可见玲珑有致的身躯……他慌忙闭上眼睛背过身去，嘴里念叨着："非礼勿视，非礼勿听，非礼勿言，非礼勿动……娘子若不方便，我先出去回避。"

"你站住，"她转身披了件外衣，几下收拾整齐后走到他跟前，"你也看见了，我是个青楼女子，若你的画不想送我，现在可以拿回去。"

他忙摆手："送都送了，岂有再收回的道理？再说了，我也不觉得青楼女子怎样，有情有义的青楼女子大有人在，比那些衣冠楚楚却噬人血肉的狗官们活得更真实。"

她莞尔一笑："说得言辞凿凿，好像你被狗官们咬过似的。"

他很有一种冲动想把过去告诉她，但想了想还是忍住了，人心难测，这个社会太复杂，就算与她没有利害关系，也难保她身边的人不想害他，还是少暴露自己为好。"虽然没被狗官咬过，但这样的书籍看过不少，这样的故事也听过不少，衣冠楚楚的狗官多，善良重情的青楼女子更多，我只看人心，其余都不重要。"

她像看透了他的心思，不再多问："那就好，言归正传，先介绍一下你的情况吧。"

"我叫张天画，爹死得早，娘一手把我拉扯大，《美人赏菊图》中的女子其实就是我娘，上个月刚病逝。我不想留在老家睹物伤情，便只身来到长安，想寻个知己一同作画赏画，却在遭人欺凌之际巧遇娘子，也算因祸得福了。"

她听得很认真,听完低下头陷入回忆:"我们很像,我父亲也过世得早,母亲把我寄养到叔父家,自己则改嫁去了,六岁时,叔父将我卖到这里。我本名叫苏婉,你以后就这样叫我吧。"

"苏婉,很好听的名字,可他们为什么都叫你兰娘子?"

她说:"兰娘子不是名字,而是头衔。这里是兰香苑,我又是都知娘子,所以都这样叫我。"

都知娘子是平康坊诸妓中的佼佼者。苏婉人生得美,谈吐也不俗,自有一股知书的文雅气,难怪能担得起这个称呼。

正说着,小丫鬟们已把房间打扫干净,窗明几净之后才把奢华看个清楚。苏婉的梳妆台上散落着些许首饰:红珊瑚的手钏,黄金打造的簪子和耳环,珍珠的项链,翡翠的镯子……一旁还有两个上了锁的箱子,估计里面装的全是珠宝。

平康坊的娘子们都很有钱,尤其是南曲和中曲的优妓,来往的都是官宦士人、王公贵族,有些都知只出来让客人见上一见就要上千贯钱,如今看来传言非虚……

再看那茶几,由香樟木精雕而成,散发着淡淡幽香,几旁摆着一张古琴,古琴旁一个铜香炉里正幽幽熏着香……若是能坐在这样的几旁,边饮酒边听她弹琴,估计什么烦恼都能忘了。那床榻更舒适,里外都用真丝铺就得软软和和,真正一个温柔乡……

张天画被这一应奢华惊得目瞪口呆,如此铺张的用度,与村里那些被饿死的老百姓形成鲜明对比,不知这样的奢靡颓废在这个乱世还能维持多久……

苏婉让小丫鬟拿出一百贯钱:"我很欣赏你内心的纯净,这份纯净在如今的世道已不多见。所以想请你画一幅地藏王菩萨,这是一半的酬金,如果你的画让我满意,还有另一半。"

他慌忙推辞:"苏娘子给太多了,我的画值不了两百贯钱,二十贯已绰绰有余。我这次只拿十贯,画好后如果娘子满意,我再拿十贯,如果娘子不满意,那十贯我也是不能拿的。"

苏婉露出诧异："你这个人还真奇怪，别人都嫌钱少，能要多少就要多少，恨不得掉进钱眼儿里，你却不同，要么只送不卖，要么就嫌钱多。像你这样做事，迟早把自己饿死。"

他说："我视苏娘子为知己，又不是做买卖。买卖可以只做一次，但知己是一辈子的。"

苏婉没有任何反应，很职业地敛去情绪，只表现出一贯的温婉："也罢，反正钱就摆在那儿，你自己随意拿，拿多拿少都是你的事。"

他只拿了十贯钱就走了。

出门前，门口的小厮嘲笑道："兰娘子的床上功夫在整个平康坊都数一数二，陪一次客人，少说也得五千贯钱，你个穷小子进都进去了，还能白着手出来，真是稀罕，看来你享不了这个福啊！"

他也没搭理他，低着头往外走，正巧撞上一人。

那人喝得烂醉，大声嚷嚷着："我要见兰娘子！"

16. 口出狂言

他本不想多事，但一听是找苏婉的，便多了个心眼儿，在远处偷窥着。

此人五大三粗，一脸凶相，一看就是个狠角色。他心想着若那几个小厮拦不住他，关键时刻便挺身出去护一护苏婉。

老鸨双手叉腰挡住醉汉，颇不耐烦地咧咧着："跟你说过多少遍，就你那点钱够不上见兰娘子的份儿，要么加钱，要么换人，可你既不加钱也不换人，再这样胡搅蛮缠，老娘就不客气了！"

醉汉大嚷着："你们这帮狗眼看人低的贱货，不就是瞧着我今年又落榜了吗？老子要是状元，看你们还敢这副德性？早都巴巴地贴上来了。"

老鸨气得咬牙切齿，却又硬压着性子解释道："客官这样说就不对了，我们是做生意的，又不是办学堂的，我们只论钱多钱少，不论学问大小，谁钱多谁就是大爷，哪怕乞丐，只要能掏出五千贯钱照样能睡兰娘子。"

醉汉破口大骂："瞎扯淡！前天晚上状元郎来这儿，整个平康坊都在招揽他，又是敲锣，又是打鼓，恨不得把自家都知娘子贴他身上，最后你们兰香苑得了头彩，状元郎只给十贯钱就睡了兰娘子，这事儿在整个长安城都传遍了，蒙谁呢？既然你们口口声声说公开做生意，状元郎十贯钱能睡，为甚我就不行？"

老鸨忍无可忍，向四下吩咐道："给老娘轰出去！"

七八个小厮蜂拥着与那醉汉打成一团。众小厮虽人多，但拳脚毫无章法，醉汉却不同，拳脚一比画就是行家，用力浑厚、招招要害。

但听一阵"啊""呀"乱叫，众小厮像弹射一般从醉汉身上弹出去，有的压垮桌子，有的撞碎碗碟，还有的飞到门框上，把大门都差不多砸掉半个……而醉汉不仅毫发无损，还满面红光，大有愈战愈勇的架势。

老鸨一看这情景，气得歇斯底里："打！给我往死里打！"

登时出来一个满身肥膘、一走肉一抖的胖子。醉汉本就比常人高出半个头，这胖子又比醉汉高出一个头，再加上膘肥体壮，走起路来像一堵移动的小山……他连推带搡，将醉汉推出院外。

醉汉一看形势不对，一身酒气醒了大半，摆起阵势准备开打，可使出再多拳脚都淹没在胖子的一身肥膘里，除抖了抖满身的膘，其他都纹丝未动。

众小厮来了气势，纷纷躲在胖子身后摩拳擦掌、吆喝起哄："刚才不是很能嘛，现在怎么戾了？""打呀，打死他！……"

醉汉试了几圈拳脚，与胖子实力悬殊，他瞟了眼周围似想瞅个机会开溜，却被胖子一把揪住，一个扛摔撂倒在地。

小厮们逮着机会蜂拥而上，一通拳打脚踢……眼见他口中吐血，翻起白眼，不再动弹，老鸨才大吼一声："住手！"

众人纷纷停手，老鸨走到醉汉跟前看了一眼，对旁边的小厮说："赶紧浇盆水，看还活着没？"

一盆水泼下，醉汉缓过一口气，咳嗽了两声，看来伤得不轻，话都说不出来。

小厮刚要动手再打，老鸨连忙制止："行了，别真把他打死，要惹上人命还不够晦气，怎么做生意？"说完，她对着醉汉啐了口唾沫："呸，就你还跟状元郎比，也不撒泡尿照照自己什么东西！状元郎十贯钱能睡兰娘子，就你不行，怎么着！"

老鸨吆喝着众人都回了兰香苑，只醉汉一人躺在大街上，痛苦地呻吟着……

人们在他身旁来回穿梭，该迎来送往的迎来送往，该欢声笑语的欢声笑语，竟无一人理睬他，仿佛他是空气，是个看不见的存在。

张天画目睹这一场面，有些不忍，都是考场落榜的失意人，都是被命运挤对，又不甘认命的人……

他去扶醉汉："这位兄台，你住哪？我送你回去。"

他只一味呻吟，话都说不出来。无奈，张天画只能先扶他回了自己住处。

醉汉占着他的床，他没地方睡觉，索性抓紧时间画地藏王菩萨，早一刻完成，就能早一刻交给苏婉。不知怎的，他总想尽早再见到她……不知不觉，天已亮了。

"哎呀，不好意思，兄弟救我回来，我还占着你的床，让你干熬了一夜，黄某实在过意不去。"醉汉休息了一晚，酒彻底醒了，伤也好了些。他边说边想站起，似要给他腾床位。

他从画纸上抬起头："你别着急起来，再多休息一会儿，反正我也忙着，暂时还不睡。"

他松了口劲又躺回床上："感谢小兄弟救命之恩，要不是你，我可能已经死在那烟花之地了。敢问小兄弟尊姓大名，何方人氏，在下日后也好回报。"

"举手之劳而已，何足挂齿，我救你回来可没想着要回报。我叫张天画，之前和你一样，是个落榜的书生，年年考，年年考不上，心灰意冷之后就不想再考了，转行当画师，目前在长安谋生。你呢？"

"我叫黄巢，曹州冤句（今山东菏泽西南）人，说实话，干的行当不太正经。"

"哦！"既然人家不方便说，他也不追问了。

两人沉默一阵，张天画一心扑在作画上，并没把他的话太当回事，可黄巢心里却犯嘀咕，以为张天画不吭声是介意他的不真诚，若想害他，不必救他，既救了他，足以信任……"其实我家里是经营盐务的。"

张天画暗自忖度，原来他是个盐贩子。贩私盐确实不是什么正经生意。食盐是朝廷重要经济命脉，把控相当严格，政府把私盐贩叫做"盐贼"，法令明确规定，贩盐一石到二石的要受杖责和罚款，三石以上的受杖责后充军到西北边疆，带有武器并且拒捕的，按"盗贼"处以死刑。这些铤而走险的私盐贩因为长期与朝廷对着干，成群结伙到处游动，结交的多是三教九流……怪不得他胆识了得、身手过人。

黄巢接着说："我也知道贩私盐犯法，所以立志读书考状元不想再干这行，可年年抱着希望来，年年又带着失望回。我读书可是真下苦功夫了，就不信那些状元个个比我强，官场上都他娘的串通一气、暗箱操作，说什么公平测试，其实就是给那些酒囊饭袋走个过场，让见不得人的勾当合法化，而我们这些没背景没靠山的老百姓，都被朝廷忽悠着当陪衬了。"

因为有着相似的经历,张天画倍有同感:"就是,这些当官的良心都让狗吃了,官官相护、官商勾结,他们只维护自己的利益圈子,根本不拿老百姓当回事儿,太伤咱们学子的心了。"

说起盐贩子,张天画说:"朝廷说贩私盐犯法,我倒觉得挺好,朝廷把盐价控得那么高,很多老百姓吃不起盐,甚至因此生病,你们把盐便宜卖给老百姓有什么不对?"

黄巢一听张天画不仅没有瞧不起反而十分认可他,相见恨晚的感觉油然而生,完全打开了话匣子:"我五岁的时候,有一次我爹带我在爷爷那里对诗,我爹出菊花联句,爷爷没对上正急得一头汗,没想到我这么个小毛孩儿居然对上了'堪与百花为总首,自然天赐赫黄衣'。此句一出,我爹提着棍子就揍我,要不是被爷爷拦住,非被我爹揍扁不可……"

"哈哈哈,这么霸气的话哪像是个五岁毛孩儿说的?幸亏当时没外人,不然说你们大人不教好,扣个心存不轨、意图谋反的高帽子,不得让你们吃不了兜着走啊。"

他叹息一声:"什么叫谋反?什么叫忠诚?我们到底该忠诚于李家,还是该忠诚于天下?"

"这……"张天画竟无言以对。他从没想过这个问题。

见他语塞,为免尴尬,黄巢便换了个话题:"你画的啥?"

"地藏王菩萨。"

他十分不屑:"画菩萨有屁用。菩萨若有灵,岂会有这么多不公平?看看那些饿死的人,哪个不善良?哪个不无辜?再看看我们,十年寒窗苦读换来的却是欺压蒙骗,菩萨管过吗?所以人还是要现实点儿,与其花心思弄这些虚头巴脑,不如想想怎样让自己强大起来,只有强者才不被人欺负。"

道理是没错,但张天画总觉得有些激进:"欲速则不达,凡事都得一步一步来,一口吃不成个胖子。人是得现实点,但也要有些精神寄托。"

黄巢轻蔑地一笑:"你说的这点我可不敢苟同。咱的对手本来就强大,咱若按部就班,什么时候才能打倒对手?难道经历了这么多你还没看清楚吗?这个世界不是你吃我,就是我吃你,与其被人吃,不如我吃人,强者为尊才是王道。"

两人一起吃了几口干粮,黄巢的精神好多了,在他的画纸旁边又另铺一张纸,写下一首诗,并说:"感谢张兄弟救命之恩,这首诗请收好,说不定以后用得着,我这就准备回去了。"

这番话说得阴阳怪气,他连考试都落榜,明显仕途无望,又不是士族世家,他的诗还能派上什么用场……不过毕竟是别人一番心意,他也郑重收下:"多谢黄兄赠诗,你身上还带伤,不再多休养几日?"

黄巢一瘸一拐地往门口走:"我在这里鸠占鹊巢,害你连个躺的地方都没有,心里实在过意不去。再说还有两位弟兄等着呢,王仙芝和朱温,怕也急了,我得赶紧去找他们。"

"猪瘟?"还有人叫这名字?

他赶紧解释:"朱是朱色的朱,温是温暖的温。这名字确实容易产生歧义,迟早劝他改掉。"

张天画自觉有些失礼:"名字只是个代号而已,受之父母,自己还是不要随便改,要改也得由体面的人帮着改。"

"嗯,我这兄弟个性很强,他说名字要么不改,要改就得由皇帝亲自改。"

虽是几句玩笑话,但张天画却十分震撼。这都是一帮什么人啊,居于社会底层,却充满对皇权的藐视……这帮人凑在一起怕不是省油的灯。"这位朱温兄弟真是豪情壮志啊,虽未谋面,但与黄兄您的英雄气概不相上下。"

黄巢爽快地笑了笑:"小兄弟是个有见识的人,我有一种感觉,咱们以后还会再见的。后会有期。"

"黄兄多保重,后会有期。"

黄巢走后，张天画打开他的诗细细品读，但见白纸上龙飞凤舞地写着《不第后赋菊》：

待到秋来九月八，我花开后百花杀。
冲天香阵透长安，满城尽带黄金甲。

诗是一首好诗，气魄也不是一般的雄壮，但字里行间怎么透着一股剑指长安的反意呢？他将诗收起来，虽然说不上喜欢，但毕竟是自己的一段经历，权当留个念想吧。

黄巢预感他们还会再见。会吗？

17. 一半酬金

"地狱未空，誓不成佛，众生度尽，方证菩提……"苏婉一个青楼女子，为什么要请人画地藏王菩萨？莫非是说她身在炼狱，心在天堂？若真这么想，倒让人心生敬意。

以前瞧不起青楼女子，觉得她们靠出卖肉体赚钱，是披着人皮的躯壳，没有灵魂可言。如今却不这么认为了，沦落到青楼这步田地，谁都有难处，谁都有过往，不是每个人都心甘情愿……只要灵魂不堕落，在哪里吃饭又有什么关系？

其实人走的每一步都沿着各自的轨迹，像被一只无情的大手推搡着，谁都不能说改变就改变。以前崇拜当官的，被老百姓捧得高高在上，可谁又知高高在上的皮囊里包裹着怎样的灵魂？像黄文举、王安勇之类不干人事的官宦，还不如一个青楼女子。

张天画这么想着，对苏婉的好感又上升了些，心里更加认定她与别的青楼女子不同。

他画的地藏王菩萨左手持锡杖,右手结与愿印,站在莲花座上,神态安详,法相庄严……可怎么看,怎么都觉得少点什么,没有把苏婉的心意完全表达出来。于是,他在地藏王菩萨的圣像下又画了一幅苏婉的供养人小像。

画好后甚为满意,要不是因为天还黑着,他立马就想拿给她看。不是急着要那剩下的十贯钱,而是纯粹期待她的赞赏。

他小心翼翼将画收好,激动得一夜无眠。

第二天一早便兴冲冲来到平康坊,小厮一看是他,爱搭不理:"兰娘子还没起床呢,你先等会儿吧。"

他们这种人极势利,最会看人下菜了。他悄悄塞给小厮一把铜钱:"小哥儿辛苦了,麻烦给兰娘子带个话,就说她要的画已经好了,请她抽空看看。"

小厮掂了掂铜钱,一副这还差不多的表情:"等着啊,我给你传话去。"

不一会儿,小厮跑来说:"兰娘子正吃饭呢,叫你上去一起吃。"

他还是整理了一下衣裳和头发,工整地进了她的房间。

桌上饭菜未动,摆了两副碗筷,她穿戴整齐且已化好了妆,一袭淡粉色的曳地裙显得娇媚无比。她俏皮地说:"来得早不如来得巧,坐下一起吃吧。"

美人相邀哪有推辞之理。他不胜欢喜地坐下,边吃边聊:"苏娘子要的画已经画好了,只是在下才浅技拙,恐不能如娘子所愿,请多包涵。"说着便在饭席上自豪地展开了画,内心期待着她的赞许。

苏婉仔细端详着、揣摩着:"张郎的画甚是精细,从中可以看出你思维的缜密,画功虽还显青涩,但在你这个年龄已属罕见。此画虽好,只是……"

他心头一紧:"只是什么?"

她看了看他，有些犹豫："只是感觉不对。"

"感觉？"画画无非就是像与不像，感觉这个词还是第一次听，"愿闻其详。"

苏婉说："你画的地藏王菩萨给人一种高高在上的感觉，这是你心中的官，不是你心中的佛。佛是普度众生的，是温暖的归宿，无论你是帝王将相还是乞丐妓女，都在众生之列，看到他就像看到太阳，将光公平地照在每个人身上，而不像现在这样有压迫感。再说你画的我，虽是以供养人的身份出现，却带着《美人赏菊图》中你娘的影子，端庄有余、妩媚不足，娴静有余、妖娆不足，那可不是我。"

一席话让张天画甚为震撼，再看这幅画时，果然如她所言，地藏王菩萨高高在上，藐视众生，而那供养人，与其说是苏婉，不如说更像任芸娘……

张天画像突然被泼了盆冷水，把积蓄一宿的热情通通浇灭，恨不得找个地缝儿钻进去："娘子所言极是，受教了。"

看出他情绪有些低落，苏婉连忙劝解："人物是最难画的，东晋的顾恺之就说，'凡画，人最难，次山水，次狗马，台榭一定器耳，难成而易好，不待迁想妙得也，此以巧历，不能差其品也'。每个人都有其特点，稍把不准就可能张冠李戴，画成这样很正常。"

张天画想到昨晚刚画好时沾沾自喜、急不可耐的样子，真是羞愧得无地自容："在下见识浅薄，辜负了娘子的信任，我这就回去再补一幅来。"

苏婉拉住他："你这样着急忙慌的，画再多也不会有那种感觉。"

她说得没错，要画别人的精神世界就不能凭着自己的感觉去画。只有进入他人内心，才能画出他人的感觉。"给我讲讲你的故事吧，或是其他什么，我想深入了解你。"

也许是他说得太直白，苏婉脸一红："说你呆，你还真是个呆子。"

他这才意识到自己的鲁莽:"娘子莫要介意,我没有轻视的意思,刚才实在是着急了才说出那样轻浮的话……"

她打断他:"我懂你的意思,我既看准你,自然知道你不会轻视我,其实你能画成这样已属难得。我的故事说简单也简单,从小被卖到青楼再没离开过,说复杂却又极复杂,什么样的人都得见、都得伺候,看到的是人性中赤裸裸的欲望,唯一看不到的就是真心。今天叫我宝贝儿的人,明天又搂着别人叫心肝儿,天黑与我欢情的人,天亮又骂我贱货……见多了世间的悲欢离合、虚情假意,自然也就看开了、放下了,现在只一心向佛。"

是啊,所谓的心境都因人而异,有人经历了,妥协了;有人经历了,抗争了;还有人经历了,演绎了……而他,自遇见苏婉后,既不想妥协,又不想抗争,更不想演绎……不知怎的竟莫名其妙问了句:"如果我画不好,你还会再找别人画吗?"

她抿嘴而笑:"这个还没想好,也许会,也许不会。"

"好吧,若没别的事儿,我就不打扰娘子,先回去了。"

她拉住他:"你不要气馁,你的画很好,是我太挑剔了,所以钱还是照常给你。"

说完,丫鬟端出一盘铜钱,足有一百贯。

他瞅了一眼:"这钱,我万万不能收。"

苏婉劝他:"画画这门功夫是需要时间的,有人几十年都不见得能画出名堂,你光画画不收钱,迟早把自己饿死。"

"收钱也得凭本事讲诚信,之前就说过,若娘子满意则再收另外十贯,若娘子不满意,那十贯绝不能收。如今此画漏洞百出,我连十贯都不能再收,更何况是百贯。"

苏婉说:"那画很好,我很满意……"

"就算娘子满意,我自己也不满意,这画过不了我自己这关。"说完,他头也不回地转身离去。

18. 苦练技艺

回到客栈，他铺纸研墨继续画。都说熟能生巧，千遍万遍的，就不信画不好。

可无论他怎么画，都找不到苏婉说的那种感觉，一连两天，废纸团扔了一箩筐。

正在垂头丧气之际，只听一阵叩门声。开门一看，竟是苏婉的丫鬟："兰娘子要见你，明早巳时过去找她！"

"好的，请回复兰娘子，我一定按时赴约。"

张天画又诧异又惊喜，恨不得在屋里跳几下。本以为画完画后与她再不会有交集，没想到她竟主动约他，更没想到自己会如此期待她的相约，这是怎么了？

第二天，他早早就到了兰香苑，一直在门口等着，到了巳时才进去。这次不是小厮传话，苏婉的丫鬟就在门口："兰娘子等你呢，随我来吧。"

来到苏婉房门前，他还是整理了一下衣裳和发式才进去，苏婉坐在餐桌前，穿着一身淡蓝色的曳地裙，妩媚之外又透着一股清纯，一桌饭菜没动，还是摆着两副碗筷："我估摸你出门早，应该没吃饭，特意多准备了些，坐下来一起吃吧。"

他也不推辞，大大方方地坐下便吃。

苏婉边吃边说："听说过李云彰吗？"

"当然听说过，现在宫廷画派首推李云彰，他与南方山水画派的刘伯山刚好形成呼应之势，所以江湖上早有'南伯山，北云彰'之说。他的师父乔志宏师从李天赐，那李天赐可是张萱的关门弟子，算起来，李云彰是张萱的第四代徒孙，正儿八经世家传承的宫廷画大师。"

"对他这么熟悉，看来你们还真有缘呢。"

张天画撇撇嘴："人家是大师，我是江湖一闲人，何来的缘分？我可高攀不上。"

苏婉轻轻一笑："就不跟你兜圈子了，前天晚上李云彰到我这儿来，我给他看了你画的《美人赏菊图》和地藏王菩萨，他对你颇感兴趣，大有收你为徒之意。但同时也说了几点中肯的意见，你笔下的人物特点不清，无论画你娘还是画我基本都一个模样，不过，人物画本就难画，人物特点又是画中最难把握的地方，不能因此就否定你是个画画的好苗子。所以我才着急把你叫来商量这件事儿。"

不知为何，他心中涌上一股醋意："你接待他了？"

她吃一惊，可能没想到这个时候他关注的不是李云彰而是她，好笑似的说："不是你想的那种接待。他与别的恩客不同，极少来，而且来了只聊天听曲儿，不干别的。他惊艳我的才华，也惋惜我的身份，我们算是忘年交。"

"哦，听你这么说，此人还算正派，是个可交之人。"曾膜拜过李云彰的画，又听苏婉此番叙述，心中便憧憬着与他结交。

苏婉面露无奈："你个呆子，叫你来可不是瞎扯淡的，而是商量着怎么才能投到李云彰门下，拜他为师。我一直觉得你在画画上有天赋，但苦于没有良师指点，自己瞎琢磨总是进益不大，要闯出个名堂更不容易。如今机会来了，那李云彰身上有股难得的正气，不为富贵折腰，你一定要好好把握这个机会。"

他真没想到苏婉会如此为他打算，心里着实激动："依娘子看，我该如何行事？"

苏婉一本正经地说："宫廷画主要以女子为主，你就专练画女人，画够七七四十九个女人，拿着这七七四十九张画去找他，应该差不多。只是……"

"只是什么？娘子但说无妨。"

"只是要在两三个月之内完成,你可能会很辛苦。"

苏婉能精确地说出七七四十九张美人图,又说在两三个月之内完成,这肯定都是李云彰的意思。他两眼放着光:"娘子全心全意推介我,我岂能辜负?两个月画四十九张画,我能吃下这个苦,只是,四十九个女人不好找。"

苏婉笑道:"这有什么难,女人最集中的地方除了后宫就是青楼,你安心在这里画就是了,至于老鸨那边,我去跟她说。"

他感动得一时不知如何表达,竟一把握住她的手:"不管此事能不能成,我都先谢谢苏娘子。"

苏婉也不急着抽出手,温顺地任他握着:"你不是视我为知己吗?我也不白当这个知己。"

突然有那么一瞬,他对她的恩客们又羡又恨,羡慕他们能和她有肌肤之亲,与她沉湎温柔乡,又恨他们给她的只有钱,没有爱。他们只看到一个美艳的躯体,却看不到她玲珑的心和圣洁的灵魂……

"苏婉,我……"

"你什么你,赶紧收拾家当来干活吧!"

她对情感把控得很好,绝不给他任何流露真情的机会,也许是她不信,也许是她自卑……

收拾好情绪,他放开了她的手:"既然要画,我想先从你开始。"

她说:"今天怕来不及了,已经有客人在等,你还是先从老鸨开始吧,这样她会高兴些。"

"是呢,凡事都得讲规矩,当官儿的优先。"

她笑着推他出去:"知道就好,别腻在这儿啦,开工吧!"

他也难得俏皮地说:"哎呀坏了,腿长在这儿,动不了了。"边说还边演,腿粘在地上怎么扯都扯不动。

她笑得咯咯的……

说画就画,从老鸨开始。那老鸨别看有钱,却从未有人给她画过像,格外重视,又是穿金戴银,又是涂红抹绿,恨不得把家当首饰都挂身上来衬托贵气,使本来就尖嘴猴腮的脸显得更为滑稽可笑。

别人不认为这是美,而自己却沾沾自喜。也许这就是对画师的磨炼吧,不以我之美为美,也不以他之美为美,只是客观记录这实实在在的状态。

画好后,老鸨格外满意,另赏了他一贯钱,他也毫不客气地收下了。正所谓见什么人唱什么歌,她是势利之人,他便以世俗待之。

画好老鸨,他又想画苏婉,但想了想还是把她放在最后,他用最好的状态去画她。

接下来画各位娘子,个个都是精心调教的美女,风华正茂、花枝招展,有的丰腴,有的纤弱,有的性感妩媚,有的乖巧伶俐,有的眼带秋波,有的楚楚动人,那真是:

百花争艳各色美,环肥燕瘦不觉累。
莫与美人争错对,芙蓉帐底我是谁?

越画越顺手,刚开始一天画一个,慢慢地一天画两个,而且越画越像,对人物特点的把控也越来越准,自己都能感觉到质的飞跃,只是身体极度疲劳,站到腿脚浮肿,手都磨出血泡。

娘子们和一部分大丫鬟才画完,很多小丫鬟还没画就已经够了四十八个人,第四十九幅画是留给苏婉的。

苏婉心疼地看着他:"几天不管你,就把自己折腾成这副模样,又没人拿刀逼你,这么拼命干吗,休息两天再画。"

他半开玩笑地说:"这不是急着想画你,急上火了嘛。"

"又拿我取笑,再欺负人,就不理你了。"说着,似嗔非嗔地扭过头去。

"女侠厉害,女侠威武,借我个胆都不敢欺负你。"

正说着,丫鬟进来倒茶,看到他俩这副情形,居然自觉地铺了床,拉了帘子,然后掩门而去。

苏婉看到后掩嘴而笑:"这小妮子真是越来越胆大,居然自作主张就把我许给你了。"

"我……"他此刻内心万马奔腾,多想就着这势头压倒她,一亲芳泽……可真若这么干了,与她的那些恩客又有什么分别?她拿真心相待,他又怎舍得当她是普通青楼女子般轻贱?

她见他压抑着身体的欲火,有那么一瞬竟泪光盈盈,转而又说:"开始画吧,只差这一幅就可以去见李云彰了。"

他也赶紧顺着话茬说:"你不换件衣服、补个妆?"

"不换了,就这样平凡普通才好。别人都盛装打扮,想把自己最美的形象留下来,我只想留下最真实的样子。"

他出神地看着她:"你可知,即使你最稀松平常的样子,也比她们盛装打扮的美。"

说这话,他没有半分虚假奉承之意,她那么美,美得动人心魄;那么灵动,仿佛人生百态都在眼中浮过,你只一个眼神,她便全知心意;又那么超脱,虽身在炼狱,却心在天堂……

她看他痴痴的样子,暗自咕哝:"唉,只怕这晚来风急,秋来雨稀,别被这平白的风雨打伤了你。"

"你说什么?"

她摇头道:"没什么,开始画吧。"

19. 见李云彰

终于画完了四十九幅美人图,这段时间,苏婉和张天画的关系已经非常熟络了。

她从第一张翻看到最后一张:"果然长进不小,画老鸨时还比较生硬,画到我就自然多了。"

"那就好,也不枉我把自己关在这儿两个多月。说到底,还得多谢苏娘子帮忙,不然我哪有这么好的机会……"

她用手指轻点他的嘴,娇嗔道:"又来了,你就不能少说些这种酸腐话?"

他只觉得嘴上痒痒的,心里酥酥的:"好,你不愿听,我就不说了,专挑你爱听的说。明天我就带着这些画去见李云彰。"

苏婉从首饰盒的抽匣中取出一把钥匙,打开旁边的一个箱子,又从箱子中小心翼翼地取出一个精致的盒子交到他手上:"既然要去,就郑重其事地去,把这个作为拜师礼送给李云彰。"

他打开盒子一看,是一颗拳头大小的夜明珠,通体散发着黄绿色的光,此物一看就价值连城,别说普通老百姓了,恐怕连皇族都难得一见……他连连摆手:"这么贵重的礼,万万使不得。"

"有什么使不得的,那李云彰就算再有正气,再欣赏你的才华,收徒弟也得按照祖师爷的规矩来,拜师礼是少不得的,礼轻了显得你恃才傲物、不重视他,这颗夜明珠不轻不重,刚刚好。再说了,你拿去正经使用,又不是吃喝嫖赌,物尽其用才算有价值,放在我这儿就只能锁在箱子里暴殄天物。"

"这颗珠子太贵重了,把我的身家性命搭进去都不够,我如何敢收啊!"

苏婉浅笑道:"谁要你的身家性命?你就当我在投注,等你以后飞黄腾达了加倍还我便是。"

像有什么把他的灵魂敲打了一下,他怔怔地盯着她:"你为什么如此帮我?"

她眼神坚定而又清澈地看着他:"因为你心里燃着一把火,是这个乱世难得的清明之火,我不忍看到这样的好人受尽磨难还难以立足,更不忍灭了你心中这把火。"

千言万语都表达不出他内心的感激:"苏娘子的大恩大德如同再造,我一定好好学画,努力挣钱,等攒够了钱第一件事就是把你赎出来……"

她立马打断他:"快别说这种丧气话,我就想一辈子待在这儿,你可千万别赎我。"

一般青楼女子都想被赎出去,难道她想一辈子待在这儿?"为什么?"

"女人啊,一旦走入青楼就再不可能清白过日子了,赎出去又能怎样?谁会不在意这段过往?像我们这种人当不了正妻只能当妾室,还让夫家蒙羞,在外被人指指点点,在家被打被骂,没几个能得善终,与其这样,不如在这儿快活逍遥,有地方养着,有人捧着,挥金如土,半醉半醒。"

他说:"你怎知所有人都在意这段过往?说不定还真有那与众不同的男子,身边既没有族人鄙视,也愿意接纳你,包容你,和你过清白日子。"

她嗤笑道:"天下怎会有这种人?如果有,那他不是呆子,也是傻子,把我的后半生交给一个呆傻,还不如就待在这儿呢。"

这番话是有意说给他听的,提醒他不要投入情感,她注定就是一个青楼女子。可他的心却莫名痛起来……

第二天,张天画拿着四十九幅美人图和一颗夜明珠去叩李云彰府的大门。

一小厮从门缝儿里探出个头:"什么人?"

"草民张天画前来拜见李大人,还望小哥儿通传一声。"说着,塞给他几枚铜钱。

小厮也不推辞,默默收下:"等着。"然后关上大门,小跑而去。

他既紧张又激动,心里将提前准备好的见面词又默背了好几遍。

不一会儿，小厮出来了："跟我来吧。"

"多谢小哥儿！"

他跟着小厮来到厅堂，李云彰正坐其中，虽穿着便装，却难掩一身富贵之气。四十多岁的年纪已半数白发，气度沉稳，边喝茶边读书。

张天画心里早已视他为师父，一见到他，说不出的亲切，毕恭毕敬地跪下，将画和装有夜明珠的盒子捧于头顶："草民张天画拜见李大人。素闻大人妙手丹青，草民仰慕已久。这次带了一些平日习作，还望大人指点，并斗胆乞求大人能收我为徒。"

李云彰没有回复他，只是低头喝着茶。一旁的小厮取下他手中的画和盒子，抱到李云彰面前，将盒子打开。

李云彰漫不经心地朝盒里瞅了一眼，本想继续喝茶，又觉得哪里不对，再望向盒里的夜明珠时，显然吃了一惊。他小心翼翼地将夜明珠取出来，上下左右仔细端详一番，然后又小心翼翼地将夜明珠放回盒子："张天画是吧，我刚翻看了一下你的习作，笔锋朴拙，是个可塑之才。"

他和李云彰非常默契地没有谈起兰香苑，虽然他们都与苏婉清清白白，但她的身份终究登不得大雅之堂。

李云彰继续说："入我门下可不容易，既然你诚意投奔而来，我也暂不驱你，给你三个月时间，若是达到我的标准便收你为徒，若是达不到，你从哪儿来便回哪儿去吧。"

他激动得连连叩首："谢谢师父，谢谢师父。"

他满眼笑意："叫早了，能不能入门还不一定呢。想拜我门下的人多了，但目前为止，只有两人通过测试，其余全都被轰走了。你若留得下来，再改口叫师父也不迟。"

"是，草民记下了。"

李云彰接着说："我每天公务缠身，所以你不必每日都来，只要按时完成我交给你的任务即可。"

"是，草民记下了。"

他接着交代："今天回去后，两只手臂各绑半钧重的砖头抄三十遍《金刚经》，半个月后给我看。"

领了任务，他心情激动地走出李云彰府。这是迈向高层的第一步，他绝不能错过这次机会。

李云彰现在担任着礼部侍郎，官居正四品，每日公务繁忙。而他所说的两个徒弟，一个叫夏侯辰，父亲是剑南节度使的谋臣，从小便被养在京城，天纵奇才，二十二岁入门，跟李云彰学了四年，尚未出师时应宰相白敏中之约，在屏风上画了一幅烈女像，皇上一次探视白敏中，被相府屏风所吸引而"数顾视之"，夏侯辰一下名声大噪，一出师就进宫做了画师，从此专门伺候皇上和后宫嫔妃，如今已有五年，深得皇上信任，所得赏赐动不动就是上千贯钱，现在的府邸比李云彰的还气派。还有一位叫崔跃成，今年十八岁，一年前刚拜入李云彰门下。这个崔跃成，便是崔仲谋的嫡幼子……

命运还真奇怪，每个人的轨迹都像早已注定，当你或伤心、或厌倦、或因其他原因想换一种生活方式，远离原先的轨迹时，百般努力、几经尝试，最后你以为自己成功了，终于可以置身事外。然后静心去看身边人、身边事，却发现还是从前的影子，还是那些人、那些事……仿佛注定你们的轨迹就是要交织在一起，任凭时间过去多久，该遇见的躲都躲不掉，该承担的一点也少不了……让你怀疑这是宿命早有安排，还是因果轮回无始无终。

正如张天画和崔跃成，不是冤家不聚头。

那崔仲谋如今已是神策军统军，正三品，撼动他不是件容易的事。不知崔跃成是何品性，一切还待从长计议。

20. 又领重任

张天画回到住处，对李云彰的话丝毫不敢怠慢，找来四块砖头结结实实绑在两个胳膊上，比李云彰要求的还多五两。

理想很美好，可一旦落入实际操作各种困难就来了，刚开始的豪情万丈写不了几篇字就消磨殆尽，只剩下抖个不停的手，写着歪七扭八的字，大冬天里依然汗流浃背。

《金刚经》共五千一百七十六个字，若是平时马不停蹄地抄，一天能抄两遍，可如今一遍还没抄完天已经抹黑。

李云彰要求半个月抄三十遍还真不是件容易的事。为了尽快适应，他的胳膊自打绑上这四块砖头就没取下来过，连吃饭拿筷子、上厕所擦屁股都是负重进行。

前三天几乎彻夜未眠，到了第四天，感觉体力透支得厉害才勉强睡了一会儿，七天左右，手臂渐渐适应了砖头的重量，笔握得越来越稳，笔画越来越均匀，字也写得渐渐恢复了往日水平。

这半个月，他都是两三天才舍得睡一次，每次最多睡三个时辰。到了第十五天，又是一个通宵，快到晌午时才把三十遍《金刚经》抄完。撂下笔墨，抱起这厚厚一摞子经文便去了云彰府。

李云彰正在书房作画，让他直接进去。

他的书房着实让人吃惊，完全不是想象中整洁高雅、墨纸留香的样子，乱得有些尴尬，除了塞得满满当当的书柜外，简牍、线装书横七竖八堆在地上，各种字画挂了满墙。能上得了这面墙的都是精中之精，每一幅画的每一笔都足够让张天画看半天。地上还铺了些不知是哪几位名家大师的画，但一看也不是俗品。与此相比，他的那些画连给他铺地的资格都没有……

张天画踮着脚走到他书案前，恭恭敬敬行了跪拜礼："草民张天画给李大人请安。"

他斜眼看了他一眼，并未停下手中动作："你起来吧。以后这种场合就不用行跪拜礼了，鞠个躬便可，省得麻烦。"

他边起身边说："是。"

李云彰接着说："他们几个都难得有机会见我作画，今儿正巧让你碰上，就别杵在那儿了，过来看看吧。"

张天画兴奋地赶紧躬身站在他身后。

他画的是一幅《捣练图》，工笔重彩，描绘的是宫廷仕女们捣练缝衣的场景。十二个人物按劳动工序分成捣练、织线、熨烫三组场面。第一组是四个人以木杵捣练，第二组只有两个人，一人坐在地毡上理线，一人坐在凳上缝纫，正是织线的情景，第三组是几个人在熨烫，还有一个小女孩淘气地从布底下窜来窜去……

《捣练图》的原作是张萱所画，据说绘制于绢上，色彩多使用矿物重彩，画面因此鲜艳富丽，虽没有机会见到原作，但能亲眼看到李云彰仿画的《捣练图》已是难得至极，张天画看得如痴如醉、浑然忘我。

李云彰用细劲圆浑、刚柔相济的墨线勾勒出画中人物形象，辅以柔和鲜艳的重色，塑造的人物端庄丰腴，情态生动，不是刻板的摆造型，每个人都好像活着一般，不仅在动，还都展现着各自的内心世界，你能通过她的一个表情或是一个动作看出她此刻正在想什么，或欢喜，或忧愁，或埋怨……

他边看边惊叹，真是了不起的技艺，这就是他要拜的师父，口服心服。同时也在感慨什么叫差距，他与李云彰之间就叫天壤之别。

不知不觉，已到了掌灯时间，李云彰放下画笔，活动着手腕："今儿天色不早了，就先画到这儿吧，你可看出些名堂？"

他还在意犹未尽地看着画："草民虽学识浅薄，但跟大人看了这大半日，也悟出些差异。"

李云彰颇有兴致："是吗？你说说看。"

"李大人的画是个活的动态，十二个人虽在一幅画中，但一个人就是一种神情，一个人就是一方世界，整幅画看上去栩栩如生，让人有种身临其境的感觉，这才是生活的真实写照。而我的画是个死的静态，虽然画了七七四十九个人，却是同样的表情，摆着同样的动作，貌虽异，却神相似。"

李云彰颇为赞赏地说："看来大半天工夫没白费，你悟的有那么点意思。既然已看到了自己的不足，正所谓固强补弱，你的下一项任务就是画一个人的七七四十九种表情，每种表情都要有相应的动作来配，一个月时间完成，另外，胳膊上的砖不许取下来。"

一个人的七七四十九种表情？他第一反应就是苏婉，浅笑嫣然，媚笑勾情，似嗔还笑……她的一颦一笑都在他心中，如此生动，又如此深刻……就画她。

"是，草民记下了，一定不负大人器重。"

李云彰见他没有要走的意思，便问："还有什么事吗？"

他说："草民在十五天内抄的三十遍《金刚经》已经完成，还请大人赐教。"

"你小子真是有点愣头愣脑，自打你胳膊上绑着四块砖进来，我就知道你已经完成。再说了，你是否认真去做一落笔便知，你的下幅画如果还是落笔不稳，线条勾勒粗细不均，这抄经就一定没下足功夫。是否偷奸耍滑不用说着去证明，行动自会证明一切。"

李云彰如此一说，倒显得他有些矫情了，正所谓师父领进门，修行在个人，完成的每一步都是对自己负责，而不是为了让师父看到。

李云彰见他还没有要走的意思，继续问："怎么，还有别的事吗？"

他说："再过五天就过年了，草民在长安城也没什么亲戚可投奔，虽然还未正式拜师，但大人就是我最亲的人了，只想年三十儿的时候能来府里给大人做顿年夜饭，还望大人莫要嫌弃。"

李云彰没想到他会提这个要求，答应道："做饭就不必了，自有下人操持，你来过年吧，咱们一起守岁。"

他高兴地说："多谢大人收留！"

这是他在长安的第一个春节，也是芸娘过世后的第一个春节。他曾想以陌生人的身份去看看任彦卿，虽然他当年对芸娘见死不救，早已与任家恩断义绝、再无往来，可血浓于水，他毕竟是他的亲外公，于情于理都该去看看。

几番打听才知道，任彦卿早在宣宗的大中年间就获罪被贬，去一个极偏远的地方任县令，还没走到地方，在途中就病逝了，所有家眷散落各方，有的落草为寇，有的当了官奴，还有的不知去向……

当年的任府很快就换成洪府，洪府的主人洪玉敏因向皇上告发宰相，皇上觉得这是在拐弯抹角说他不会选人用人，当即把他也贬出京城……

最近一个住在这里的叫王谱，曾担任右补阙的谏官，因近年南诏屡屡进犯，边疆战事吃紧，劝皇上在国家打仗的时候适当减少游宴，任人唯贤，又让皇上很不舒服，也被贬出京城。

这个宅子连续三任主人都被贬谪，被视为不祥之地，再无人敢住，如今也空了好几年，那真是：

> 墙倒屋塌荒难掩，漏室空堂映野苑。
> 曾经达官起居处，如今乞丐也生嫌。
> 昔日琳琅皆不见，唯有蛛丝挂残垣。
> 富贵不与人修善，落难破败成笑谈。

21. 一起守岁

转眼到了大年三十儿，张天画左思右想还是决定先去曾经的任府给外公这一系烧些纸钱，人富贵的时候不缺这点祭奠，落难时若没人理睬未免更添悲凉，待活人如此，待已逝之人也应如此。

他正在烧纸，突然来了个妇人，见到他有些惊讶："你是给任府烧，还是给洪府烧，还是给王府烧？"

张天画见她只身一人未带仆从，虽气质端庄却衣着朴素，心里估摸着她应该不是富贵人家，又与她萍水相逢，说了实话应该也不打紧："给任府烧。"

她浑身一颤，明显有些激动："你是任府什么人？"

他心下一咯噔，后悔了，她明摆着是任府的人。他从未给人说过身世，第一次说实话就碰到任府的人，老天在开玩笑吧，他赶紧翻盘："什么人也不是，只是可怜他们罢了。"说完便不再理她，自顾自地到一个角落去烧纸。

虽然一直背对着她，可明显感到那位妇人一直在看他。他匆匆烧完纸，匆匆离去。

此时天已将黑，长安城里张灯结彩，家家户户贴桃符、挂灯笼，大人们忙着准备年饭，孩子们穿着新衣裳，欢喜雀跃地窜来窜去，街上不时响起烟花爆竹，分外热闹。

张天画拿着提前准备好的猪肉和布帛去给李云彰拜年。由于是年三十儿，府里没有外人，都是李云彰的亲眷。

这是他第一次见李云彰的家人，他有一个正妻，两个姨室，三位公子，三位小姐。三位公子分别叫李正辉、李正耀和李正灼，李正辉和李正耀都在礼部公干，且已成婚，李正辉还领着个三四岁的小小公子,大家都叫他"小毛蛋"。

李正灼才十三岁,与三夫人所生的三小姐李诗琪年纪相仿,他俩经常伙在一起调皮捣蛋,再加上个"小毛蛋",三人基本把李府的热闹包圆了,仅他到府上这么一会儿,三人又是去厨房偷吃,又是偷放烟花差点把柴房烧了,就差上房揭瓦、鸡飞狗跳……惹得师父和一众长辈又想发火,又想发笑。

除了三丫头李诗琪外,其他两位小姐都已出嫁。李府上下都说三丫头硬生生养成了假小子……张天画却觉得她单纯活泼,甚是可爱。

他正式拜见了李云彰的三位夫人,让他万万没想到的是,李云彰的正妻竟是傍晚在任府烧纸的那位妇人,只是此时衣着华丽,一身贵气,与那时的凄楚幽怨判若两人。

张天画表面装作平静,但内心已忐忑到不能自已。她既是任府的人,嫁给李云彰为正妻,证明当初在任府地位不低,应该是嫡出的小姐,这么算来,她是他的亲姨娘。任芸娘曾提过,她应该叫任芸芳,那个任府里唯一对她好的人……这是他有生以来见到的第一个亲人,而他却不能认她。

"草民张天画给李夫人拜年,给二夫人、三夫人拜年。祝夫人们身体健康、顺意吉祥。"

三夫人本想抢着说话,但看了看李夫人,没敢说,退到一边。

李夫人装作从未见过他:"后生一表人才,能到李府过年也是咱们的荣耀,大过年的,我们也为你准备了一份压岁礼。"说完,她身旁的丫鬟捧来一个非常精致的布袋。

他以为布袋是空的,便没有推辞:"多谢夫人抬爱。"接手时才觉得沉甸甸,他看了一眼李夫人,她若无其事地招呼着:"年饭已经备好,我们一同入席吧。"

这是默认他为任府人的意思。他不敢抬头看,只悄悄收下布袋没再吭声。

年夜饭摆在茗香阁。

茗香阁是云彰府里最大的宴会厅,北、东、西三面墙下各摆着桌几,南面墙连着过道和大门。中间空旷的地方专门表演歌舞。整个厅堂让烛火照得犹如白昼,将富丽堂皇的装饰照映了个清楚,每面墙上均画着精美的壁画,以北面墙最为尊贵,金粉勾边的烈女图在烛光下熠熠生辉,想必这就是夏侯辰的杰作,曾让皇上"数顾视之",果然不同凡响。东西两面墙上绘着经变图,南面墙因为只有下人们出入,只随意地画了些山水。

北面墙下摆着两张几,那是李大人和李夫人的位置,东西两面墙下各摆了数张几,分别坐着二夫人、三夫人和各位公子、小姐,张天画坐在西面墙的最下角。几上摆满了各式果菜酒肉。

待人都入了席,李大人和李夫人举起酒盏:"适逢除夕,家人团聚,共庆佳节,让我们共饮此杯,一愿国家强盛,边疆不再纷争。"

"二愿天下太平,匪患不再扰民。"

"三愿合家平安,年年有今日,岁岁有今朝。"

李云彰所言皆是天下大多数人所愿,边疆未稳,匪患又起,从中听出了他忧国忧民的家国情怀,让张天画内心更生敬意。

三巡过罢,歌舞伎们进来开始表演。喝得半醉半醒,只觉得美食大快朵颐,美景让人沉醉,竟让他有种飘飘欲仙的感觉,不禁感叹,怪不得人人都想当官,原来富贵人的生活可以这样醉生梦死!

歌舞进行到一半,大家去院子里放烟花,整个长安城的夜空都被烟火照亮,最耀眼的烟花便是大明宫方向,带着强势、霸气的皇家风范,看得人欢欣鼓舞。

一轮烟花过后,再回到茗香阁,接着吃喝,接着歌舞……

李云彰心情大好,对张天画说:"给你安排的任务往后延七天吧,你好好过个年,好好见识一下长安城的繁华,今年与往年不同,皇上刚刚下旨,上元节要举行赏灯大会,这可是千载难逢的机会。"

上元灯火，好久远的名词，连任芸娘小时候都没见过，只是听老人们说起，那都是玄宗开元年间的事，长安上元节的赏灯大会是一大彩头，挂灯笼、灯树，满城都是灯火，朝廷特许取消宵禁，百万官民载歌载舞彻夜狂欢，那热闹劲儿别提多令人开心了……

可如今的朝廷与开元时期大相径庭，内忧外患不断，为什么还要打肿脸充胖子搞上元灯火？

李云彰似乎读懂了他的疑惑，解释道："再过几天，沙州敦煌的张议潮要入朝，皇上已经敕封他为河西节度使、金紫光禄大夫、检校吏部尚书兼御史大夫、金吾卫大将军。这次就是为欢迎张议潮才刻意下令举行赏灯大会。"

沙州敦煌？在遥远的记忆深处，曾经好像有什么人跟他说过这个地方，具体说了些什么，他却怎么都想不起来。

再说这个张议潮，那是上到朝廷、下到民间的大英雄：安史之乱后，吐蕃乘乱攻占河西、陇右。张议潮就出生在河西沦丧后的沙州，虽然张家是威望颇高的权贵，但照样受吐蕃贵族的欺侮。这样的成长环境让张议潮从小便有了反抗意识，他向往传说中盛唐的繁荣与和平，想带领沙州百姓一同改变这水深火热的生活。于是以自家财产为军资，秘密招募和训练义军，并不断收纳反抗吐蕃起义被镇压后的流亡者，积蓄力量，伺机而动。

机会终于来了，大中二年（公元848年），张议潮率领这支归义军驱逐吐蕃，先后收复沙州（敦煌）、瓜州（安西）、伊州（哈密）、西州（吐鲁番）、河州（临夏）、甘州（张掖）、肃州（酒泉）、兰州、鄯州（乐都）、廓州（化隆）、岷州（岷县）等十一州，并派遣兄长张议潭携版图户籍到长安做人质，表明他张氏一族忠贞报国、安定边疆的决心。

这次张议潮入朝，是因为在长安留作人质的兄长张议潭去世，已经六十九岁高龄的张议潮，将他的河西职务交给了兄长之子张淮深，亲自前往长安为质。"先身入质，表为国之输忠；葵心向阳，俾上帝之诚信。"

这份爱国情怀闻之令人动容，在这个乱世显得弥足珍贵。皇上以欢迎张议潮之名举行上元灯火，正是大行宣教之意，鼓舞百官和百姓效仿张议潮效忠朝廷。

只是，如今政治腐败，民心涣散，这一颗石子又能激起几层浪呢？

22. 暗中筹谋

大年初一早上，张天画陪李云彰吃完早饭才离开。

出了云彰府，打开李夫人送的布袋，里面满满装着铜钱，足有一百贯。她出手如此大方，估计已经猜到他是任府的直系血亲，但底细并不一定猜得准，毕竟这二十年里任芸娘与任府再无往来。这么想着，他拿起这钱倒也释然。

心里一直惦记着苏婉，拜李云彰为师的进展得给苏婉回个话，毕竟整件事都是她在帮忙张罗。再者，大过年的应该没人去兰香苑，不知有谁陪她过年，她是否孤单……

兰香苑虽也布置得张灯结彩，但明显没有往日热闹，清静了许多。

老鸨看见他，热情地打招呼："呦，大画师来了。"

他也热情地回礼："妈妈过年好，什么时候见您都是这般富贵精致，怪不得整个平康坊就兰香苑生意最好。"

老鸨打趣道："几天不见小嘴儿都变甜了，竟然也学会哄女人了。"

他笑道："我说的都是大实话，妈妈如此聪慧，谁能哄得了您呀。"

一听有人来,上上下下的娘子们都出来看:"来找兰娘子的吧,真会挑时候,平时忙得没头空儿,这会子全是空儿,你捡着大便宜了。"

他有些不好意思,赶紧打岔:"不、不是来找她的。上次给妈妈和娘子们画的像,我带来了,就当是新年礼物送给大家,还望妈妈和各位娘子莫要嫌弃。"

不知谁接了一句:"还说不是来找兰娘子,瞧他的脸都红了……"

他不好意思地"嘿嘿"傻笑着。

大家高兴地拥过来,接过他手中的画一张一张挑选着:"这张是妈妈的……"

"这张是你的……"

"不对,这张才是我,那天我明明穿着这件绣芍药的衣裳……"

"画得真好,今儿我就把它挂在屋子里……"

冷清的兰香苑,瞬间热闹起来。

在张天画的预想中,应该是他一张一张地发,各娘子一张一张地领……没想到她们蜂拥而上,生生将他挤出人群外,一点不给他发声的机会。

老鸨拉住他:"这种场面你收拾不住,乱就任她们乱一阵儿,你赶紧去,兰儿还在屋里等你呢,别让她等急了。"

"谢谢妈妈!"他甩下身后叽叽喳喳的人群,三步并做两步跑到苏婉房间。

开门一瞬,竟有种想将她扑倒的冲动,但忍住了,拘谨地打着招呼:"过、过年好。"

她扑哧笑出声,调侃道:"我看到有个人已心猿意马,却还强装镇定。"

他二话不说,猛地一把将她搂在怀里:"你既已看透我的心思,还敢故意挑逗,就不怕我……"他顿住了,没有继续说。

她睁着灵气十足的大眼睛,充满期待地看着他,长长的睫毛忽闪忽闪,勾人心魄:"就不怕你怎样?"

他真想一狠心,吻下去,可她毕竟是……如果爱情真的发生了,他不知道怎么面对她,怎么面对未来。想来想去,还是没敢:"就不怕我……"他把手放在嘴里哈了哈气,开始挠她的脖子和腋下,她哈哈笑个不止,边笑边告饶:"好痒啊,快停手。"

见她示软,他更来了兴致:"看你以后还敢不敢这么调皮?"

"不敢了,不敢了。以后任你再怎么装,我都看破不说破。"

"你……"他继续挠她痒,笑得她一身香汗,才双双倒在床上。

他侧着身看她:"你真美,我怎么看都看不够。我要把你的一颦一笑、一举一动都记在脑子里,画在纸上,就是不知道有没有七七四十九种。"

她疑惑道:"七七四十九,怎么又是这个数字?一听就是李云彰的套路,他这回又出了什么难题?"

"也不算难题,就是给了我三个月的考验期,只有完成他交代的所有任务才能拜师学艺。他交代的第一个任务是两只胳膊各绑半钧的砖头,十五天抄完三十遍《金刚经》,这个已经完成了。第二个任务是一个月之内画一个人的七七四十九种表情,每个表情配一个相应的动作,我画的就是你,我要把你各种各样的表情和动作都画下来。"

她半挑衅地问:"你当真要把我的每一种表情、每一个动作都画下来?"

他一本正经地说:"那还有假?我已经画了十幅,还差三十九幅……"

她一个翻身覆在他身上,似吻非吻,无限柔媚:"你见过我的每一种表情,每一个动作吗?有一种,你就没见过。"

他的欲望不受控制地澎湃和燃烧,又有那么一丝理智时不时冒一下……正在冲动与现实间挣扎的当儿,她主动吻了他。他浑身沸腾，什么青楼女子，什么前程仕途，通通滚出去……他不顾一切地狠狠抱住她，想要驰骋奔腾的欲望再也抑制不住。

该来的还是来了，任你如何控制、如何拒绝……压得越狠，来得越汹涌。

一番云雨让他浑身颤抖……

她温顺地躺在他怀里，一头秀发洒满他的胸膛："现在，你才算见过我的每种表情、每个动作，你可全记住了？"

他翻身压下来："没记住，再来几遍看能不能记住。"

几番云雨，从头到脚都酥酥麻麻，这种感觉让他忘记所有，只想这么抱着她，就像抱着全世界。

如果对她一开始是心动、喜欢的话，那么现在不得不承认，他已经无可救药地爱上了她……

他想对她说情话，把压在心底所有的真情都告诉她，她却总是打岔，用一贯问东答西的方式回避。

他也不急，往后日子还长，慢慢与她相处，慢慢告诉她。

既然她此时不想说，他便换个话题："对了，长安城里最近要有两件大事，你若有空，咱们一起去看。"

"什么大事？"

他兴奋地说："第一件，便是那沙州敦煌的张议潮要入朝，皇上将亲自出城迎接，据说很多老百姓都要去欢迎这位英雄，到时场面一定很热闹；第二件，还是和张议潮有关，为了欢迎大将军入朝，皇上特意下旨今年的上元节要举行赏灯大会，这可是百年不遇的盛会呢，肯定很好玩儿，咱们可以好好凑个热闹。"

苏婉嘟着嘴，一副乖巧模样："那个大将军进不进城的我可不感兴趣，上元灯火倒是可以看看，传说中开元盛世才有的景象，应该值得期待。"

他亲了她一口："就这么说定了，上元节那天我来找你，咱们一起去看灯火。"

"好。不过，你既然要看大将军进城，有些事很有必要提前准备一下。"

他不解："准备什么？"

苏婉很认真地说："我给你讲个'马识善人'的故事，你就知道该准备什么了。北魏时有个名叫昙曜的和尚，有一天，他在都城平城偶遇文成帝的车队，他赶忙躲到一边让路。本来老百姓给皇家车队让路是很普通的，但偏偏发生了一件神奇的事。文成帝车队里带头的一匹御马眼睛直勾勾盯着昙曜，然后半跑半颠来到他面前，直接用嘴将昙曜的袈裟叼了起来，昙曜没有惊惧，也没有躲避，而是非常淡定地摸了摸马头，马高兴地扬蹄嘶鸣。这一幕让文成帝大吃一惊，他相信御马是有灵性的，御马主动亲近的人必定不是凡人，于是将昙曜留在身边。昙曜从此在北魏开始了复兴佛教的事业，他所开凿的云冈石窟可谓当世之冠。"

他听完感叹道："这个昙曜还真厉害，动脑筋竟然动到了御马身上。"

苏婉说："机会总是留给有准备的人，在御马身上下点功夫却能换来一个施展才华的契机和平台，你能说他动的是歪脑筋吗？当年北魏太武帝下令废佛，佛教一片凋零，他就低调隐忍、潜心自修。等到文成帝时，佛教已具备了复兴的基础，他才一鸣惊人，大展才华。我们不一定要采取他的做法，但要借鉴他的心志。"

苏婉说得没错，机会是留给有准备的人，即使没有机会，也要动脑筋创造机会，如果一直平平庸庸，什么时候才能在长安立住脚？

张议潮初到长安，各方人脉还没打开，皇帝又极重视他，若他安定下来，登门拜访的人一定很多，到那时更沾不上边了，不如就在他进城的路上也来个"马识善人"，让这位大英雄能记住他。

23. 见张议潮

正月十三，张议潮进入长安城，懿宗皇帝亲自在城门外迎接，大半个长安城的人都出来了……

为了给张议潮留下印象，张天画按照最初设想苦心计划了三套方案。

方案一，是用马最爱吃的嫩草汁浸泡衣裳，穿着这件草味浓厚的衣裳站在城门下，期待张议潮的马也能扯住他……

结果计划失败。张议潮的马高昂着脖子、目不斜视地从他身边经过，完全无视他的存在。

方案二，是在张议潮必经的一个角楼上，用羌笛吹奏王之涣的《凉州词》的曲调：

> 黄河远上白云间，一片孤城万仞山。
> 羌笛何须怨杨柳，春风不度玉门关。

他是沙州敦煌人，想必对羌笛格外敏感，这首诗又写出了边塞的景色，定能引起他的共鸣……

谁知计划又失败了。"大将军好"的问候声山呼一样此起彼伏，压根听不见哪有羌笛声，更别提吹的是啥曲儿了。

方案三，是趁张议潮的车队走在大街上的时候，他抱着一笸筐画"不小心"掉落，画撒一地，一幅长长的卷轴向路中间铺去，画的正好是"张议潮战吐蕃"，又正巧让大将军看到，赏画之余，他们相见恨晚，从此开启一段忘年交……

结果，计划还是失败。笸刚掉落，四五个侍卫便警觉地将笸抱起,还不等他蹲身去捡,一箩筐画已完好无损地回到他手上,他只有皮笑肉不笑地对侍卫说:"谢谢,谢谢官爷。"

就在他无比落寞地抱着筐,准备转身离去之际,一名侍卫一把搭住他的肩,低头悄悄说:"大将军请您明早入府一叙。这是你入府的令牌。"说着,塞来一块令牌,他还来不及细问,那侍卫已消失不见。

他内心一阵欢欣雀跃,赶紧撤出人群,找了个僻静的地方才敢把令牌掏出来细看。

这块令牌有半个手掌般大小,呈杨树叶的形状,正中间刻着一个"张"字,与中原官宦府邸常用令牌的最大不同便是它的木质,暗紫灰色,纹理硬朗,摸着自有一种西域的沧桑感,它应该就是传说中生长在荒漠的胡杨木,都说胡杨"生而不死三千年,死而不倒三千年,倒而不朽三千年",用胡杨木做令牌既显身份尊贵,又带西域特色,可见张议潮是一个刚中带柔、粗中有细之人。

他一遍又一遍推演着去将军府的情景,大将军会对他说什么,他怎么回答,想了各种可能,一晚上就这么紧紧张张过去了。

第二天,他一大早便来到将军府,既期待又忐忑地把令牌交给门卫。门卫像久等了似的并未多问,只说了句"跟我来吧"。

他跟着穿过院落和回廊,来到客房。"皇上昨天宴请,大将军在宴席上喝多了,此时还没醒,烦请小郎君在此稍候,自会有人通传您。"

"好的,谢谢官爷。"他老老实实等在客房,半分不敢走动。其间有侍女进来倒茶,他也不敢大口喝,生怕喝多了还得找厕所,错过了大将军传唤的时间。

大约过了半个时辰,一名侍卫传话:"大将军醒了,小郎君随我来。"他跟着侍卫走,原以为至少去个书房之类的地方,没想到直接进了卧房。

张议潮不愧是行军打仗之人,一点儿不讲究,四个丫鬟正伺候他更衣，张天画拘谨得眼睛都不知道该往哪看。

正准备跪地行礼，老将军哈哈大笑着一把揪起他："昨天长安城里安排了那么多节目，但依我看最精彩的节目就是你。说吧，找老夫何事？"

想了那么多开场白，没想到竟全用不上。"啊？我，这……"老将军前不着村、后不着店地来这么一句，问得他丈二和尚摸不着头脑。

张议潮说："昨天看你蛮机灵，又是勾引我的马，又是吹羌笛，最后还画了一幅我大战吐蕃的画，处心积虑掉在路上，这不都是你干的？我昨天就想问你呢，只是皇上宴请没抽出空儿，今天给你机会说，你怎么尿了？"他边说，边拿牙刷沾着青盐刷牙。

原来他昨天的一切举动，老将军都看在眼里。原以为他一点没看到，其实半点没落下。老将军的心思真不是一般的缜密："让将军见笑了，草民惭愧……"

话还没说完，张议潮在他屁股后面踢了一脚："别他娘的扯这些没用的，烦死了，说重点。"

他赶紧答话："草民叫张天画，来找将军既不求官，也不求利，素闻将军忠贞报国，心中无限敬仰，只想结交再无其他。"

他仰脸呼噜噜漱着口，吐在一名丫鬟端着的痰盂中，又在另一名丫鬟端着的脸盆里拧布巾洗脸，边洗边舒服地深呼吸："老夫到了这把岁数，不管是谁，只要在我面前晃上一晃，都不用开口，他的秉性如何便能识得一二，你小子还真有意思，实心眼儿，是个可交之人。"

一名侍卫进来："报告将军，礼部侍郎李云彰求见。"

"李云彰？没听说过。就说老夫正在舆洗，让他去厅堂候着，等会儿再见。"

"是。"

一听李云彰，张天画紧张地东张西望。

"小子，你认识这个李云彰？"

他据实回答："李云彰是当代宫廷画派首屈一指的大师，一个月前，我有幸得李大人指点，想拜他为师，他给了我三个月的考验期，通过考验才能拜他门下，若通不过，就得从哪来，回哪去。如今考验期还有两个月。"

张议潮继续边洗漱边说："你们文人脑子都不知道咋长的，多出那么些个弯弯绕，时间都被绕进去了。最看不惯的就是文人有话不直说，拐弯抹角、长长短短，就像有屁不痛快放，憋着放，一次挤一点儿，你说费劲不？这样的性子要是去打仗都不知道死多少回了。既然你们有这层准师徒关系，一会儿就随老夫一起去见他，也免得我这个粗人和他没话说。"

"是。"都说带兵打仗的人性子豪爽，今儿算见识了。

张议潮洗漱完，开始吃饭，其实就是最普通的馒头稀饭小菜，他却吃得津津有味，嚼起来嘎嘣作响，看得张天画直流口水。

他抓起一个馒头从中间掰开，把筷子头在嘴里唆得"吧唧"一声，然后用他的筷子往馒头里夹了些菜，递给张天画："嗯，一起吃。"

"多谢将军。"他愉快地接过馒头，和他一样也吧唧着嘴，狼吞虎咽吃起来，边吃边冲他笑。他也慈祥地看着他，就像一只雄鹰在回望自己的羽毛。

吃完饭，他们来到厅堂。

一见李云彰，还不等张议潮说话，张天画便先行礼："草民张天画见过李大人。"然后很自觉地从张议潮身后走到了李云彰身后。

李云彰见他随张议潮一起出来，吃了一惊。

张议潮开口了："我和你的准徒弟是旧识，所以一到长安就把他叫来了。"

李云彰此刻心里正七上八下，思虑着张天画怎么能和张议潮是旧识。

而张天画心里乐开了花，张议潮这么说明显是在抬举他，若他说漏了嘴，岂不辜负老将军一番好意？

李云彰立马说："下官管教不严，让劣徒给将军添麻烦了。"

"添什么麻烦？这小子有趣得很，我没觉得他麻烦。我一把岁数不能再征战了，可皇恩浩荡，偏给我这么高的荣誉，天天吃空饷白养着，我又是个闲不住的人，你们师徒二人以后要常来我府上走动走动，陪我聊天解闷儿。"

李云彰说："能来将军府做客，下官无限荣耀，一定常带小徒前来叨扰。"

李云彰对张天画从什么都不称呼到称为劣徒，再到称为小徒，如此大的态度转变，他内心高兴不已，总算一番功夫没白费。

大家又寒暄了一阵儿，一名侍卫来报："将军，中书侍郎顾学彬和兵部尚书刘子平求见。"

"哦。"张议潮应了一声，然后看了看李云彰，意思是若没别的事，你们可以先回了，别让后面排队的人等太久。

李云彰立刻明白过来，对张议潮说："既然将军与小徒是旧识，我也不把将军当外人，有话就直说了。"

张议潮一副"你早该有话直说"的表情："嗯，都是自己人，李大人不必拘谨。"

李云彰清了清嗓子："下官在礼部侍郎这个位子上一直兢兢业业、恪尽职守，但转眼已经十年不曾动过，内心难免有些焦虑。将军刚入朝，面圣的机会多，还请将军在适当的时候向皇上推介下官，下官定当感激不尽。"

张议潮一脸公事公办的表情："这种事，你应该先给宰相说。"

李云彰说："将军有所不知，皇上一直频繁更换宰相，这几年已换了十多位。对提拔使用官员的事刚开始酝酿，一换宰相就搁置，如此反复五六次，大批中层官员就此停滞，其实也不只我一人有此想法，我只是代大家说出心声而已。现在将军德高望重，还望体恤百官艰辛，在皇上面前吹吹风，若官员的人心不稳，则朝廷的根基不稳啊。"

张议潮虽然豪爽，但毕竟在官场混了一辈子，说起官话来也很讲究："宰相乃一朝之纲，皇上这么做定有他的考虑，圣意可不是我等莽夫随便揣测的。你说的事我记下了，待合适的时机我会提醒皇上。你对下一步的职位有什么考虑？"

"多谢将军，"李云彰连连道谢，"下一步，我想去河西，为将军的故乡做些贡献。"

"哦？"张议潮有些吃惊，"别人挤破头都想挤进朝廷，你身在朝廷却还想着出去，为什么？"

李云彰说："人各有志吧，我不能说现在的朝廷不好，只能说不适合我，在这个环境待久了就想跳出去，我觉得发展并不是最重要的，自保才重要。"

"你这么说肯定有你的道理，若真想去河西，我会想办法帮你，毕竟那是我老家，我还有些发言权，你且回去等消息吧。"

终于知道李云彰为什么要拜访张议潮了，原来是想去河西，挪进他的地盘，既然有求于张议潮，他又是张议潮的"旧识"，拜他为师的事估计成了。

果然，张议潮十分应景地说："这小子骨骼清奇，天生一个练武坯子，可惜非得学画。你要是不收他，老夫就带他入军营，将来准保当个将军。"

张天画赶紧顺杆儿爬，在李云彰面前表决心："将军美意草民心领了，只是草民已立志学画，相信有名师指点，有将军扶持，草民定能有一番作为。"

张议潮打趣似的给李云彰下话："抢人才就得动作快，下手迟了可怨不得别人。"

李云彰没公开表态，毕竟收徒是私事，说太多反而显得造作。

眼看大势已定，张议潮便对李云彰说："今天咱们就先聊到这儿吧,后面还有人等着,恕老夫不多留了。"

李云彰和张天画恭恭敬敬给张议潮行了个礼:"下官告辞,将军请留步。"然后离开了将军府。

24. 提前拜师

李云彰一出将军府,就安排了小厮先回去报信儿,张天画估摸着八成是他的事,强压内心的雀跃,扶李云彰上轿,跟在轿子后面一起回云彰府。

一路上,李云彰一直闭目养神不说话,到大门口下了轿,他既不说让张天画进府,也不说让他回去。他就权当默认了,自觉跟在李云彰身后来到书房。

崔跃成正好也在,见到李云彰,憨憨一笑:"师父,您回来了。"

"嗯,"李云彰点头应了一声,随即吩咐一旁的小厮:"去把厅堂收拾一下,一会儿张公子要拜师,行拜师礼。"

张天画激动得心花怒放,但硬是强装沉稳,把快要扯到耳朵根的嘴拉到微微扬起的角度。

崔跃成笑着说:"看来我要有一位师弟了,哈哈哈,师门终于热闹些了。不知师弟怎么称呼?"

"草民张天画,请崔郎以后多多指教。"

崔跃成搭着张天画的肩膀:"都要拜入师门成自家人了,别崔郎长崔郎短的,多见外,我虽比你小,但入门比你早,按规矩叫我一声师兄就行。"

原以为像崔仲谋那种阴险狡诈的小人一定教不出好儿子,没想到崔跃成却有一股难得的老实憨厚劲儿,尽管两人之间隔着一道血海深仇,他却对崔跃成印象挺好,怎么也恨不起来。

李云彰说:"你师母给你准备了新衣裳,快去换上,然后到厅堂来。"

崔跃成满脸羡慕:"哇,师母偏心,我拜师的时候师母都没给我准备新衣裳。"

李云彰打趣似的回他:"你来我这儿已经一年多了,都没见你穿过重样的,你还缺衣裳?"

"那不一样,家里的衣裳怎能跟师母准备的比。"

李云彰笑道:"就你会贫嘴。"

他们父慈子孝的画面让张天画遐想无数……他从小就没有感受过父爱,这画面是他幻想过无数次的,但愿有一天他和李云彰也能如父子一般。

见他发呆,李云彰严厉地吼了一句:"你今天是主角儿,还磨蹭啥?"

"哦,我这就去。"一路小跑来到厅堂。

李夫人正在旁边的厢房等着,见到他十分亲切:"快来,把这身新衣裳换上,我看看合适不。"

两个丫鬟摆弄着他更衣,此情此景让他想起多年前,任芸娘也这样满眼温情地看他换衣裳,那都是她一针一线亲手缝制的,看他穿在身上无比欣慰与满足……

突然,李夫人哽咽起来:"我们任家命苦啊,一门子两百多人,死的死,逃的逃,说散就散了。最命苦的还是芸娘,从小爹不疼、娘不爱,好不容易成了亲,新婚不久夫君又过世,一个人带着孩子远走他乡,也不知如今是死是活……"

听李夫人念叨着,张天画的心扑通扑通猛跳。她大致已经猜出他的身份,此话八成是为试探……这门亲不能认啊,风险太大了,他得咬紧牙关忍住,否则一旦传出去,崔仲谋会第一个弄死他。"夫人节哀,令妹如果活着,知道您这样挂念她,一定会想办法与您相认，如果她不幸离世，有您这样牵挂，她泉下有知也会倍感欣慰。"

李夫人脸上一喜："你怎知芸娘是我妹妹？"

一句话问得他一身冷汗，姜还是老的辣啊，她给他下了个套。

他急中生智地答道："您是任家嫡幼女，其他女子皆为庶出，所以年龄比您小的可能性大，我只是一味猜测，没想到竟歪打正着了。"

李夫人叹了口气，没再继续套话，以她的智慧，应该知道他这么做必有苦衷。"你分析得有道理，小小年纪竟有如此城府，也是一桩幸事。如今拜入我家老爷门下，就得唤我一声师母，还望以后常与师母聊聊天儿，说说话儿，莫要生分了。"

看来她已认他为外甥，其实他也早已视她为姨娘。从小没走过亲戚，如今能找到亲姨娘，内心的澎湃可想而知，表面却丝毫不敢表露，恭敬拘谨地作揖："师父和师母对我有再造之恩，于情于理于义，我都会像孝敬亲生父母那样孝敬师父师母。"

此时衣服已经换好，李夫人满眼慈爱地看着他，拉着他转来转去："大小刚合适，都说人靠衣装马靠鞍，你这么一收拾更显得英俊不凡，一点儿不输那些官宦子弟。"

衣着也是门学问，什么样的身份配穿什么样的衣饰都是有讲究的。以前赶考时穿件青衣都遭人嫉恨，如今他也穿上了绸缎……这不仅是衣裳变了，更象征着他的身份变了，从一个家破人亡的农家穷小子摇身一变成了四品官员府上的小郎君，而这一切才仅仅是个开始。

一旁的丫鬟赶紧附和着："还是夫人眼光好，挑的衣服正合张郎气质，经夫人这么一打扮，张郎满身贵气，比之前更英俊了。"

李夫人满眼慈祥地看着他，转而又严厉地吩咐："从今往后，张天画就是我们云彰府的郎君，你们要把他当主子伺候，不能让别人小瞧了。若是今后有什么不敬主子的话传到我这里，定不轻饶。"

一众丫鬟惶恐地答复："是。"

刚被李云彰收为徒弟，李夫人就为他准备好了衣裳，看来拜师这件事不只有张议潮的推波助澜，李夫人肯定也在背后出了不少力。

张天画被一小厮引着来到厅堂。李云彰和李夫人上座，崔跃成首座。

一切都按规矩进行。他们一干人先敬香祭拜祖师张萱，然后，张天画向师父师母行三叩首之礼。

李云彰训话："今日起，你便是我李云彰的第三个弟子，你要勤学苦练，尊师重道，凡事低调而为，切不可惹是生非。"

李夫人训话："望你保持一贯秉性，待人谦和，为人诚恳，将师门发扬光大。"

整个仪式既庄严又神圣，他仿似重生一般，感叹道："终于要开启一段新的人生了。"

礼成后，他向李云彰和李夫人敬茶。

李云彰啜了一口茶："过两天你向张议潮将军回话，顺便侧面提醒他，莫忘了答应我的事。"

"是，徒儿记下了。"内心一阵欢喜，也明白了一个道理，要促成一件事，并不是一个"因"一蹴而就，而是需要很多个"因"共同作用才能结出一个"果"。他能顺利拜师，一是因为李云彰是个公道正派之人，否则以他的身份地位，当朝官员根本不屑理会；二是苏婉的指点和推介，她熟知各种套路规则，有着不同寻常的敏锐聪慧，对世道认得清、把得准；三是李夫人的暗中相助，任家衰落多年，亲眷早已所剩无几，好不容易碰到亲外甥，虽不能相认，但岂有不帮之理；四是张议潮的举荐，这是当下贵族圈子的潜规则，官宦之间交易大多如此，与赤裸裸的金钱相比，他们更看重平台和机会。李云彰久居官场，怎会不知其中道理？只是这个交易与人品无关，唯与世道相关。

帮他的这些人中，除了苏婉，都是社会的强势所在。唯有苏婉，虽为各阶层所不容，却用一个干净的灵魂倔强地与整个世道抗衡。她是那么柔弱，又是那么坚强，哪怕伤痕累累也要帮他托起他的梦，证明自己的坚持……读懂了她，才这般无可救药地爱上她。那正是：

> 你将世间千色揉进眼眸，才有这似水的温柔。
> 你将苦乐炎凉藏在胸口，却伸出一双温暖的手。
> 你说内心无喜无忧，我独看到你的轻愁。
> 你说勘破爱恨情仇，我仍守在天涯尽头。
> 顾盼生姿，一眼千秋。
> 只一眼，便胜却人间无数。
> 千秋一醉，一眼千秋。
> 你用时光煮酒，我饮岁月入喉。
> 一生一眼，一眼千秋。
> 相思路漫漫，两情且悠悠。

25. 上元灯火

上元节，整个长安都沸腾起来。大街小巷挂满了灯笼，安福门外还设置了一个高二十丈的灯笼，错综挂着五万盏花灯，只等夜幕降临，华彩齐放。

张天画按捺不住内心的激动，早早到兰香苑找苏婉。

一见到他，苏婉就送了一个香软的拥抱："听说你有好消息要告诉我。"

刚结交了张议潮，又提前拜了李云彰为师，张天画确有一种春风得意的喜悦和激动。

他将她抱在怀里，耳鬓厮磨："好消息一会儿再说，先说相思的问题。你知不知道我有多想你?"

她微笑着闭上眼,回应着:"有多想?"

"语言无法形容,你自己感受吧。"

一番云雨让激情退去。他这才将最近如何结交的张议潮,如何在将军府巧遇李云彰,李云彰想托张议潮离开朝廷去河西,以及李云彰为何提前收徒的前因后果详详细细给她讲了一遍。

苏婉很高兴:"如此一来,局面就算打开了。只是,开局虽然好,但你毕竟根基不稳,还需小心谨慎、步步为营。张议潮这个靠山一定要靠紧,切不可断了线儿。"

张天画宠溺地轻吻了她一下:"依我看,张议潮也好,李云彰也罢,都没你厉害。要不是你指点,我哪有今天,你才是女中豪杰,真英雄也。"

她不屑地轻哼一声:"哼,什么英雄豪杰,我可不想当,也没这个兴趣当。"

"人人都想当英雄豪杰,你却不同。那你想当什么?"

她往他怀里又钻了钻:"这辈子没什么指望了,但愿下辈子能有一人真心待我,朝朝暮暮厮守一生,不在青楼被人轻贱。择一人,终一生,便是我所想。"

这番话让他好心疼,暗暗打起主意,等以后有钱了,第一件事就是把她安顿好,再也不让她受欺侮。他捧起她的脸,很认真地说:"不是每个人都轻贱你,至少我就从没有过,我是真的……"

她轻点了一下他的唇,不让他再说下去:"你的心意我怎能不懂?只是再这么厮磨下去,上元灯火怕是要结束了。"

她每次都这样,从不让他说出那句话。那些个海誓山盟,她从来不信,所以宁愿只当他们是露水之情……

"别打岔,我今天一定要说,"他把她的手拿开,一字一句坚定地说,"我爱你,我真的爱上你了!"

"我知道,你爱我的身体,和那些恩客一样,爱如露水,阳光一照便散了。这世间没有人会跟青楼女子谈爱。"她虽说得云淡风轻,但从她急促的呼吸和湿润的眼眶中得知,她信了。

"你这么美,我的确爱你的身体,可我更爱你的人,那个身在炼狱,却如琉璃一般纯净的灵魂。"

也许她太渴望这句话了,渴望一个真正懂她的人,愿意用心去读她,与她的灵魂真实碰撞,而不是那些只想在她身上发泄欲望的臭男人……她在他怀里哭成了泪人!

她心里的委屈,恐怕除了他,再无人能懂……就让她痛痛快快地哭吧。

哭过一阵,他换了个话题去哄她:"苏娘子,你的眼泪稍微存点儿,今晚满城灯火,万一哪儿失火了,你正好派上用场,都不用救兵一盆一盆接水,有你就够了。人家孟姜女的眼泪能冲倒长城,你的眼泪能扑灭上元灯火。"

她破涕为笑:"就你最坏了,你这个坏蛋。"

他一翻身将她压在身下:"坏没坏你不清楚吗?要不要试试看坏了没?"

眼看他的情又被撩起,她赶忙说:"再试下去,真赶不上灯火晚会了。"

他大笑道:"吓你呢!走,我们玩儿去。"

走出兰香苑,天已麻麻黑,人们正成群结队往安福门走,有拖家带口抱孩子的,也有年轻人三三两两的,大家无不欢歌笑语。还未走到安福门,已被这气氛渲染得兴奋不已。再看一路上闪耀的花灯,更觉得此景甚美,此情甚欢,如梦似幻。

边赏景边走路,不知不觉就到了安福门。但见那二十丈高的灯笼,灯火璀璨,耀眼夺目,仿佛是一段人间连接天界的阶梯,这一头是人间仙境,那一头是天上人间。

灯笼下,三千名盛装打扮的宫女踏歌而舞,歌声欢快,轻舞飞扬,场面极具感染力。老百姓们也跟着宫女边唱边跳,边跳边笑,有些不会跳的还硬挤在舞场中乱扭，活像个小丑，惹得众人哈哈大笑……人群外，各式小吃摊儿应有尽有，玩累了正好可以香喷喷热腾腾地吃一碗，那叫一个酣畅淋漓。

张天画和苏婉一会儿挤进踏歌队伍纵情歌舞，一会儿挤进小吃摊儿东吃一口、西吃一口，无比欢快。吃饱了，也跳够了，还有灯谜在等他们。

数千盏灯挂满整条街，灯笼上坠着各式灯谜，远远望去好似天上的银河，甚是壮观。

他俩边走边猜，有把握的就扯下来兑奖。还是苏婉聪明，连猜三个都中了：

要上西楼莫作声（打一字），是"末"字。

灯谜有格，望而生畏（打一字），是"唬"字。

元宵前后共相聚（打一字），是"期"字。

张天画绞尽脑汁却只猜中了一个：

有心变成有情人（打一字），是"倩"字。

两人挣了许多小奖品，有糖人、蜡烛、毛笔等，虽然都不值钱，却让他们高兴得像个孩子……

还没玩够，天已麻麻亮了。

原来大唐盛世是这个样子，如此精彩，如此诱人。

这一场盛大的灯火晚会像夜空中的烟花，虽然美得让人目不暇接，但片刻之后就消散了……它照不亮这夜，也温暖不了这夜里的人。

26. 学费风波

这一年，南诏边患又起，边关诸镇不稳，中原诸道民变不息……而长安，因在天子脚下，所有的祸乱都尚未波及，还算偏安一隅。张天画好不容易拜师成功，在这难得的安逸中一心一意跟着李云彰学习。

可拜师学艺不是白学的，得有一个"束脩之礼"，也就是给师父交学费。自夏侯辰那时起，每个月的月中要向李云彰缴纳两个马蹄金，崔跃成拜师后也一直沿用这个规矩，到了张天画，规矩自然不能破。

夏侯辰和崔跃成都有家族支撑，两个马蹄金对他们来说都不是事儿。而张天画则不同，为了挣钱得不停在外面接活儿干，宅邸和寺庙中的壁画、相亲用的画像、门神年画……凡是能挣钱的他都画，可他初出茅庐身价低，即便不吃不喝也挣不够学费。

眼看快到月中了，他的钱离两个马蹄金还差得远，心里整日着急上火，却想不出个办法。

这天刚进云彰府，李夫人的丫鬟便叫住他："张郎，夫人在厢房等您，请您过去一趟。"

"好的，我这就去。"

来到厢房，李夫人早等在那里："天画，来，把这个拿着。"说完，递给他一个沉甸甸的布兜。

他打开一看，里面装了四个马蹄金。他想也没想就连忙推辞："师母，万万使不得，无功不受禄，徒儿断不能收您这么多钱。"

李夫人掩嘴一笑："咱娘儿俩心知肚明，你跟我还见什么外啊？"

这句话竟让他一阵心虚……李夫人知道他的难处，又是他的亲姨娘，所以才肯出手相助："可是，我……"

李夫人拍了拍他："别可是了，好歹先应个急，交了这个月的学费再说。你好不容易拜成师，难道就因为这个让他逐你出门？你要是觉得情面上过意不去，就算我借你的，等以后有钱了双倍还我。"

他可不做白拿这种事，但如果是借，也未尝不可。既然李夫人有意帮他，又何必执拗地驳了她的好意？

　　他接过布袋，从中掏出两个马蹄金揣在身上，剩了两个连同布袋一并都还给她："那就谢谢师母了，我先借两个应急，半年之内一定双倍还您，至于下个月的学费，我会自己想办法挣。"

　　李夫人撇了撇嘴，带着几分无奈和心疼："你这孩子心太强，又没人逼你，缓几个月也没关系。"

　　他说："雪中送炭够用足矣，若是靠接济度日，我这人也没什么指望和出息了。"

　　李夫人没再劝，收回布袋："你这脾气真跟你娘一个样儿，倔起来八头牛都拉不住。也罢，以后若有难处尽管来找我。"

　　"多谢师母。"

　　张天画和崔跃成前后脚进的课堂。刚落座，崔跃成便朝他吹了声口哨，然后像扔石块似的连扔过来两个东西。他赶紧去接，可不敢砸坏任何东西。

　　接住一看，居然是两个马蹄金，想必是崔跃成为他准备的学费。崔跃成这么粗心的人居然也有细心的一面……他内心涌起一阵温暖，不过已经拿了李夫人的，再多拿一份儿也没用，于是二话没说又扔回给他。

　　他接住，眉毛一蹙，继续扔向他，还不忘骂一句："赶紧收下，你这头犟驴……"

　　正好李云彰进来，崔跃成刚骂到一半的脏话硬生生憋回去。

　　话虽憋住了，可他刚扔出手的马蹄金却划着完美的抛物线，准确无误地砸到了李云彰脑门儿……

　　今天的风水真邪！一块马蹄金可不轻，砸着谁不行，偏偏砸到李云彰！砸哪儿不行，偏偏砸到头！

　　随着"当啷"一声响，金子掉落在地，李云彰的额头也跟着起了个大包。

他俩吓得脸都绿了,李云彰的脸比他俩还绿……

崔跃成"扑通"一声夸张地跪下:"师父,对不起……徒儿错了,徒儿绝不是有意伤您的,您罚我吧,怎么罚都行。"

李云彰气得吹胡子瞪眼:"顽徒,顽劣至极,今天再不教训你,倒叫他人指责我师门不严。你自行去管家处领罚二十大板,然后去柴房跪思两天,你父亲若问起,我自有说辞。还不快去!"说完,径自转身走了。

张天画满心内疚,崔跃成要不是惦记着他的学费,哪会犯下这等事。"师兄,对不起……"

话还没说完,他倒像个没事儿人似的笑眯眯站起身,伸了个懒腰:"这两天正好筋骨痒,活动活动也好,只是可怜师父那老头儿白挨了一记砸,也不知道破相了没,师弟可看清了?"

"我看清了,师父头上只肿了个包,没流血……"

"那就好,没流血就没破相。"然后大大咧咧地往门口走,"二十大板嘛,跟挠个痒似的。"

他追出去继续说:"师兄,对不住,你都是为了我才受罚的。"

他满脸不在乎:"别这么酸溜溜的行不?活像个娘们儿。今天本是交学费的日子,知道你手头紧,特意给你准备了两个,你怎的不收?"

他边走边解释:"为了应急我已跟朋友借了两个,谁知师兄早帮我准备好了,倒让我后知后觉地生出事端,心里很过意不去。"

他白了他一眼:"你借好了怎么也不吭声,害得一圈儿人为你瞎折腾。"

他理亏地回了句:"你也从没问过我啊。"

"我没问,你就不能说吗?"

"你没问的事多了,我还每件都给你说一遍?"

…………

他俩你一句我一句地互怼着,就到了管家那里。管家问:"二位郎君有何贵干?"

他俩异口同声地说:"领罚。"

崔跃成用胳膊肘捣他一下:"师父只罚了我一个,又没罚你,跑来凑什么热闹,吃饱撑的?"

管家也跟腔:"老爷只交代了要打崔郎二十大板,并没有交代您。"

知道崔跃成是个直性子,他也不计较,只跟管家说:"今天砸伤师父也有我的份儿,自然要和师兄一起受罚,你们该怎么打就怎么打,不要因为师父没交代就手下留情。"

崔跃成也不拦他,耸了耸肩:"受罚还有人陪,柴房的两天不寂寞喽!"然后扭头对管家说:"行了,打吧!"

管家让他俩趴在院子里,两个家丁抱着两块大厚板子,一下一下地狠打屁股……

崔跃成叫得叽里呱啦,有多大声叫多大声,恨不得全天下都知道他在挨打……张天画却始终没吭一声。虽然他屁股也很疼,但总觉得这样大声喊叫太张扬,毕竟他和崔跃成不同,崔跃成有显赫的家世支撑,有张扬的资本,而他什么都没有,所以尽量低调隐忍,不引起不必要的注意。

边挨打,他边忍不住后怕,今天失手砸伤李云彰的幸亏是崔跃成,倘若换成他,结果肯定不会这么简单,可能早已卷着铺盖滚出师门了……若真如此,他好不容易努力到这一步,好不容易得到的这一切就都白费了!

崔跃成的大呼小叫成功引来李正灼和三丫头李诗琪,那两个小鬼看热闹不嫌事儿大,专挑热闹的看,就差趴在崔跃成脸上看他的大特写了。

崔跃成一边痛得挤眉弄眼,一边大声喊:"去去去,一边儿去,小心我挨完板子收拾你们俩。"

李诗琪咯咯地笑起来:"二师兄,就你这样,挨完板子还有能耐收拾我俩吗？我用一条腿都能跑赢你。"

一句话让李正灼笑翻了天。

崔跃成故意调侃李诗琪："我衣裳都打破了，你还看吗？羞不羞？"

李诗琪羞红了脸，转头就跑。崔跃成更来劲了："小师妹，别跑啊，过来看看我屁股露出来没？……"

板子打完了，他俩疼得半天爬不起来，崔跃成"哎哟哎哟"直叫唤，又把李正灼和李诗琪招来了。

李诗琪经过崔跃成时，故意把头一扭不理他，径直走到张天画跟前，非常小心地扶起他，生怕把伤处弄疼，然后塞给他一盒东西："三师兄，这是我娘的金疮药，可管用了，你拿去用。"

他想客气几句，但实在太需要这玩意儿了，没推辞直接收下："你平白无故拿这么贵的东西，会挨骂吧？"

李诗琪说："我没平白无故地拿，我骗我娘说腿摔伤了，她才给我的。"

李正灼冷不丁地冒出一句："这丫头傻着呢，哪里是骗她娘啊，为了拿这盒药，她真把自己摔伤了……"

话还没说完，李诗琪一把捂住他的嘴："李正灼，你给我闭嘴，再说一个字，咱俩老死不相往来。"

她真把自己摔伤了？李正灼应该不会撒谎，这小丫头何故这么做啊！"哪儿摔伤了？严重吗？给我瞧瞧。"

她又急又气地说："别听他胡扯，我好着呢，没受伤。就算真的伤了，又岂是你们几个混球儿说看就看的？我好歹是官家女子，怎能如此被人轻贱……"说完，她哭着跑了。

"小师妹，不是那样的，你听我解释。"他急着去追，奈何浑身疼痛，尤其是屁股，每走一步都扯着伤口……

"还解释个屁呀，"崔跃成趴在地上不满地大叫着："你们又是搀扶又是送药，看不见我吗？我又不是透明的，屁股快被打烂了都没人管,还有没有天理啊!"

李诗琪不知道跑哪儿去了,张天画追也追不上,再回头去看崔跃成,还可怜巴巴地趴在地上,便一瘸一拐地回去扶他。李正灼先他一步扶起了崔跃成:"二师兄,看清楚了吧?关键时刻还是我对你最好。"

崔跃成边龇牙咧嘴地喊"疼",边顺着李正灼的话:"对,这种关键时刻,只有小师弟肯扶我一把。那个李诗琪简直就是白眼狼,平时没少给她糖吃,竟一点儿靠不住。"

好不容易走到他俩跟前,张天画赶紧把胳膊搭到李正灼肩上,卸去自己一半的重量:"小师弟最好了,我跟二师兄今天都挨了板子,你顺便把我也扶一下吧。"

李正灼的腰都快压弯了:"你俩这么重,容我去叫个帮手来……"

崔跃成不等他说完:"休想,这会儿放你走,你肯定不会回来,我俩今天就讹上你了。"

李正灼一脸惆怅:"要我扶你们去哪里啊?"

他俩异口同声地说:"柴房。"

27. 学商相宜

在柴房,除了家丁按时送来饭菜,时不时地还有人轻敲一下门,开门不见人影,只见两碗排骨汤,或是两只烧鸡腿,或是两个果子……每次都不重样。

张天画心里好笑,这分明就是李诗琪的杰作,莫非她真以为他俩不知道?

崔跃成毫无斯文地嚼着烧鸡腿,也不知用什么思维逻辑,竟不慌不忙地冒出一句："三丫头对你这么上心，不会喜欢上你了吧？"

张天画差点呛住，猛咳了几声："这种玩笑可不能胡开，她才多大呀，怎会有这份心思！再说了，她是金枝玉叶，我配不上她。"

崔跃成还是一副吊儿郎当的样子："什么配不配的，哪儿来那么多规矩，只要喜欢就能在一起，我看你俩有戏。"

他慌忙解释："我只把她当妹妹，绝对没有其他想法。"也不知道为什么要解释，但就是想解释。他心里只有苏婉，不管这番话她能不能听到，总想为她解释一下。

崔跃成继续大吃大喝，说是面壁思过，不见他有半点反思的意思："我这人虽说干啥啥不成，吃啥啥不剩，但预感的事都特别准，别看三丫头现在还小，再过两年试试，肯定黏着你不放……你呀，艳福不浅嘞！"

说实话，他现在真没心思考虑李诗琪的少女情怀。他俩刚挨过二十大板，现在又在柴房思过，全因学费而起。这个月李夫人出手相助才勉强解决，可下个月很快就到了，怎么才能按时挣够学费？多在这里受罚一天，就多浪费一天挣钱的时间……心急如焚啊！

见他半天不搭话，崔跃成无聊地在地上翻来覆去，又叫唤了两声"疼"："长这么大，我爹都没打过我，这回算栽你手里了，屁股都快揍开花……我可告诉你啊，至少得请我喝顿酒，不然这事儿过不去。"

张天画眼睛一亮，想到一个好主意："请就请！不过你知道我现在没钱，你得先帮我挣到钱。"

"怎么帮？"

他也不拐弯抹角，有话直说："你给我介绍金主，我出苦力。等挣了钱，别说请你喝一顿酒了，就是天天请都没问题。"

崔跃成一拍脑门儿："对呀，这么简单的事儿你咋不早说呢？咱要是早这么干，早都挣上钱了，也不至于挨板子。"

张天画苦笑了两声："这不是才想到嘛，总算还不晚！"

"我最擅长拉皮条,身边有的是人傻钱多的衙内,到时候就怕你画得手抽筋。"

"抽筋不怕,只要能挣到钱。"眼看学费快有着落,他的心放下一半,轻松地大笑起来。

关在柴房的两天,崔跃成对他无话不谈,从天上到地下,从朝堂野史到民间流言,嘴就没停过。而张天画,因为崔仲谋的关系,对崔跃成终究有些芥蒂,虽然对他本人怎么都恨不起来,但毕竟有一道血海深仇藏在心底最深、最见不得光的地方……

惩戒结束之后,崔跃成很快拉来第一单生意。来者三个人,一见到他们,张天画心里乐了。

这不是旁人,正是他刚到长安时,要强买《美人赏菊图》动手打他的那三个纨绔,一个满脸横肉,一个胖得圆滚滚,还有一个稍显瘦高。

真是冤家路窄,无巧不成书啊!他紧张地低了低头,然后强装镇定。

崔跃成热情地招呼着:"齐兄,我给你介绍一下,这位就是我师弟张天画。"

"横肉"彬彬有礼地说:"早闻张郎大名,今日得见真是荣幸之至。"

"圆滚滚"和"瘦高"也非常客气:"见过张郎。"

如果不是早见识过他们的嚣张跋扈,还真被这谦逊的表象蒙骗了。不过张天画也由此断定,他们仨对打他这件事儿完全没印象,将那个衣着寒酸、当街示画的穷小子与眼前这个贵公子完全联系不起来……他心中不由得暗自好笑,这些纨绔们都披着两张皮,对穷人一个样儿,对富人一个样儿,以为别人看不出来,却偏偏遇上了他。

崔跃成继续介绍着:"天画,这位就是我常跟你提起的齐兄齐怀远、董兄董建堂,还有王兄王有贞。"

张天画有礼有节地一一打招呼："见过齐兄、董兄、王兄。"当日被打得鼻青脸肿，本来若找不到他们，这个亏也就暗暗吃下，如今既然他们主动找上门，不狠狠宰一笔都说不过去。

齐怀远开门见山地说："你既是崔兄的师弟，便是自己人。崔兄介绍你画功了得，也让我们见识一下你的本事。"

张天画心中早已打好主意："几位兄长请先喝茶，我这就去画。"

若是旁人，他兴许画个风雅之画，可对付他们三个，便是越低俗下流越好。

几番行笔，一个身披薄纱、欲脱未脱的风情女子跃然纸上，尺度之大，让人恨不得一把撕去薄纱，与之云雨一番……

"齐兄、董兄、王兄，这幅画可还满意？"

那三人本来慢悠悠地踱着四方步，可一看到画，瞳孔似乎都放大了，恨不得钻进画里，啧啧称赞："张兄这幅画，真是绝了！"

"妙笔生姿，栩栩如生，妙啊……"

"我看过那么多画，就这幅最好！"

…………

崔跃成听他们如此盛赞，忍不住也挤过来凑热闹，看到画后，刚喝的一口热茶差点喷出来，使劲憋着不笑，给张天画比画了一个大拇指。

王有贞都快流出口水，已顾不得尊卑，忘情地说："这幅画我要了，多少钱？"

齐怀远眼睛一瞪："你还真拿自己当盘儿菜？老子没吭声，哪轮得着你支吾。"然后满眼贪婪地问："张兄，这幅画多少钱我都要，你开个价吧。"

这么好的机会，张天画岂会轻易放过他们？他装作很为难的样子："依我看，这幅画还是给王兄吧，毕竟王兄先开的口。"

王有贞生怕他反悔似的，赶紧搜罗着身上的钱，掏出两个马蹄金,毫不犹豫地塞给张天画,眼睛还流连在画上。

齐怀远眼见就要发飙,张天画赶紧圆场:"齐兄莫急。难得齐兄抬举,我再给您重新画一幅,保证比这幅还好,让人一看就热血沸腾的那种,如何?"

他刚要爆发的火气立马消了,一把拍出两块马蹄金,满眼流露着赤裸裸的淫欲:"既然重新画,烦请张兄画个直接的,正在行事的那种,女的要够妖艳,男的要够威猛。"

张天画果断将钱收起:"这个好说,一定画在齐兄的心坎儿上。"

董建堂见状也掏出两个马蹄金:"还请张兄为我也画一幅,也要直接的、正在行事的那种,我喜欢苗条柔弱的,就是霸王硬上弓的类型……"

"好。"只要钱到位,要啥画啥。一会儿工夫就挣了三个月学费,张天画心里乐开了花,也不枉当日被他们暴打一顿。

虽然张天画一边在云彰府学习,一边到处画画挣钱,看似日子过得还算安宁,但其实这个时候国家并不太平,农民动乱此起彼伏,最近一次动乱就发生在怀州(今河南沁阳)。

由于大旱,庄稼颗粒无收,几乎家家都揭不开锅,走投无路的老百姓选出代表到州府请愿,希望刺史刘仁规能体恤百姓开仓赈民,等熬过灾年,来年丰收时再双倍缴粮,补齐义仓。老百姓的要求合情合理,作为父母官理应顺民意开仓放粮,可刘仁规不仅拒绝百姓诉求,还大发官威,以犯上作乱为由扣押了请愿农民,张榜公布其"罪行"以儆效尤。百姓的愤怒被激起,但也没想着造反,还继续选派代表向官府请愿。这次的代表留了心思,边请愿边暗中调查粮仓之事。一查才知道,义仓中的粮食都被刺史换成钱搬回了自己家,即使开仓也无粮可放。

面对空空如也的义仓,老百姓终于忍无可忍,召集四邻乡亲拿起锄头镰刀冲进府衙要宰了这个狗官。刘仁规闻讯仓皇而逃,老百姓们没逮着人，就去他府邸将家资洗劫一空，然后登楼击鼓以泄民愤，鼓声许久才停。

另一头，那逃命的刘仁规一口气跑出百八十里，跑得口干舌燥实在跑不动了，就到路边一户农家讨水喝，虽然他此时脱了官服，穿着肮脏的布衣，看上去无比狼狈，但农户还是认出了他。气不打一处来的农户拿出一个海碗，往里面长长地撒了泡尿，然后递到刘仁规嘴边："喝吧，还是热的。"

刘仁规闻出这是一碗尿，但吭都不敢吭一声，此时要是暴露身份，就会被四里八乡的老百姓活活打死。为了保命，他只能捏着鼻子一口一口喝着尿，硬是将满满一大碗尿喝完才仓皇逃走……

此事闻之大快人心！当官的连老百姓救命的粮食都能私吞，老百姓只让他喝碗尿实属便宜。据说皇上知道后嗤之以鼻，刘仁规既然已经弃官逃跑，朝廷正好懒得追查缉拿，索性免了他的官职，由宰相负责新任刺史的选派流程，此事便再无下文……

法不严则不力，治不严则无效。统治者对鱼肉百姓的官员不惩治，又有几人会本着良心为百姓办事？懒政怠政的直接后果就是像刘仁规这种鱼肉百姓的官员充斥朝野，官民矛盾越来越普遍，越来越尖锐，等到积少成多，终将一发不可收拾。

皇上连贪官都懒得惩治，他每天都干些什么？他也会抽出极少时间干些正事，但绝大多数时间都在吃喝玩乐。

懿宗李漼是宦官一手扶植起来，若他是个勤政爱民的好苗子，让宦官觉得无法掌控，当初也就不会扶植他当皇帝了，所以他对享受的热情远远大于朝政，在宫中每日一小宴，三日一大宴，每个月在宫里总要大摆筵席十几次，而且每次都是山珍海味、花样繁多。他每天都要听音乐，就算外出游幸也会带上乐工，以至于宫中供养的乐工就有五百人之多，只要他高兴就会大加赏赐，动不动就是上千贯钱。而且来去不定，经常说走就走，各处行宫别馆负责接待的官员随时都得备好食宿与音乐，还有那些需要陪同出行的亲王，也常常要备好坐骑,以备皇上随时招呼外出。每次出行,宫廷内外的扈从多达十余万人,费用开支更是难以计算……

本就多事之秋,还偏遇上一个无心治国、贪图享乐的皇帝,搞得朝野上下贪腐成风、乌烟瘴气、哀声四起……

张天画忽然想起了黄巢,那个人虽然骨子里透着一股张狂的狠劲儿,但他曾说要"均分天下财富",让公平正义的风在人间吹一吹,让老百姓都有条活路……

他虽然嘴上不认同黄巢造反的想法,其实心里还是希望他去尝试一下的,这个世界本就不应该只有一种答案,他万一成功了呢?说不定还真能带来一片清风……

第三卷 初得意

28. 见韦保衡

这一天，张天画又去张议潮那里。刚进门，老将军就搭着他的肩："来得早不如来得巧，小子，你今天有福气了，介绍你认识个人。"

张议潮旁边站着一位二十多岁的年轻人，高硕挺拔，相貌十分英俊，穿着一身绣了雄鹰的白色便服，腰间配金玉带，系着一块翠绿的玉佩，整个人显得低调文雅，清清爽爽，可以说是他见过最气度不凡的男子，虽看不出什么地位，但仅凭与众不同的气质足以让他生出几分钦佩。

张议潮十分自豪地介绍着："他就是大名鼎鼎的韦保衡，长安城里哪家才俊不想结交？哪家女子不想婚配？今儿正巧让你遇见，也算缘分。"说罢，他又指着张天画介绍："这位是我的小兄弟，也是李云彰的宝贝徒弟……"

话还没说完，韦保衡接着说："张天画是吧？时常听将军念叨，念得我耳朵都起茧子了，今天终于见到本尊，幸会幸会。"

简短几句话，谦逊和蔼，让张天画倍增好感。张议潮说得没错，他的名字如雷贯耳，长安响当当的名门望族，出身京兆韦氏西眷平齐公房。祖父韦元贞，父亲韦悫，都是进士登第，他自身也很争气，饱读诗书，才高八斗，咸通五年便登进士第，现任右拾遗……

这种大人物往常只在传说中听过，如今有机会结交，张天画内心很是雀跃："久闻韦大人盛名，没想到今日竟在张大将军的府上相见，在下真是荣幸之至，还望韦大人今后多赐教提携。"

"张兄弟谦虚了。我素来景仰张大将军为人，凡是张大将军认可的人,必定不是凡俗之辈。"

张议潮见他们兄友弟恭,索性做个顺水人情:"既然你们两个相见恨晚,干脆今天我做东,你们在我这儿小酌几杯,也让我这个老头子沾沾你们年轻人的朝气。"

"如此甚好,那就多谢老将军了。"

他们三个推杯换盏,谈天说地,甚是投机,竟聊到半夜才散去。

回到租住的驿馆,张天画久久不能平静,心里盘算着各种人物关系。韦保衡与张议潮不同,张议潮虽名头大、阶品高,但在长安是当人质的,手中并无实权,而韦保衡可是实权派,在朝中势力极大,若他有心帮忙,扳倒区区一个县令王安勇应该不成问题。任芸娘虽说过不让他报仇,可他绝咽不下这口气。思来想去,他得在韦保衡身上多下些功夫,不能白结交一场。

他用了将近半个月的时间,为韦保衡画了一幅像,这幅像可以说是呕心沥血,不仅一笔一画精细之至,仅着色就用了石青、石绿等贵重颜料,几乎耗尽了他的积蓄。画成之后,他郑重其事地送到韦保衡府邸。

韦保衡甚是高兴,上下仔细端详了许久:"张郎名曰天画,果然名如其人,你的画真是巧夺天工。我见过你师兄夏侯辰的画,别人都吹嘘他是妙手丹青,依我看也就那么回事,还不如你。"

一听韦保衡给他这么高的评价,张天画心中十分欣喜:"韦大人过誉了,在下实不敢当。我师兄夏侯辰是公认的宫廷第一笔,我尚未出师,怎敢与师兄相提并论。"

韦保衡冷哼一声,露出一脸不屑:"是不是宫廷第一笔,也得征求一下我们韦家的意见。大家都是明白人,张兄弟若有心跟着我,宫廷第一笔很快就是你了。"

一般文人都爱拐弯抹角,没想到他这么直接,虽心中狠吃一惊,但从近日的接触来看,他行事光明磊落,像个正人君子,况且张天画报仇心切,急着想攀附这棵大树。既然韦保衡先伸出了橄榄枝，他岂有不顺杆爬的道理？"我一直敬佩大人的为人，只要大人瞧得起我，今后，我便以大人马首是瞻。"

"好，有你这句话，咱们就是自家兄弟。你来找我必有所托，兄弟莫要客气，有事直说便是，若我能帮衬你，一定尽力而为。"

"我……"这么直截了当，倒让张天画一时语塞，"我确实有事相求，还请韦大人帮我申冤做主。"

韦保衡眉头一蹙，露出一脸英气："张兄弟慢慢说，若是冤案，为兄定替你做主。"他目光清澈中透着一股坚定，让张天画深信不疑。

他深吸一口气，那似海深的冤情历历在目。"我家在离京城较远的合阳县，家境并不富裕，我爹过世得早，我娘和一个家奴萍姨含辛茹苦把我拉扯大，并教我读书作画。等我终于长大，全家眼看有指望了，没想到却遭奸人陷害家破人亡。那合阳县令王安勇是个色令智昏、鱼肉百姓的狗官，被他手下一个叫黄文举的狗奴才教唆着，竟看上了我娘，要娶我娘当他的七姨太，我娘不从，他们就拘禁我，以我的性命相要挟，无奈，我娘只能嫁给那狗官王安勇。等我终于逃出来想救她时，她已不堪屈辱上吊自杀了。为了引我出来再杀我灭口，他们无所不用其极，把萍姨打得半死不活，我一气之下放了把火，把我家老宅连同萍姨和那几个打她的狗奴才一并烧死了。这么多年，我天天都在想复仇，恨不得将王安勇和黄文举千刀万剐，但他是县令，我无从下手。这次总算上天开眼，让我遇见韦大人，还请大人做主，还我家一个公道。"

韦保衡气得一巴掌拍在桌子上，将茶盏都震到地上摔碎了："这个狗官，不杀不足以平民愤。身为明府，光天化日强抢民妇，草菅人命，让老百姓怎么活？真是天理不容！张兄弟放心，他的罪状肯定不止这一条，一查一个准，估计连他祖宗十八代的命赔上都不够。既然让我知道了，也算他的大限到了。"

听韦保衡这么说，张天画感激得无以言表，熬了这么久，盼星星盼月亮，总算盼到了救星。他一下跪在他面前："韦大人若帮我家沉冤雪耻，我这条命便是大人的，从此就算赴汤蹈火、粉身碎骨也在所不辞。"

韦保衡赶紧扶起他："张兄弟莫要这么说，为民除害本就是我们职责所在，若我们不为民做主，老百姓还有什么盼头，时间久了，还不反了这个天？"

张天画眼中噙满热泪，好久不曾这样感动了。朝廷能有韦保衡这样的人，便还有公平的希望。

韦保衡接着说："这事你既托了我，就放心吧，很快给你一个满意的答复。"他顿了顿，似是犹豫了一下，又接着说："其实不瞒张兄弟，我也有一事相托，还请兄弟帮忙。"

此时的张天画热血澎湃，就算让他两肋插刀都义无反顾："韦大人只管交代，我定拼尽全力。"

韦保衡显得有些难为情："大家都知道，我早已过了婚配年龄，却至今尚未婚娶，不是我取向偏颇，而是我早已心有所属。我一直思慕当朝同昌公主，之前公主尚未成年，我已情不自禁，如今公主已然成年，出落得更似天仙一般，而且性格温婉和顺，更让我心驰神往。只是公主乃天之娇女，半个长安城的未婚男子都蠢蠢欲动，我自知资质平庸，恐不能得公主芳心。现在偶尔参加宴席时，还能远远望上一望，若是以后公主许配了别人，再见恐怕就更难了。所以想请张兄弟为我画几幅公主像，一解相思之苦，即便日后见不到公主，若能日日与公主画像相伴，也此生无憾了……"

说到情动处，还带几分哽咽。这份深情，连张天画这个血气方刚的男人都被感动了。"没想到韦大人不仅为人正直果敢，更是个笃情之人，我定要为韦大人画出栩栩如生的同昌公主。"

"如此甚好。正巧明日宫中要举行马球比赛，王公贵族们都要参加，想必公主也会在场，到时我带你入宫，你在远处仔细观察，一定要将公主看仔细了，各个神态的都要画下来，所需颜料用具只管开口,都要最好的,全部由我包办。"

马球可是贵族游戏,张天画从没见过。据说制作马球的木材质轻而又坚韧,状小如拳,中间镂空,饰有雕纹,外面涂上各种颜色,用球杖击打。球杖长数尺,端如偃月,杖身雕刻精美纹饰。骑士们头戴幞巾,足蹬长靴,策马持杖争击一球,场面颇为热烈……

不过这些都只是听说,如今有机会亲眼看一看马球盛事,他也满心期待:"一切听从韦大人安排。"

韦保衡暗恋的同昌公主可不是普通公主,是最为皇上看重的公主。

公主闺名李梅灵,是郭淑妃所生。郭淑妃本不是名门贵族出身,但她自幼便入宫陪侍在还是郓王的懿宗身边,是陪伴他度过人生最困难时光的人,加之有着沉鱼落雁之容、闭月羞花之貌,深得懿宗喜爱,甚至曾有过立她为后的念头,只是碍于有些大臣反对她出身不好才册为淑妃,对她所生的同昌公主更加怜惜疼爱。

子以母贵只是一方面,公主本身玲珑乖巧也深得皇上喜爱。公主是在皇上还是郓王时出生的,但两三岁都不曾开口说话。当时皇上只是个不受宠的皇子,他的父亲唐宣宗一心想册立三皇子夔王李滋为太子,在那样的环境下,懿宗整日提心吊胆,却忽闻公主开口说了第一句话:"得活。"皇上煞为震惊,不久,迎接他继位的仪仗就来到府前。从此,公主被皇上视为福星,吃穿用度是别的公主甚至皇子都不能比的。

皇上恨不得把天底下最好的都拿来给她。比如公主爱吃"灵消炙"这道菜,要用喜鹊舌和羊心等材料调制而成,虽经暑毒却不腐坏,一只羊只有四两肉能用作原料,吃一回就不知要杀多少喜鹊和肥羊;喝的是"玫瑰露",清晨在盛开的玫瑰花上收集到的露水,十几个人一早晨才能收到一小瓶;穿的则是珍珠衫、狐白裘、火蚕衣,据说珍珠衫夜里能发光照亮周围三尺远的地方,狐白裘在夏日炎炎之时可着裘衣消暑,火蚕衣在冬日凛冽之时能穿单衣御寒;外出时乘的是七宝车,行走起来风驰电掣车内却不感颠簸,且飘有阵阵异香,车过半日而香气不散……

如此特别的同昌公主,被皇上视为掌上明珠,张天画没想到自己也能为这样的人作画,他心中隐藏已久的梦被唤起,也许他能做到更多,实现任芸娘和萍儿一直期待却没来得及看到的那个未来。那真是:

不见帝王惜才子,偏用巧智取旁门。
片片宫宇衡连亘,且入宫闱看浮沉。

29. 迷惑不解

画同昌公主像可不是个简单的差事,为了完成好这个任务,张天画打算暂时搬到韦保衡的府里去住。

临行前,他专程去跟李云彰告假,由于这涉及韦保衡的儿女私情,不便跟李云彰交代得太清楚,只能含糊其词:"师父,右拾遗韦保衡大人请我去画几幅像,大概需要两个月时间,我想这既是对您的认可,也是对我的器重,便应承下来了,特向师父告假,还望恩准。"

李云彰捋着胡须,沉思着:"你只是个尚未出师的学徒,以韦保衡的实力,为什么不请夏侯辰,而偏偏请你呢?"

本以为李云彰会为这次机遇感到高兴,没想到他却这么说,张天画心中有些怅然:"韦大人见过我的画,也许是觉得我是个可塑之才,为我提供个锻炼的机会吧。"

"所谓的机会,其实都是公平交易,他给你机会,你拿什么还他?他不请夏侯辰而请你,只能说明你给的是夏侯辰给不了的。"

李云彰似乎不太同意，张天画有些慌了，眼见任芸娘的仇有望沉冤得雪，在这关键时刻怎能退缩？他搜肠刮肚地想着各种理由："韦保衡一直爱慕同昌公主，想请我偷偷画几幅公主像以慰相思之苦，可能觉得大师兄影响面太大，闹得宫里宫外人尽皆知有损公主清誉，所以才请名不见经传的我来画。"

李云彰问："果真如此？"

他坚定地点头："徒儿不敢欺瞒，真的只是去画几幅公主像。"

李云彰叹了口气："你若执意要去，我也拦不住你，只是你涉世未深，为人单纯，为师要叮嘱你几句，不要太轻信别人，你看到的不一定是真相，你没看到的也不一定不存在，坚守初心，做好自己，方是保身之根本。"

"是，徒儿记下了。"嘴上答应着，心里却在窃喜，终于可以名正言顺办自己的事了。

出了云彰府，张天画又来到兰香苑。即将全身心投入公主画像的创作上，肯定有一段时间见不到苏婉，得跟她说一声。

可老鸨却拦住了他："不巧，兰儿正在接客，今晚怕是没空了。"

他心里有些不舒服："接的是谁？很重要吗？"

老鸨神秘地掩嘴而笑："这哪能告诉你，你只要知道是个很重要的客人就是了。"

他当着老鸨的面儿离开兰香苑，在门口转了几圈又悄悄潜回来，刚好遇见苏婉的丫鬟："张郎怎么还在这儿？妈妈不是让你走了吗？"

他悄悄跟她说："我可能有很长一段时间都来不了，得跟婉儿说一声，免得她担心。"

"娘子今晚怕是没空见你，接了个难缠的主儿。"

"婉儿从下午就在接待他，难不成还要接待到明天早上？"

丫鬟面露担忧："那也说不准，每次都这样，所以说难缠。"

见她这副表情，张天画不禁也跟着担忧，还有些吃醋，追问道:"到底是哪个难缠的主儿?"

丫鬟见左右没人,悄悄地说:"就是那韦保衡大人。"

他的心像是被重物狠击了一下:"你可看错了?是哪个韦保衡大人?"

丫鬟一脸委屈:"不就是现在的右拾遗韦保衡嘛!他是小姐常客,怎么可能看错?差不多每半年来一次,特别能折腾,每次都让小姐几天下不了床。"

这个消息犹如晴天霹雳,张天画心里像打翻了五味瓶,别提多酸涩了……他像被抽了魂似的,悻悻走出兰香苑。

明天宫里有马球比赛,韦保衡一大早要带他进宫,应该不会在兰香苑过夜。他无论如何都要在进宫之前见到她。

他在兰香苑对面的酒馆里边喝酒边等,果然,韦保衡不多时就出来了,悄悄上了一辆马车疾驰而去。

韦保衡前脚刚走,他后脚就溜进苏婉房间。看见她,他大吃一惊。她正在给腿上涂药,凌散着头发,脸上一道一道的指头印,明显刚被人抽过巴掌,嘴唇干裂,应该是怕她喊叫,用毛巾之类塞过嘴,刚把毛巾拔出来的样子……

看到他,她把撕成布条似的衣服往身上拉了拉,却遮不住身上斑斑的血迹,眼泪忍不住扑簌扑簌滚落下来。

张天画走过去要看她的伤,她不让,他便粗鲁地一把扒下她衣服,只见雪白的肌肤上伤痕累累,有鞭子抽的、巴掌打的、牙齿咬的,更有蜡烛烫的……触目惊心。

他气得咬牙切齿:"是哪个混账王八蛋,老子要宰了他!"

她双手抱着膝盖,轻咬嘴唇,倔强地不看他:"没有谁干的,养两天就没事了。"

她今天接的是韦保衡,那个低调儒雅、文质彬彬的韦保衡,那个一身正气、疾恶如仇的韦保衡,那个温柔专一、用情至深的韦保衡……他扣住她下巴,大声质问着:"是韦保衡吗?"

苏婉泪眼蒙眬，却倔强地反问道："是他怎样？不是又怎样？我们这些人本来就是供人玩弄、发泄兽欲的，他给了钱，想怎么折腾就怎么折腾，谁还能拿他如何？"

他一下没了底气，跌坐在地上……这禽兽一般的行径果真是韦保衡干的！可就像苏婉所说，他能拿他如何？

就算他拼尽全力，能撼动他分毫吗？不能。他家的血海深仇都系于他一身，他能就此退出不报仇了吗？也不能。他虽然爱着苏婉，可她毕竟是个青楼女子，他能什么都不管不顾带她远走高飞吗？不，还是不能……

突然间觉得自己很无耻，在报仇与爱情面前，他选择了报仇。在前程与爱情面前，他又选择了前程……他一直在享受她毫无杂质的爱，对她却没有任何回馈。她曾说欣赏他有一个纯净的灵魂，可这个灵魂在一个接一个的欲望中已经堕落……

他一把将苏婉揽在怀里，自责到心痛。她是如此娇怜与无助，他却保护不了她，只能眼睁睁地看着她受伤……他咬紧牙，却禁不住眼泪滑落……

李云彰说得对，他太单纯，太轻信别人了，亲眼看到的不一定是真相，看不到的也不一定不存在。

苏婉捧着他的脸："你别哭啊，这点伤不碍事，抹上药，养两天就没事了。"

他不敢看她，把脸藏在她怀里："婉儿，对不起，我护不住你。"

"别这么说，我经历的这些都与你无关。我本就是这样的人，早在认识你之前，我的人生就已经定了，这么多年都是如此，我早已习惯。你别把所有坏事都往自己身上揽，傻不傻？"

他温柔地帮她涂药，生怕再把她弄疼："他究竟是个怎样的人？"

苏婉陷入了回忆与沉思："我也说不清楚，他很复杂。在别人眼里他近乎完美，才高八斗、学富五车，而且正直善良，可在我眼里完全不是这样，内心阴暗，凶狠残忍。我觉得他就像两种人格的综合体，也许内心太压抑了吧，毕竟出生在那样的家庭，必须把自己扮演成大家希望的角色，扮演得太入戏，反而忘了自己本来的样子，他这样压抑得越狠，就越需要一个发泄途径，释放那个被压抑的自我。而我，正是他寻到的发泄对象……他很危险，你千万不要跟他有往来，即使见到了也要躲着些。"

他的脑子快要爆炸。只觉得看不清这世界，分不清好人与坏人。所谓的好人，他只是对某些人好，或是在某些方面好，所谓的坏人，也只是伤害了某一些人，而他伤害的背后，未尝不是为了保护他所爱的人，就像一个偷粮贼，说不定只是为了救他那快要饿死的老娘和孩子……所以你眼中的坏人，未尝不是别人眼中的好人，而你眼里的好人，又未尝不是别人口中的坏人。他不也时常戴着各种各样的面具，或掩饰，或伪装，或欺骗，将身边一个个接近他的人都拒之千里，只留下有用的人，展示着彼此需要的一面……

30. 初进皇宫

第二天，刚下早朝，韦保衡就带张天画进宫，原以为他要打扮成小宦官，混进马球场偷窥公主，没想到皇城禁军一见韦保衡，不但没有阻拦，反而热情地打招呼，好像他的脸就是最有效的通行证。

这是张天画第一次进大明宫。

长安的樊川有一条象征龙脉的山原，横亘六十里，恰为"龙首"，人称龙首原。大明宫就位于龙首原上，背靠皇家禁苑、渭水之滨，南接长安城北郭，西接宫城的东北隅，始建于唐太宗贞观八年，安史之乱后，宫室焚烧，十不存一，朝廷财政窘迫、国库空虚，无力承修浩大工程。忙于平乱的肃宗、代宗也无暇顾及大明宫的修缮，到了德宗、宪宗朝，外平吐蕃，内缓强藩，国家财力状况有所好转，大明宫才迎来了大规模整修，但仍不及当初盛世时的辉煌壮丽。

丹凤门是大明宫的正门，门前是丹凤门大街，丹凤门以北，依次是含元殿、宣政殿、紫宸殿、玄武殿等组成的南北中轴线，宫内的其他建筑也大都沿着这条轴线分布。

以前常听人吹嘘这是个有如天宫一般的地方，张天画时常在脑海中勾勒它的样子，金灿灿的屋顶，琉璃透出五彩的光，到处花团锦簇、仙气飘飘，穿着绫罗绸缎的宫女比花还美，皇上像天君一样住在宫殿最高处，俯瞰众生……

今日一见，那些虚构的画面无论自认为有多宏伟，在真实的大明宫面前都显得那么渺小，任何语言都是苍白的，都不足以形容它带给人的震撼。

行走在这座气势恢宏而又饱经风霜的皇宫里，让人不由得心生敬畏。大唐王朝经历了两百多年的盛衰起伏，大明宫像整个王朝的见证者，低诉着它如歌如泣的过往……

远远地，已能听到马蹄声和众人的呐喊声，循着这股热闹，他们来到清思殿前的马球场。

据说清思殿乃敬宗所建："用铜镜三千片，黄、白金箔十万番……"果然名不虚传，整个球场被照得金灿灿、明晃晃，霸气非凡，甚至连场地都浇了一层厚厚的牛油，马蹄过而不沾尘。

球场两边各竖着两个木质球门，高约丈余，上刻金龙，下雕莲花，两队球手正在场上驰马练习，一队穿白衣，另一队穿褐衣，以击过对方的球门为胜。马蹄嘚嘚，马鸣嘶嘶，看得不禁让人热血澎湃，跃跃欲试。

张天画跟着韦保衡刚到观众席，就围过来三个宦官，满脸谄媚。有两个刚要说话，却被另一个抢了去："韦大人请随奴才去更衣吧。"

韦保衡看了看他："这位公公是新来的吗？以前怎么没见过？"

另两位宦官边翻白眼边奚落:"不是新来的,他叫田令孜,是马坊的宦官,平日只伺候马,不伺候人。"

"就是,一个伺候马的也敢往韦大人跟前凑,还不让开点儿。"边说边拿胳膊肘狠狠捣他。

田令孜被捣得一个趔趄,也不跟他们争吵,满眼期待地看着韦保衡。

韦保衡很不屑地瞥了他一眼:"原来只是个伺候马的,内侍省怎么也没个管事儿的拦住,冲撞到本官跟前,真是晦气。"

说完,便随另两个宦官更衣去了。

田令孜气得握紧拳头,牙齿咬得咯咯响,但硬是憋住没说一句话,低头悄悄地走了。

在等韦保衡换衣服的这段时间,张天画把全场打量了一遍,场上跑的马,无不是汗血赤兔之类矫健非凡的名马,马毛油光锃亮,比穷人的脸还光鲜……骑马之人无不飒爽英姿,生气勃勃,一副谁能与我争天下的豪迈,好像把他们放到边疆战事上,一定能把敌军荡平……

看着看着,在观众席上找到一个熟悉的人,正是他大师兄夏侯辰,在这么拘谨的环境中能有一个熟人倍感亲切,他赶紧过去打招呼:"大师兄也在这儿啊?"

夏侯辰往他身后看了看:"师父和崔师弟呢?怎么就你一个人?"

"师父和二师兄都没有来,我是随韦保衡大人进宫的。"

"哦,之前听师父说过,你和韦保衡走得近,他为此甚是担忧,看来果真如此。"

回想起当日韦保衡对夏侯辰的不屑,估计他二人有过节。不如趁机打听打听,毕竟要搬去韦府住两个月,多讨些金玉良言也好:"为何与韦保衡走得近便叫人担心?难道韦大人他……"言下之意是讨问与韦保衡交往的注意事项。

夏侯辰明白他的意思,但故意避重就轻:"不是韦保衡怎样,而是你！从未在官场浸染过，初来乍到的不知人心险恶，最险恶的便是官场。像韦保衡这些人，虽然年纪轻轻，也绝不是你我能随便揣透的。"

夏侯辰口气甚为谨慎，似乎并不想与他多说，难道是怀疑张天画想进宫抢他饭碗？张天画其实早想跟他解释，不如就此机会表个态，说明心意："师兄提点的是，我这次只是受韦大人之托，画几幅同昌公主画像而已，大概两个月便可完成。两个月后，我便回师父那里潜心学画，再不沾染宫中事务。"

夏侯辰叹了口气："唉，到时只怕你身不由己，想全身而退都难啊！"然后他接着说："你我既是同门师兄弟，有话我也不瞒你，我早想告老还乡，过闲云野鹤的日子，但苦于没有机会，现在既然你来了，我正好得以脱身。"

韦保衡曾暗示过张天画，他可帮他坐上宫廷第一笔的位置，莫非他也暗示过夏侯辰什么？张天画赶紧解释："师兄正值壮年，发展亦盛，怎能有告老还乡的想法？况且师父都还在位，师兄又怎可倦怠？师兄这么说，莫不是怕我谋了宫里差事，顶替了你的位置？"

夏侯辰说："不是消极倦怠，更不是怕你顶替了我的位置。而是我此时若不走，今后恐怕性命不保。你看我才而立之年，就已生出半鬓白发，可知这宫廷画师不是好干的，画技好坏不重要，最主要的是人心难测、利害难平啊！"

张天画不解道："师兄这是何意？"

"此时我说再多，你也未必记得住。我只提醒你一点，今后处处小心，凡事多与师父和崔师弟商量，不是所有的事都能做，也不是所有的话都能说，有些人、有些事，就让它烂在肚子里。"

说完，夏侯辰神色惊慌地看了看远处："韦保衡过来了，我先走了，你好自为之。"

"大师兄多保重。"

看他消瘦的背影，张天画陷入沉思，他进宫这几年到底经历了什么？完全不是别人形容的那般意气风发，有的只是焦虑与迷茫。若说他在宫廷画师的位置上干得风生水起，张天画断然不信。可这一切，跟韦保衡有关吗？

张天画回到与韦保衡最初坐下的地方，脑子里想着夏侯辰刚才说过的话："有些人、有些事，就得让它烂在肚子里。"

31. 马坊宦官

韦保衡此时已换好了衣服，一身白色马球服，袖口扎得紧紧的，足蹬一双黑色长靴，头系红色幞巾，看上去还是一如既往的英俊潇洒、高贵淡雅，在满场的王公贵族中，显得那么与众不同，像颗明珠般耀眼夺目……今日公主若来，想必一眼就能注意到他。

张天画看着韦保衡不免有些迷惑，他到底是个怎样的人，竟半点都看不透。倘若当真如他表现的这般翩翩儒雅，又何至用变态的手段折磨苏婉？他是发泄，是偶然，还是本性如此？……

韦保衡在那两名宦官的前呼后拥下走过来，待他款款坐定后，他的贴身仆从给那两位宦官一人一把散银子，两名宦官连连道谢，喜笑颜开地走了。怪不得宦官们都想凑到他跟前，出手确实阔绰。

远处，皇子公主和妃嫔们陆陆续续来了，他们坐在球场正南面的位置，这是球场的上位，能总览赛事全局。在南面位置的最高处，放着一把龙椅，那是当今皇上的座位。想必皇上一会儿也要来。

张天画马上就能见到皇上了，大唐天子啊，以前想都不敢想，普通老百姓能一睹龙颜，那是无上荣耀的事，还能见到皇子公主和后宫娘娘们，他掩不住地内心激动。有机会见识这样华贵的阵仗，全国估计都没几个……

韦保衡悄悄对他说："看到了吗？坐在龙椅左手边第二个位置

的就是同昌公主。"

他按韦保衡所说的位置远远望去,好一个粉雕玉琢的美人儿,眉目是那么温暖,神态是那么娴静,看到她,仿似冬日暖阳,让人感到温暖,丝毫不像其他几位公主傲慢娇纵,怪不得皇上视她为掌上明珠,捧在手里怕碎了,含在嘴里怕化了……仅这么远远地看着,就是一种幸福。

一个尖声细气的声音高喊着:"皇上驾到!"

所有人都朝龙椅方向跪拜,山呼:"吾皇万岁,万岁,万万岁!"

皇上淡淡一句:"众卿平身。赛场上就不用这么多规矩了,该准备的准备,该比赛的比赛。"

"谢吾皇!"大家呼呼啦啦站起,等各就各位后,张天画才敢抬起眼来看皇上,心还怦怦直跳。

这就是皇上啊,"溥天之下,莫非王土;率土之滨,莫非王臣",他是大唐的主宰,三十多岁的年纪,气宇轩昂、一身坦荡,身形矫健、满面红光。就是这么一个象征着太阳的人,他可知,在他统治下边疆战事不断,官吏贪腐成风,官民矛盾激化,百姓水深火热,帝国大厦已有倾颓之势……

马球比赛正式开始,皇上也换了一身白色球服加入比赛,那真是:

> 金玉饰宝马,重工雕小球。
> 执杖惊电掣,传球似星流。
> 百姓食不饱,球场地泼油。
> 百姓衣不暖,君臣不知愁。
> 汗洒欢娱场,国事抛脑后。
> 擂鼓震天响,缘是第一筹。
> 欢庆似战捷,缭绕殿东头。

战马若有志,是否应觉羞?

韦保衡一直紧跟皇上左右,球技精湛,却不着痕迹地只传球、不进球,皇上连进三球都是韦保衡传的。皇上甚为高兴,下场休息时还特意拍了拍他,看样子极为赏识。

就在马球比赛正酣的时候,突然有人惊声尖叫:"啊!天哪!"

大家循声往球场看去,不由得倒抽一口冷气:"大事不好,普王跑进球场啦!"

只见一个三四岁的小孩儿在疾驰的马群中哇哇大哭……小小的身体还没半条马腿高。

眼见几匹骏马疾驰而来,速度快得根本刹不住。小家伙如果被马蹄踏过八成没命。众人吓得惊呼不已,就算此时从观众席上冲过去,显然也来不及救他,几个胆小的侍女捂着眼睛大叫:"完了完了,要出人命了……"

就在这千钧一发之际,一个身影冲向马群,将孩子扑倒护在身下,生生挨了一记马蹄,喷出一口血来。

等马站稳之后,一众宦官宫女才失魂落魄似的冲进马球场,拉开孩子身上几近昏厥的男子,仔细查看孩子。眼见孩子完好无损,只是受了惊似的抽泣,这才长吁一口气。

这名救了孩子的男子,正是刚才欲给韦保衡带路却又遭拒绝的马坊宦官——田令孜。而他救下的孩子,正是当今皇上的五皇子,普王李俨,今年刚满四岁。

皇上看到这惊险的一幕,先是对看管皇子的宦官侍女们斩立决,然后又下令,田令孜因保护普王有功,赏钱万贯,从马坊提升到普王府,任普王近侍。

田令孜连连叩首谢恩。满场文武百官、宦官宫女,无不称颂田令孜舍己救人的义举,若不是他奋不顾身地护住普王,普王肯定没命了。

从前默默无闻的田令孜，因这样一个举动变得名声大噪。唯有韦保衡暗自喃喃："哼，一个是下贱的阉人，一个是不得宠的屁孩儿，他俩在一起能成什么气候！"

可成不成气候的，谁又能说得准呢？

别看田令孜早上还是个伺候马的马坊宦官，下午就已经伺候王爷了。这样的传奇将他推到风口浪尖，也让他的身世成为大家谈论的话资。

原来他本姓陈，字仲则，祖籍西川，因年幼时家境贫困被卖进宫，不久后又被一位姓田的宦官收养，所以改姓了田。他为人十分机警，足智多谋，颇有文采……

而那李俨，就算再不得宠，好歹也是位皇子。有田令孜的心志，再加上李俨的地位，焉知不会成气候。

正所谓机会总是留给有准备的人。别人只说田令孜"命好"，抓住机遇一步登天，可知他在抓住机遇的背后下了多少别人看不见的功夫，他的"命好"绝不是偶然。马球场上谁是什么背景，怎样才能巴结上，他心里估计早已准备了几套方案，虽然千算万算没想到一个小娃儿会蹿进球场，但这小娃儿是谁，他肯定心里有数，那真是：

> 削尖脑袋谋钻营，见缝插针满场寻。
> 受人白眼心中记，不吭不哈城府深。
> 恰遇小童命旦夕，紧抓机遇展衷忱。
> 忍痛挨下一马蹄，救得皇子才是真。
> 龙颜大悦赏金银，再赏官爵奴变臣。
> 马坊已然成旧事，一步登天人上人。

人的命啊，有时一次机遇就可改变一生！

32. 空空书院

在回韦府的马车上，韦保衡问张天画："可将公主看仔细了？"

"看仔细了，公主有如神女一般，美得晶莹透彻、自带光芒。"但转念一想，他如此夸赞公主，韦保衡心中恐生嫌隙，误会他僭越身份、觊觎公主，又赶紧补充道："而且对大人格外在意、含情脉脉！"

韦保衡一听这话很是高兴："是吗？怎么个格外在意、含情脉脉？"

"那么多人在球场上驰马击球，公主皆漠不关心，一会儿看看远处的鸟，一会儿看看天上的云，可自打韦大人上场，公主开始关注赛事了，而且目光始终在您身上。公主总共笑了三十三次，其中有十七次是冲您笑的，十六次是冲皇上笑的，您比皇上还多一次。"别看他说得一套一套，好像套路似的，其实这都是实情。

韦保衡兴奋地问："你可看真切了？公主真对我笑了十七次，比皇上还多一次？"

"那还能有假？公主的一举一动我都看在眼里，看得真真切切，明明白白，公主绝对有意于您。"

韦保衡难得露出一脸神往："但愿有一天能抱得美人归，也不枉我如此痴心。"

像同昌公主这么一个圣洁的玉人儿，谁不喜欢？据说她曾在一张普通大小的被面上绣出三千只彩色鸳鸯，这不仅需要精细的绣工，更需要沉静的性子，稍有心浮气躁都绣不好，仅这份灵巧，别说其他公主了，恐怕连绣娘都做不到。

韦保衡对公主应该是真心的吧？张天画以前是笃信这一点的，

但现在总犯嘀咕，总觉得他像一幅壁画，他看到的永远是粉饰过的精美的"画"，而对于壁画背后真实的"墙壁"，它的材质、工艺等都完全看不到，也完全看不透……

说话间，他们已经乘马车回到了韦府："走，去看看为你准备的画室。"

韦保衡带他穿过一片花园，园中各式奇花异草争芳斗艳，从牡丹到蜡梅都有，足以想象这里花开四季，从春开到冬的情景。

花园中间是一个练功场，两边放着兵器架，上面摆满了弓、弩、枪、棍、刀、剑、矛、盾、斧、钺、戟、殳、鞭、锏、锤、叉、钯、戈等兵器。在练功场的南面，有一座雕饰精美的书院，正上方的匾额上写着四个大字"空空书院"，两边的楹联正应了这四个字，空空如也，一字未题。

推门而入，里面可不是空的。这是一个里外套间，外间是书房，四面墙的书柜上摆着满满当当的书，有简牍，有绢帛，还有纸，分门别类摆放得井井有条。里间是一个书画间，正中央是一张硕大的金丝楠木桌几，阳光下还能看到木中"金丝"熠熠生辉，一看便知造价不菲。几上摆了三个笔架，凡是书画当中能用到的笔几乎都列在了笔架上。几的正对面是一个颜料架，不仅有赭石、朱砂、石绿、石青、金粉、银粉、珍珠粉等，还有些张天画见都没见过的颜料。像韦保衡这样的黄金贵族果真不同凡响，奢豪程度完全不是普通百姓能想象到的。

颜料架旁边摆放着不同尺寸的绢画框，还有几匹上等丝绸。

书画间再往里走是一间卧房，没有想象当中的奢华，从床铺到摆设都很简单，可能意在提醒主人要勤勉，勿慵懒。

参观完韦保衡说："这个后花园和这间空空书院是我平日习武读书之地，现在腾给你用，你看看还需要什么，尽管说就是，千万别拘谨。"

张天画说："韦大人把这么好的地方腾给我，实在太客气了。这里各种工具和颜料都很齐全，我先用着，有需要了再及时告知您。"

"既如此，还请张兄弟帮我画出各种神态的同昌公主。我共准备了四种绢画框，每种画框各画十幅，共四十幅。"

"韦大人放心，我定当全力以赴为您画出四十幅生动的同昌公主像。"嘴上虽轻松答应，心里却想着，天下果然没有白吃的午餐，四十张绢画可不是个轻松的任务，仅用颜料上色已很费时费力，就算他夜以继日至少也需要两三个月。

"那就一切拜托张兄弟了，"说完，他指着旁边的书童，"这是平日跟着我的茗玉，这段时间就让他伺候你吧。"

小书童立马很有眼色地作揖躬身行礼："茗玉见过张郎，从今儿起，茗玉就伺候张郎了。"

这个茗玉瘦瘦小小，看着一副猴精样儿，他赶紧扶起他："我们同为韦大人效力，快别这么多礼。"

韦保衡心满意足地走了，留张天画和茗玉在空空书院。

不等他喘口气儿，茗玉便催促道："咱们还是趁早开始画吧，韦大人巴巴地等着呢，别让大人等急了。我给您打下手。"

茗玉与其说是来伺候他的，不如说是韦保衡安插在他身边的眼线，时刻监督着。张天画也没多想，只要踏踏实实做事就好。他吩咐茗玉："咱们这就开始准备，先绷绢。"

他挑出一个绢画框，然后裁出比画框稍大尺寸的绢，用底纹刷均匀地刷上水，找来一支不用的毛笔，把尖部剪齐，蘸上胶，均匀地刷在画框上，再把绢贴在边框上，用力向四周拉，使绢与画框贴合平整，等晾干后便开始作画。

同昌公主的眉眼在脑海中愈见清晰：她抬头望云，眼神超脱淡然，仿佛她便是那云，无所牵挂，无所期盼，随时都能飘然而去……她低头赏花，带着淡淡的忧伤，仿佛是在感叹，花开时人皆赞赏，花落时无人惜怜，正如她虽贵为金枝玉叶，仍有盛极而衰的一天……她看身边叽叽喳喳、跳来跃去的雀儿，笑得那般清纯，仿佛周围一切都不存在，就只剩她和那叽叽喳喳、跳来跃去的雀儿……

33. 人头木箱

一个月后，韦保衡来空空书院，看到张天画和茗玉正忙得热火朝天，七八幅画已经完成，还有三四幅正在晾晒，茗玉绷绢已经非常熟练了，张天画正在全心全意地创作。

"天画啊，我果然没有看错你，你如今的造诣早已超过那夏侯辰。"

等话音落了，他才惊觉韦保衡不知何时已站在桌旁，赶紧作揖行礼："在下愚钝，韦大人来了都不曾察觉，还请大人恕罪。"

韦保衡一个跨步将他扶起："兄弟为了帮我完成心愿，夜以继日、浑然忘我，我感谢还来不及呢，何来的怪罪？快起来说话！"

简短地寒暄之后，韦保衡说："我这次来，主要给你带了一样东西。"

他惊奇地问："什么东西？"

韦保衡向跟在身后的家丁使了个眼色，那家丁立马背来一个黑色的包袱。打开包袱，是一个木箱。

那木箱带着浓郁的血腥味，底部被血浸透，又干成黑褐色，一股戾气摄人心魄。

茗玉一见这木箱，面露骇色地退出门外。

张天画的第一直觉告诉他，木箱里装的是一颗人头，莫非韦保衡答应的事办成了？他兴奋激动起来，深吸一口气，接过木箱，打开，里面果然装着一颗黑乎乎的人头。

他将五指插进它的头发，死气沉沉、冰冷冰冷……一把将它提出,直视它的脸……尽管这张脸糊满血污,眼睛死死地闭着,但化成灰他都认得:"它是黄文举!"

"没错,"韦保衡说:"他们一家五口已于昨天全部处决了,我叫人快马加鞭将黄文举的头带来,至于他的妻儿老小,已经拉到乱葬岗丢弃了。"

这颗人头,张天画曾做梦都想要,恨不得喝他的血、吃他的肉,将他千刀万剐了……如今,它就在他手里,闭着眼,微张着嘴,耷拉着半截舌头……模样甚为可怖。

当初与黄文举一起赶考的往事历历在目,他如何一步登天,而张天画又是如何挖空心思巴结他,他又如何是非不分、不念情谊,害得张天画家破人亡……一幕幕,仿佛就发生在昨天。那真是:

> 七年科举不平路,磨去素心堕为俗。
> 卑躬屈膝结不善,散尽家财买通途。
> 混淆是非争名利,卖友求荣得权富。
> 曾经清高也称儒,而今不知儒何处?
> 曾经愿为民做主,而今只为官做奴。
> 民脂民膏饱私囊,民血民肉入私库。
> 众怒难平恨难消,牵连妻儿命呜呼。
> 不知背后谁下手,却是旧友暗刀毒。

黄文举一家五口都被砍了头,张天画虽然觉得他的家人很无辜,但他和王安勇狼狈为奸、沆瀣一气,不知干了多少伤天害理的坏事,死在他们手里的无辜性命远不止四条,反正这个乱世中冤魂多的是,也不缺他家那四口……

这么想着,心里便坦然了。

韦保衡接着说:"黄文举和他那狗腿主子王安勇,果然和咱们当初设想的一样,好事儿没干一件,坏事儿干了一箩筐,欺男霸女、占地抢房、买官卖官、勾结南诏,简直就是朝廷的毒瘤、百姓的脓疮,随便哪一条都够他死罪了。当我们把一摞摞证据甩在王安勇面前时,他连狡辩都没有,直接认了罪,因是朝廷命官,死刑必须由皇上核准,又因他认罪态度好,将全部财产上缴朝廷,包括贪污受贿克扣的,还包括这些年自己挣的,所以皇上只准了他一人死刑,对他全家都赦免了,半个月后就斩首示众,目前正在押解京城的路上。而这黄文举,刚开始还跳腾着直喊冤,可奴才毕竟是奴才,一见主子都要被砍头了,立马认罪告饶、跪叫祖宗,但他犯的罪哪能轻饶,新任县令判他满门抄斩,吓得他大小便失禁,屎尿糊了一裤子,连刽子手都嫌弃……哈哈哈。"

韦保衡津津乐道地讲着:"黄文举这颗头你先收着,等半个月后取了王安勇的头,便能一并告慰你娘了。"

黄文举死了,王安勇也已经在押解京城的路上,半个月后就会被砍头。他的仇、他的恨、他的过去,半个月后,将眼睁睁地看着它了结。

张天画的情绪一时难以控制,眼泪夺眶而出:"韦大人的大恩大德,我无以为报,此生唯有当牛做马,肝脑涂地,才能报得一二。"

"都是自家兄弟,千万别客气,再说了,办那黄文举和王安勇也不全为给兄弟你报仇,更重要的是给当地百姓一个说法,还当地一个青天。"

他越这么说,张天画越激动得热血澎湃,把李云彰的话、夏侯辰的话、苏婉的话通通抛在脑后:"我替我们全家和全县老百姓谢谢韦大人……今天以仇人的头颅在此立誓,以后必全心全意效命韦大人,只要大人交办的事,我出生入死在所不惜。若有不忠不义之举,必不得好死,死后还得让黄文举和王安勇拉去折磨。"

韦保衡拍了拍他的肩,郑重其事地说:"你既执意要立下此誓,我也不拦你,从今往后,你便是我肝胆相照的兄弟。"

"韦兄在上,请受小弟一拜!"这一刻,家仇大过一切,为全县老百姓除暴安良大过一切……韦保衡帮他报了任芸娘的仇,这个天大的恩情必须要还!

34. 母仇得报

在等待王安勇被处决的半个月中,张天画一直处于激动亢奋的状态,灵感迸发、落笔生辉,一幅幅生动灵现的同昌公主像在他笔下跃跃欲出,红就红得那么鲜艳热烈,绿就绿得那么浓郁深邃,黑就黑得那么如漆厚重……

别说韦保衡了,就连啥也不懂的茗玉都连连赞叹:"张郎笔下的公主就跟活了一样,以前只听画龙点睛,还觉得那是吹嘘夸大之说,现在我算信了,真担心哪天公主从画里走出来,咱们就白忙活了。"

张天画心情轻松地与他闲聊着:"如果哪天公主真从画里走出来,我就索性不画公主了,给咱们画金山、画银山,画你花不完的钱,可好?"

茗玉满脸憧憬,好像他的美梦明天就能实现:"也不能光画钱,那多没意思,还要画些美女,各式各样的,有给我做饭的,伺候我盥洗的,还要给我暖被窝的……"

"要这么多美女,小心你身子吃不消。"

他一脸花痴样儿:"就算身体被掏空,做个风流鬼也值了。"

最近被圈在空空书院,有一阵子没见苏婉了,不知她最近可好,韦保衡是否还去发泄,或是又有哪个不知怜爱的糙汉子欺负了她,她只一味忍着……想想心都痛。那真是:

花落花开空无影,春去春来总念卿。

等半个月后王安勇斩首的那天，他要向韦保衡告假去观刑，趁这个机会可以顺道看看苏婉。

他心里一直有个想法，等挣了钱就找一处清幽的山谷，盖一座配得上苏婉灵气的别院，取名"婉居庭"，将她安置其中，让她自由自在地只属于他，不再跻身男人堆里卖笑受气。她嘴上说不愿离开兰香苑，其实只是不敢相信爱情，不愿给自己一个梦而已，怕梦太美会伤太重……她觉得他不懂，其实他什么都懂。

心里急切期盼一件事，就觉得时间过得特别快，转眼半个月过去了，今天就是处死王安勇的日子，张天画早早便开始准备。因他不知道任芸娘葬在哪儿，萍儿也和老宅一起烧成了灰，他便做了两个灵牌用于祭拜。

今天对张天画来说是个特别喜庆的日子，他特意穿了件暗红色的衣裳，又提了半斤酒，背着两个灵牌赶到刑场。

快到中午的时候，囚车才押解着死刑犯缓缓而来，一共三个人，都是皇上钦定的死刑，都是欺压百姓、通敌卖国的罪名，王安勇排在最后一个。

他跪坐在囚车里，手脚都被铐着枷锁，大概是对死亡的绝望和惧怕，一直低着头、闭着眼，沿途老百姓用烂菜叶扔、用唾沫吐，他都不理不睬，唯有快经过张天画身边时，或许是感觉到了什么，他睁开眼与他对视，先是茫然，可能想不起他是谁，然后是震惊……

看到他的惊骇，张天画更激动，热血在体内沸腾激荡，他冲他灿烂一笑，用平生最畅怀、最开心的笑，让他知道，他的死路就是他的阳光。

看到他的笑，王安勇更震惊，瞪大双眼盘算着，思索着……

囚车经过长长的柳荫道来到刑场。三个死刑犯背后插着块"斩"字牌，跪着等待时辰。

张天画在刑场外王安勇的正对面席地而坐，摆上任芸娘和萍儿的灵牌，让她们亲眼看到仇敌是如何人头落地的。

王安勇一直在注意他，当看到灵牌上的字，如醍醐灌顶，他大叫着："是你！居然是你？"

张天画心中积累的一笔笔旧账在翻涌，若是平时可能三天三夜也说不完，但眼下在刑场之上，在生死之间，他还有什么说不清、放不过的，千言万语都化作简单轻松的两个字："是我。"

然后倒了一碗酒，举起来向王安勇示意了一下，摆在灵牌前，意思是告诉他，这碗酒正等着他的血来温……

他突然狂躁地大喊起来："皇上，臣冤枉啊，臣是被人陷害的……"

他正喊着，监斩官扔下一块令牌，威严地喊了声："斩！"

三个刽子手猛灌了口酒，"噗！"的一下喷在斩刀上，挥刀而下……

两颗人头落地。

王安勇发狂似的要站起，扰得刽子手一时无法下手。"臣是被这个杂种陷害的……"

张天画心中暗暗自豪，多可笑，他临死都不知道他叫什么。

监斩官强势地喊道："斩无赦！"

几个衙役扑上来，堵了王安勇的嘴，然后强行按下，刽子手这才铆足了劲儿，一刀挥下……

那颗肥腻的人头终于落地，因挣扎得太厉害，一颗眼珠子都喷了出来，喷出的血正好溅在碗里，把酒染红。

真是天意啊！张天画会心地笑了笑，举起这碗酒洒在任芸娘和萍儿的灵牌前……然后摔了碗。

他轻松地背着灵牌来到泾河边，找个块背靠山丘的地方，将两块灵牌葬下。

"娘，萍姨，你们的仇，我终于报了。"说着，声泪俱下。

第四卷　生死別

35. 不欢而散

了却这桩事，如卸下了压在心头的一块巨石。他心情大好地来到兰香苑，苏婉正准备接客，听说张天画来了，立马推了恩客来见他。

她从背后温柔地抱住他，脸贴在他背上："这么久不来，还以为你把我忘了呢。"

他闭着眼享受她的温柔："怎么会？你明知我这辈子都不可能忘了你。"

他把她拉到身前："这么久没见，让我看看你是胖了还是瘦了。是否被人欺负？有没有受伤？……"边说，边摸摸脸，摸摸肩，摸摸腰。

苏婉被摸得咯咯直笑，跳来闪去："好痒，再挠我就不客气了。"

张天画满眼都是宠溺："咦，抢我台词，这句话应该是我说的，再调皮，我就不客气了。"

她先下手为强，把他摁倒在床上："看谁先不客气。"然后也来挠他的痒，反复挠了几下，张天画都丝毫未动，一直痴痴地看着她。

不是他没痒，而是按捺许久的思念经她这么一撩拨，哪里还忍得住，不等她再挠，他已一个翻身压在她身上，不容分说地吻了下去……吻得天旋地转，吻得日月无光，仿佛世间一切都不存在，他们眼中只有彼此……

激情过后，她像只小猫似的蜷在他怀里，手指在他胸膛轻轻画着圈："瞧你今天这么高兴，我也跟着你高兴。"

因从未跟苏婉说过他的身世，此时若说，倒显得当初对她不坦诚，反而容易让两人生出误会："最近确实忙了些，天天都想着你，却一直抽不出空，今天好容易抽出空，第一件事就是跑来见你，终于见到你了，所以特别高兴。"

她轻笑着问："你师父管你这么严啊？"

"不是我师父。"

"那你最近忙什么呢？"

怎么跟她解释？她曾告诫过他，见到韦保衡要躲得远远的，千万不能与他有牵扯……

苏婉见他犹豫不说，神情转而淡漠："你的私事我不配知道，像我这种人最好不长脑子，只需要有副身躯就够了……"

他打断她："不许你这样自怨自艾，我不愿说，是怕说出来你心里不舒服。"

"哦，随你吧，你不愿说就别说了。"

她越表现得这么不在乎，说明心里越在乎，他一着急便乱了方寸，脱口而出："我最近一直在韦保衡那里。"

她一怔，吃惊地问："怎么会是他？"

反正都说了，索性全告诉她吧："韦保衡一直倾心于当朝的同昌公主，为了一解相思之苦，便让我画四十幅公主画像，好日夜与公主相伴，所以我最近一直在他府邸画画，并不在师父那里。"

她一改往日的优雅娴静，破口大骂："去他娘的倾心公主，他还有脸说为了一解相思之苦？哪个良家姑娘嫁给他就是自寻死路，他祸害我就算了，毕竟我只是个青楼女子，死活也无关紧要，没想到他竟打起了公主的主意。谁不知同昌公主是当今圣上的心头肉，他的狼子野心昭然若揭，你居然还给他画公主像，是要做他的帮凶吗？"

听她骂得口无遮拦，张天画更没了底气："你是不是对他有什么误会？"

"误会？哼，"她冷笑一声，"你可知，他是我第一个恩客，当年三万贯钱买下我的初夜，却用烧火钳子差点捅死我，看我越痛苦，流血越多，他越兴奋。再往后的这么多年，他高兴或失落时都会找我发泄，每次都用变态的新花招，你上次见到的已经是这些年里最轻的伤了。他追求的刺激不是你能想象到的，他的心理也不是你能揣摩透的，你帮他画公主，就是把公主往火坑里推，你会害死公主的。"

"不会的，人都有邪恶的一面，都需要有个清洗灵魂的方式，有人去寺庙，转一圈就好了，有人找好友，喝酒倾诉一番就好了，他到你这发泄，说不定也是发泄完就好了。"

苏婉不可思议地瞪大眼看着他："以前无论我说什么你都认同，这是你第一次反驳，而且反驳得这么斩钉截铁，你和他之间必定达成了某些利害关系，他也必定帮你实现了某些不能说的目的，否则你不会对他如此信任。"

"你……"她几句话全说在了点儿上，竟让他哑口无言。

苏婉看问题真是准得可怕，什么事若想瞒过她几乎不可能。只可惜是女儿身，若换成个男的，以她这样的才能和谋略，说不定还真能和韦保衡斗上一斗。

苏婉见他不吭声，有些生气地说："明知这是个圈套你还非要往里跳，他害人，你也跟着帮腔，既如此，我与你没什么好说的了，他生性多疑阴冷，你赶快回去吧，我这里还要做生意，不便留你了。"

"我……"第一次被她轰赶，内心说不出的失落，本想再流连于此，软磨硬泡哄她开心，可她二话不说直接穿上衣裳走了。

她真是个敢爱敢恨的奇女子，张天画是爱她的，可让他离开韦保衡，他却万万做不到。不说立过誓要衷心效命于他，仅他杀了黄文举和王安勇的这份恩情，他都必须要还他。

36. 师父升迁

张天画悻悻地回到空空书院,脑子里乱七八糟,想起李云彰的话:"不要太轻信别人,你看到的不一定是真相,你没看到的也不一定不存在,坚守初心,做好自己,方是保身之根本。"

李云彰说得对,不管外界怎样,他就是他,只要坚持做好自己,韦保衡是好是坏,是忠是奸,又有什么关系呢?

正这么想着,李云彰的小书童乐颠颠地跑来传话:"公子,老爷明晚要设家宴,请您回府一聚。"

除了过年过节,李云彰平日甚少举行家宴,又见这捎信的小书童如此高兴,定有喜事:"为何要设家宴?"

小书童一副巴不得问的样子:"公子还不知道吧?咱们府上大喜事,老爷要升迁了。"

张天画喜不自胜:"太好了,师父要升迁到哪里?"

小书童说:"老爷要去河西当副节度使。"

李云彰一直向往去河西,曾为此事专门拜托过张议潮老将军,如今得偿所愿,果然是喜事一桩。

张天画高兴地对小书童说:"好的,你禀报师父,我明日一定早早回去。"

眼见小书童又乐颠颠地走了,他暗自忖度,放眼当前局势,各地虽大乱没有,却小乱不断,朝廷对此听之任之。不是力不从心,而是皇上整日游宴,根本无暇顾及军国大事,加上宦官揽权、粉饰太平,官场上下一片乌烟瘴气,寒了一批学子士大夫的心,相比而言,河西远离权力争斗,百姓安定富庶,反倒成了许多仁人志士向往的去处。只是李云彰一走,他在京城能仰仗的人就少了一个……

第二天，张天画早早跟韦保衡告假回到云彰府，原以为在他们师兄弟三人当中是最早到的，没想到夏侯辰比他还早。上次在马球场见面时他说的那番话，张天画一直耿耿于怀。夏侯辰估计误会了，他绝没有取代他的意思，但这话此时没法解释，尴尬之下，他只能规规矩矩地行礼："天画见过大师兄。"

"三师弟快请起，你我兄弟，何必如此客气，反倒生疏了。"

他们简单地聊着，都是关于绘画技巧与心得的事，张天画有意避开其他话题，但明显感到夏侯辰心事重重，似是盘算着什么事，说两句就不吭声了，让他好不自在，谈话一度冷场。

过了好一阵，崔跃成才到。他是个话痨，一进门就热闹起来："大师兄，啧啧啧，瞧你这一头白发，咋整的？"

夏侯辰叹了口气："唉，宫里的差事不好干啊。"

崔跃成笑道："是宫里的差事不好干，还是女人的差事不好干？后宫女人多，瞧把你给亏的，都快抽干了。"

张天画也跟着大笑："二师兄，看破不说破嘛，你咋全说了。"

夏侯辰给他俩一人一记白眼："都这么大了，还当自己是小毛孩儿呢，说话没正形。"

这次因为李云彰召集，他们师兄弟三人第一次全部到齐，估计往后再不会有这样的机会了。

小书童又来传话："老爷叫你们到厅堂一叙。"

他们三个相互调侃着，轻松走到厅堂。

李云彰穿一身便装，容光焕发，见他们进来了，便招呼着："都来坐吧。"

因是喜事，他们也无拘束，大大方方地走过去，各找各的地方坐，等着李云彰交代。

李云彰端着茶碗，喝了口茶，慢慢说道："你们三个可能都已经听说了，为师要去河西任职，这一去，再见就难了。"

一番话竟让张天画心中酸涩，回想当年，他只身来到长安，在最苦难、最无助的时候,正是李云彰接纳了他、领他入官宦之门,他心中满是感激,经年下来,不仅有授业之恩,更有父子之情……

还没来得及表达,夏侯辰却突然跪下:"师父,若您不嫌弃,请把我这个顽徒也一并带走吧。"

大家都一头雾水,李云彰更是不明所以:"辰儿,有话起来好好说,你这是怎么了?"

夏侯辰动情地哭诉着:"徒儿没有别的意思,只是一心想追随师父。当初投入门下,就是看重师父的德行,想终生追随侍奉左右。师父去哪,徒儿就跟去哪,如今师父要离开长安,去遥远的河西任职,这一走不知哪年才能再见,更别提随侍左右了,每思及此,我就伤心涕零、夜不能寐,所以想随您一同前往。"

李云彰虽然很感动,但没有立即表态:"你担任着宫廷画师一职,恐不能说走就走。"

夏侯辰看了看张天画,继续说:"以三师弟如今的造诣,完全可以接替我做宫廷画师,况且,这个位子也不是仅凭技艺就能干好,三师弟最近帮韦保衡画画,甚得韦府赏识。有韦府做倚仗,他肯定能胜任这个职位。"

宫廷画师?张天画内心虽期盼过,但此时突然谈这个,好像机缘不妥,他也没有做好准备:"师兄,我的水平哪能跟您比,我可干不了。"

夏侯辰非常认真地说:"你莫要谦虚,也不要有其他顾虑,我不是一时冲动突然有的这个想法,我早就想离开皇宫,也早就跟你谈过,我的性格不适合在宫廷,那种思前顾后、左右权衡的生活对我来说就是种折磨。你现在不用考虑其他的,只要考虑愿不愿意做宫廷画师即可。"

瞧他说得情真意切,绝不是故意试探,再仔细分析他的性格和前后表现,好像确实是这么回事儿:"这个……"张天画犹豫了。

李云彰说道:"辰儿性子耿直,确实不适合当宫廷画师,随我去河西也好。"然后看向张天画:"天画,你愿意接替辰儿去宫廷当画师吗?"

机会来得太突然。可既然来了就大大方方接受,没什么好推三阻四地虚伪谦让:"既然师父和大师兄都这么说了,我就硬着头皮试试吧,感谢师父和师兄给的这次机会。"

夏侯辰一副如释重负的表情:"感谢三师弟,我回去就写推荐书,这个位置不是官差,只需内侍省认可就行了,手续应该很快就能批下来。"

李云彰说:"如此甚好。辰儿在宫廷画师这个位置上,外人看着风生水起,但为师知道他一点儿也不快乐,跟我去河西未尝不是条好的出路。与他相比,天画现在正缺一个平台,虽有才学却没法展示,就像葫芦里煮饺子倒不出来,若是任了宫廷画师,确实可以好好施展一番。"

崔跃成觉得自己好像很久没说话了:"师父,还有我呢,您是不是也说两句,人家都说重老大、疼老小,夹在中间受气包,我咋这么没有存在感呢?"

一番话逗得大家哈哈大笑。李云彰说:"你这活宝性子走到哪都不吃亏,况且有你参横刀立马,谁还敢把你怎样?你快别凑热闹了,我对你放心得很!"

大家说笑一阵,无不轻松。然后李云彰对崔跃成说:"若说要叮嘱你的事,为师还真有一件。"

崔跃成见李云彰严肃起来,也收起玩笑:"师父请讲。"

"还是为老三,你知道,宫廷里的活儿不好干呐,他毕竟根基不深,我们走后,你作为师兄凡事要多指点他,若真有什么事,为师鞭长莫及,你要尽己所能地护他周全。"

崔跃成说:"是,徒儿记下了。"

张天画此时心里很不是滋味,李云彰待他这么好,临行之前牵挂的人还是他,而他却从没为师父做过什么……

只是李云彰不知,他与崔跃成之间不仅有同门学艺之情,还有一道血海深仇,尽管他从不恨他,也从没想过要在他身上报复什么,但终是跨不过的坎儿啊!

37. 点鸳鸯谱

这几天,张天画明显感到自己的心境变了,一方面觉得最恨的人已经死了,一身轻松,剩下的就是好好把韦保衡的恩情还了;另一方面,夏侯辰的推荐书已经报到内侍省,虽然手续暂时还没批下来,但这是迟早的事。宫廷画师的身份所带来的荣誉感和自豪感早已弥漫周身。

曾经遥不可及的梦,眼看就要实现,曾经高不可攀的人,马上触手可及,一种久违了的雄心壮志在胸中澎湃……

内侍省的审批虽不用考核,但有一个复杂的环节,就是需要三名朝中大臣做担保,要在推荐的行卷上加盖印章。这一条既说明你的技艺有人认可,更重要的是证明你有足够广的人脉。对普通市井画师来说,这一条简直比登天还难,朝中大臣哪会无缘无故在推荐行卷上加盖印章呢?但对于张天画来说,一切仿佛专门为他设置,李云彰、韦保衡和张议潮,刚好三位。

他去找李云彰,家里已经在为远赴河西做准备了,该打包的打包,该封存的封存,一副忙碌景象,只有李云彰还在兢兢业业履行着旧岗位的职责。

见到张天画,他很高兴:"天画,为师看你出息了,很是欣慰。你性格敦厚,遇事冷静,应该比你师兄更能适应这个位置,但临行之前,还得叮嘱你几句,官场险恶,不要轻易相信,更不要轻易说话,有些人、有些事,就得让它烂在肚子里。"

这番话不是张天画第一次听。曾经在大明宫的马球场上,夏侯辰就如此说过。最亲近的人都这么劝,绝不是空穴来风。

"师父放心,您说的我都记住了。要是有什么拿不准的也会多与二师兄商议定夺。"

"嗯,这就好。"李云彰喝了口茶,顿了顿,然后继续说,"还有一件事要提点你,其实这话本不该我说,可你父母均不在了,我算你最亲的人,如果这种时候不拉你一把,怕你越陷越深,终难自拔,最后吃亏的还是你自己啊。"

李云彰绕了这么一大圈,要说的肯定不是啥好事,张天画心中有点忐忑。

果不其然,李云彰说:"青楼女子再漂亮,也是水性杨花,玩玩即可,切不可太认真。放眼古今,凡是对这种人动情的没几个有好下场,轻则影响家庭,重则葬送大好前程!"

李云彰明显在说苏婉,他们师徒的缘分因她而起,却是第一次谈她。李云彰的意思再清楚不过,苏婉毕竟只是个青楼女子,她不会对张天画认真,而张天画更不能对她认真,两人互相利用一下就行了,该抽身时要当机立断……

可他真能狠心了断吗?若说不能对她认真,他已经认了真;若说不能对她动情,他已经动了情……

他脸上青一阵白一阵,不知如何回答:"这……我……"

"你也不用不好意思,男人嘛,谁没干过几件风流事,况且你还这么年轻,正是懵懂躁热的时候,但你心里要清楚,把握好这个度,适时立即回头。"

他极羞赧地低头咕哝着:"是,徒儿记下了。"

叮嘱完这些,李云彰在行卷上盖了印章。

他刚准备走,李云彰接着说:"你师母找你还有些事,去厢房找她吧。"

"是。"张天画头皮一阵发麻,李云彰刚说让他远离苏婉,李夫人就要见他,不会商量好了要给他牵线搭桥凑姻缘吧?

正这么想着,张天画走到了东厢房。李夫人满眼带笑:"我们天画马上就要成为宫廷画师了,师母真为你骄傲。"

"这还得感谢师父师母栽培,"毕竟他们两人身上流着一半相同的血,即便嘴上不承认,但亲情一碰就融,"河西与长安相比,算是苦寒之地,师母身子向来弱些,一定要照顾好自己啊。"

李夫人一听这话,竟泪意涟涟,忍不住一把握住他的手,压低着声音说:"我的儿啊,我最放心不下的就是你!你要好好发展,不断壮大自己,为你师父,也为任家争口气。任家这一辈儿走的走、亡的亡,晚辈儿里,也只能靠你了,将来若有机会,一定要为任家平反昭雪……我们所有希望都寄托在你身上了。"

原来她还一直想着复兴家族,也难怪,曾经那么显赫的家世,如今只剩满院蒿草,料谁也不可能轻易放下。可既然衰败了,就不是单纯凭一己之力说复兴就复兴的,况且他对任家也没有多少情感,并不愿把这不相干的责任揽在自己身上……已经枯萎的,就让它尘封吧!所有寄望于死灰复燃的期盼其实都是一厢情愿,最终都会化为泡影,成为记忆中最痛的伤痕!

面对李夫人情之切切的恳求,他不好直接拒绝,正想着怎么回答,李夫人却以为他默认了,竟无比欣慰:"如此,你外祖父外祖母便可含笑九泉了。"

悄悄说完这些,他俩恢复正常距离,李夫人清了清嗓子,以长辈的姿态说:"天画,你年龄也不小了,城里许多跟你年纪相仿的公子哥儿身后都站着一排小娃娃了。婚姻大事按理应由父母做主,可你父母都不在,我们再不替你操办,此等大事怕是要耽搁了。不必害羞,老实跟师母说一声,你有心仪的姑娘吗?"

果然和他料想的一样,李夫人是来点鸳鸯谱的。

"这……我……"他该怎么回答?若说出苏婉的身份,多少人会骂他荒唐……就算他不在意世俗的眼光,可苏婉的态度那么坚决，他能把她带走吗？……思绪像乱箭一样在脑中穿过。

李夫人见他迟迟说不出个答案，脸憋得通红，额头直冒汗，以为他是害羞了，心满意足地说："就知道你没有。整天趴在纸上画呀画，心都钻进画里去了，哪有工夫寻思姑娘啊。"

他的心快从嗓子眼儿里跳出来了，不想让她继续说，却找不到合适的借口。

李夫人继续径自说着："三丫头也到了该出阁的年龄，毕竟是在长安娇惯大的，此去河西若把她带去，当地土生土长的人未必适合她，若独留她在长安，我们一走没人替她张罗，怕也寻不到个好人家。所以我和你师父商量，咱们知根知底儿的，何不亲上加亲？"

张天画的脑子轰地一下炸开了。李云彰和李夫人要把三丫头李诗琪嫁给他……

"三丫头？她不是还小吗？"

李夫人笑道："你有多久没见她了呀！当年的黄毛丫头早已出落得亭亭玉立了，上个月刚行过及笄之礼，上门提亲的都已经两家了，你这个傻小子居然还愣着没动静。莫不是你嫌她庶出？"

他赶忙解释："师母这是哪里话？即便是三夫人所出，她也是师父的千金，名门闺秀，而我呢，要不是师父师母抬举，不过就是乡野间的莽夫，何来嫌弃之说？是我觉得自己配不上三丫头。"

李夫人语重心长地说："我是她嫡母，我觉得你配得上就配得上，你只告诉我一句明白话，愿不愿意娶她？"

这事一听就是李夫人在背后张罗，她大概是用姨娘的情分在操他的心。李夫人提议，李云彰附议，李诗琪这丫头估计也没什么异议，现在只等张天画点头答应了。

"我……"他能拒绝吗？抛开姨娘的情分不论，仅师父师母的教导提携之恩就容不得推辞，别说把自己如花似玉的宝贝女儿嫁他了，就算让他照顾一个痴傻残障，他也得毫无异议地照单全收。更何况，李诗琪是他看着长大的，对她的心性十分了解，这么好的姑娘，若有别人伤她毫发，他都定要找那人算账，自己又有什么理由拒绝她、伤害她？……这门亲事，他万万不愿意，却也万万拒绝不得！

他想着苏婉，心在滴血："我，我愿意。谢谢师父师母的美意，我一定好好待三丫头。"

李夫人乐滋滋地说："好，就这么定了，赶在我们去河西之前，先把这桩喜事儿办了。"

世俗大概都这么认为吧，像张天画他们这种白手起家的人就应该娶一个官宦士族的庶女，帮自己立稳根基，他爹张宏武如此，他也即将如此。

明明有爱的人，却不能以夫妻之名相守，甚至因为世俗的鄙夷，连这份爱都不能承认，不是因为怯懦，而是承认的代价太大，结果也未必如希望的那般美好，彼此又何必执着于一个名分，让事情没有转圜余地，把原本相爱的两人都逼上绝路呢？这大概就是命运吧，你看不到它的轨迹，得顺着它走，看到了它的轨迹，还得顺着它走，就像一双无形的大手推着你要这样、要那样……挥之不去，也无力挣脱。

命运面前，人何其渺小。

38. 将军心事

韦保衡和张议潮这两个地方，他权衡了一下，四十幅同昌公主像已经快完成了，剩下的工作最多再用七天，不如在完工交差时一并找韦保衡盖印章，所以现在先去找张议潮。

打定了主意，张天画便来到将军府。

张议潮正在靶场射箭，家丁请示完老将军，直接把他带到靶场。

老将军喝了好些酒，浑身散发着酒气，目光有些迷离，但在拉弓射箭的瞬间眼神依然敏锐犀利，动作依然迅猛刚劲，带着飒爽英姿，一箭射出，正中靶心。此时靶心上已插着许多支箭。

张天画正要鼓掌称赞，老将军又搭箭拉弓，用力拉出个满弓，刚欲放箭，只听"啪"的一声，弓断了。

张天画唏嘘一惊，老将军情绪不对啊，看样子心里有事。

张议潮把断弓往地上一扔："真他娘的窝心！来人，把最重的弓拿来！"

等弓的这段时间，他拿起一壶酒，往嘴里猛灌几口，然后把酒壶递给张天画："小子，陪老夫喝两口。"

张天画接过酒壶，学着他的样子往嘴里猛灌。这酒真烈，几口下去，酒劲就上了头。他借着酒劲大胆问："将军有事烦忧，不知能否告诉晚辈，说不定还能帮您分忧。"

张议潮从张天画手里拿过酒壶，又往嘴里倒了几口，直到倒不出一滴酒了，才把酒壶往身后随性一抛，然后看着天，长长叹了口气："长安的天比我们沙州的天要高，云都看着好像远一些。沙州此时应该已经冷了。"

老将军莫不是思念故乡了？他一生戎马，征战了多少地方，见过多少生死，如今年过古稀，就算有淡淡的乡愁，也不至于大白天喝酒射箭吧？

"将军，人生就像射箭，开弓不能回头，既然已经选择了长安，就坦然到底。"

此时家丁已把新的弓箭拿了过来，他掂了掂分量："嗯，这个分量还差不多。"然后边拉弓边说："人生就像射箭，瞄的都是靶心，射出去的却多数不知去向，不信你试试。"

说完，他连弓带箭递给张天画。张天画虽从未射过箭，但也没推辞。

这弓握在手里很沉，很有质感。他的臂力还可以，勉强能把弓端稳,学着张议潮的样子侧身站着,然后搭箭,却怎么也搭不好。

张议潮把弓接过去,亲自给张天画示范:"先握弓,再搭箭,三勾弦,四开弓,五满弓,六靠位,七瞄准,八撒放……"

瞧他如行云流水的一套动作,让张天画感叹射箭在他这里简直就是艺术。随着他沉稳有力地放弦,箭嗖的一声飞出去,然后"呼呼"破风而行,最后稳稳扎在靶心上……

当所有人都为这完美的一箭赞叹时,箭靶一声闷响,居然裂开了。

下人们又吓得赶紧更换箭靶,张议潮却苦笑道:"你看,等我终于练好了技术,不会再跑偏,以最饱满的热情射向靶心的时候,靶心却裂了,这是不是对我最大的嘲讽?"

短短几句话,借射箭之名把他的踌躇之情倒了个干净。

在他心目中,李唐王朝是个像太阳一样温暖的国度,光辉照耀着帝国的每一个角落,百姓们安居乐业,创造着世界上最灿烂的文明,富饶的土地上遍地黄金……可当他真正踏足这里,却发现如今的王朝早已不是他心中的样子。

站在他的角度冷静地审视当今皇上,也许从一开始登基就是这个时代的错误:

当年宣宗有十二个儿子,因始终没有册立皇后,所以这些儿子只有长幼之别,没有嫡庶之分。懿宗当时虽为长子,却未能得到宣宗的宠爱。宣宗在考虑谁为太子时,内心倾向于选择第四子夔王李滋,但碍于"长子继承"的传统观念一时不能决断。宣宗正值盛年时突发重病,本以为十天半个月就能好,没想到一发不可收拾,等到不得不立太子的时候,已言行不能自如,宰相和朝官都不得入见,只有内廷宦官服侍左右。宣宗知道自己时日不多,便将夔王李滋托付给平日最信任的枢密使王归长、马公儒和宣徽南院使王居方,要他们三人拥立李滋为帝。但宣宗千算万算没算到,王归长他们三人虽然位列高官,却独没有掌握兵权,又与左军中尉王宗实不和。

王归长三人为了完成圣谕，琢磨着先得消除军中阻力，他们假传圣旨将王宗实外调为淮南监军。那王宗实起初对圣旨深信不疑，都已经奉诏准备启程了，左军副使齐元实却凑到耳边提醒他："皇上此次病情来势汹汹，已经在深宫中静养一个多月不见大臣，按惯例官员上任之前都要恭听圣训，皇上却始终没有召见你，可见这次任命真假难辨，你为何不朝见皇上之后再离京呢？"王宗实觉得齐元实所言在理，仔细一想确实这么回事，便听了劝立刻返转入宫，下令将所有宫门增兵把守。

王宗实在齐元实等军将的翼护下闯入宣宗寝殿，正好赶上宣宗驾崩。先皇刚逝、新皇未立，正是权力洗牌的最佳时机。王宗实盘算着，若任由王归长他们三人占主导地位，立夔王李滋为新皇，他这辈子怕永远都只是个淮南监军，何不趁当下手握重兵，来个大反转？他当场大喝："圣旨是假的！"以"矫诏"之罪将王归长等三人拿下。

在重兵面前，王归长他们三个毫无还手之力，为了保命只能俯首听令。

王宗实立即派宣徽北院使宦官齐元简将郓王李温迎接入宫，改名为李漼。然后果断杀了王归长、马公儒、王居方这三个顾命大臣，以除后患。

经过王宗实的一番导演，二十八岁的李温在数日之间竟戏剧性地合法登上皇帝宝座。他一继位就加封王宗实为骠骑上将军，可见懿宗能当上皇帝，其实是宦官头子之间明争暗斗的结果，这样产生的皇帝怎会深明大义？

可怜张议潮老将军为心中的王朝打了一辈子仗，古稀之年带着一腔忠诚和赫赫战功归来，看到的却是贪腐盛行，战火不断，百姓流离失所，冻死饿死者不计其数……

支撑多年的精神支柱慢慢垮塌，所有的梦想都被现实击碎，再强大的人也会崩溃，会迷茫……

那真是：

曾经追逐的温暖,早已暗淡无光。
曾经坚定的理想,早已迷失方向。
依旧是大明宫,依旧是长生殿,
忠肝义胆散的散、亡的亡,豺狼虎豹笑的笑、唱的唱。
美人舞动着妖娆,奇花绽放着芬芳。
曲乐演绎着招摇,毒药包裹着蜜糖。
这是盛世的欢歌,还是末世的疯狂?
人人高喊为国尽忠,背后暗藏私利与欲望。
金玉粉饰出盛世太平,背后全是颓废与糜烂。
倔强地挺出一身傲骨,背后却是孤独与迷茫。
报国的梦想,被奸佞埋葬,
忠诚的热血,被污浊掩藏。
当所有初心都化成殇,他的灵魂该怎样安放,
他又该怎样,弥补信仰?

更换了新的箭靶,张天画按照张议潮教的动作要领,瞄准靶心,全力而射,果然,箭不知射到哪里去了。

他不服气,接着射第二箭,这箭像跟箭靶有仇似的,非要绕着走,把张议潮逗得哈哈大笑。

两支箭过后,他似找到了些感觉,基本熟悉了它的重量,也粗略悟到些技巧,这第三支箭射出,虽然没有正中红心,但上靶了。

张议潮瞪大眼睛,不可思议地说:"你是第一次射箭,还用这么重的弓,第三支箭就上靶了,要么是你运气好,碰上的,要么你就是天才,天生行武的料。再射一箭给老夫看看。"

张天画赶紧把弓放下:"不射了,见好就收。"

"不行,我多少年没见过好苗子,好不容易见到一个,岂能放过?"

有张宏武的遗传，张天画知道自己对行武有天赋，但此时再改行已经没有意义了："将军还是饶了我吧，再卖弄就该出丑了。"

　　老将军不依不饶，像老顽童似的耍起赖皮："你要不射两箭，我就不给你盖印章。"说完，他一脸得逞的坏笑，把刚才对时局的忧思都抛到了九霄云外。

　　这句话直戳他的软肋："那说好，射两箭就盖章。"

　　老将军一脸兴奋："行，两箭就两箭。"

　　张天画重新拿起弓箭，心想着他只说射两箭，又没说非得射中，随便糊弄一下就行了。

　　举箭刚要射，老将军不紧不慢地补充一句："射不到靶上就不盖章。"

　　张天画一紧张，嗖的一下放出箭，稳稳扎到靶心上。

　　"哈哈哈……"老将军开怀大笑起来，"继续，还有一箭。"

　　反正是最后一箭，他也无所顾虑，凭感觉射了出去，又是正中靶心。

　　老将军高兴地说："我带兵打仗这么多年，很少见到像你这么好的苗子，画画能有什么出息？男子汉就应驰骋疆场，我现在年龄大了，打不动仗了，不然一定把你抢过来。"

　　张天画嘿嘿地笑着，没有应他。

　　张议潮在举荐行卷上盖了章，他们又随便闲聊了一会儿，大都是他借着酒劲儿骂时政，骂满朝文武，说他们一个个衣冠楚楚，心里惦记的却全是龌龊事，唯独对现任宰相于琮赏识有加。

　　张天画对于琮这个名字早有耳闻，他是当今皇帝的妹妹广德公主的驸马，他们的姻缘故事在坊间流传很广。据说当年宣宗皇帝本要将永福公主下嫁于琮，婚礼都已筹备上了，却突然下旨取消这门婚事，宰相问为什么，宣宗说："我这个女儿生性骄纵，前几天和我一起吃饭，在我面前就敢因为一点小事把筷子折了，这样的性情怎能嫁给士大夫为妻？"结果就把广德公主嫁给了于琮。虽然广德公主是相当于"换"给于琮的，但他们婚后却相当恩爱，公主对婆家人十分尊重，家族里有什么大型庆典活动，她和其他媳妇一样，按老少尊卑顺序站在队列里，从来不显示自己的特殊身份。

张议潮说："唯有于琮与众不同，给朝野上下带来一丝清风。"

张天画默默听着，把他的话记在心里，却没有妄加议论。

39. 完成画像

终于把最后一幅同昌公主像画好了，张天画去请韦保衡观看，顺便跟他提在推荐行卷上盖章的事。

韦保衡二话没问，直接盖了章，然后跟他去了空空书院。当他看到四十幅浓墨重彩的绢画后，激动不已："太棒了，当初选你真没错，只有你能将公主神韵刻画得如此生动，看着这些画，就好像公主真的陪在我身边。"

辛苦了几个月的成果被人赏识，张天画很高兴："韦大人谬赞了。感谢大人提供的平台，不然我还不知道自己能做这么多事。"

一番客套之后，韦保衡让茗玉拿来一把钥匙："天画，你帮我完成了这么大一桩心愿，听说你成婚在即，我也没什么好送你的，这是我在京城的一套别院，就送给你住吧。"

"这太贵重了，万万使不得。大人对我有恩，我怎么还能收这么贵重的礼？"

"没什么不能收的。那套别院是我以前跟几个朋友喝茶聊天的地方，但现在公务缠身，根本抽不出时间再去休闲，已经空置很久了，不如物尽其用给你去住。"

张天画又一番谦让，韦保衡说："你不要再推辞了，我已经让人把那房子按婚房收拾，专门给你大婚用的，你若不去住，再有谁住合适？"

"这……"张天画觉得热血直冲脑门，欠他的恩情越来越多，无以为报，只能以后帮他做事慢慢偿还，"既如此，我就却之不恭了，谢谢韦大人了。"

韦保衡说："你马上要去宫廷任职，还要结婚，都是大事，这几天就不用过来了，回去好好准备吧，过几天，我要宴请公主，到时你再来。"

"好的，一切听从韦大人安排。"

张天画拉着零零碎碎的家当，跟着茗玉来到韦保衡送的那套别院。说是别院，其实就在宣阳坊，离平康坊很近，东边就是东市，生活很方便。

整处宅院看上去非常雅致，正门上悬挂着一块空匾，意思是起名定义的事情该由主人定夺。

推门而进，院落虽不大却设施齐全，分为前庭和后庭两部分，门墙刚刚粉饰过，泛着新漆的光泽，梁柱上挂满了红灯笼和红绸，甚是喜庆，一看就是婚房。房内家具还是空的，刚好可以根据自己的喜好来添置。

张天画边转边感叹："韦大人想得真周到啊，我真是感激不尽！"

茗玉满是自豪地说："我们韦大人对张大人真是肝胆相照。其实您跟他时间尚短，对他了解尚浅，我从五六岁起就在大人身边伺候了。我们大人特别重情重义，只要真心跟他的人，绝不亏待，您的大好光景还在后面呢！"

"大人对我的好，我心里跟明镜似的，以后大人让我做什么，我绝无二话。"

今天刚把四十幅公主画像完工，又正逢推荐行卷的三个印章盖齐，加之得了这么一处满意的新宅，张天画心中飘飘然起来，又想着茗玉也伺候了他好几个月，大功告成之际，怎么也得请他吃顿饭，犒劳一下，便说："茗玉兄，今天是个好日子，这差也交了，房也看了，时间尚早，不如咱们到酒楼里吃喝庆祝一番？"

茗玉一听有人请客，高兴地答应着："好啊，连续奋战了好几个月，是该放松放松了，走，喝酒去。"

张天画本想找一家正经酒楼，可茗玉三拐两拐地就往平康坊方向走，张天画越走心里越嘀咕，要是拐到兰香苑多尴尬，最近发生了很多事，还没跟苏婉好好聊聊，若是在喝花酒的场合撞见，两人之间的误会更不容易说清楚。"茗玉兄，咱们这是要去哪？"

茗玉贼眉鼠眼地一笑："喝酒自然是要喝花酒，不然能叫放松嘛！"

"这……"张天画故意面露难色，"我马上就要成婚，娶的还是我师父的女儿，喝花酒这种事传出去不好吧。"

茗玉一愣，似是没想到男人中还有不愿去喝花酒的。

为了不扫兴，张天画故意说："这样吧，咱俩先去吃饭喝酒，喝爽之后我回我的家，你爱去哪去哪，我掏钱怎么样？"

茗玉这才高兴起来："好啊，既然有人请客，一切都听东家安排。"

两人在平康坊找了家酒楼，大吃大喝起来，吃得满嘴流油，喝得大放厥词，啥都敢说，无不痛快！

酒足饭饱、东倒西歪之际，茗玉大着舌头道："你还能找着回去的路不？我、我要干我该干的事去了。"

张天画也大着舌头："要是连自己家都找不到，我还混个屁啊。你爱干吗干吗，我不碍你事儿。"

茗玉一把扯住他："说好你请客的，别赖账啊。"

张天画顺势往他肩一搭："谁赖账了！说，多少钱？我给你。"

他嬉皮笑脸道："五千贯。"

"什么？五千贯！"真后悔夸下这海口，竟要被讹五千贯。

茗玉软磨硬泡着："我辛辛苦苦伺候你几个月，你能跟韦大人这么快交差,怎么说也有我一份功劳。你只请这一次,我就当你的人情全还清了,以后还叫你哥……"

想想茗玉说的也在理,韦保衡给了他一套宅院做报酬,他给茗玉花五千贯钱也不为过。"好,五千贯就五千贯,我身上没带这么多钱,你要去哪家找哪位娘子,明天一大早我直接把钱送去,怎样?"

茗玉高兴得嘴都咧到耳朵根了:"就这么说定了,明天一早你把钱送到兰香苑的兰娘子那儿。你可别坑我,钱不送到,他们不让我走啊!"

一听兰香苑的兰娘子,张天画的心一抽:"为什么是她?"

茗玉嘴里直黏糊,没头没脑地说:"哪个男人有钱了不想去平康坊睡都知,正所谓春宵一刻值千金,更何况,那兰娘子也留不……"意识到自己多嘴了,他立即住口。

张天画心里一颤,他为什么只说半句?剩下的这半句话是什么?直觉告诉他茗玉没说出来的后半句是"兰娘子留不得"。他紧张得酒都醒了大半,追问道:"兰娘子留不什么?"

茗玉的眼睛一转,似乎酒也醒了大半:"留不住男人的种,没有后顾之忧嘛。"

这句话相当于是废话。张天画与他相处几个月,对他的言行举止还是比较了解的,他越是这样含混打马虎眼,就越说明有问题,而且他越是声东击西,就越是有大问题。

为防止打草惊蛇,张天画立马堆出满脸笑意,装作尚在酣醉:"对对对,一个青楼女子嘛,不必太在意,春宵一刻值千金,区区五千贯,只要茗玉兄高兴,这钱就花得值!"

见张天画依然一副醉态,茗玉放下心来:"都说兰娘子床上功夫了得,如今我也尝尝这尤物。"

"快去吧,明天我备好马车接你。"

他又喝了两杯酒,大拇指从鼻子上一擦而过,雄赳赳气昂昂地说:"老子去也。"

望着他三步并作两步,兴奋到不能自已的背影,张天画的脸从笑转阴,一拳砸在桌几上。

40. 表露心迹

回到宅院,张天画左思右想不对劲,得跟苏婉报个信儿,总比坐以待毙好。

可是,如果真有人要害苏婉,站在茗玉背后的人会是谁?莫非是韦保衡?他折磨一个青楼女子发泄情绪也就罢了,有什么理由非要杀她?……思绪翻江倒海,一宿无眠。

一大早,他准备了五千贯钱去接茗玉。那家伙还赖在床上,他索性直接把钱给老鸨:"妈妈,这是替婉儿孝敬您的。"

老鸨笑眯眯地瞅了瞅钱,给旁边的小厮使了个眼色,让把钱抱下去,然后问:"昨晚来的是什么人?看着猥猥琐琐,不像有钱有势的样子,怎么还劳烦您亲自给他送钱?"

张天画说:"他伺候的主子有钱有势,正所谓狗仗人势,多巴结没坏处。"

老鸨一副原来如此的表情:"你小子厉害啊,几天不见像变了个人!话说回来,他的主子是何方神圣?"

张天画故弄玄虚:"你猜。"

她拿香喷喷的手帕拍了一下他的肩,风情万种地说:"死相,给我卖起关子来了,不说拉倒,我知道了也不能多长几两肉,还是实打实的钱拿在手里最实在。"

张天画轻笑道:"妈妈说的是,只有钱最实在。"然后悄悄凑到她耳旁:"我一会儿来找她,让她务必等我。"

老鸨贼兮兮地说:"让我传话可以,先告诉我那个主子是谁?"

张天画老实招了:"是韦保衡。"

老鸨用帕子捂住嘴,很吃一惊:"他还真变态。"然后又瞅了瞅张天画:"你更变态。"

"我……"她一句话把他噎住。连她都这么认为,苏婉肯定更认为他是过河拆桥、忘恩负义的小人了。可他身不由己啊,在夹缝中求生存,稍不留神就粉身碎骨,每一步都走得如履薄冰,又有哪一步能顺了自己心意?……

想解释,茗玉已从楼上下来,腿颤巍巍的,像踩着棉花,面带桃色,连笑都透着那么一股迷醉的满足:"感谢妈妈款待。"

老鸨满脸自豪:"可还满意?"

茗玉呵呵笑着:"何止满意,一夜胜似一生啊。"

"那就好,以后得了好处,要常想着我们呢。"

"那还用说,有好处必定先来孝敬妈妈。"茗玉边说边往外走。见张天画还在发呆,笑道:"见个老鸨你都跟丢了魂似的,若见了兰娘子还不得化掉?走啦,别看了。"

张天画这才回过神来:"走。"

老鸨扬了下帕子:"郎君慢走,下次还来啊!"

两人上了马车,茗玉开始讲述昨晚的风流韵事,张天画不想听,索性闭着眼睛装睡,可那家伙兴奋得根本压不住,还连说带比画,气得张天画憋一肚子火,心里将他碎尸万段。

正好路过家具店,他对车夫大喊一声:"停一下,我要下车。"

茗玉正讲得起劲儿,见他要下车,一脸茫然:"怎么了?你干吗去?"

"我那宅院现在还空着,韦大人给我时间置办,我若耽搁了怕后面更没时间,趁今天在城里,赶紧置办一下家具。"

茗玉虽然有些失望,但也无可奈何:"好吧,你去吧,我先回韦府了。"

张天画装模作样走进家具店，马车一走远赶紧折回兰香苑。

见到老鸨在门口招揽生意，便问："妈妈，她在吗？"

"在呢，你去吧。"

他三步并做两步冲上楼，推门而入。

苏婉穿着一件很薄的白色丝质中衣，坐在窗户边，窗户大开着，她凝神望着窗外，听到有人进来，也没回头。

他心疼地拿了件厚披风给她披上："婉儿，这么坐着会着凉的。"

她既不吭声，也无动作，任他给她披好。他又摸了摸她的肩，冰凉，赶紧将她揽在怀里，心中一阵酸涩。

"婉儿，我这次来有重要的事跟你说，无论你此刻心里想的什么，委屈也好，痛恨也罢，都要认真听我说，好吗？"

她抬起头，眼泪在眼圈里打转："重要的事？让我猜猜，你要当宫廷画师了，你要成婚了，娶的还是你师父的女儿，双喜临门、春风得意，是吗？"

"不是的，你听我说……"

她双手捂着耳朵，眼泪哗地流了下来："我原以这个世界污浊了，只有你跟他们不一样，你是一股清流，可我错了，你不仅污浊，还更龌龊，我信错了你。你飞黄腾达就是了，何必再来伤我，是炫耀吗？"

看着她的眼泪，他心如刀割，用力将她摁在怀里："对不起，我辜负了你。"

她抽泣着："你没有辜负我，是我自作多情，我一个青楼女子，有什么资格去爱，可我偏偏爱了，活该受苦……"

这是她第一次表白，没有甜蜜，却是撕心裂肺的痛。他深吸一口气，将快要夺眶而出的眼泪硬是咽下去，低头吻住她。

她的感受他都懂，而他又何尝不痛啊！造化弄人、阴错阳差，偏偏两人不能在一起！

思念、心痛、愧疚……都化在这个吻里！……

苏婉稍微平静了些，他重拾话题："茗玉昨晚酒醉之后说漏了半句话，他说'兰娘子留不……'，我就猜测着这句话是'兰娘子留不得'，最近恐怕有人要害你，咱们必须赶紧想个对策。"

苏婉认真地听着："你专门跑来就是为了告诉我这个？"

"是啊，这件事细思极恐。你想想，茗玉哪有本事害你，若他把握十足，一定是他背后的人要出手了……"

不等他说完，苏婉的眼泪唰地流了下来，吓得直往他怀里钻："是韦保衡吗？如果真是他，那太可怕了。这么多年凭我对他的了解，若他要人三更死，绝不留人到五更。他如果想对我动手，我必死无疑。"

他抱着她，紧紧地抱着："不会的，你不会有事的，我陪着你一起想办法，只要做好准备，一定能逃掉。"

也许是对韦保衡彻骨的害怕，她蜷缩着身体一个劲儿地哭，他能感到她的绝望，那种透进骨子里的、对生命的绝望……

张天画觉得越是这种时候他越要坚强，至少给她力量，成为她的依靠，尽力保护她。"婉儿，你振作一点。我们一起想办法，不挣扎，焉知没有活路？"

她摇着头："没办法，对手可是韦保衡啊……"

他打断她："先不说对手是谁，仔细想想，你到底知道他什么不可告人的秘密？"

她狠狠地哭过一阵儿后，冷静了许多："凭我的身份能知道什么惊天秘密？如果他非要杀我灭口，只有一种可能，我本身就是秘密。他平日里把自己扮演得儒雅专情，这世上大概只有我见识过他毫无掩饰的真实本性，他处心积虑接近公主，定是怕我揭露出他的真面目，在公主心里留下阴影，虽然我的话无足轻重，但他也一定要扫清与公主之间的所有障碍。"

张天画倒抽一口冷气："他的目的还是公主！"这么一想，一切都解释得通了。他不惜一切接近公主,绝不会留下把柄在一个青楼女子手中……

"没错,他对公主设了一个局。"

他对公主的爱慕到底几分是真,几分是假?如果这彻头彻尾都是个谎言,那四十幅公主像岂不成了幕后帮凶……

此时已来不及想太多,毕竟公主身份尊贵,轮不着他去保护,可苏婉只有他。他拉起苏婉:"走,我现在就带你走,我们找个没人的荒岛,就算嚼草根住山洞,我也定护你周全。"

苏婉低下头,轻轻抽出手:"没用的。天下没有不透风的墙,无论藏到哪,凭他的本事都能找到,一旦打草惊蛇估计死得更快。"

"那怎么办?总不能这样坐以待毙。"

"你走吧,这事儿跟你没关系,能少牵扯一个人就少牵扯一个人,已经很感谢你了,这种时候还给我通风报信儿。"她边说边推他出门。

他一手抵住门框:"别这样,至少让我留下来保护你。"

苏婉摇头:"他已动了杀心,你留下来就是白白送死,将来连为我报仇的人都没有。况且,茗玉说漏了嘴,必定格外注意我这里的动向,我必须像往常一样,如果稍有异动,估计今晚都活不过去……"

说话间,就要开门推他出去:"最近别来我这里,咱们接触得越少,他们才越相信消息没有走漏,咱们才越有时间计划逃命……你快走吧。"

她说的也有道理,闷头跑不是办法,得先把茗玉稳住,然后好好策划筹谋一番,张天画说:"好,我走。"但仍对她不放心,又说:"答应我保护好自己,有事儿别硬扛,你还有我呢,我就算拼了命也定会护你周全。"

她在他脸上亲了一下,甜甜地一笑:"谢谢你,我终究还是没看错你。"

见她情绪稳了，张天画心安了许多，也在她额头上亲了一下："我们一起渡过这个难关，然后赎你出去，正经过日子，再也不看谁脸色，再也不担惊受怕。"

"好，我等你。"

41. 惊艳公主

因为李云彰急于去河西任职，所以张天画和李诗琪的婚礼定在七天后举行。

明面上，张天画又是添置家具，又是请媒送聘礼，暗地里，他却死死盯着茗玉的一举一动，连喝茶上厕所都不放过，生怕一不留神他就去害了苏婉……

正在焦头烂额之际，韦府传出消息，三天后韦保衡的母亲将举办一次午宴，宴请的都是名门贵妇，不是皇妃就是诰命夫人，其中还有郭淑妃。

张天画一下就明白了，郭淑妃是同昌公主的母亲，这场宴会的目的正是同昌公主。韦保衡让张天画去，主要是记录这浪漫温馨的一刻。

他提前一天就去韦府帮忙了，韦保衡把空空书院改名为"思卿堂"，把原先的书架、桌几等物全部清空，满屋悬挂着同昌公主画像，就是张天画画了好几个月才完成的那四十幅绢画。

轻薄的绢随风飘动，好像画中的公主在轻舞飞扬，让之前清幽肃穆的书院一下变成了倾吐思慕的浪漫之地。任谁见了都会觉得韦保衡对公主情深义重，大有非卿不娶的意味。这份情意与浪漫，加上他的才华与英武，别说同昌公主了，无论换作哪个女人，都会为之倾倒。

韦保衡狠费一番功夫做出此局，明天一过，估计好事将近了。

第二天早饭刚过，就有诰命夫人们陆陆续续赶来，有的还带着自家闺女，估计还巴望着得到韦保衡的青睐吧，个个精心装扮、花枝招展。

夫人们在厅堂里喝茶聊天，小姐们陪在自家夫人身边，都不怎么多说话，只有个别旧识的才凑一起小声聊天，虽说是宴会，但等级感很强，氛围一点不轻松，大家都在等重要人物的到来。

快到晌午时，皇家马车才缓缓而来，韦保衡全家率一众诰命夫人前去迎接。这是一辆紫铜鎏金马车，郭淑妃在四个宦官、侍女的搀扶下，款款走下来，只见她穿金银丝如意云纹缎裳、团蝶百花凤尾裙，身披一件织锦镶毛斗篷，脚踩一双缎绣祥云履，美得雍容华贵、仪态万千。那真是：

罗裙夺翠霞，云鬓黛如烟。
两汪横波目，一点梅花钿。
玉颈似蜻蜓，半露胸如雪。
缓步轻摇曳，风流在其间。

她站定后，回头看马车，同昌公主也下来了，相较淑妃的华贵，公主则显得轻盈许多，一件霞彩千色曳地裙，披着流彩飞花麂金斗篷，显得既高贵，又不失青春靓丽。

这娘俩一露面，真正叫人眼前一亮，之前到了的那些夫人小姐全都逊色下来。

一众人纷纷行礼："淑妃娘娘千岁千千岁，同昌公主千岁千千岁。"

郭淑妃明媚一笑："此处是韦府，又不是皇宫，大家就不必拘礼了。"

众人簇拥着郭淑妃和同昌公主来到厅堂，酒宴已经备好，大家纷纷落座。韦保衡紧挨着公主坐。

乐声响起，一个接一个的歌舞表演，伴着大家欢畅宴饮，酒过七巡后，在酒精的催动下氛围越来越轻松。

韦保衡始终没怎么喝，他一直牵心着公主，亲自给公主倒茶倒酒，公主稍一咳嗽，他立马紧张地要为公主披斗篷，看到公主有喜欢吃的菜，就把自己的这一份也端给公主，就连公主要去方便，他都不放心似的叮嘱丫鬟伺候好……

酒宴在歌舞声中愉快地结束了，大家喝得都很尽兴，时间还早，有人提议道："早听说韦府建得清雅别致，今天好不容易来一趟，如果韦夫人不嫌弃，不如让大家在韦府四处游览欣赏一番吧。"

借着酒劲，有人跟风说："是啊，也让大家在韦府开开眼，长长见识。"

韦保衡一脸焦急地说："这恐怕……"意识到人多，他又顿住了，求救似的看向母亲。

韦夫人看了看他，好像没有领会他的意思："既然大家想四处走走，我们自然欢迎，那就请大家随便转吧，莫要客气。"

说完，韦夫人陪着郭淑妃和同昌公主往后院走去，韦保衡也跟在左右。

他们走到花园中心，韦夫人介绍道："这是空空书院，平日只有小儿保衡常在这里看书习武，名字也是他起的。"然后看了一眼匾额，吃惊地说："空空书院怎么变成了思卿堂？"

"这……"韦保衡羞得脸通红："淑妃娘娘，公主殿下，这是我平日静思之处，不方便别人进入，咱们还是到别处转吧。"

韦夫人面露愠怒："什么静思之地！思卿堂，分明就是你和女子的幽会之所，我倒要看看，你天天钻在这儿打着看书习武的幌子，思的到底是哪个卿！"

在附近转悠的夫人小姐们听闻这边有动静，都纷纷赶过来看热闹。

韦保衡一下挡在思卿堂门前:"母亲,这里不能进去,您给孩儿留点颜面吧!"

韦夫人强势地走到韦保衡面前,怒喝道:"让开。"

见韦保衡仍死死挡在门口,她毫不客气地将他搡到一边,然后一把将门推开。

随着门"铛"的一声敞开,众人都屏住呼吸往里张望。映入眼前的,是一幅幅同昌公主画像,在推门带来的风势下飘摇着、招展着。有的仙动灵秀,有的庄重典雅,有的活泼喜悦,有的黯然神伤……

众人感叹着:"这、这不是同昌公主吗?原来韦大人一直思慕着公主殿下……"

"怪不得他至今不娶,恐怕一直在等公主殿下……"

若是常人,估计会在众人感叹声中羞赧地跑掉,但同昌公主不同,她带头走进"思卿堂",一幅画一幅画看,每幅画前都驻足良久,细细欣赏,看完后大方地赞赏着:"画得还不错,韦大人有心了。"然后朝韦保衡甜甜一笑。

见公主如此,郭淑妃暗中轻提了一下嘴角,似笑非笑,这表情好像筹谋已久的事情终要得逞,又好像整件事都在她的掌控之中,一丝一毫不曾偏离。

郭淑妃随即慈祥地拉过女儿,悄悄说了些什么,惹得公主满脸通红。

于是,韦保衡和同昌公主郎才女貌的恋情传为美谈。

大家纷纷猜测着,公主现已成年,既然两情相悦,凭韦府的家势地位,估计喜事将近。

42. 谋划西行

自打张天画定下婚期，李夫人便打发了十来个丫鬟杂役过来帮忙。说是帮忙，其实是送他的仆人。李云彰此去河西路途遥远，不宜带走太多人，他这儿正好可以安顿带不走的人，既解了云彰府的难题，又省了他重新购买仆人的麻烦，两全其美。

带队的侍女叫李荣，管家叫李贵，都是熟人。虽然目前家业尚浅，只有张天画这么一个主子需要伺候，但大家依然各归其位，李荣管内宅，李贵当管家。

李荣和李贵相当尽责，结婚的事都是按照李云彰和李夫人的意思操办。本来贵族的规矩就多，张天画也不怎么懂，刚好全权交给他们处理，他腾出精力为苏婉做打算。

说实话，苏婉现在命悬一线，张天画根本没有心思想别的，心里始终紧绷着一根弦，生怕稍不留神就有人去害她，生怕一觉醒来就听到她的噩耗。

若没有和韦氏相当的权势人家出手，韦保衡稍动手指就能要她性命。可在长安城里，别说同韦氏相当的权势没几家，就算有那么几家，也不可能为了区区一个青楼女子而得罪韦氏。

只有离开长安、离开韦保衡的势力范围才有活路。想来想去，唯一可投奔的地方就是河西。可李云彰知道他对苏婉动了情，眼下又与诗琪结婚在即，若硬求李云彰带她走，说不定反而坏事。让苏婉在李云彰动身之后暗中跟随，一旦到了河西，即使韦保衡的爪牙伸得再长，关键时刻，李云彰也会念及旧情帮她一把，总不至于见死不救。

这么想着，也就这么替她计划着。苏婉现在不宜有太多动作，而他则不同，刚好可以借着结婚的名义替她把一应事务办妥。

张天画专门买了两个会功夫的丫头，让她们保护苏婉一同西行，又为她精心准备了一个包袱，除了钱物之外，还有粗布衣裳、草鞋、锅底灰，她太美，必须掩去美貌才安全……还有一些常用药，知道她吃饭讲究，又特意放了一袋细盐。

一切准备就绪，等李云彰一启程，她们就可以悄悄跟上走了。

韦府操办午宴的两天，上下都围着同昌公主转，苏婉算是平安熬过。

从韦府回来，不知为什么，张天画心里莫名地不安，一会儿站，一会儿坐，自己刚倒的一杯热茶，转头就稀里糊涂喝了一口，差点把舌头烫掉。正吐着舌头吸溜，李荣和李贵焦急地围了上来，

"您可算回来了，我们都急死了。"

"还有三天就是大婚，咱们府上正门和正堂的匾额都没定，求您赶快定两个吧，总不能一直挂着空匾。参加婚宴的宾客都是老爷顶要紧的人，怎么说也得把府宅的门面弄整齐……"

"这是按您的意思所列参加婚宴人员名单，您看还需要加谁减谁？一般的客人我们去请就行，尊贵的客人还得您亲自去请方显礼数……"

一堆现实问题像雨点一样噼里啪啦砸向张天画，把他从苏婉的世界拉回现实，他要救苏婉，但同时也不能辜负李诗琪，这里面不仅有李云彰的恩情，还有对李诗琪的责任，毕竟诗琪是无辜的。

他对李贵说："咱们府宅的名字按理该叫'天画府'，但奈何里面有个'天'字，放在名字里不碍事，若挂在匾额上，便冲撞了皇家，保不准别有用心的人会拿此说事，索性把那些达官显贵们爱用的字眼都避开，任谁也找不出个茬儿，咱们正门就叫'致远斋'吧，中堂叫'和晖堂'。"

"老爷说得极是，如今世道乱，多谨慎些总没错。"李贵边说边慢慢细品，"致远斋，意为此处只是起点，未来的路更高更远，一

直通往心中的远方；和晖堂，有光却不刺眼，温暖和润……好名字啊！"

李荣一听正门和正堂的名字定了，连忙招呼丫鬟们捧来笔墨纸砚："既然匾额定了，就请老爷把正门和正堂的对联、喜联也一并定了吧。"

张天画思忖着，刚跻身长安贵族圈，虽然最近有些起色，但毕竟没有根基，尤其李云彰一走，他更显得势单力薄，对联也好，喜联也罢，都不能太招摇，越普通低调越好……于是提笔写了四副。

正门的对联是：喜居宝地事顺人旺常吉祥，福照善门财聚家和永安康。喜联是：青梅竹马结良缘，两小无猜成佳偶。

正堂的对联是：户牖观天地，书画见古今。喜联是：比翼双飞共白首，并蒂连理同偕老。

李荣乐颠颠地让人把对子拿去印刻，又捧来一身喜服："这身喜服太漂亮了，您试试看，大小肥瘦合适不？"

张天画十分配合地任他们摆弄着，像木偶一样，让抬胳膊抬胳膊，让踢腿踢腿……等一帮人散去，已经到了深夜。

他一个人躺在床上，翻来覆去睡不着，又起来烫了壶酒，坐在窗边，看着夜色如水，月亮就像苏婉的眼睛般清澈……

天知道他此刻有多想去看她，但为了帮她争取最后的生机，不得不克制思念和担忧，装作不认识，装作不相关……这喜服，这满眼喜庆的红，此时却像刀一样，一下一下狠刺着他的心……

> 夜如水，月似眸，一种相思两处愁。
> 爱难收，人难留，此情叫人怎相守？
> 守不得，离不得，痛彻心扉还不够。
> 西风吹冷桃花酒，硬将心事鲠在喉。
> 不该想，偏去想，揉碎肝肠还不休。
> 唯叹造化弄人，不得不低头。

放手,放手,换她一生无忧。

西走,西走,愿她平安白首。

43. 赐婚保衡

　　与此同时,自韦府午宴之后,韦保衡与同昌公主的恋情就被传开了,无论宫廷还是坊间,传得最多的就是韦保衡如何苦恋同昌公主,如何将一片钟情深藏于心,为一解相思之苦,将书房改成"思卿堂",挂了四十幅公主像,天天与画像为伴……

　　全天下都知道皇上宠爱同昌公主非同一般,所以无论谁娶了她,都将是一条极富极贵的通达之路。想在公主身上动心思的权贵比比皆是,但长久以来,从没传出过任何绯闻。公主对自身清誉十分在意,跟所有接近她的权贵都保持距离,俨然一副生人勿近、高不可攀的冷峻样儿;另一方面,皇上为公主树起了一道铜墙铁壁,但凡谁敢传出流言,皇上绝对以雷霆之势连根拔起。宫里宫外有过一两次杀一儆百的经历,任谁也不敢乱嚼舌根。

　　皇上初听这个传闻,心里本来有些火儿,想听完公主的意思再收拾这帮"嚼舌根"。但等来等去,公主一点制止的意思都没有,绯闻就像爆炸了似的,越传越带劲儿。

　　一天,三个小宫女凑在一起聊天。

　　宫女甲带有几分炫耀:"听说了吗?宫里要办大事了。"

　　宫女乙一副早知道的样子:"这都成旧闻了,还拿出来说,谁不知道啊,公主和韦保衡大人两情相悦,说不定就快成婚了。"

　　宫女丙无比吃惊:"哪位公主?"

　　宫女甲和乙:"还有哪位公主婚配算天大的事?自然是同昌公主喽。"

"同昌公主？不可能不可能，别瞎传，小心惹祸上身。"

"全天下都知道了，就你还大惊小怪的，韦大人在府里建了个'思卿堂'，里面全是公主画像，足足有四十幅，天天对着画像吃饭、睡觉、发呆……听说都快魔怔了。"

宫女丙恍然大悟一般："竟然有这等事，怪不得韦大人进宫的时候，那么多宦官围着他，跟前跟后地巴结，原来有公主的情分在里面。"

宫女乙继续添油加醋："这事儿估计板上钉钉了。你想想看，如果他们仅是见几次面的话，能有那么深的感情吗？说不定两人早都私订终身了。"

宫女丙又一副吃惊模样："不会吧。"

"这有什么不会的，男女之间不就那些事儿，别看他们一个贵为公主，一个又是贵公子，也得吃喝拉撒，也需要搂在一起睡觉，谁还能逃得了这点俗。"

…………

她们三个聊得口沫横飞、面红耳赤，哪里知道皇上正悄无声息地站在她们身后，越听脸越黑。

"公主和韦保衡还干了些什么？朕怎么都不知道，你们继续讲给朕听。"

仨宫女一听是皇上的声音，吓得头都不敢回，浑身哆嗦着软跪下来："皇上恕罪，奴才不该说公主闲话，以后再也不敢了，还请皇上恕罪。"

皇上压着盛怒："既然知道不该说，还偏凑在一起说，索性割了你们舌头，以后想说也没法说了。"随即对身后的宦官和护卫说："来人呀，把她们三个嚼舌妇的舌头割了，贬入掖庭为奴。"

三人顿时哭成一团，皇上挥了挥手，让赶紧拉下去，免得听着心烦。

哭嚎声越来越远，但皇上的怒气并没有因为三条无辜的舌头而削减分毫……他一甩袖子，快速朝公主府而去，都来不及经过郭淑妃，他要亲自问问宝贝女儿的心意。

如果公主不喜欢韦保衡，哼，什么"思卿堂""四十幅画"，通通都让他们见鬼。谁惹我的"小乖乖"，我就铲平谁。

皇上一路走，一路想了至少十条让韦氏灭门的理由。

但一进门，看到公主像花蝴蝶似的翩翩扑向自己，气先消了一半："最近有些奴才常把你和韦保衡放一起说，好像这个韦保衡很喜欢你啊，你怎么看？"

她红着小脸儿说："他人很好，又有才华，家世也不错，关键是他对父皇忠心耿耿，是个靠得住的人，以后一定能为父皇分忧解难。"

就这么稀松平常的几句话，皇上怒气全消："你喜欢他？"

"嗯，喜欢。"

"愿意嫁他吗？"

公主羞涩地低下头："婚姻大事，全凭父皇做主。"

"哈哈哈，好。"皇上高兴地笑起来。在他看来，宝贝女儿无论做什么决定都是对的。既然她喜欢，韦保衡就是这天下最好的男人，即使不是最好的，也要贴金饰银装饰成最好的。

就在张天画成亲的前两天，皇上下了一道圣旨：

同昌公主与韦保衡于咸通十年正月九日，在广化里公主府完婚。以保衡为起居郎、驸马都尉。

这一道圣旨下来，前朝后宫都炸开了锅。公主将于明年正月下嫁韦保衡，离现在还有大半年，时间还算充裕。韦保衡的官职从右拾遗升到起居郎，可以留在宫中延英殿值班，与公主朝夕相伴……职务的跃升也不是问题，历朝历代都有足够的先例可循，驸马爷嘛，必须尊贵，不然怎么保证公主养尊处优……可偏偏在皇宫修建公主府这一条，让大家瞠目结舌。又不是招的入赘女婿，出嫁天经地义要嫁到婆家，何以出嫁而不出宫？

非议归非议，皇上偏要这么干，谁还能怎样？他就是舍不得这个宝贝女儿，就是要天天见到她……于是，广化里的公主府在众人非议声中动工了。

接到圣旨，韦府像接了一尊财神似的，从上到下都高兴得合不拢嘴，立马张罗着要大修宅院，准备大办婚事，一切按最高标准，怎么奢侈怎么来，怎么铺张怎么来。这桩婚姻可不仅仅是娶媳妇这么简单，眼看马上到手的就是公主陪嫁，皇上会把金山银山都送进韦府，然后就是韦氏一族的飞黄腾达。

张天画作为这桩姻缘最大的幕后贡献者，除了得到各种各样的赏赐之外，更得到了许多钱财买不到的东西。比如名气，一夜之间，他画的四十幅公主像仿佛成了传奇，他也跟着沾光，成了宫廷画派知名大师；还比如背景，他身上打下了一个大大的"韦"字样，无论走到哪儿，别人都认他是韦系的人，韦保衡是他的靠山。

因着韦系的关系，连平时办事拖沓的内侍省也格外勤快，宫廷画师的身份很快被确认下来，还拟了份文书，将在三天后大婚的时候宣读。其实宫廷画师并不是官职，这份文书大可不必，大家只是图了个结婚的彩头，为他凑出一个"囍"字，好事成双而已。

他又成了有史以来最年轻的宫廷画师，一时之间，各种光环都照到身上，李云彰的得意门生，前任宫廷画师夏侯辰力荐，大将军张议潮和驸马都尉韦保衡保荐……

京城权贵都以收藏他的画为荣耀，找他画画的人更是排起了长队。

这曾是他梦寐以求的身份，出入于富丽堂皇的宫殿，打交道的都是人中龙凤。终于从那个贫穷卑贱、任人欺凌的底层社会爬上来了，仿佛他也是上流人士，而且生来就是。这种感觉真好。

转眼，两天过去了，明天就是张天画和李诗琪结婚的日子。这一天注定将是一道分水岭，不仅是张天画的，更是苏婉的。过了这一天，他将正式步入仕途生涯，而苏婉，也将正式告别青楼，流亡河西，虽落魄，但活着，虽穷困，但自由。

　　看着红红的灯笼挂满院，红红的绸缎披墙梁，新婚的喜庆被渲染得浓郁而又热烈，张天画不禁心中默默祈祷，就差一天了，已经看到胜利的曙光，再坚持最后一天！

　　正这么想着，突然，一阵急促的敲门声打断他所有思绪……

44. 苏婉被害

　　这么晚了会是谁？不知怎的，张天画心中"咯噔"一下，一种不祥的预感袭来。

　　不一会儿，管家李贵规规矩矩地禀报："老爷，门口来了个四十多岁的女人，说是您的旧识，我让她进来她不进，只说请您出去，她说两句话就走。"

　　在这节骨眼儿来找他，必有大事。

　　走到门口一看，居然是兰香苑的老鸨。她卸了满脸脂粉，打扮得像个普通农妇，慌慌张张的样子似在逃命。一见到他，眼泪便流了下来，扯着他往灯笼照不见的暗处走。

　　张天画意识到问题严重，回头对李贵说："我与姑姑是旧识，门口说两句话，你们先回去，留个门就行了，晚上不用等我。"

　　走到暗处，老鸨立马哽咽："大人快去看看婉儿吧，她怕是不行了。"

　　这消息有如晴天霹雳，将他身上所有的喜庆都打得烟消云散，血液仿佛瞬间凝固："她在哪？"

　　"乱葬岗。"

　　她怎会在乱葬岗？一种僵麻的感觉从心脏传到四肢百骸，扶着墙喘了几口粗气才勉强站稳。

为了她能活命，他百般算计做足准备，只要过了明天，一切就能重新开始……为什么老天要如此待她？在这最后一天功亏一篑？

　　他发疯似的抬腿就要走，但转念一想，冤有头债有主，必须先弄清楚原委："怎么回事？"

　　老鸨边抽泣边说："婉儿昨天中午还好好的，到了下午说是有些不舒服，我只当她感了风寒，就连她自己也说并无大碍，休息两日就好了。今天早上不见她起床，我便打发丫鬟进去送饭，谁知她的丫鬟瘫在床上浑身发紫，一副快要死了的样子，我吓得不得了，想着这丫鬟的恶疾千万别传染给婉儿，赶紧上楼去瞧她。推门一看，婉儿和那丫鬟果然一样，症状还更严重，浑身发紫，连话都说不出来了。"

　　听到这儿，张天画的心抽痛不已，咬着牙，强制自己保持清醒："然后呢？"

　　"我也不敢声张，悄悄打发人去请大夫，可打发的人还没走出门，就被一队官兵怼了回来，他们像提前守在兰香苑门口似的，只等这边发作，就能破门而入。那队官兵嚷嚷着，说兰香苑有人得了恶疾，为防止传染扩散，要把这里查封了，还要把得病的人都抬走埋掉。他们连砸带抢，就像劫匪一般，把我像提小鸡似的扔了出来，我拦也拦不住，眼看我的姑娘们一个个被撵走，兰香苑被查封……婉儿和她的丫鬟是最后被抬出来的，说是先扔到乱葬岗，等死了之后埋入万人坑……"

　　婉儿不可能得了恶疾，一定是韦保衡下的毒手。为找到更多证据，张天画接着问："兰香苑可是招惹了什么人？不然怎会有如此横祸？"

　　老鸨说："我也没想明白，我们一个微不足道的青楼，做的都是皮相生意，就算床榻边听到些朝廷的事，有一句没一句的都不作数，天大的事也不可能传到我们这儿，到底造了什么孽，为什么要一窝儿端？"说完，她哭得更伤心。

"妈妈先别急着哭,好好想想这件事前后婉儿都见过什么人。"

老鸨稍稍冷静了些,边回忆边说:"婉儿昨天中午接了单生意,那人自称秦公子,我之前从未见过,带一点巴蜀口音,自他走后,婉儿就说不舒服了。可那秦公子身形气质不像坏人,瘦瘦弱弱的样子倒像个读书人。"

张天画忖度着,婉儿被害与那"秦公子"定脱不了干系,他虽带巴蜀口音,但现在长安并无藩镇驻兵,他的口音只是个掩护真实身份的幌子。那些长安的"地头兵"守在门外,证明幕后主使必在朝中,不在藩镇。再者,婉儿身上并无外伤,她定是被"秦公子"下了毒,症状比丫鬟重,证明下毒之物就在屋内,那些官兵以阻断病源为由打砸抢,其实是为了销毁证据……

如果他推理得没错,那"秦公子"肯定是假名儿,此时再找,恐怕掘地三尺也未必找得到。如果再折回婉儿的房间,估计罪证也已被官兵处理干净,什么都查不出来:"妈妈可知昨天那队官兵出自哪个府衙?"

"他们出自长安京兆尹。可京兆尹就算要封我的店,直接封就是了,为什么要毒害婉儿?"

京兆尹是长安的地方官,若论权限,的确有权出兵查封兰香苑,可兰香苑不是目的,毒死婉儿并销毁证据才是目的。

能指使京兆尹的人,地位一定不低,这个推论又直指韦保衡。"妈妈还记得茗玉吗?就是前两天我带给婉儿的那个客人,出事前后可曾见过他?"

老鸨一怔:"你怎么知道?就在今天下午兰香苑被查封后,我一无所有,正不知如何是好,他刚好路过,见我可怜,给了些铜钱,还叮嘱我离开长安以后别再回来了。"

张天画的心又一抽痛,果然都是韦保衡干的。那个文武双全、风度翩翩的儒雅公子,那个高高在上、用情至深的公主驸马,那个替他复仇、还他公道的正义侠士……但同时,也是那个长期虐待婉儿、人性扭曲的变态狂!

想那韦保衡费了这么大劲才将公主追到手,眼看婚事已定,绝不可能让任何负面消息影响这桩婚事。若是他出入青楼并长期虐待婉儿的事被抖出来,传到公主耳朵里,后果不堪设想……所以,即便对方只是个微不足道的青楼女子,即便对方并无揭露他真面目的企图,他也要斩草除根,不留任何隐患。

对韦保衡来说,端掉一个青楼就像抬手捏死一只蚂蚁般不费吹灰之力,甚至不会带给他任何情绪……一定是他主使了整件事,一定是。

老鸨见张天画半天没吭声,赶忙问:"大人是在怀疑茗玉?那茗玉的主子不是韦保衡吗?难道你还怀疑韦保衡?"

"没有!"他立刻斩钉截铁地打断她,"茗玉平日素爱多管闲事,专跑乱的地方凑热闹,不过他说的对,妈妈还是离开长安吧,今后别再回来了。如今在这乱世平安活下去才最重要,至于钱财什么的都是身外之物,没了也就没了,想开些。"

老鸨说:"在长安混这么久,我自然知道这事的利害关系,背后定是惹不起的大人物。虽然现在没地儿诉理,但我也咽不下这口气,一辈子的心血都毁了,至少得知道是谁干的。乱世的事谁能说得准,难保哪一天他不会落在我手里,到时定将他千刀万剐。"

她的心情他能理解,可真相能告诉她吗?一旦露出蛛丝马迹,韦保衡定不会放过她。真相对她来说意味的只能是送命。"妈妈放心,我会追查到底,绝不让婉儿白死。一旦查出眉目,第一时间就告诉妈妈。"

老鸨对他的话深信不疑:"我相信你一定会为婉儿报仇,我等水落石出的那一天。现在该说的都说完了,你快去找她吧,但愿还能再见最后一面,晚了怕是连尸首都找不到了。"

张天画也叮嘱她:"妈妈路上小心,半路劫杀是官场灭口的惯用伎俩。你先不要回老家,去别处躲个三年五载再回去。"

"知道了,多谢提醒,咱们后会有期。"

两人就此别过。此一别,怕是再见也难了,不说愿她东山再起,只愿她能平安活下去。

现在已经宵禁,为了不引起注意,他没有骑马,而是绕着远路向乱葬岗狂奔,心里祈祷着:婉儿,你一定要坚持住,一定等我啊。

45. 最后一面

月色下,孤坟野冢,腐臭的尸气充斥着鼻腔,树枝像妖魔的臂膀,张牙舞爪地伸展着,猫头鹰在枝叶间咕咕怪叫,一群乌鸦一会儿飞到这儿,一会儿飞到那儿,也不知是哪里的腐肉让它们如此兴奋……

这些都来不及想,张天画此时心里只有一件事:"婉儿,你在哪?"

他急得快要发疯,四处寻找着,又怕万一有官兵或是守尸的人在附近,不敢动静太大,只得压低声音一遍又一遍呼喊:"婉儿,我来了,你能听见吗?你在哪里啊?"

难道已经理了?乱葬岗的尸体最多一天埋一次,婉儿是昨天运来的,至少也要到天亮才会有人处理。

来来回回不知找了多少遍,仍不死心。

这时,脚下一个东西硌了他,应该是踩了"谁"的胳膊。他赶紧低头辨认……可惜,这胳膊不是婉儿的。

是位老者,衣服破破烂烂,脸上颧骨高耸、眼窝深陷,一层薄皮包裹着干巴巴的骨头,手和脖子与树枝无异,尸体已经腐臭,估计是死了多天才被人发现抬到这里。老者旁边还并排摆放着十几具尸体，看情形，都像是新抬来的。

他一具一具仔细查看，生怕夜色太黑漏掉一具。这十几具尸体都看遍了，没有一个是婉儿，仍不死心。"婉儿，你到底在哪？就算你心里恨透了我，也让我见你一面……"

一个有气无力的声音回应着："张郎？是你吗？"

他立刻屏住呼吸，生怕稍大一点声响就将这似有若无的声音淹没了。这声音就在旁边，他循声望去，就在这十几具尸体不远处，还摆了一排尸体，也有十几具，第一个躺着的就是婉儿的丫鬟。

他立马扑过去……果然，丫鬟身边躺着的是苏婉，那个他心心念念、深爱着的苏婉，那个美得不可方物、半个长安城都为之倾迷的苏婉……此时就这么了无生气地躺在地上，任泥巴和烂树叶糊满全身。

他的眼泪冲出眼眶，抱起她，紧紧地搂在怀里："婉儿，我来晚了，你睁眼看看我好不好，你听我说句话好不好？"

丫鬟连抬手的力气都没有，睁着一双空洞的眼："娘子她、她一直在等你……"

苏婉的身体好凉啊，怎么焐都焐不热。"婉儿，求你了，睁眼看看我，别这么离开我……"

像是终于听到了他的祈求，苏婉回了口气，虚弱地睁开眼："郎君，终、终于等到你了。"

他抱着她痛不欲生："是谁害的你？是不是韦保衡？"

她的眼已空洞得看不出情绪："是他。"

一旁的丫鬟一听此话，拼出最后一份力气挣扎着："张郎君，就是韦保衡杀的我们，您一定要替我们报仇！"说完，她再也没了气息。

苏婉气若游丝，断断续续地说："我就是怕你报仇才撑到现在，我们这些青楼女子的生死实在微不足道，你不要记在心上，更不要以卵击石，韦保衡是个恶魔，一定要远离他，我只想你平安活着。"

她的话像一只手伸进他心里，拼命去拧，把心都拧出血："我的好婉儿，都这种时候了，别再想我念我，留点力气，我带你走。"

他刚要抱起她，她像被什么卡住呼吸，想咳嗽却连咳嗽的力气都没有。他又赶紧将她放下，拍打着帮她顺气。一大口脓血却从她口中吐了出来，接着又吐了几口："我已经没得救了，能再见到你，已经很知足了。"

看情形苏婉已撑不过片刻……眼睁睁看着爱人断气，他此时分不清眼中流下的是血还是泪："你还有什么未了的心愿？告诉我，就算粉身碎骨也替你达成。"

她沉默了一下，眼中流出一行清泪："我的心愿就是对你说三个字，我爱你。一直觉得我不配说，所以从没告诉过你，可现在如果不说，就再没机会了。我、我想和你在一起，今生不可能了，但愿来世，你依然是你，而我，不再是我。"

越说，她的气息越淡："你还欠我一幅画，帮我完成它，那是你我初见时的约定。"

他将她的手贴在脸上："身在炼狱，心在天堂……"

"真好，你还记着。"

"我到死都不会忘。"

她笑了笑，空灵得仿佛透明："我看到有人来接我了，他们穿着白色的衣裳，那么干净、那么温暖……"说完，她闭上了眼，手从他脸上无力地滑下。

她就这么走了吗？他不相信！可任他再怎么喊她、吻她，都没了反应。

"不！"为什么命运不肯放过她，为什么死的会是她！

他们之间的一幕幕在眼前浮现：自打来到长安，在最落魄的时候遇见她，她便不求回报地对他好。帮他牵线李云彰，送他夜明珠当拜师礼，又各种谋划帮他结识张议潮……等他好不容易混出些名堂，有能力报答她时，她却被人害死了，死得这么惨、这么可怜、这么委屈……而时至今日，他却连一件对她好的事都没做过。

他好后悔，如果不画四十幅公主像，韦保衡也许就不会与公主订婚。如果韦保衡没有与公主订婚，是不是就不用杀苏婉？……

一时间，他觉得五脏六腑错位似的痛，痛得喘不上气，用手揪住胸口，猛一咳嗽，喷出一口血来。

真希望下一秒天崩地裂，世界毁灭，他们就不用分开，他可以一直这样抱着她，直到生命尽头……

> 身在平康坊，心却在天堂，
> 举手可换千金账，疏财济困不为偿。
> 香绕帘纱帐，情暖芙蓉床。
> 相遇相知难相守，怎相守？
> 相爱相许难相忘，怎相忘？
> 昨日舞霓裳，今日魂悠荡，
> 昨日温柔乡，今日乱葬岗，
> 叫人怎不思量？怎不恨凄凉？
> 雕金栋，镂金窗，已是烟云梦一场。
> 轻抚琴，浅弹唱，已是阴阳两茫茫。
> 一世富丽堂皇，终了身裹泥浆。
> 枕畔熙熙攘攘，终了无人送葬。
> 星暗淡，月无光，
> 叫人怎不悲伤？怎不痛断肠？

张天画抱着苏婉一直哭，直到天边泛起鱼肚白，才想起来今天还要大婚，还有那么多人在等他，那么多双眼睛在盯着他，包括韦保衡……

韦保衡啊，撕掉那个伪善的面具，他残忍、血腥、变态……什么是真相？是他让他看到的真相，还是他自以为是的真相，还是两者之外另有一个真相？……

他得走了，他还得好好活着，用最好的状态同样表演给韦保衡。他与他，恩与仇，一笔一笔都得算清楚。

临走前，他将苏婉的外衫脱下。为了不节外生枝，此时不能将她带走安葬，只能任她葬入这乱葬岗的万人坑，但日后，他定要用这件外衫修建一座豪华的衣冠冢，再没有不相干的尸体挨着她，没有恶心的蛆虫啃噬她……让她在另一个世界安详。

他还想留点东西当念想，但摸了摸她的手腕和脖颈，一点首饰都不剩。也不知是便宜了抬她的官兵们，还是乱葬岗的守尸人。

望着即将跃出山峦的朝阳，张天画在她额间印下一吻，然后牙一咬，转身离去，就像当初点燃老宅离开萍姨一样，没有回头。

第五卷 股掌间

46. 双喜临门

回到府邸，李贵他们正急得团团转："老爷，您可回来了。这是去哪儿了？急死我们了。"

张天画没有回答，只交代了一句："帮我打桶热水，我要沐浴。"

他把自己浸泡在热水里，想平复情绪，却还有泪滑落，索性把脸埋在水里，任眼泪流个够。只有这个时候才能肆意地哭，出了这桶水，就必须敛起伤痛，戴上一副伪装的面具，装出他们想看到的欢愉和喜庆。

现实就是这么残忍——他爱的人死了，他却没法埋葬、没法守丧，甚至连伤心难过都没法表现出来，不管心有多痛，也只能一个人偷偷忍住，然后装作欢天喜地的样子与别人成婚……

热水烫得皮肤有些刺痛，将原本悲伤的黑、疲劳的白，都如愿烫成了桃粉色……

沐浴完，他穿上喜服，镜中依旧一个翩翩少年，面带"桃色"。

崔跃成边吆喝边进门，后面跟着夏侯辰："新郎官儿，我们来看看你有没有高兴得晕过去。"看到身着喜服的张天画之后，他继续打趣："不错，似晕非晕，似醉还醒，状态正好。"

夏侯辰一本正经地说："小师弟要娶小师妹，按理我们在哪边帮忙都行，但那贫嘴的说师妹不缺女眷，你这边却很缺男丁，于是我们就过来了，看还有啥帮忙的？"

张天画其实整个人都是蒙的，人虽回来了，心还留在乱葬岗，对一会儿即将进行的结婚流程根本反应不过来，只得装模作样地说："没什么要干的了，劳烦师兄把那贫嘴的看好就行。"

崔跃成一脸委屈："我说你小子，得了便宜还卖乖，小师妹可是我们的心头肉，护在手心儿这么多年，被你抢去了，你不安慰安慰我就算了，反而还奚落。今晚非得多灌你两盅酒不可。"

正说着，李荣端着饭进来："老爷，早饭一直为您备着呢，您要吃吗？"

崔跃成心直口快地问："怎么，都这时候了，还没吃早饭？"

张天画生怕李荣多嘴，说出他一夜未归的事，赶紧装出不耐烦的样子："退下，不是说过了嘛，不吃不吃，还来问！"

"是。"李荣吓得赶紧把饭端走，还带着一脸莫名其妙。

夏侯辰关切地说："成亲这一天会很累的，不吃早饭怕顶不住。"

张天画故意说："吃饱了容易犯困，稍微饿一点儿才精神……"

话还没说完，小厮刘四气喘吁吁地跑来："老爷，刚有人通传，内侍省的内侍监大人突然要来，已经快到门口了。"

正好借机换个话题，张天画赶忙问道："可知来的是哪位内侍监大人？"内侍省有两位内侍监，一位叫刘守城，一位叫杨善力，都是从三品，也都是皇上面前的红人，平时难得一见。

崔跃成捣了他一下："别管哪位内侍监，来了就是天大的事，赶紧出去接。"

也对，他一个小小的宫廷画师，无论哪个内侍监来都是无上荣耀。赶紧吆喝家丁："都随我出去接内侍监大人。"

夏侯辰也起身："我虽已辞职，但内侍监大人亲自来了，我便与你一同去接吧。"

崔跃成看了看他俩，大概觉得他一人待在屋里无聊，也跟着他们一起守在门口。

张天画、夏侯辰、崔跃成以及一众家丁刚在门口站定，就见远处一辆马车率一队轻骑赶来。待马车停稳，下车的正是刘守城。

张天画赶紧跪拜行礼："草民张天画，拜见刘大人。"夏侯辰和崔跃成也相继行礼。

刘守城扶起张天画，喜笑颜开地进到院子里："马上就不是草民了，这不，文书都给你带来了。"

说着他拿出一个卷轴，打开要念。张天画赶紧跪下接听。

"长安士人张天画，天赋异禀，师承名门，画功卓越，为人忠恳，蒙世人之称颂，得众臣之举荐。今承皇帝隆恩，进宫为匠，入仕，敕受八品。"

张天画心下一惊。之前只说进宫当画师，没想到竟给他个八品官职，这是开朝以来所有画师都不曾有的先例。

他脑子飞速旋转着，内侍省不会因为画技好就给他官职，定是韦保衡从中斡旋。

他双手接下文书："下官拜谢内侍省，拜谢刘大人。"然后将之前韦保衡赏的一块和田玉佩拿出来，呈到刘守城面前："刘大人对下官有知遇之恩，这是一点小小的心意，还望大人莫嫌弃。"

刘守城也不客气，将玉佩举起来鉴赏一番："哈哈哈，这种成色的玉佩可不多见，既然你有心，我就收下了。"边说边往兜里揣："其实呢，你还得好好感谢咱们的驸马爷韦保衡大人，韦大人可是为你操了不少心。"

"下官明白，韦大人那边必当重谢。"

进了厅堂，刘守城在上座落座，边喝茶边说："今天正逢张大人新婚之喜，咱们内侍省的兄弟们也为你备了些薄礼，因你尚未报到，大家贸然前来未免有些唐突，便托我将这些薄礼都带来了。"说着，递给他一份礼单，几个小宦官前前后后抬了七八箱东西进来。

张天画赶紧打发府上小厮，把喜酒和喜糖也装了七八箱，让小宦官们抬回去，然后又端着两盏酒："大人舟车劳顿亲自到舍下送文书，还代表内侍省送来了祝福和厚礼，下官无以言表，先请大人喝杯喜酒吧。"

"喜酒自然要喝，沾沾新郎官的喜气，这种美事可遇而不可求。"说完，刘守城将两盏酒一饮而尽。

张天画又招呼着刘守城同行的宦官和小厮们纷纷喝了喜酒。

刘守城显得很高兴："驸马爷果然眼光独到，张大人不仅才识过人，还很通情理，将来发展定不可限量啊！"说完又喝了两盏酒，有些酒气上了脸："文书也送了，喜酒也喝了，我公务缠身，就不多留，还请张大人见谅。你们该忙的忙，大婚庆三天，三天后准时到内侍省报到。"

刘守城起身要走，张天画也不便强留："大人慢走，三天后我一定按时报到，好好完成大人安排的任务。"

将刘守城送走后，身边人无不喜气洋洋。

夏侯辰带头说："内侍省能给你一个八品官职，确实前所未有，恭喜啊，小师弟，双喜临门。"

崔跃成也说："这么高的起点，我怕是望尘莫及喽。今天真是好日子，真正的双喜临门！"

下人们更是恭喜声一片。

是啊，八品入仕，洞房花烛，可不就是真正的双喜临门么？想当年寒窗苦读，一心只想考功名入仕，却一再落榜受人欺凌，如今凭借画美女入了仕，投机钻营也好，旁门左道也罢，命运推着他走到了当初预想的路上。

李贵提醒道："老爷，吉时已到，该启程去接夫人了。"

47. 洞房花烛

一路上，迎亲队伍尽情地敲锣打鼓，又是摇头又是晃脑，吹唢呐的快鼓破腮帮子……张天画却在马上犹如行尸走肉。

苏婉的音容笑貌一段一段在脑中浮现，他沉浸在自己臆造的世界里，好像她还活着，还在那个轻纱幔帐的温柔乡等他，含情脉脉、风情万种……而眼前这些人、这些事，都成了剧目中的木偶，他只是置身剧外的看客……

恍惚间，到了云彰府。

崔跃成兴奋得上蹿下跳，好像比张天画还激动，也多亏有了他，气氛一下子活跃起来。"兄弟们，想不想见新娘子？"

身后跟着迎亲的众人哈哈大笑："想。"

崔跃成大喊着："那还等什么？走，跟我抢新娘子去！"

大家推推搡搡簇拥着张天画来到李诗琪的闺房外。房门紧锁，一众小姐丫头们在里面嘻嘻哈哈。

崔跃成边拍门边大叫："小师妹，快开门，你朝思暮想的三师兄来抱你回家了。"

他说得这般直白，新婚的两人都不禁羞涩，房门里更是闹翻了天："不开，就不开。"

迎亲的连说好话带塞银子，可房里的姑娘们只收银子不开门。

崔跃成低声对张天画说："她们这是要给新郎官儿一点颜色看，意思是告诫你娶媳妇儿不容易，娶到以后要多宠着些。我倒有个速成的办法。"

"什么办法？"

他眼睛一骨碌，张天画便懂了，悄悄退出迎亲队伍，找了个拐角藏起来。

崔跃成煞有介事地对里面大喊道："不好了，小师妹，你三师兄见敲不开门，走啦。"

房里顿时安静了。

崔跃成接着喊："你三师兄说了，门都敲不开，恐怕小师妹不愿嫁他，强扭的瓜不甜，这婚不结也罢……"

话还没说完，门"啪"的一声打开，李诗琪慌慌张张冲出来，东张西望在队伍里找，一看张天画真不在，"哇"地大哭起来："叫你们快开门，你们说再等等，现在可好，把师兄气走了，我可怎么办啊？……"

她越说越伤心，崔跃成在一旁笑得气都快断了："你还能怎么办？跟我呗。三师兄不要你了，不是还有我嘛。"

李诗琪瞥了他一眼，哭得更伤心："谁说要嫁你了？我才不嫁呢，我要嫁三师兄！"

一众迎亲的人笑得前仰后合。

见玩笑开大了，张天画赶紧冲出来："我没走，这不是在嘛，刚才内急，方便了一下。"

她一见张天画就破涕为笑，可看了一眼崔跃成又哭了起来："你们两个合起伙来骗我，师兄最坏了。"

李诗琪的清纯可爱，让他暂时忘了那些悲伤。他将她的脸捧起说："好好好，师兄错了，师兄不该跟你开玩笑，别哭了好不好？"

崔跃成插来一句："妆都哭花喽！可惜了，这么好的新娘妆成花猫了。"大家看着李诗琪的花猫脸又都笑了起来。

李诗琪也不管大家嘲笑她，只扯着张天画的袖子，一双大眼睛清澈见底："现在你可不能再躲了，你去哪儿，我就跟着你去哪儿。"

张天画大笑着抱起她："躲什么啊，天上掉下来这么好的媳妇，我高兴还来不及呢。"

夏侯辰在前引路，两位新人被簇拥着来到厅堂，李云彰、李夫人以及两位姨娘都在厅堂等着，张天画和李诗琪给长辈们一一敬茶、改口，把李云彰改称"父亲"，李夫人改称"母亲"，把三丫头的生母——三夫人改称"娘"，二姨太还是称"二姨娘"。

李云彰喝过茶后叮嘱道："你们两个是我的心头肉，天画的天分好，为人踏实，又肯吃苦，将来前途无量。诗琪的性格好，温柔贤淑，待人只记好不记仇，将来一定是个好妻子。你们以后要相互谦让、相敬如宾，好好过日子。"

张天画美美地叫了声"父亲"。这一声，他诚心实意，绝无敷衍。一声没过瘾，又叫一声"爹"。

李云彰忍不住笑了："别急，以后还得叫一辈子呢。"

"哦，"他憨憨地说，"您放心，我一定会照顾好诗琪的，绝不让您多费心。"

"好，"李云彰笑得特别高兴，这几乎是印象中他笑得最开怀的一次。他接着说："按俗礼，姑娘成婚两日后都要回本家看看，但诗琪嫁的是师门，也不算外嫁，回门这一套就不用了，我们打算两日后就起程赴河西。"

"知道了，爹。"

李夫人满脸喜色："听说刚才刘守城大人到你府上送了贺礼，还宣布你入仕，八品……真有出息！母亲真为你高兴！以后好好奋斗，给咱们家多争光彩。"

张天画知道她说的这个"家"，除了李家，还有任家。他心领神会，朝她一笑："知道了，母亲。"

"好女婿，我没白疼你。"

二姨娘非常客套地说了两句："你们两个郎才女貌，天生一对，还望早生贵子，早日添丁。"

"多谢姨娘。"

到了三姨娘这里，她就比较动情了："天画啊，虽然诗琪嫁给你，我没什么不放心的，可我们毕竟此去遥远，再见面就不知到什么时候了……"说着竟落起泪来。

她一动情，李诗琪也忍不住要哭："孩儿以后不能常侍娘亲左右，还望娘亲多珍重……"

李夫人见再不打断她们，这母女俩怕是要抱头痛哭了，赶紧说："结婚是喜事，别哭哭啼啼的，多晦气。咱们热热闹闹把三丫头送走，让他们欢欢喜喜过日子，才是为人父母应该做的。"

"夫人说的是。"三姨娘背过身去将眼泪擦干，然后对张天画和李诗琪说，"我是太高兴了，喜极而泣。你们回去后好好过日子。天画以后出息了，咱们都跟着沾光。"

敬完长辈，再敬兄嫂。

大公子李正辉继续留在长安，二公子李正耀和三公子李正灼都随李云彰去河西。

李正辉说："父亲大人和母亲大人虽要去河西，但长兄如父，只要我在长安，你的娘家就仍在长安。无论受什么委屈，只管回娘家便是，我永远是你坚实的后盾。"

李正辉年纪大，为人板正，这番话说得很是严肃，明显在告诫张天画别欺负诗琪娘家没人。张天画赶紧表态："大哥放心，诗琪不仅是我妻子，还是我妹子，我绝不会委屈了她。"

"但愿如此。"

到了李正灼，他不慌不忙地说："把三丫头交给三师兄，我放心得很。但凡三师兄有口吃的，绝不会饿着三丫头，但凡三师兄有件穿的，也绝不会冻着三丫头。我们现在还是祈求三丫头别欺负了三师兄才是正理儿。"

一番话逗得大家哈哈大笑。

李正耀也凑热闹："是啊，天画又不是外人，把三丫头交给他，我们放心。"

见大家都这么说，李正辉虽知刚才的话严厉了，但依然不改语气："既然来奉茶听我训诫，丑话就得说在前面，虽然一个是师弟，一个是三妹，但论起亲疏，三妹还是亲于师弟，我这人帮亲不帮理，要是让我三妹受了委屈，别怪我翻脸不认人。"

"大哥训诫的是，妹夫记下了。"

拜别了一大家子人，迎亲队伍喜气洋洋回到致远斋，又拜天地，又宴宾客，折腾了整整一天。

等把宾客送走，已经快子时了，李诗琪一直坐在床沿儿等张天画。当他摇摇晃晃回到房间才想起来，今天一天除了喝酒，好像什么东西都没有吃，这会儿松懈下来才觉得难受。

李诗琪十分善解人意地端来茶和点心："师兄辛苦一天了，赶紧吃点东西，休息会儿。"

她是个好姑娘。张天画心想着一定要好好待她，即便目前还无法爱上她，也绝不伤害她，绝不让她像苏婉那样受委屈……他仿佛看见了苏婉，穿着嫁衣，娇艳动人……他一把将她揽在怀里。

"师兄，你怎么哭了？"

"我只是有些感动，从没想过会有今天，竟也能当上官儿，娶上又美又贤惠的媳妇儿，幸福得就像做梦一样。"

李诗琪帮他拭干眼泪，她的手又软又绵，放在脸上暖暖的："我们以后天天都这样幸福，天天都像做梦，好吗？"

"好！以后都听你的，只一件事你得答应我。"

"什么事？"

"别叫师兄了，改叫夫君。"

她娇羞地把脸藏在他怀里，蚊子哼哼般叫了句："夫、夫君。"

他故意逗她："你说的啥？大声点，我没听见。"

她豁出去大喊了一声"夫君"，然后又把脸藏进他怀里。

看她羞得连耳朵带脖子都红了，小耳垂更是红得像颗快熟的葡萄，可爱极了……张天画便在她脖子上轻轻一吻，将她的小耳垂含在嘴里。

她不知所措，急促的呼吸让全身都跟着战栗，紧张得直揪他衣服。

他温柔地将她抱起，放在床上……这是她的洞房花烛夜，他要帮她圆了那个玫瑰般的少女梦。

48. 送走恩师

两天后的清晨，张天画和李诗琪早早赶到云彰府。十来辆马车,十来个家丁,一切都已准备就绪。

李云彰一向轻车简从,来送行的就只有大公子李正辉和张天画一家。

他们车马随行,一直将李云彰送出长安城。

夏侯辰一家已在城门外等着,和师父会面之后,便要一起向西进发。

李诗琪和三姨娘坐在一辆马车里说贴心话去了。

张天画和李云彰、夏侯辰喝着饯行酒:"爹、师兄,你们此去路途遥远,千万要当心啊。"然后递给他们每人一个小锦囊:"这里面装着长安的土,到了河西若水土不服,就捏一撮土和水喝下去。我刚到长安时总拉肚子,就是用这个办法治好的。"

接过锦囊,夏侯辰说:"别净操我们的心了,我会照顾好师父的。反倒是你让我们担心。我这一走,往后就算高枕无忧了,再也不用算计人心。今天借着酒劲提醒你几句,和韦府还是要保持些距离,别看他们现在强势,前朝后宫都买他面子,但你要记住,人无千日好,花无百日红,韦保衡这人阴晴不定,又心狠手辣,但凡他想整的人,非整死不可,在朝中也得罪了不少人,他不翻船则已,一旦翻船,落井下石的人必不在少数。"

李云彰接着夏侯辰的话:"我此番去河西,一是找个安身之所,二是为你们寻个退守之地。现在天下这么乱,满朝文武没一个想着平定战乱、安定百姓,全是拉帮结派、结党营私。此时为朝廷效命未必是件好事,你非要进去闯,我也不拦你,但你要切记'守正'二字。在朝为官,找个靠山容易,不偏不倚才最难,有靠山虽可一时风生水起,但守正才能长保平安。说实话,我也不希望你当多大官、挣多少钱,只要你和三丫头平安就好。若是哪天心灰意冷不想再待长安了,就来河西,好歹有亲人投奔,有个安身之所。"

"我记下了。"

他们将杯中酒一饮而尽,就此各奔东西。

李云彰和夏侯辰刚上车，崔跃成才骑着马气喘吁吁地奔来，但还是没赶上，有些失落："怎么没等我就走了？好歹也见一面嘛，河西那么远，下次见面都不知道啥时候了。"

　　张大画奚落他："若等你，日照三竿了还走不出长安城，什么时候才能到驿站？难道让师父他老人家晚上睡野地呀？"

　　张天画说的还算客气，李诗琪把嘴一嘟，怒嗔道："你知道再见一面不容易还不起床，爹这是走了，管不着你了，爹要是还在，看怎么收拾你。"

　　崔跃成照样嬉皮笑脸："你刚嫁为人妇就这样不知羞，你怎知我不起床，莫非你亲眼看见了？再说，就算我不起床，也是在醒前天的酒，你们这顿喜酒让我足足醉两天，到现在还晕着呢。"

　　李诗琪气得直想打他，他故意躲在张天画身后做鬼脸。他们这么一打闹，离别的那些伤感立马烟消云散。

　　张天画招呼大家："快下雨了，咱们也赶紧回吧。"

　　崔跃成玩心不减："回也回你们家，小师妹熬的醒酒汤最管用，我喝完再走，自己人不客气，熬一碗就行，多了也浪费。"

　　诗琪一脚踢在崔跃成屁股上："你爱上哪儿上哪儿，还给你熬汤呢，想得美！"

　　他们就这样嘻嘻哈哈进了城，各回各家。

　　第二天，张天画一大早就去内侍省报到了。内侍省由内侍监、内侍、内常侍等为首官，负责传达诏旨，守御宫门，洒扫内廷，内库出纳和照料皇帝的饮食起居等事务，上下有近两万人，可健全的不出十人，其余全是宦官。

　　所谓报到，其实就是去内侍省跟刘守城、杨善力这两位内侍监打个招呼，告诉他们"我来了"。他们会根据才能分配合适的工作。这里面水分就大了，到什么岗位、干什么活儿，全凭他们一句话。所以"报到"这一步很关键，见面礼是少不得的。

　　为此，张天画还专门研究了如何送"见面礼"。首先要有隐蔽性，除了上司本人，最好不让别人看见，所以礼品大小以能随身携带便于藏纳为益；其次是贵，越舍得花钱，代表你的心意越诚，越重视他，若是又贵又恰好送到"所好"上，则会起到事半功倍的效果。

张天画对刘守城和杨善力并不熟悉，不知道他们喜欢什么，但他想着送金子肯定不会错，不管俗人还是雅人应该都喜欢。于是张天画给他们每人画了一幅画，并在画轴中各卷了一根金条。

到刘守城那里时，他正伏在案几上办公。张天画行了见面礼，他也没抬头正经说句话。

张天画按照事先预想，将画轴大大方方捧到案几旁："大人，下官今天来报到，也没准备什么厚礼，就画了一幅画，还请大人莫嫌弃。"

刘守城从一堆文案中抬起头，表情淡漠地接过画，边展开边说："你的画连同昌公主都能打动，必不是俗品。"他对画没做过多评论，只是看到卷轴中的金条后，十分自然地揣进兜里，态度稍有好转："嗯，果然妙笔生辉，这幅画我会好生收藏。你到杨大人那里去过了吗？"

"我一来就先拜会您了，杨大人那里还没有去。"

刘守城对张天画的表现颇为满意："你先到他那儿打个照面，之后，宫里有人叫你作画你就去，不作画的时候，你就在尚宫局帮忙整理文档吧。"

张天画不胜欣喜，尚宫局是个好地方，能看到过期的奏折，很有意思，还清闲。他忙说："多谢刘大人。"

从刘守城那里出来，他便去找杨善力，依然是规规矩矩行跪拜礼。杨善力则热情多了，专门起身扶他："张大人快快请起，你我都是同僚，不必如此客气。"

张天画大大方方捧出画轴："大人，下官今天来拜见您，也没准备什么厚礼，就画了一幅画，还请大人莫嫌弃。"

杨善力接过画，啧啧称赞："张大人可是咱们宫里的一支笔，现在一画难求，我刚好也是爱画之人，以后咱们可以多交流。"

他见到金条后，也十分自然地收了起来："张大人还真是客气。见过刘大人了吗？"

他据实回答："见过了。"

"哦，刘大人怎么安排你的？"

"刘大人说，宫里有人叫我作画我就去，没有任务时可以去尚宫局帮忙。"

"嗯，刘大人的意见本官都同意，就按刘大人的安排办吧。"

从杨善力那里出来，张天画琢磨着两位大人的态度，一冷一热中也暗含了不少深意。

内侍省这么多人，里面沟沟渠渠有很多门道。他结婚时刘守城特意来祝贺，是表明他的韦系身份，而在报到第一天又显得冷峻，便是下马威的意思，告诫他不能居高震主，他刘守城才是这里的地头蛇，即使同属一个派系，也得老老实实听他的。

而杨善力的谦逊客气则代表另一个意思，反正跟他不是一个圈儿里的人，不如客客气气保持距离，少接触不得罪。

张天画琢磨明白了，便去尚宫局报到。

让他没想到的是，区区一个尚宫局，有一百人之众，全是宦官，他在其中反倒成了另类。

这里管事的公公叫杨廷忠，是杨善力的义子，有这一层关系，尚宫局便牢牢掌握在杨善力手中。不过张天画毕竟是带着品衔来的，也不怕他们。

刘守城让他来这里，大概是想从杨善力手中分一点尚宫局的实权。

49. 走马上任

尚宫局是一个独立宫院，一进门，书卷香气四溢，让人格外舒服，但进门之后看到的却与最初设想完全不同。

原以为这里官员都紧张严肃、忙碌认真，各种卷宗收拾得井井有条……但事实却是，只有个别奏章摆放整齐，大多书柜空空如也，成摞成摞的奏章堆在地上，覆着厚厚一层灰。

尽管张天画是第一天来，但大家丝毫不避讳他，依然七八成群聚在一起，该赌博的赌博，该聊天的聊天。

他十分拘谨地跟大家打招呼，有些人礼貌地回应，有些人正赌在兴头上，浑然忘我地扯着嗓门喊大小，完全忽略他的存在。

张天画和杨廷忠相互打了招呼，杨廷忠带他来到一处偏殿，里面挤了六张桌子，五个小宦官正在赌博，见杨廷忠进来立马站起来行礼："杨大人好。"

杨廷忠也懒得理他们，指着一张空桌子："张大人，尚宫局现在人多房少，就先委屈您和大伙儿挤一下，以后腾出空房了再请您搬过去。"

尚宫局凡是带品阶的官员都一人一间房，而且还有不止一间的空房，杨廷忠只是不愿腾给他用，明摆着又是下马威。

张天画也不计较，十分客气地回他："不碍事，和大家挤一挤还热闹，刚好我业务不熟，方便向大家请教。"

杨廷忠笑了一下，这笑中明显带有不屑："那就好，听说张大人不是世家出身，想必以前也是过苦日子的，如今这点苦对张大人来说肯定不算什么。"

这番话来者不善，欺负张天画白手起家，没有家族势力依靠。

让他很有打他一拳的冲动，但此时若起冲突，周围都是杨廷忠的人，他一点便宜都占不了，索性顺着杨廷忠的意思："我不只以前过的苦日子，现在也不富裕，务农出身嘛，能有一处栖身之所，有一个领饷的公职就很知足了。"

杨廷忠很吃一惊："原来你是务农出身，竟能得刘大人如此赏识，不知你有什么过人之处？"

张天画暗自好笑，一听务农，他连"大人"都不称呼了，直接叫"你"，这势利眼还真不一般。"下官平庸，实在没什么过人之处，让杨大人失望了。至于为什么会得刘大人赏识，下官也不清楚，可能正应了那句话，傻人有傻福吧。"

杨廷忠白眼一翻，拿出十足的官架子："我不管你有什么傻福，既是刘大人看上的，想必也不是俗人，不过我是这里的掌事，有些话就得说在前面，咱们尚宫局可不养闲人，这里的每个人都各守一摊，各司其职。你既来之，则安之，尽快熟悉情况，干好自己的分内事吧。"

"一切听从杨大人吩咐。"

"嗯，"杨廷忠对他表现出的毕恭毕敬十分享受，"你就边干边学，先把东边殿里那几堆奏章分类归档，整理好之后找我审阅，合格了再给你安排下步工作，不合格就再返工。"

"是，下官明白了。"

杨廷忠根本没当他是同僚，甚至连尚宫局时间长点儿的小宦官都不如，只当他是粗使劳力。也罢，人在屋檐下，不得不低头，先把这里的情况摸清楚才最重要。

按照杨廷忠的吩咐，张天画抱起一摞奏章回到自己的位置，打算边看边整理。

同室的五个小宦官刚开始还装模作样处理公务，但没一会儿就憋不住了，纷纷围到他跟前："大人，忙了好一阵子也该歇歇了，要不咱们几个陪您解解闷儿？"

"好啊,怎么个解闷儿法?"

一听新来的大人像同道中人,他们几个来了劲头:"赌大小吧,一次一贯钱。"

张天画说:"一次一贯太小了,不过瘾,要来就来大的,一次十贯。"

他们几个面面相觑,迟迟不敢决定,直到有一人猛拍桌子:"好,十贯就十贯,风水轮流转,我不见得会输,如果赢可就赢大了。"

见有人带头,其他四人也跟风:"好,大人第一天来,权当给大人接风了,咱们赌把大的。"

在张天画故意放水之下,他们一个个都赢了不少,激动得红光满面,张天画也由此获得了不少信息。

原来宦官们进宫之后都会站队找靠山,不管本家姓什么,很多都会改名换姓,选择跟势力较强的大宦官姓。小宦官们盘算最多的就是哪天被顶头大宦官认个"义子",权力和金钱便都随之而来。

尚宫局的宦官主要有三大姓氏,分别是杨姓、刘姓,还有一个是田姓。杨和刘自不必说,认的是杨善力和刘守城,而田姓,听说上两任内侍监中有一人姓田,叫田允,当时很多人投他门下,其中包括田令孜,也曾风光过,但因一件事惹了皇上心烦,一夜之间倒了台,连累田令孜跟着遭殃,被贬到马坊,按理来说田姓在内侍省应该隐匿了,但田令孜却因在一次马球比赛中意外救了普王,被皇上大加赏识,听说现在跟普王形影不离,连睡觉都相伴左右,田姓才又在宦官中兴盛起来。

以前没关注过"宦官圈儿",如此看来,这个圈儿和外面的官场一模一样,结党营私、团团伙伙,然后一荣俱荣、一损俱损……

他们五人本来各有所姓,现在只有一人保留了本名,叫陈万全,因为刚来三个月,还没投到合适的主。其余两个姓刘,分别叫刘志、刘向，一个姓杨，叫杨名，一个姓田，叫田喜。

这便是张天画上任的第一天。

50. 三年陈案

第二天，那五个小宦官还想找张天画一起赌博，可他哪有闲情再陪他们消磨，便找了个借口："杨廷忠大人安排的活儿催得急，昨天玩了一天，今天万万不敢再耽搁了。"

他们见拉不动他，也便纷纷出去各找各的伙伴。而他正好得以清静下来，专心阅读那些过期的奏章，然后分类整理，登记归档。

这些奏章最近的是上个月，远的四五年前的都有，可见很多年没人认真整理过了。

张天画翻看近几年的奏章发现，在皇上没有批阅的奏章中，有三分之一说的都是同一件事，而且奏这件事的频率由刚开始的半年，慢慢变成两三个月、一个月、半个月，措辞也越来越急切……

这件事的原委大致这样：咸通六年，懿宗派兵征讨南诏，徐州奉旨募兵，共计八百人前往支援，约定服役三年，期满后即可调回原籍。这其中有都虞候许佶，军校赵可立、姚周等人，他们本来是徐州的盗贼，以凶猛彪悍闻名，被朝廷招安后转为官军。因是盗贼出身，朝廷不是很放心，便派了徐泗观察使崔彦曾前去镇领。崔彦曾带着一副"官儿老爷"的做派，在军中指手画脚、吆五喝六，让戍兵们极为反感，再加上他任用的都押牙尹戡、教练使杜璋、兵马使徐行俭等都是残暴苛刻之人，平时欺压的事没少干，更使戍兵大为不满，但戍兵们一忍再忍，希望忍满三年退役返乡。可三年期满，崔彦曾却以种种理由将他们强留下来，而且留了一年又一年，算上服役的三年，现在已经是第六个年头了，戍兵们多次提请朝廷履行当初的约定,但崔彦曾却敷衍推托军费不足,承担不起他们回乡的费用,要他们再留一年。激愤的情绪弥漫全军,戍兵们对崔彦曾的愤怒已转嫁成与朝廷的对立,如果近期再不让他们返乡,桂林局势可能失控。

那八百戍兵着实很冤,为了解朝廷燃眉之急,大老远从徐州来到桂林,说好戍守三年,但朝廷强势不履行约定,完全不讲理,还完全不听他们讲理,甚至连奏章都递不到皇上手里……

张天画很为那八百将士打抱不平,要让皇上知道这件事,肯定会还将士们一个公道,毕竟八百人不是个小数目。他思来想去,决定为将士们搏一搏。

按规矩,张天画没有资格直接向皇上禀告,得一级一级向上反映。于是他将三年来的奏章各挑了一本,去找杨廷忠。

杨廷忠不可思议地问:"你想干吗?"

张天画娓娓道来:"徐州这八百名将士已在桂林戍守六年,将士们迫不及待想返回故乡,奏章都上了几十份,却不见一份有批示。下官认为此事非同小可,想替将士们请求陛下圣谕。"

杨廷忠大发雷霆:"你以为你是谁,区区一个尚宫局八品小官,内侍监大人都不急,你瞎操个什么心?还想求陛下圣谕,你咋不上天呢?你的职责就是收拾整理文档,其他的事轮不着你管!"

张天画据理力争:"就是轮不着我管,才一级一级向上反映,还望杨大人履行职责,向内侍监大人报告。八百人呢,不是个小事,狗急了跳墙,兔子急了咬人,若真把他们逼反了,这个结局谁都不想看到。"

"啧啧啧,"杨廷忠一副大惊小怪的样子,"八百人算大事吗?你个乡巴佬哪里知道什么是大事,什么是小事?我不妨告诉你,皇上三年前就知道这件事了,当时的内侍监田允就因为反复跟皇上唠叨,惹了皇上心烦才被免官,所以这些年关于他们的折子全被压下。你也不想想,区区八百人而已,能翻出什么大浪,若他们真有反心，全灭了便是，用得着你在这里聒噪吗？"

这番话说得如此轻巧，却仿佛一记重锤锤在张天画身上让他恶心。

杨廷忠用他那一贯阴阳怪气的声音接着说："咱们这么大的帝国，每天要发生多少事，死多少人，如果大事小事都让皇上管，管得过来吗？所以咱们这些做臣子的要替皇上分忧，让皇上知道他想知道的事，你连这点道理都不懂，真是白混了。今儿我跟你说了这么多，不妨再教你一招儿，听好了——只要皇上想知道的事，再小都是大事，只要皇上不想知道的事，再大都是小事。记住了吗？"

"记住了，"张天画装出一副恍然大悟的样子，"依大人看，什么是大事？"

杨廷忠一副让你长长见识的表情："现在满朝上下都在忙同昌公主大婚的事，光是新建宫殿、筹备嫁妆、赶制衣物、烧制器皿这些事，就够大家忙的了，所以但凡跟公主大婚沾上边的都算大事，与此相比，其他都是小事。"

真是长见识了，公主结婚算大事，朝廷信誉算小事，八百官兵算小事，边疆安危算小事……这是什么狗屁见解！

若满朝官员都如杨廷忠一般，眼睛只往上看，不往下看，皇上想听什么就说什么，皇上不想听的，即使发生了也欺瞒不报，这等于捂住了皇上的眼睛和耳朵，陷他于一个自以为是的孤岛！

张天画压抑住情绪，说："下官知道了，多谢杨大人赐教。"

杨廷忠依然一副高高在上的样子："嗯，你格局太小、层次太低，跟长安大士族里的公子没法比，笨鸟先飞，以后勤学着点儿吧。"

张天画没再吭声，道不同，不相为谋。杨廷忠要为所谓的大事奔忙，而他也要为心中的正义搏一下，他觉得只要对得起良心，就值得去试。

心里正这么想着，碰巧来了个机会。

郭淑妃传张天画为她和同昌公主画一幅像。皇后之位空缺，郭淑妃的地位形同皇后，她安排的事也就显得极为重要。

直到张天画领了任务，尚宫局的人才知道他的身份其实是宫廷画师。

收拾画笔颜料的时候，同室的那五个小宦官羡慕无比，叽叽喳喳围在一旁。田喜说："大人原来是画师啊？真厉害。"

张天画不以为意："不过是舞文弄墨的技能而已，哪里谈得上厉害。"

"那可不一样，皇上就喜欢听曲赏画，听说前一阵儿乐工李可及被封为左威卫将军，多少人羡慕得要死，您既有这本事，说不定下一个封官的就是大人您了。"

田喜说的事可不是新闻，乐工李可及除了善于演奏新鲜乐曲之外，毫无所长。皇上却因为喜欢听他的曲，不顾群臣反对执意封他为左威卫将军。更讽刺的是，左拾遗刘蜕一再进谏，反而惹怒了皇上，被贬为华阴令……此事闹得满朝风雨。

张天画怕他们以讹传讹，把这话传出去，到时候说他因擅画功讨喜皇上，也想当个大将军之类的权臣就不好了。便说道："我一个拿画笔的，手上没劲，拿不了刀剑。"

刘志和刘向相互补充着拍马屁："那李可及怎能与大人相比？他一个乐工，大字不识几个，大人可是拿笔的文化人。"

"对呀，拿笔的更实惠，还安全，天天打交道的都是娘娘、皇子、公主什么的，随便讨个赏，就顶咱一辈子挣的。"

张天画心想着，这些拍马屁的话听听就行，可不能当真。人啊，还是得踏踏实实干活，少听些虚话。如果哪天从光环上摔下来，相信这些拍马屁的会第一时间站出来看你热闹。

杨名一脸神秘地说："大人，咱们关系好，不妨给您透个底，杨廷忠那货不是好东西，他本来安排了几个人打算最近给您个教训呢，还没等动手，一听您要给淑妃娘娘和同昌公主画像，吓得再不敢吭声，此事才算作罢。"

如此下三烂的手段，亏他想得出来，且看他如何表演吧，但愿有一天别把自己装进去。张天画说："既然他没出手，我也装不知道，不跟他计较。可我这人还是记仇的，若他再有害人心思，我也不会善罢甘休。"

张天画收拾完画笔颜料等东西，把桂林来的最近一份奏章也带上了，打算万一见到皇上就冒死进谏。

51. 初画淑妃

郭淑妃和同昌公主正在太液池边游玩。

初秋的太液池，景色美得如诗如画。碧波荡漾，鱼儿在水中潜翔，天鹅高贵地在水面悠游，湖边的莲花清丽招摇，仙鹤在莲花中静沐，鎏金的水榭彰显着皇家气派，各种奇花异草把湖边点缀得色彩斑斓，更有孔雀、鹦鹉等珍禽在林间嬉戏……一阵风吹过，幽香沁人心脾。

此等美景若不是因为郭淑妃召见，普通人何得一见？

美景中的美人更加夺目。郭淑妃抱着一只小狗，与同昌公主边游玩边逗狗，轻松惬意的笑声如银铃般悦耳。十二个穿着华丽的宫娥簇拥着她们，真正一幅"云想衣裳花想容"的绝美画面。

此外，韦保衡也伴在她们母女左右。

见到韦保衡，张天画不禁多了个心思。与其拿着奏章去拦圣驾，不如把韦保衡拉进来，以他目前的地位和受宠程度，事情肯定好办很多。

由于之前画过四十幅同昌公主像，这次任务对他来说并不费事。他们游玩他们的，张天画边观察边画。趁淑妃母女正玩得起兴,他悄悄对韦保衡说:"韦大人,借一步说话。"

韦保衡看了看公主和淑妃,又看向张天画,说:"有话快说,我正忙着呢。"

张天画长话短说:"大人可知徐州八百官兵戍守桂林的事?当初朝廷答应他们值守三年,如今过了六年还没有放他们归乡的准信儿,官兵们群情激愤,上了几十道奏章却无一批复,再不处理恐怕大事不妙。"

说完,他将奏章递给韦保衡。

韦保衡也没看,直接往兜里一塞:"此事容后再议。"便又去陪淑妃母女了。

张天画此时脑子里想的全是戍兵的事,下笔便没过多考虑,跟着感觉走,将眼前景色和人物凭直觉画了下来。

画中的郭淑妃正在戏狗。她身着朱色长裙,外披紫色纱罩衫,上搭绘有云凤式样的紫色帔子,一双细眼无限风情,两撇"眉黛"和眉间凤尾花钿更显撩拨,高绾的云髻簪一枝盛开的牡丹花,似是衬托她那"羞花"之容。她侧着身,用拂尘的红缨挑逗小狗,显得她既有宫廷贵妇的神韵,又似少女般俏皮。

淑妃旁边站着同昌公主,身披浅色纱衫,朱红色长裙上是紫绿色团花,上搭朱磦色帔子。她右手轻提纱裙领,似有不胜闷热之感。正是这个不经意的动作,显得她娇美无比,使人浮想联翩。在技巧上,张天画将公主手臂上的轻纱敷染成淡色,略深于露肤而淡于纱,恰到好处地表现出了滑如凝脂的肌肤和轻薄透体的纱衣,传达出柔和恬静的美感,正符合同昌公主气质。

韦保衡一手背于身后,一手屈于身前,深情款款地注视着淑妃母女,俨然一位护花使者。

而那十二宫娥,有两人手执长柄团扇,正为淑妃和公主驱散微热,四人端着琉璃盘站在淑妃和公主身后不远处,盘内盛满果蔬零食,有四人在采花和扑蝶,还有两人调皮地围在淑妃跟前一起逗狗。

画好后，张天画仔细端详，越看越觉得有问题，其他形象都还好说，唯有淑妃的形象让他忐忑不安。他没有凸显淑妃"后宫主人"的华贵地位，而是赋予她更多青春气息，让她与同昌公主看上去与其说是母女，不如说更像姐妹。

这些站在权力巅峰的人向来让人捉摸不透，俗话说"伴君如伴虎"，如果他对郭淑妃的心思把握不准，没有画出她的心理定位，后果将不堪设想……

越思忖，越对自己的妄自决断感到后怕，早知道不把她画得如此俏皮可爱，应该按正常套路，画出她皇后般"母仪天下"的感觉，虽然中规中矩，但至少不会出错……现在这个形象，要是追究他有损国体的罪名，真是跳进黄河也洗不清了。

正在犹豫要不要撕了重画，有宫娥走过来："张大人，娘娘问您画好了吗？"她边说边仔细端详这幅画。

已经有宫娥看到画了，他没法撕了重画，只能硬着头皮说："画好了。还请娘娘、公主和韦大人过目。"

两个宫娥将画展开拿到淑妃面前，只听淑妃说了句："拿近些，让本宫仔细瞧瞧。"

张天画紧张得心扑通扑通直跳，好像等待末日审判一般等着淑妃大发雷霆。

不一会儿，宫娥又来传话："张大人，娘娘传您过去。"

他心惊胆战地走到淑妃面前，连行跪拜礼都毫无底气："微臣张天画拜见淑妃娘娘，娘娘千岁。拜见公主殿下，殿下金安。"

淑妃淡淡一句："张大人辛苦了，起来回话吧。"

从这句话中没听出她要兴师问罪的意思，张天画稍微宽慰了些。

淑妃接着说："你的画很灵动，本宫很满意，赏钱两万贯。以后本宫的画，都由你来画吧。"

他想了一万种可能，但万万没想到会是这个结果："多谢娘娘抬爱。"

皇家向来惜字如金，郭淑妃能用一整句话表扬他，并一下子就赏两万贯钱，证明她欣赏这幅画，认同她的这个新形象。张天画如释重负，内心一阵雀跃。

按常理，郭淑妃虽享有皇后实权，却没有皇后实名，应该更希望把她画成皇后凤仪的模样。没想到她竟不同，居然想凸显青春少女的一面……这样的心思着实奇怪。

晚上，张天画在书房来回踱步，心里惦记着徐州兵的事，韦保衡会帮忙还是拒绝……

李诗琪拿了件披风为他搭上，一脸担忧："夫君如此坐立不安，可是心中有事？"

张天画怕她多想，将她揽在怀里："没事儿，别担心，只是等个人而已。"

"等谁？"

正说着，李贵来报："老爷，茗玉来了，说韦大人请您去商议要事。"

张天画的表情一下舒展了，他胸有成竹地对李诗琪说："等的就是茗玉喽。"

他知会李贵："你去回了茗玉，说我马上就来。"然后将诗琪的脸捧在手心儿："今晚可能会很晚，你自己先睡，不用等我。"

诗琪很乖巧地点了点头，他顺势在她脸上一吻。

52. 书房密谋

到了韦府，茗玉直接将张天画带到书房。除了韦保衡，书房里还有一个人——路岩。

他此前虽没见过路岩，却经常听到这个名字，进士出身，翰林学士，咸通五年被任命为宰相时只有三十六岁，可谓"惠敏过人"。但为相多年名声却不怎么好，长安城流传着一首关于曹确、杨收、徐商、路岩等几个宰相的歌谣：

确确无论事，钱财总被收。

商人都不管，货赂几时休。

这首歌谣虽简单，却反映了老百姓对四位宰相的不满。没想到他与韦保衡的关系竟也如此密切。

从张天画进门，路岩就一直打量着他。而他也没过多说话，只规规矩矩地行礼："下官张天画见过两位大人。"

韦保衡正在看他给的那份奏章："都是自己人，就不用客气了，快过来坐。"

路岩做了个礼让的手势："常听韦大人夸你，又有才，办事又牢靠，今天终于见到了，果然一表人才，幸会幸会。"

"路大人过誉了，下官也久仰您的大名，以后还请多指教。"

等张天画坐定后，茗玉给他倒了茶，又给韦保衡和路岩添了些新茶，然后退出书房把门掩上。韦保衡这才说："这个奏章我已经看了，你送的消息非常及时，我认为此事非同小可，便请路大人一起商议。现在，你将此事的详细情况慢慢说来。"

张天画虽然清楚韦保衡不是什么好人，但他能在半个月内拿下王安勇，办事绝对可靠，只要他想办的事，应该都没问题。好人不一定能成事，坏人也不一定不成事，成事与否，关键是要找对人，而不是只找好人。

"下官在尚宫局收拾过期档案时发现，关于徐州八百将士戍守桂林的事从三年前就开始上奏，而且频率越来越高，语气越来越恶，对朝廷的态度也越来越急躁。就拿最近的几份来说，他们状告徐泗观察使崔彦曾治兵严苛，他任用的都押牙尹戡、教练使杜璋、兵马使徐行俭等人也多是残酷暴虐之徒，戍兵们早已不堪忍受，如果朝廷再不将崔彦曾他们四人罢官处死，戍兵们便要揭竿而起，如今形势已十分危急。关键这几十份奏章，没有一份是皇上批阅过的，皇上对此事可能还不知情。"

韦保衡看向路岩："路大人怎么看？"

路岩摸着下巴，边沉思边说："此事我三年前就听说过，当时的内侍监还是田允，他就是因为在皇上游宴时反复提及此事，惹恼了皇上，才丢官弃职，往后的内侍监杯弓蛇影，都将此事视为禁忌，不敢再提，没想到一转眼已过了三年，竟酿成现在难以收场的局面。"

韦保衡又看向张天画："关于此事的所有奏章你都看过，你最有发言权，说说你的想法。"

张天画看了看他俩，两人眼中都罩着一层浓浓的雾气，看不透他们到底在想什么。但凭他对韦保衡的了解，他们肯定要从中盘算些自己的事情，否则绝不会为那八百戍兵说话……但无论怎样，只要他愿意出头就行。

张天画将想法和盘托出："依下官愚见，事情发展到这个地步，可能已经没有转圜余地了，朝廷很被动。此时最应该做的就是紧急安抚，立即将他们要求处死的崔彦曾、尹戡、杜璋、徐行俭等人停职候审，至于处不处死，毕竟人命关天，还得审后再定，然后按六年值守的功绩给戍兵们论功行赏，让他们得到应有的荣誉和钱财，荣归故里。如果这样亡羊补牢的措施来不及，他们已经反了，还得继续安抚，赦免他们的罪，尽量满足合理要求，控制起义范围，不要让造反人数像滚雪球似的越滚越多……"

话还没说完，路岩就插嘴道："若真如张大人所说，那八百官兵反意已决，这倒是个好机会，咱们能好好做个局，一举击败他。"

一种不祥的预感袭来。如果他俩找他是为了商量安抚八百戍兵，为什么要打断他的话？他们不愿听，只能证明他和他俩不是一个关注点。

韦保衡也没理张天画，接着路岩的话说："嗯，这确实是个机会，路兄与我不谋而合。"他显得有些兴奋："如果我没记错，那徐泗观察使崔彦曾当初可是他举荐的，这次他在劫难逃了。"

果然，他俩有不可告人的目的急着借那八百戍兵来实现。可他们要击败谁？整死谁？

路岩说："崔彦曾还躲在徐州，戍兵们要想碰他也不容易。当务之急，我们要把崔彦曾逼反戍兵的罪名做实了，凭他与崔彦曾的关系，此事定受牵连，就算广德公主再向皇上求情，恐怕也护不住他。"

广德公主？她的驸马可是当朝宰相于琮。记得张议潮老将军评价当下时政，"唯有于琮给朝野上下带来一丝清风"，莫非他们要害的人是于琮？

张天画此时才算明白，他们叫他来商量的"要事"，根本不是如何平息桂林事态，而是如何借事态之名排除异己！他们所说的"消息及时"，也不是及时帮朝廷解燃眉之急，而是及时教唆戍兵按照他们的时间和要求造反……在他们眼中，那八百戍兵是棋子，是扳倒于琮所要牺牲的小卒；而于琮也是棋子，是他们一步步实现自我膨胀的小卒……

韦保衡满脸喜悦："按这个思路，咱们明天先上奏，说于琮包庇崔彦曾，但只不疼不痒、轻描淡写提几句，皇上碍于宰相情面，必定不会严肃处理，但心里肯定会种下这个印象。然后再派人去桂林，联系那八百戍兵，就说他们这么多年所上的奏章因为都是状告崔彦曾，全被宰相于琮拦下了，皇上连一份奏章都没见过，根本不知情。等桂林戍兵的这把火真正烧起来，咱们再上奏，说桂林戍兵已经打出口号，奸臣奸相狼狈为奸，要清正朝纲，杀了于琮和崔彦曾。正在皇上分不清真伪之际，桂林戍兵已经举旗造反，这个时候，皇上的直觉印象便是于琮欲盖弥彰，一定找他兴师问罪，真正的好戏才开演。"

"哈哈哈，步步为营，此计甚妙！"路岩兴奋地说，"正愁没机会除了他,张大人送来这个消息真是天赐良机!借桂林反兵的嘴杀于琮,比我们自己动手要轻松多了,那何止是八百张嘴呀,分明是八百把刀,就算他有天大的本事,也在劫难逃。"

张天画的心怦怦直跳,不知该说什么。于琮可是当朝宰相啊,谋害宰相的阴谋算不算惊天阴谋?别说宰相了,就连当朝天子也没躲过被算计的命运,他们当真是挖空心思、机关算尽……

而张天画,被他们视为心腹,参与了三人小组的讨论,知道了全盘计划,就算他此时想退出,也已经骑虎难下了。

张天画一直没吭声,韦保衡以为他是因为在这次变动中没捞到好处而心有不满,便允诺他:"如果这次把于琮一举扳倒,内侍省的杨善力跟他一条船,刚好可以一并收拾了,内侍省重新洗牌,尚宫局就由你掌管了。"

此时此刻,张天画只能硬着头皮说:"多谢韦大人提携,下官定不遗余力为大人效命。"除此之外还能怎样?但凡他表现出丁点其他想法,以韦保衡的做派,不知要给他安个什么罪名,五马分尸估计都是轻的……只能先应付下来,之后再想对策。

韦保衡拍了拍他的肩:"以后无论走到哪儿,心里都要有本账,哪些是自己人、哪些是外人要分清楚,好处是自己人的,而外人就一个字:'杀'。"

"是,下官记住了。"韦保衡和路岩就这样不着痕迹拉张天画下了水。其实他压根儿不想害人,更不想害好人。而于琮就是个好人,他得想办法救他,不能眼睁睁看着韦保衡得逞!其实这次他只是想帮一把那些戍守六年的徐州将士,却无端陷入官场争斗的漩涡,成为惊天阴谋的直接参与者!

他浑浑噩噩回到家,整夜辗转难眠,脑子里一直盘算着一件事:怎样给于琮通风报信?

53. 送信于琮

思来想去，天亮了。他都能想象到韦保衡和路岩拿着奏章去见皇上的情景，该是何等得意，何等张狂……

这世上最有成就感的事，莫过于亲自设计一条路，然后看着事态一点点朝你期许的样子发展，那种运筹帷幄的感觉很美妙。而韦保衡和路岩正设计了一条路，推着于琮一步步滑进深渊。

他们上奏了好几件事，包括公主府的修建进度、山东闹饥荒的情况，还包括宰相于琮包庇徐泗观察使崔彦曾……

于琮当时并不在场，韦保衡和路岩正好借机给皇上吹风，而皇上的表现也正如他们所料，对其他事都做了批示，唯有对于琮这件事表现出并不想深究的意思，他说处理政务就像捞饺子，哪个浮出水面就先捞哪个，至于没浮出水面的，不妨再煮一煮，又不是啥大事，没必要拔出萝卜带出泥，打乱现有平衡……

事情发展成这样，早已脱离张天画的初衷，离韦保衡的预想却越来越近，情急之下，他打算给于琮写封信。为了掩饰笔迹，他用左手写，并隐去韦保衡和路岩的名字，只写事，不写人：

> 宰相大人如晤
> 原徐州八百将士戍守桂林，约定三年为期，如今已守六年，仍归乡无望。将士怒气难平，欲以除徐泗观察使为名行造反之事，恐累及大人，故相告。

写好后装进信封，非常谨慎地用蜡封住。

送信之人至关重要，一定要可靠。既不能找自己府里的人，也不能找刘守城的人,他们都是韦系,迟早瞒不住韦保衡。更不能找杨善力的人,紧急关头他肯定会出卖自己……必须找一个中立的人。

张天画把周围的人在脑子里齐齐过了一遍,只有陈万全最合适,但为了保险起见,还得再拐几道弯。

他找来陈万全,边跟他摇色子赌博,边套话:"小陈子,你进宫也有好几个月了,前朝那些大臣可认全了?"

陈万全很老实地回答:"前朝那么多大臣,我哪能认得过来?不过重要的几十人都认下了。"

"宰相于琮可认下了?"

"驸马都尉、中书侍郎同平章事、当朝宰相于琮,这么重要的一号大臣,我肯定认得。"

张天画笑道:"就知道你是个机灵鬼儿。你在内侍省可有知心朋友?"

陈万全从赌博的色子中抬起头,一本正经地说:"有啊,我跟大人最知心。大人才华出众,为人又正直……"

张天画对赤裸裸的拍马屁向来反感,赶紧打断:"除了我,也除了咱们一起的杨名、田喜、刘志、刘向。"

"除了大人和他们几个,我还有三个同乡,一个叫朱大贵,一个叫杨永忠,还有一个叫杨永心。"

那朱大贵一听就是本名,而杨永忠和杨永心一听就是和杨廷忠一个心思,改了姓名巴结杨善力。为了保险起见,他又多问了几句:"那朱大贵可有顶头公公?"

张天画故意输他些银子,他赌得正起劲,答话多半都不加思索,这样的话可信度最高。"大贵与我差不多同时进宫,我俩平日无话不说,他要是被哪个大公公赏识,早跟我嘚瑟了,他从没跟我说过,就是还没认主。"

"哦,"张天画放下心来,"他也能认识宰相于琮吗?"

陈万全说:"这内侍省里,除了几个眼瞎耳聋的,谁还能不认识宰相大人啊。"

张天画立马将色子收住,一脸严肃地问他:"我有个差事,需要你和朱大贵共同去办,事成后,一人一块马蹄金。你愿意干吗?"

陈万全被他突如其来的严肃吓了一跳:"一人一块马蹄金?啥事啊,给这么多钱?我虽当了宦官,但还不想死……"

这小子,原来在担心用一块马蹄金买他性命啊,张天画故意恶狠狠地逗他:"吓死你。"

他腿一抖:"真要死啊?"

他进宫时间不长,还算单纯,两句话就把他唬住了,这种人最好掌控。

张天画笑着拍了他一下:"当然不用死。事情很好办,只是送封信而已,但送成之后需要保密。如果泄了密,恐怕就得死了。"

陈万全松了一口气:"原来只是送封信啊,我还以为是多么不得了的大事,搞得这么紧张。"

"你到底愿不愿意?"

"愿意愿意,送封信就给马蹄金,这么好的差事上哪儿找去。"

"好,那就这么说定了。"张天画拿出用蜡封好的信,"你把这封信交给朱大贵,别说谁给的,他要问,就瞒住他,然后让朱大贵想办法将信亲手交到宰相于琮手里。叮嘱朱大贵,千万不要将信交给宰相之外的任何人,随身仆从也不行。"

陈万全不可思议地瞪着眼:"就这么简单?"

"就这么简单。"

他一拍胸脯:"一定给大人办妥。"说完,他将信塞进兜里,出去了。

第二天一早,陈万全悄悄跑来告诉张天画:"大人,都办妥了。"

他很谨慎地问:"是朱大贵亲自交到于大人手上的?"

陈万全点头:"朱大贵趁于大人准备上朝的空儿,亲自将信交到他手上。朱大贵向来办事可靠,大人您就放心吧。"

"好,"他掏出两块马蹄金,"拿着,你们一人一块。记住了,从此以后将这件事烂在肚子里,全当没发生过。"

他拿着马蹄金上下左右看,还用牙齿咬了咬:"是,小的知道,多谢大人。"

这两天,张天画一直在等于琮的动作,可等来等去,他一点反应也没有。

一种不祥的预感袭来,莫非信出问题了?要是他看到信,多少也得打听一下桂林戍兵的事,不可能像现在这般杳无音信……

除非,于琮根本就没收到信,陈万全骗了他。

54. 戍兵起义

张天画正打算找陈万全盘查一下送信之事,听到了一个震惊的消息:桂林守军叛乱了。

没想到这么快,韦保衡和路岩仅用了三天时间,就火上浇油促成叛乱。

事情是这样的:

桂林戍兵中有个叫王仲甫的都将,是崔彦曾专门安插的眼线,此人阴险狡诈,专爱耍小心眼儿,主要任务就是监视戍兵日常,以打小报告为生,与戍兵关系相当紧张。

韦保衡和路岩就是盯上了王仲甫,铆足劲儿在他身上做文章。他们派了一个叫公孙杰的说客,带着韦保衡的亲笔信,连夜赶往桂林。

得知公孙杰是韦保衡派来的,王仲甫心里乐开了花,出城八公里相迎，好酒好肉招待。那公孙杰也没让韦保衡失望，刚到桂林，大气儿都没顾上喘一口，就与王仲甫秉烛长谈，先是吹捧他能力强、人品好，朝廷很赏识，让他膨胀到不知道自己是谁。再说朝廷打算委以重任，但没有服众的借口，一旦有机会就一定要好好表现，用实际行动堵住言官的嘴，只要稍微做出点成绩，朝廷肯定给他丰官厚禄……

王仲甫哪经得住朝廷第一红人的吹捧劝诱，一颗心早都飘到了日后飞黄腾达的那一天。他把自己归为韦保衡门下，把公孙杰当做指引他走出迷途的明灯，对其掏心掏肺，恨不得把祖宗十八代为朝廷干的那点事都扣自己头上，通通交代给公孙杰。

公孙杰一看时机成熟，继续按套路劝说，戍兵最近不安分，朝廷为此很头疼，这是挑战，更是机遇。他只管放开手脚去干，无论怎么做朝廷都会鼎力支持，未来的大好前程就看他这一步怎么走了。

话说到这份儿上，即便王仲甫是潭死水也能被搅活了。他赶紧表态，对朝廷忠心耿耿，让干什么就干什么，绝不辜负朝廷厚望。顺便探个口风，韦保衡对这件事有否意向。

公孙杰没有明说韦保衡的意向，只教他擒贼先擒王，只要想办法杀了都虞候许佶，军校赵可立、姚周、张行实那几个兵头子，其他散兵群龙无首，稍加安抚就都服帖了。

王仲甫立马心领神会，点头哈腰："明白，一定按韦大人的意思办。"

为了慰劳公孙杰，顺便报答他的点拨之恩，王仲甫安排了四个美姬好生侍候，自己则一脸坚定地为朝廷办大事去了。

从公孙杰那里出来，王仲甫连夜策划了一场鸿门宴。他找来五十个朋党，安排十人在宴上，其余四十人躲在门后，商量好摔碗为信，听到碗碎声就冲进去杀人灭口……安排妥当后，天一亮，便派人去戍兵大营请许佶、赵可立、姚周、张行实那九个兵头子。

许佶和兄弟们一商量，王仲甫素来与戍兵不和，突然请吃宴席,其中必有奸诈,每人都做足了准备,将铠甲穿在礼服里,在靴筒、袖筒、腰间……各藏兵器,又令其余八百人在营中整装待命,一旦听到异动,立刻揭竿而起。

说来戍兵也真是心齐,九人刚走,就有百八十号兄弟偷偷跟着,藏在不远处等着,只要宴席有动静就冲进去拼命。

王仲甫本来底气十足,五十人对九人绰绰有余,根本没把他们当回事,自许佶、赵可立、姚周等人进门,他就一脚踏在桌面上,比平日的嚣张气焰更盛几分,满嘴侮辱谩骂,打算先耍一通威风之后再摔碗传信。

可许佶、赵可立、姚周他们是何许人也,本来就是土匪出身,彪悍蛮横,再加上六年的欺压忍辱,早有恶气憋在胸口,见他跋扈中还带鄙视,腾腾杀气便在胸中翻涌。

许佶看向其他几人,正打算使个眼色一起动手,赵可立已按捺不住飞身上桌,抽出筒靴中的长刀,对准王仲甫一刀挥下……

王仲甫还在说话的嘴突然不动了,眼睛瞪得死大,但已没了生气儿。半晌,才看到脖子上一道血线,随着鲜血汩汩溢出……

许佶等人一看这架势,所幸先动手为强,手起刀落间,那十个党羽还没反应过来是怎么回事,也跟着倒地咽了气儿。

他们提着王仲甫的人头冲出房门。

原本埋伏在门外的四十个朋党因没听到摔碗声,突见许佶等人冲出来,完全乱了阵脚,有的晕头转向不知所措,有的拿起刀剑准备反抗,但一见他们提着王仲甫的人头,都纷纷泄了气,丢盔卸甲祈求饶命。

见到这些平日狗仗人势的党羽,许佶等人杀气正盛,索性一个活口不留,全杀了个干净。此时形势已相当紧张,幸亏跟来的戍兵多,上百人相互掩护着回到大营。

他们找来粮料判官庞勋,把事情的来龙去脉向庞勋一一说明。

别看庞勋只是个粮料判官,但在戍兵中威望颇高。庞勋说:

"你们杀了都将王仲甫及其朋党,按律法不仅当事的九人得死,其余连带受罚的至少还有百余人。我们原本只是想念家乡的父母妻儿,只盼着早日卸甲归田,没想到被一步步逼成这样。如今反也是死,不反也是死,不如打回家乡,说不定还能再见亲人一面。"

"对!造反算了,与其让朝廷斩首示众,不如杀出一条血路,活一天就是赚一天。"

"反了,朝廷欺人太甚,老子要跟他们拼了,凭咱弟兄本事,与那些狗官谁先死还不一定,没准儿真能打出另一番天地……"

戍兵们一呼百应。他们推举庞勋为主帅,打出反旗,并用王仲甫的人头祭了旗,然后劫了仓库,一路向徐州方向打去。

想那王仲甫也相当委屈,与韦保衡相隔千里、素未谋面,也能被算计。戍兵们虽然对六年的欺压忍辱饱含怨气,但离造反还欠些火候,必须有件事去催化他们,与其硬等双方矛盾升级,不如给戍兵扣一个杀人的罪名,逼他们没有退路不得不反……所以在一开始的设定中,王仲甫就是个死卒,他的命不过是激发戍兵造反的筹码,是让整个事态升级的拐点,他还傻乎乎地给人当枪手,指哪打哪,白白搭进自己一条命……估计到死也没弄明白,他到底是怎么被算计的。

而公孙杰,如果完成使命就逃跑,说不定还真能活下来,可他偏偏是个好色之徒,还偏偏眼馋王仲甫安排的四个美姬,死得更戏剧。

据说五人正在床上颠鸾倒凤,一伙起义军破门而入,刀光剑影,直冲床杀去了。公孙杰也非等闲,拉过一个美姬挡在身前,替他挡住几刀,争取了些时间,也顾不得穿衣,裸着身子就去拔佩剑,与起义军搏杀起来。

房间毕竟狭小,起义军人多也没占优势,除了杀死另三个美姬之外,公孙杰毫发无伤,还占了上风,眼见他往窗户边挪,一屋子的人都拿他不住。公孙杰看准时机一个跃身跳出窗外,以为逃出生天了,脚还没沾地,"嗖嗖"一阵乱箭,登时把他射成"刺猬",死时都看不出穿没穿衣服……

随着王仲甫和公孙杰的死,这世上恐怕除了张天画,再无人知晓韦保衡和路岩曾插手桂林戍兵之事,正是他们为庞勋起义加了至关重要的一把火。那真是:

> 天生一副玲珑心,不悯苍生却善攻。
> 千里之外谋算计,人命把玩股掌中。
> 投其所好填欲壑,驱驰他人去冲锋。
> 捧来血花笑坐拥,他人早已进坟冢。
> 人生道路阻且长,害人岂能得善终?
> 机关算尽无常胜,善恶得失天做东。

55. 于琮被贬

庞勋起义之后,原本寂寥的朝堂猛然变得喧沸,各种奏章雪花似的飘来。

"启禀皇上,桂林匪患,军情告急……"

"庞勋悍匪,能有如今之嚣张气焰,必是朝中有人撑腰,还望皇上彻查此事……"

"臣附议。要彻底解决匪患,必须朝廷内外共同发力,外要攘敌,内要清除异己。否则,保护伞不除,按下葫芦浮起瓢,打掉一个庞勋,还有黄勋、朱勋……无穷尽也。"

皇上正在气头上,听着满朝文武明里暗里都将矛头指向宰相于琮,再加上不久前韦保衡和路岩也上奏要严办于琮,还列了不少他的罪状。几件事并在一起,看来于琮必须处理,可他毕竟是广德公主的驸马，亲兄妹一场，公主颜面不得不顾，何况还关系到皇家声誉……

一番考量，皇上对于琮已有打算，只是这个打算不能自己说出来，得由言官说出来方显体面。

正好此时韦保衡和路岩都在场，这两人向来爱揣摩圣意，路岩和于琮又都曾同属中书门下。皇上便先问他："路卿如何看？"

路岩说："近年来匪患不断，先有浙东裘甫，后有桂林庞勋，且庞勋之势远超裘甫，此风若不刹住，则后患无穷。既然庞勋之乱始于崔彦曾，理应先处理崔彦曾，可崔彦曾在徐州拥兵自重，目前朝廷内忧外患，着实腾不出手赴徐州收拾他，所以当务之急还是着力解决庞勋。既然崔彦曾与于琮关系匪浅，降罪于琮，既能先稳一稳庞勋，又能警示崔彦曾，可谓一举两得，所以臣建议从严从重降罪于琮。"

一番话听起来合情合理，但皇上没吭声。他若真想严惩于琮，至于问一大圈子人吗？皇上把目光转向韦保衡："韦卿如何看？"

韦保衡亲手布下这个局，等的就是今天，眼看于琮大势已去，自己的目的即将达到。他一边揣摩皇上心思，一边暗自琢磨，此时若像路岩一样落井下石，反而让人诟病，不如站出来惺惺作态一番，让人说他重情重义："依臣看，于大人这么多年对朝廷忠心耿耿，不说功劳也有苦劳，即便对庞勋一事有包庇纵容之罪，其功过相抵，余下的也只是小错而已，又考虑到广德公主的情面，臣请皇上从轻发落。"

这番话在这个时候说真是恰到好处，皇上十分受用："韦卿所言极是。即日起，免去于琮宰相之职，贬为山南东道节度使。"

路岩见自己的建议没被采纳，立马举笏规劝："皇上，只将于琮贬官出京，怕难以服众啊……"

皇上一挥袖："朕意已决，此事休要再议。"

路岩这才罢休……

朝堂立马跪倒一片，山呼"吾皇万岁万岁万万岁"！

于琮得知自己是这个结局，出奇地平静，连句牢骚都没有，两袖一甩，淡淡一句"也罢"，便收拾行囊打算只身赴任。

硬让广德公主拦下了："就算被贬，好歹也是节度使，该有的阵仗还得有，你若灰头土脸地走，岂不正中他们下怀？况且，我打算随你一同去。"

于琮一脸心疼："我是被贬去山东的，在当地没有人脉，肯定被当地官员排挤，地位估计连个县令都不如，公主若随我同去，定会吃苦受委屈。"

"夫君这么说就见外了，你我是夫妻，你去哪儿，我便随你去哪儿，富贵时如此，贫贱时更要如此，普通百姓夫妻都能同甘共苦，我若做不到，怎配身在皇家，怎配为民表率？"

"山东的物质条件与长安没法比，再加上一路舟车劳顿，我怎么舍得啊？"

"夫君莫要再劝了，我意已决。此番与你同往，不仅为了我们夫妻情分，更重要的是护你周全。朝中多少官员都在贬谪的路上被人暗害，就算皇上事后知道是谁下的手，但人都死了，皇上也无可奈何，大多睁一只眼闭一只眼，给亲属报个暴病身亡，然后不了了之。你此番被贬，明显朝中有人害你，目的怕不只贬官这么简单。若他们想在途中加害于你，你没有府兵护卫，就那么几个家丁杂役，让人怎能放心？有我在，他们好歹忌惮些。"

听公主这么说，于琮便没再推辞。

其实广德公主猜得没错，韦保衡和路岩正打算在于琮贬谪的路上施行暗杀。他们制定了缜密计划，安排了三队人马伪装成山匪，打算一出长安就行动，无奈广德公主带了200名府兵随行，而且一直寸步不离地守着于琮。广德公主毕竟是当今皇上一母同胞的妹妹，不到万不得已，谁都不敢轻举妄动。

在广德公主的保护下，于琮总算平安到达山东。

56. 一损俱损

庞勋自正式造反，辎重不如唐军，粮食军饷不如唐军，可偏偏追随者像滚雪球似的越来越多，原因很简单，他比唐军多做了一件事，那就是争取民心。

攻城夺地之后，起义军立马开仓放粮，让很久没吃饱肚子的老百姓先吃上饭，再发安民告示，虽然新旧政权交接，但所有赋税只减不增，而且军纪如铁，绝不扰民，让老百姓们放心安居乐业。遇有地主恶霸，也绝对会为老百姓申冤做主，百姓们都编着歌谣称颂庞勋：

> 庞王是救星，庞王是太阳，
> 庞王走过是青天。
> 地主夹尾巴，官府分财粮。
> 农田不撂荒，妓女都从良。
> 盗不猖，贼不狂，
> 老无乞，幼有养。
> 肚不饿，命得长。

大唐王朝的官僚们怎么也没想到，一直顺良臣服的老百姓会向着起义军，又是探消息，又是打掩护，军民里应外合，攻无不克，战无不胜，竟然一路打，一路壮大了。

皇上坐在香雾缭绕的金銮宝殿里，看着一帮饰金戴玉的官员，幽幽问道："众卿可有灭敌良策？"

长吁短叹声此起彼伏，却无一人挺身献策。

良久，就在皇上快发火的时候，韦保衡站了出来："臣有一策。"

"韦卿快讲。"

"我们之前连吃败仗，都是因为小看了庞勋而高估了州县。如今看来，庞勋虽然多为乌合之众，但其核心力量可是八百余人的正规军，州县的兵力对抗山匪尚可，对抗这样一支正规部队，必定招架不住。依臣看，消灭庞勋还得出动王师，而调集王师需要时间，所以建议先对庞勋施以缓兵之计，待我们集结完毕挥师南下，那些宵小鼠辈自然溃散。"

有人站出来反对："此计不妥，出尔反尔置朝廷信誉于何地？"

皇上却表现出了极大兴致："韦卿言之有理。可庞勋此时兵芒正盛，如何缓兵？"

韦保衡说："这就需要演一出戏。朝廷假赦叛军，告诉他们只要归降，朝廷就能谅解反叛行为，既往不咎，以六年戍边的功勋让他们荣归故里。而这期间，正是集结王师的绝佳时期。等庞勋相信朝廷诚意，放弃反抗的时候，我们正好将其一网打尽，杀个片甲不留。"

"此计甚好。"皇上已然下了定论，"依韦卿看，何人堪当此任？"

韦保衡略微扬了下嘴角："整个策略的关键其实就一点，让庞勋相信朝廷是真的赦免他们。为了将戏演真，还得派陛下身边的人亲自前往，此事方有胜算。依臣看，高品和张敬思两位大人堪当此任。"

高品和张敬思此时正在朝堂上，一听这话，气得脸红脖子粗，刚准备进谏，皇上金口玉言："朕准了，着高品、张敬思明日启程，劝降匪首庞勋。"

大殿之上，当着文武百官的面，即使高品和张敬思心中再有不满，也得硬着头皮装出谢主隆恩的样子："臣遵旨，吾皇万岁万岁万万岁！"

高品和张敬思是皇上身边十分得宠的两个大宦官，但他们与韦保衡素日不和，双方暗中斗得不可开交。

韦保衡之所以推荐他们两个，其实是一箭双雕：如果高品和张敬思成功说服庞勋，那是他策略高明，用人得力；如果不成功，庞勋定会杀了这两人，正好可以借庞勋之手排除异己。

经过这一番运作，韦保衡清除了宰相于琮和宦官里的两大劲敌，在朝堂上势力又增加不少。而随着于琮的贬谪，一系列"洗牌"活动也紧锣密鼓地开始。远的不说，就说尚宫局，往常赌博成风，今天却格外老实。有的坐在自己位置上，默不作声地低着头，努力装出一副事不关己认真工作的样子；有的三五成群凑一起小声议论，一会儿看看这个，一会儿瞅瞅那个，偶尔露出幸灾乐祸的表情；还有的如惊弓之鸟，坐立难安，一有风吹草动，就大难临头似的浑身僵硬。

人心这东西，平时都罩着一层厚厚的壳，很难看透，遇有大事，那些善恶美丑才会暴露出来，把人性演绎得淋漓尽致。仔细琢磨着这些人这些事，真比看戏还精彩。

这时，一个小宦官边跑边嚷嚷："刚才来了一队人，把杨善力抓走了。"

"对，我也看见了，好像是大理寺的人。杨善力可能知道他要完了，也不反抗，像痴傻了一样，路都没法走，两个人把他架走的，屎尿流一地。"

"啧啧啧，当官儿的没一个好东西，人前一个样儿，人后一个样儿，看着人五人六的，屁股都不干净，一查一个准儿，都不冤枉。"

杨善力在台上的时候，这些人跟前跟后地巴结着，即使有气也憋在心里，如今倒了台才敢说实话，虽然有落井下石的味道，可他平时若真对大家好，现在也不至于没一个人站出来为他说话。其实大家都不傻，谁怎样为人、怎样做事，每个人心里都有谱，忽悠一两次可以，经年累月的，谁还能看不清？

突然，一声尖厉的喊声划破寂静。"啊！"然后一连串癫狂的大笑。

有人大喊着："杨廷忠疯了。"

大家赶紧跑出去看，只见杨廷忠散乱着头发，癫狂地四处乱跑，抓起什么扔什么，大喊大叫，大哭大笑，眼泪鼻涕口水糊满脸……

好好一个人突然变成这副模样，他竟然真的疯了。

正当一团糟的时候，刘守城赶过来主持大局："快把这个疯子抓住。"

随着刘守城的一声令下，在场所有人都冲了出去。杨善力倒了，内侍省目前就刘守城一位内侍监，生死存亡、升官发财全在他，哪敢有半点怠慢。

在众多人当中，杨名力战群雄冲在最前面。昔日与杨廷忠共侍一主，今天为了"漂白"，他刻意表现出与杨廷忠势不两立的样子。

而那杨廷忠也着实疯得厉害，不知何时拉了一裤裆屎，谁靠近就拿屎扔谁。

杨名恼羞成怒，冲着杨廷忠的肚子就是一脚。杨廷忠张牙舞爪正要反击，却被周围无数条腿踢翻在地，然后被劈头盖脸地猛踏，直到半死不活，才被杨名等几个人拎到刘守城面前。

刘守城非常嫌弃地说："杨善力已经被抓，正等着庭审，杨廷忠身为他的假子，这么多年为虎作伥，犯下不少罪责，哪一条都够他杀头。虽然现在疯了，但真疯假疯不知道，像他这种情况装疯卖傻的大有人在。既然杀个疯子不好听，那就拉去沉塘吧。"

"是。"杨名等几个人拎着只剩一口气的杨廷忠出了大门，其余的人对刘守城更加敬畏，大气儿都不敢出，一个个躬身屈腿站着，等刘守城发话。

刘守城看了看人群外的张天画，示意他走到前面，然后郑重宣布:"奉圣上口谕,即日起,尚官局就由张天画大人负责,所有人都要服从管理,各司其职,但凡有不听张大人命令的,就是以下犯上,杨廷忠就是下场。"

底下人齐刷刷地答:"遵旨。"

张天画赶紧撩起衣襟行跪拜大礼:"谢陛下隆恩。臣必当为朝廷鞠躬尽瘁、死而后已。"

刘守城礼貌地扶起他,意味深长地说:"张大人,有的时候站队比出身重要,方向比努力重要。你跟对了人,好好把握吧,前途无量!"

话里话外都在提醒他,要想在官场有出路,站队很重要。像他这样没家世没背景的人,能有今天全靠韦保衡,将来一定要感恩。而他俩都是韦保衡队伍里的人,都要死心塌地一条路走到头儿。

张天画赶紧表态:"刘大人教诲的是,属下铭记于心,时刻践行,若有做得不妥的地方,还请大人随时指点鞭挞。"

刘守城满意地拍了拍他,走了。张天画顿时成为众星捧月的角色。

望着平日对他爱搭不理的众人,此时皆满脸堆笑,张大人长、张大人短地恭维着,心里不禁好笑。仕途啊,有时就像猴子爬树,往上看,全是不长毛的红屁股,往下看,全是喜迎迎的笑脸,相较那些屁股,还是笑脸好看啊……

张天画本想着帮那八百戍兵重返故乡,几番波折,没想到竟成了如今的局面。那真是:

> 揣着帮人的初衷,却跌落奸佞掌控。
> 圈套接着圈套,算计无始无终。
> 坑这个、害那个,身不由己成帮凶。
> 他人祝贺步步高升,怎知我心底的痛!
> 善恶挣扎,夹缝求生,

挺不直的腰杆，逃不出的噩梦。

我该如何守正，如何寻找初衷？

57. 见崔仲谋

自从张天画有了实权，之前与他比较好的刘志、刘向、杨名、田喜还有陈万全，对他更是服务周到，鞍前马后伺候着。尤其是陈万全，办事特别机灵，张天画家里的吃穿用度都不用操心，一应全由他们包办，包括上下打点人的钱，他们也从"公账"里处理得滴水不漏。

怪不得人人都想当官，被人抬举的感觉果然舒服。想请他吃饭的人都排起了长队，这其中也包括二师兄崔跃成，非要请他们夫妻俩去家里做客，还专程跑来府上请。

"师弟，才几天没见，听说你又升官了，真了不起。我在府上专门给你摆了一桌，咱们好好贺一贺。"

以他们的关系，这桌饭摆在任何地方张天画都会毫不犹豫地去，但偏偏摆在他府上，如果去了，就有可能碰到他爹崔仲谋，毕竟是一道跨不过的血海深仇……张天画说："师兄千万别客气，我只是在后宫当差，还是个管文档的，实在算不得官儿！"

张天画推辞的意思已经很明显了，可诗琪这丫头压根儿不理他，使了几次眼色也不看，兴奋地满口答应："好，师兄。我最近真是忙坏了，正想逮个机会散散心，你就来了，咱们今晚一醉方休。"

崔跃成一听诗琪答应了，也没深究张天画的意思："新媳妇出门一定要打扮得漂漂亮亮，趁现在还早，够你去换身衣裳补个妆。"

"好嘞！"诗琪高兴得像只小鸟，雀跃着回房换衣服了。

事情到了这个份儿上，这顿饭也没法再推了。也许上天早已将他和崔仲谋联在一起，此时不见，彼时也得见，甚至连崔跃成在他命运轨迹上的出现都有可能是为了促成他们相见……坦然面对吧，命里注定要见的人，躲不过的。

"夫君，你好像不高兴，怎么了？"

他想了想，决定不告诉她，这段历史太沉重，她夹在他和崔跃成之间一定不好受。"没有不高兴，就是有些累，本来想改天的，但见你这么有兴致，二师兄又备好了酒菜，那就去吧。"

诗琪本来正在挑衣裳，听他说有些累，紧张地撂下衣裳就过来，又是试额头，又是查看他身上是否受伤："病了吗？要么改天吧，二师兄又不是旁人，不会计较的。"

一股温暖升腾而起。最近各种变动，确实很久不曾好好陪她了，而她却一门心思都在他身上，喜怒哀乐全系于他……情动之时，他一把将她揽在怀里，心中那些不悦一扫而空。

她羞得小脸儿通红："别这样，二师兄会等着急的。"

他霸道地箍住她："反正都要脱掉这身衣裳，多个步骤而已。"

…………

等激情散去，她飞快地穿衣裳，好像偷情怕被丈夫撞见似的。见他躺着不动，她有点埋怨："让你不老实，现在倒好，起不来了吧？"

张天画笑道："哪里起不来了？要不再试一次，让你知道我起不起得来了。"

她又急又羞："说错话了还不行嘛，夫君何止起得来，简直太能起来了。"

幸亏诗琪，让他暂时忘了外面的那些尔虞我诈，心里难得轻松纯粹。他有时也在想，上天真是狠毒，把苏婉从他身边夺走，有时又在感叹，上天真是垂怜，让诗琪守在身边。"既然娘子这么期待，要不再来一次？"

诗琪吓得赶紧跳开:"我可不想让二师兄奚落,他嘴上没个把门的,啥话都敢说,多难为情啊。"

不再逗她了,两人快速穿戴好,神清气爽地去找崔跃成。他也不无聊,正调戏诗琪的小婢女翠儿,见他俩来了,才装作一本正经的样子。翠儿则吓得脸通红,攥在手里的手帕都拧成了麻绳。

诗琪挥手让翠儿先下去,然后对崔跃成笑道:"这小丫头刚买来不久,二师兄要是喜欢就领回去。"

崔跃成撇撇嘴:"领回去就算了,不过是打发时间而已。你俩也不挑个时候,我等得干着急,不得找点事儿做。"

"二师兄说话也太不讲究了,怪不得到现在都没姑娘嫁你……"

"这话可得说清楚,不是没姑娘嫁,是我还没心思娶,我若放出话,后面排队的姑娘怕是几马车都拉不完。"

他们三人同乘一辆马车,一路嘻嘻哈哈也不寂寞。

随着马车缓缓停下,崔跃成带点自豪:"到了,请。"

这是张天画第一次到崔跃成家。只见一道气派的红漆大门上挂着"威武大将军府"的匾额,正门是锁着的。两侧各有一道偏门,他们就从东侧的偏门进去。

院子虽不及韦府那么奢华,但比起云彰府,还是气派得多。

三人沿着回廊往里走,正巧碰上一个人,张天画心里不知怎的"咯噔"一声。

只见崔跃成规规矩矩上前问安:"父亲大人安好。"

这个男人就是崔仲谋吗?张天画浑身血液沸腾,手不住地颤抖,好像身上每个细胞都要裹挟着热血喷薄而出……也不知被人看出来没,他强压住猛烈的呼吸,咬紧牙关硬装平静地揖身行礼,不敢抬头:"伯父安好!"

"嗯,好。"崔仲谋一副若有所思的样子,好像正在盘算事情,本来没打算跟他们说话,但看到张天画的那一刻,他突然警觉地瞪大双眼:"这位是?"

崔跃成一改往日的油腔滑调，无比老实地回答："这位就是我常跟您提起的三师弟张天画。"

"张天画，"他若有所思地品着这个名字，上下细细打量着："你家中父母何在？"

任芸娘总说他像他爹，崔仲谋跟他爹那么熟，看样子已经起了疑心，张天画赶紧解释："我家本是乡野农户，父母于两年前先后病故，因我识得两个字，又酷爱作画，便来长安以卖画求生，幸得恩师赏识，收为门徒，又蒙韦保衡大人器重，再三推介并委以重任，现任职于尚官局。"

"哦，乡野出身，能有今日光景，确实了得。老夫从前也认识这么一个厉害人物，白手起家却混得风生水起，你们倒有几分相像。"

崔仲谋好似在试探他。虽然自打来到长安，他一直在刀刃上行走，早已习惯了各种险境，但崔仲谋毕竟不同，张天画格外小心地回答："伯父的这位朋友想必从武，那得有真功夫在身，不像我，全靠身边贵人相助。"

"嗯，你也不必谦虚，我阅人无数，有没有真本事，我一眼就能看出来。你懂武吗？"

"不懂。不怕伯父笑话，我从未拿过刀剑，恐怕拿都拿不起来。"

"是吗？可依我看，你骨骼清奇，吐气浑厚，绝对是练武的好料子，叫天画把你的天赋叫偏了，不如叫天意，顺其自然，天要怎样便怎样。"

张天画心中又是一惊，他竟如此多疑，若此时露出破绽，今天恐怕出不了崔府大门……生死在此一举。

张天画想了想，说："别人的名字都是父母起的，我爹娘没文化，起的名字不是狗儿就是狗蛋，实在登不了大雅之堂，为此，我爹专门提着鸡去请乡贡，乡贡见我爱涂爱画，随便起了天画这个名字，我们也没深究其中含义，只当是个代号罢了。"

"哦，"他若有所思，"你们去玩儿吧，既然都是自己人，就千万别见外。"他说完便走了。

张天画依然捂身靠墙站着，希望墙的阴影能多挡住他些："多谢伯父。"

崔跃成捣了他一下："我爹已经走了，别装了。"他扭头看了看崔仲谋的背影，紧绷的心才稍微放松了些，与他相互嘻嘻一笑，继续往里走。

崔跃成有自己的小院，名叫"随意苑"，确实符合他的性子，对什么都不放在心上，想干什么就干什么，没有约束。院中植被还算葱郁，一看就是下人们的杰作，料他是没有这份雅致的。

"公子，酒菜已经摆好，可以入席了。"

崔跃成高兴地招呼他们："走，入席。"

刚吃了没多久，管家过来传话："公子，老爷请您过去一趟，有要事相商。"

平时都是小厮传话，这次却是老管家，可见此事极为重要。崔跃成也不敢耽搁，让张天画和诗琪稍等他一下，匆匆随老管家去了。

崔仲谋召唤得这么急，张天画心里有种预感：肯定是因为他。细细回想刚才的举动，应该没有露出端倪，若说崔仲谋还能发现什么，大概就是一个人的第六感了。一道血海深仇将他们联在一起，他有感觉，崔仲谋估计也有。果然，不一会儿崔跃成回来了，脸色有些发青。

张天画没吭声，诗琪忍不住先问了："二师兄，脸色这么难看，伯父叫你没什么事儿吧？"

崔跃成说："我爹今天怪怪的，说的话也疑神疑鬼。"

诗琪快人快语接着问："怎么个疑神疑鬼，不会怀疑我们什么吧？"

"我爹说天画阴气重,是个不祥之人,接触久了会给我家带来血光之灾,让我离你们远些。"

诗琪气得眼一翻:"谁阴气重?谁不祥?虽说伯父是长辈,还是我亲师兄的亲爹,我理应尊重,可第一次见面就给我们下如此定论,我还真有些生气。"

崔跃成自知多嘴了,不该在他们跟前嚼舌根,连忙抹稀泥:"我爹本来就疑心重,再加上他是武将,平日里冲锋陷阵习惯了,说话难免冲些,你们别往心里去。他话虽这么说,但怎么做还在我,咱们是亲亲的同门之谊,我不会和你们疏远的。"

"疏远就疏远,谁怕谁?"

张天画此时再不说句话,诗琪怕是要和他吵起来:"你们两个别吵了。伯父做事谨慎,常怀戒防之心没什么可非议的。他有他的职业习惯,不光对我们如此,对所有人都这样,我们应该理解。与二师兄也不是一天两天的感情了,彼此什么样儿心里都很清楚,互相伤害根本不可能,说我们互相卖命还差不多。"

崔跃成赶紧顺着台阶下:"师弟说的对,我爹在那个位置待久了,就爱疑神疑鬼地胡咧咧。若说你会害我,打死都不信。来来来,咱们别扯这些扫兴的闲话,喝酒吧。"

"来,要喝就喝个痛快!"

推杯换盏,几壶酒下肚,崔跃成都快忘了他爹是谁,更别提他爹的话,早都抛到九霄云外了……张天画心里却清醒得很,虽然他忘不了他爹的仇,但有一点可以肯定,他绝不会害崔跃成。

58. 普王寿辰

另一边高品和张敬思成功说服了庞勋,不管是真是假,他们上表这样说,各州县也这样报,庞勋已停止对沿途州县的抢劫,愿意在朝廷资助下返回徐州。

朝堂上对高品和张敬思的功劳一笔带过,在皇上的亲自带动下,文武百官对韦保衡的褒奖又达到了一个新高度,一切都在韦保衡的计划下展开。朝廷派遣大将康承训、王晏全、戴可师兵分三路进攻徐州,并大举动员诸道兵力归三帅统领,同时又采纳康承训的建议,征调沙陀部落的酋长朱邪赤心,会同吐谷浑、鞑靼、契苾等部落征讨庞勋。

国家动乱至此,皇上除了每天说一句"按韦大人计划行事",就是宴饮与歌舞,他是自己的皇帝,不是国家的皇帝,所以他心里只有自己的事,没有国家的事。而他之所以最近没有到处游幸,不是因为稍微体恤些民生,仅因他记挂着爱女同昌公主的婚事。

离公主大婚的日子又近了,他得把女儿风风光光嫁出去,不让她受丁点儿委屈。

张天画终于明白杨廷忠当初所言之意了,除了同昌公主大婚是大事,其余都是小事,因为除了公主的事,皇上对其他事都听不进去。

他执掌尚宫局以来,本想先整理过期文档,看是否还有类似庞勋这样的积案要案,可刘守城要求整个内侍省都要以"大事"为重,全力以赴准备公主嫁妆,除了张天画,尚宫局所有人全被抽走,一个没留。

普通老百姓尚知国家动乱一切从简,一对红烛便结了姻缘,作为天家儿女,非得虚耗人力物力财力,整这么大阵仗?难道花的钱多、整的排场大,日后夫妻感情就好吗?也未必尽然。

想到这些,张天画心里堵得慌,便一个人埋头收拾文档,恰时进来一位宦官,十分客气地行礼:"张大人好。"

这位公公看上去很眼熟,但就是想不起是谁:"公公好。不知有何贵干?"

"老奴田令孜，贸然打扰实属唐突。素闻张大人妙手丹青，今天正逢普王殿下寿辰，老奴想替殿下求幅画，不知大人得空否？"

原来是马球场上救了普王性命的马坊宦官田令孜，当时就很佩服他的胆量和智谋，没想到今日竟主动来找上门。他现在是普王近侍，听起来好听，实际也没什么名堂。阖宫上下都不把普王当回事，估计只有他惦记着普王寿辰。仅是这份忠心也足够让人想成全他。

"给普王殿下画像是我的荣幸，公公只需招呼一声便可，何需亲自前来？真是折煞我了。这就随您前往。"

田令孜可能习惯了朝臣们的白眼和拒绝，从没有人这么谦和地回应，他喜出望外："多谢大人，这，这是您的酬劳，虽不多，也是一份心意，还望大人莫嫌弃。"他从怀里掏出一块马蹄金递给张天画。

韦保衡随便打赏就是一块马蹄金，他却用来当酬金，不是他轻视，而是他们真没有……张天画本不想收，但若回绝他，不仅伤他自尊，还会让他觉得不踏实。"那我就收下了，多谢田公公。"

田令孜眉眼都是欣慰的笑容，就好像一个父亲答应给孩子的生日礼物终于有了着落，想象着孩子拿到礼物时的兴奋劲儿，自己多大辛苦都值得的那种欣慰："多谢大人，请随老奴前往。"

且说这个普王李俨，今年刚满六岁，生母王氏虽为贵妃，但生下普王没多久便薨逝了。没有母亲的倚仗与保护，皇上平时压根儿想不起他，更别提什么父爱与荣宠了。他虽是皇子，但无权无势，年纪又小，身体又弱，连个宦官宫女都敢欺负他，更别提其他皇子皇孙了……只有田令孜陪着他、关爱他，听说私底下，普王都叫田令孜"阿父"。

多可怜的孩子啊，虽衣食无忧，却从未享受过普通孩子该有的亲情与守护。

普王住在十六王宅，这里南临兴宁坊，西靠长乐坊。自玄宗皇帝起，未被册立的皇子都住这儿。

普王府虽叫王府，布置却格外简单，根本不是一位皇子该有的规格，几个宫女散漫地打扫着院子，见到田令孜回来，才稍微提起点精神。

小普王双手托腮坐在台阶上，像是正在等谁，见到他们便高兴地扑过来："阿父，你怎么去了这么久，都没人陪我玩儿，好无聊。"

田令孜满眼的宠溺："今天是您的寿辰，我去请张大人给您作画，这样无论过去多久，只要看见这幅画，您就能想起六岁寿辰时的光景，多好啊。"

小普王高兴地拍着手："真的吗？一直听说张大人的画好，给淑妃娘娘和姐姐画了好多，给其他皇子画的都少，今天能来给我画，真是太好了，准叫其他皇子羡慕。"

张天画被小普王纯真的笑容感动了："我可不只画淑妃娘娘和公主殿下，凡是喜欢的东西都想画，我还画过猪呢！"

"哈哈哈，你也喜欢猪吗？"

"喜欢呀，猪浑身都是宝，我们吃他的肉，用它的皮毛，连屎都能当肥料，这么个宝贝为什么不喜欢？"

"哈哈哈，这个段子还是第一次听，太有意思了。那你也喜欢我吗？"

"喜欢呀，你这么天真可爱，谁见谁喜欢。"

田令孜见普王这么开心，十分欣慰地站在一旁，眼神是那样温暖慈祥，他是真爱这个孩子，也许真把他当成了自己的孩子。

田令孜招呼着下人摆酒菜，让张天画安静地在书房给普王画像。

他的像很简单，不用凸显地位，不用揣测喜好，也没有过多的眼神与表情，就是一个坐在台阶上翘首期待的孩子。

画好后，小普王看完却哭了。田令孜又紧张又心疼："好好的怎么哭了？过寿辰不能哭。是因为画得不好吗？如果不喜欢咱就不要。"

普王抽噎着说："画得太好了，我要呢。"

"那殿下哭什么？"

"阿父每天都说父皇会来看我，可父皇每天都没来。今天我过寿辰，期盼着父皇来，可父皇还是没有来，张大人画得这么好，跟真人一样，能不能，能不能帮我画一幅父皇？这样即使父皇不来，我看着他的像也能当父皇天天陪着我……"

这是一个孩子最本真的呼唤。

田令孜别过头暗暗擦泪，张天画也被感动了。他从小没有父亲，深知那种渴望父爱的感觉，相较而言，他有一位好母亲，虽生活穷苦，却不知比他幸福多少倍："好，我给你画。"

画中皇上摸着他的小脑袋，温暖又慈爱地看着他，他满脸幸福，笑得心花怒放……

小普王拿着这幅画爱不释手，反复摸着皇上的脸，还用自己的脸去蹭："这是我收到的最好寿礼。"

"感谢张大人这两幅画，殿下很少这么开心，只要他开心，我这个老奴怎样都行。"田令孜说，"酒菜已备好，大人留下一起吃吧，普王府很少有人来，您在能热闹不少呢。"

"那就顺便沾沾小寿星的福气了。"

起身向饭厅走的时候，张天画将田令孜给的那块马蹄金反手放在画上。田令孜诧异地问："您这是何意？"

张天画说："殿下少不更事，王府这么大开销，层层坑拿卡要下来，留给你们的也不充裕，我的酬劳在计划之外，想必公公为此还多吃了不少苦头，我又何必要这釜底抽薪的一点酬劳呢？两幅画权当是我送给殿下的寿礼吧。"

田令孜深吸一口气："不瞒大人说，这些钱是我私底下做绣工挣的，大人既如此，我也不推辞。这份恩情老奴记下了。"

普王坐在上座，田令孜伺候在普王身旁，而下座只有张天画一人。"殿下，咱们边吃边看节目吧。"

小普王满脸期望："还有节目呀？"

"寿宴怎么能没有节目呢？别的王爷有，咱就得有，咱一点儿也不比别人差。"田令孜说完便退下了。

不一会儿，那几个打扫庭院的宫女穿着极不合身的舞裙扭上来，稍一转身就嗤嗤作响，也不知衣裳被绷破了几条口子……在彩带舞动下，领舞出场了，只见那"美女"拿着把扇子，左挡一下，右遮一下，欲露还羞，身材虽魁梧了些，动作却还有些韵味，几个撩拨就让人有种想看看扇后真面目的冲动。就在心被挠得"痒痒"的时候，"她"拿下扇子，瞬间笑倒了普王。

原来这犹抱琵琶半遮面的妖娆"美女"，竟是男扮女装的田令孜。五大三粗的男儿身装在低胸的长裙里，画着毫无血色的白脸，两撇蛾翅眉，一点朱红唇，为了赶时髦，还涂了满口黑牙，回眸一笑，活活能把人吓掉半条命。

"哈哈哈，阿父这个样子太好笑了。"普王笑得前仰后合。而张天画却打心底里对这个"男人"起了敬意。也许因为他们有着类似的经历，都出身贫寒，也就更懂得他每走一步的艰辛与不易。

其实他本家姓陈，蜀地人，家里很穷，很小就被卖进宫当了宦官。他还有个哥哥叫陈敬瑄，现在还在蜀地卖烧饼。他进宫不久就认了义父改姓田，本想找个靠山，没想到靠山一倒反受其害。经历了种种，差点搭上性命才又从底层爬起来。

他们这些人虽然没有根基，但能相互依偎取暖。唯一不同的是，他认定了普王，而张天画从没认定谁，别人都说他是韦保衡"圈儿"里的人，只有他自己知道，他谁的"圈儿"都不是。韦保衡虽帮过他，但他们不是一条路上的，再加上他害死苏婉……他俩之间的恩恩怨怨迟早都得算清楚，只不过现在还时机未到。

59. 四分赏金

张天画陪普王过了一个简单而又快乐的生辰，还没快活两天，刘守城就传话有急事相商。

一见面，也不等行礼，刘守城就拉着他眉开眼笑地说："张大人，这些黄金可是皇上亲赐的。"

顺他手指方向望去，桌上放着一个托盘，整整齐齐码了一托盘的马蹄金，差不多有四五十个，张天画赶紧叩谢："谢皇上隆恩。"只要是皇上赐的，不管什么，哪怕是碗毒药也得叩谢隆恩，这是规矩。

"广化里的公主府已经建好，明日起，你就不用来这里了，全心全意去公主府画壁画。你都不知道有多少画匠盯着这块肥肉，各种拉关系找门路。多亏有韦保衡大人推荐，淑妃娘娘也帮着说了不少好话，要不然，这肥差可落不到你身上。能为同昌公主和韦保衡大人的府邸画壁画，先不说皇上的各种赏赐了，仅这份荣誉也能荣耀四里八乡。"

张天画其实早料到韦保衡会将这差事交给他，韦保衡是非常排除异己的人，自然要将肥差交给"圈儿"里人。

张天画从托盘中取出将近四分之一的黄金，呈给刘守城："我能有今天，全靠大人提携与照拂，皇上的赏金虽赏在我名下，但与大人的辛苦是分不开的，这是一点心意，还望大人笑纳。"

刘守城满脸堆笑，毫不客气地收下了："还是你懂规矩，怪不得那么多人器重你。懂规矩的人不吃亏呐。"

他俩一唱一和说着礼节性的话，刘守城还没有让他走的意思，他暗自忖度，刘守城必定还有其他事。果然，又客套了两句他便直截了当地说:"给公主府画壁画可不是个小工程,你有徒弟吗?"

原来他是盯上了这块肥肉,想给张天画安插个徒弟。只要收了他的人为徒,以后所有韦保衡给的差事,他都能顺便吃一口。可徒弟相当于半个儿子,张天画并不想用利益交换的方式收。他说:"我的情况大人最清楚不过了,刚刚连滚带爬安定下来,收徒的事还没来得及考虑。不过这事急不得,缘分最重要……"

刘守城打断他的话:"张大人何必拘泥缘分二字?所谓的缘分,都是培养与经营出来的,那些相信第一眼缘分的,大多没有好结果。我堂弟的小儿子很早就喜欢上了你的画,一直想来拜师,但年纪太小没好来找你,好不容易熬到十六岁,知道你在我处,一家子都来找我说辞,正好你那儿缺人手,不如就收他为徒吧,打个杂、跑个腿之类的粗活尽管交给他做。于你来说,有个自己人分担重活儿,于他来说,有机会学习他感兴趣的事儿,也算达成心愿。"别看他说话时语气随和,但其实是居高临下的命令。

"这……"张天画犹豫着,实在心有不甘,但他刚接手一份美差,站在了利益的风口浪尖上,若完全置身事外,恐怕也不能独善其身。

刘守城眉毛一挑,脸色一沉:"怎么?你不愿意?"

他立马换上一张笑脸:"当然愿意,大人的堂侄一定不凡,能拜我为师是我的福分,高兴还来不及呢。在这节骨眼儿上,人手正缺得紧,只要有人不怕苦不怕累,我都接纳。"

"那就好!我堂侄叫刘青彦,明天就让他正式拜见你。"

从刘守城那出来,张天画心里堵得厉害,他所看重的大事,于利益圈子而言不过是个筹码,他想坚持的事又在洪流当中如此苍白无力。他不甘逆来顺受,却无力反抗,只怪自己太弱小,要想生存,就得先在这个环境中强大起来……如今回忆起李云彰当年收他之心,更感到李云彰气节高尚,是这乱世中难得的一股清流。

张天画将剩下的赏金又分成三份,一份给韦保衡,一份给同昌公主,还有一份给郭淑妃。这是规矩,得"感谢"为他说话的人,就像这一次,赏金分四份儿,分别感谢四个人。而他也不可能白干活,他也要吃饭,要养家糊口,就得想办法用权力克扣。比如壁画的颜料,那都是顶珍贵的宝石,用度多少完全由他掌握,最容易做手脚,每天稍微虚报几个数,一个项目做下来比皇上的赏金还高……其实不只他这样,大家都这样,反正钱是朝廷的,作为个人,就是想方设法只占便宜不吃亏。如果这个国家像一座大厦,每个人就好像大厦中的蛀虫,拼命吞噬着大厦的支柱,可又有什么办法呢?不吞噬就得饿死。

张天画直接去韦府,除了上缴"好处费"之外,主要还得听听韦保衡关于壁画的意见,毕竟他是驸马,是做得了主的人,所有壁画都要讨他欢心。

正巧路岩也在,他们正讨论逼反庞勋、于琮被贬之事。见到张天画也不避讳。

路岩说:"当初逼反庞勋,本想于琮这老匹夫的大限已到,没想到皇上执意保他,虽外放为山南东道节度使,但只要没死,就还有东山再起的可能。"

韦保衡说:"看皇上的态度,明显是留了后手,恐怕他回长安是早晚的事。若不抓紧斩草除根,等他再回朝,咱们就大难临头了。"

"韦兄说得对,要么不整,要整就整死他,咱们还得再下些功夫。哪天皇上心情好的时候,咱们再劝一劝,兴许皇上能听进去。"

"这种事不能挑心情好的时候,得挑心情不好的时候,这叫迁怒。"

"对呀,迁怒实在太妙了,在皇上盛怒要砍人的节骨眼儿上,我们把于琮推到风口浪尖,不怕皇上不处理他。"

…………

等两人扯完是非，张天画才将话题切入公主府壁画，按韦保衡一贯对公主的热爱，他应该非常上心才对，可此时却显得极不耐烦，态度与当时画四十幅画相比，简直天壤之别："壁画嘛，你比我在行，你的画风我熟悉，也非常信任，你放手去画就行，内容无非就是为皇上歌功颂德，赞扬公主高贵美丽，顺便再画一画我与公主的恩爱……对了，公主府既是皇上下旨修建，所用颜料等相关用度应由国库支付，你跟宫里申请领取，那些阉人会挑最好的给你，绝不敢坑拿卡要，就不用再跟韦府申领了。"

"好的，下官明白。"他的意思很明显，公主府从建造到装饰，他既不出力，更不出钱，与这桩婚事相比，显然打压于琮更让他上心。才短短几个月，他对公主的态度就判若两人，到底是情变了，还是压根儿没有情？与公主成婚不过是他设的一个局，是他飞黄腾达的一个台阶……想到他几近变态的心理和手段，张天画不禁为公主婚后的处境捏了把汗。

等路岩离开，张天画才将黄金奉上，韦保衡心安理得地收下，就好像之前对他所有的帮助都是投资，现在他有能力回报了，就该理所当然地报答他。

第二天，张天画去宫里申领颜料。打着同昌公主的名义果然好使，一路畅通无阻，不用多说，管事的都将最好的拿给他。事情办得很顺利，他也刚好腾出时间去给郭淑妃和同昌公主上缴"好处费"。

郭淑妃没有出来见他，仅派了个女官来收钱。大家都是明白人，一切都按套路行事，他将黄金捧出来，女官二话没说就收下，连个谢字都没有，高傲地扭身走了。

按理，公主也该打发个女官来收钱，可她却亲自出来见张天画，还十分客气。"在广化里修建公主府，前朝未有先例，目前国家尚不安宁，父皇在这个时候举全国之力，拨钱五百万贯大兴土木修建公主府，我虽觉不妥，但隆恩难却，两相为难，只得辛苦张大人了。"

他听出公主话中有话:"公主有什么吩咐尽管说,微臣虽力薄愚钝,但必会想方设法帮公主达成所愿。"

公主说:"其实也没什么特别要求,就是想请张大人能省则省,用次等颜料蒙蔽其他人,省的钱可以给前线御敌的将士,或是给流离失所的难民,总之用钱的地方有很多,实在没必要浪费在公主府。"

她看了看张天画送来的黄金:"这些钱都是你该得的,我既要求你笔下留情,自然不会占你的辛苦钱,你就安心拿去吧。"

既然公主这么说,他也不惺惺作态,将钱收了回来。公主才是这乱世难得的一抹阳光。"臣知道了,天下万民若是知道殿下的深明大义,一定会感念殿下恩德。"

"我不只对你这么说,对每个人都这么说,希望大家共同努力,真正把经费节省下来。"

她有这样的气度和情怀实属难得,若是个男儿身该多好,以皇上的宠爱定能被立为太子,或许这个时代还有希望。

公主的愿景很美好,但真能如她所愿吗?根本不可能。如果不虚耗建材,大家怎么投机倒把,怎么赚钱?所以此事几乎可以断定,公主府会如皇上所愿,建得富丽堂皇,奢华无比。至于公主的大公之心、爱民之情,只能停留在她的嘴上,根本飞不出这座公主府。

60. 进公主府

第二天一大早,刘青彦果然来了,同来的还有他爹,也就是刘守城的堂弟刘满城。

他爷俩虽穿得富贵,丝绸的袍衫上又是玉佩,又是香囊,眼神却透着股自卑，仿佛过惯了苦日子，对从天而降的富贵惴惴不安。

一见到张天画，刘满城稍显紧张："张大人，我们是刘守城大人介绍来的。犬子刘青彦久仰您盛名，想拜入您门下。"随即转头对儿子厉声说："还杵在那儿干吗，赶紧过来拜师，真是个榆木疙瘩。"

刘青彦甚是实诚地"扑通"跪地，"当当当"连磕三个响头，脑门儿顿时红了一片："师父在上，请受徒儿一拜。"看他长得也算俊朗，棱角分明的五官，两道刀眉格外醒目。有这样眉毛的人通常性子耿直，爱憎分明，应该好打交道。

张天画扶起他，虽是刘守城硬塞的徒弟，但第一印象还不错，张天画并不讨厌他们爷俩："学画可不轻松，难得你喜欢，我这儿又刚好缺人手，就收你为徒吧。等会儿拜了祖师爷，你就是我的大徒弟了。"

刘青彦被带到厅堂，拜了祖师爷，又正式拜了张天画和诗琪。就这样没经任何测验，也没有过多了解，只匆忙举行了个仪式，他便有了人生中第一个徒弟——刘青彦。

天赋有时是敲门砖，有时只是附加值，当进入资源互换的圈子，人就成了洪流中的一滴水，身不由己流向未知，就算想停歇，周围的人裹挟着你，让你转不了身，也回不了头……

刘守城虽借鸡下蛋便宜了他家亲戚，同时也提醒了张天画，此等肥差，岂有不照顾自己人的道理？那么大个公主府，他一个人肯定画不过来，得组建自己的队伍了，诗琪是最好的帮手，除她之外，他最信任的莫过于二师兄崔跃成。李云彰在时，他还有个正经事干，自李云彰去河西任职之后，他就一直赋闲在家，他爹崔仲谋整天催他去军营，他却对此避之不及。张天画心想，此时去请他正是时候，一来肥水不流外人田，让他挣点外快，二来也给他找个堂而皇之的借口，躲了他爹的催促。

本以为他会屁颠屁颠地答应，没想到竟一口回绝："谁不知道同昌公主是皇上的心头肉，朝堂上下都把公主大婚当成头等大事，容不得半点差池，这么重要的事我可担不起来，你的好意我心领了，你还是另请高明吧。"

"别急着拒绝啊，如果是份苦差事就不来找你了，美差才来找你，你只当去玩儿。同昌公主专门交代了一切节俭，不要花太多钱，说白了，公主只求表面过得去，能蒙住皇上就行。"

他眼珠转了转，撇着嘴说："还是算了，公主就一个人，皇上可是掌控着天下，蒙皇上还不如蒙公主。再说了，那些修建公主府的人，哪个是好蒙的？主事儿的想富丽堂皇，办事儿的想大张旗鼓，公与私千丝万缕扯在一起，绝不是我等憨货能看明白的，一旦陷进去就没那么容易抽身了，我还是别掺和，远远躲着挺好。"

他是在蜜罐里长大，确实吃不得苦，受不得委屈，连他爹都劝不动他，更何况张天画？本不想再劝，却不知怎的，张天画竟鬼使神差说了句："莫不是因为你爹说我是不祥之人，跟我走近了会灾难降临，你才故意远离我？"

崔跃成一听这话，眼睛瞪老大，一副要拼命的架势："这种无稽之谈你也信？亏咱俩这么多年交情，你若不祥，我早被克死了，还跟你在这儿扯什么淡。你这是在激我，我若不去，就证明我相信了你是个不祥之人，对不？"

话赶话到这份儿上，张天画也不辩解，一副"你自己看着办"的表情。

良久，崔跃成两手一摊，甚为无奈地说："你的激将法还真成功了，我就随你去吧。不过丑话说前面，我这人懒散，你是知道的，别指望我给你做苦力。"

其实张天画也觉得难为他了，又不缺钱，家里的金山银山足够他吃喝玩乐享用不尽，干吗非得拉他下水？"我这也是为你着想嘛！你爹又逼你去军营，又逼你早成婚，你若打出同昌公主的招牌，保证你爹能安生大半年，不再给你找麻烦。至于干活嘛，有我在，你想干就干两天，干累了就歇两天，谁还能奈何你？"

"这还差不多，我就纯当是去玩儿了。"

"好，就这么说定了。现在建造的活儿已经完工，剩下的就是些绣工、画工之类，稍准备下，两天后咱们随一批绣娘一同进府。"

嘴上虽这么说，张天画心里却有些后悔，他真是给自己找了个爷，干活指望不上，还得多分一份儿钱，自己给自己添堵啊。

府上，刘满城看到张天画已收刘青彦为徒，非常满意。张天画带着刘青彦一边收拾行李，教他认识颜料和工具，一边张罗着画工队伍，大工、小工足足折腾出百八十号人。

两天后，他和诗琪先到宫门口等崔跃成，刘青彦带着呼啦啦的画工队伍后面赶来，差不多和绣娘队伍同时到，大家左等右等，迟迟不见崔跃成来。

带队的绣娘忍不住问："张大人，你们的人齐了吗？"

崔跃成这家伙向来没谱，连送李云彰都能迟到，何况今天。他和诗琪互视一眼，对带队绣娘说："还差一位大人，不过他熟悉路，咱们先走吧。"

他们一行往广化里走。路上，刘青彦小声问："师父，二师伯不会不来了吧？"

不等张天画开口，诗琪抢先说："你二师伯就这样，从没准时过，问他吧，不是喝多了，就是睡过了，都不是什么正经理由，但你还真拿他没办法。他要哪天准时了才奇怪呢。"

远处，一座金光闪闪的宫殿在阳光下更显绚丽，越走近越觉得熠熠生辉，这应该就是公主府了。张天画脑子里立马蹦出一个念头，当年汉武帝金屋藏娇的金屋，估计也比不了这座公主宝殿。

到了大门口，有宦官带他们直接进入工作岗位，公主的寝宫，他们是没有资格抬头看的，只能低着头偷偷摸摸看两眼，仅这偷瞟的两眼，就够大家吃惊和感叹了……果然是举全国之力建造，豪华程度绝不是区区一个画师能想象到的。

刘青彦更是惊得合不拢嘴，既贪婪又小心翼翼地摸着门框："师父，这门框上镶的都是真金白银？"

他一把将他扯进队伍："肯定是真金白银，这还能有假？"

"天哪！连窗户、盆瓮、井栏、药臼、马槽和筐子都用金银制作，这、这简直太豪华了！"

平时认为无比珍贵的金银，在这里遍地都是，有金龟、银鹿，数斛金麦银粟，据说都是太宗朝条支国进贡的。再看那床，镶满了水晶云母、琉璃玳瑁、珠翠宝石……堂中摆着犀角象牙，设连珠帐、却寒帘，连珠帐是珍珠穿成，却寒帘是却寒鸟的骨头所做，像紫色的玳瑁，也不知是哪国进贡的，还有其他各式宝贝，像个百宝库似的令人眼花缭乱。

看着这座珠光宝气、金灿灿、明晃晃的府邸，大家都兴奋地感叹"大开眼界"，张天画却越看心越慌，哪能这样嫁公主，不说大唐历史上了，放眼历朝历代，都没有一个这样做的。

这世间本有规矩，但人人都渴望不受规矩束缚，成为规则之外的特殊存在，可一旦真的打破规矩，凌驾于规则之上，这种特殊到底是幸，还是不幸？

正如他所想的，公主的殷殷嘱托根本飞不出她的公主府。没人拿她的话当回事，大家都在极力表演，大张旗鼓地编织着美丽的幌子，然后私底下偷偷满足着各自的欲望。

张天画置身于琳琅满目的珍宝中，眼前突然出现饥民啃树皮、挖草根的情景，那真是：

　　增赋税，增来个公主宝殿耸云端。

　　搞特权，搞出个人人特权心涣散。

　　一边是，金碧相射光闪闪，

　　一边是，流离失所妻子散。

　　一边是，锦绣交辉明灿灿，

一边是，饿殍遍野臭熏天。
四面来敌耳不闻，八方欲乱目不见。
只要歌不停、舞不断，又是一个太平年。
黎民百姓苦连连，君主官僚乐翩翩。
帝国大厦危颤颤，披金挂银喜沾沾。
谁救这满目疮痍？谁替这天下喊冤？

国家危机四伏，以公主的玲珑心思，这种耗尽气血的荣宠，于她而言是福是祸？

掌事宦官带张天画他们一一走过几处白墙："张大人，这些就是需要画壁画的地方，您可都记清楚了。"

"下官都记下了。"

掌事宦官交代清楚后就走了，他们开始工作，量尺寸、准备材料、设计草图……

正干着活儿，崔跃成踱着四方步，不紧不慢走过来："还没开工啊，我还以为都开始了呢。"

诗琪调侃他："专门等你呢，你不来都没个主心骨。"

崔跃成想到什么说什么，嘴上从来不吃亏："你们可得把我巴结好，我要撂挑子，你们没了主心骨，这任务怕是完不成了。"

"你，"诗琪气得脸一白，"你师侄还在这儿呢，当着晚辈的面儿也不害臊……"

他俩还要继续争，张天画打断他们："好啦，二师兄能来就已经很好了，咱们任务重，时间紧，还是抓紧分工干活吧。既然应承下来，就得共同出力完成好，同昌公主府可不像别的，大家心里应该都清楚，干不好是要掉脑袋的。"

61. 三贬于琮

韦保衡因着同昌公主的关系，荣宠日盛一日，皇上对这个宝贝准女婿几乎言听计从。而韦保衡也趁势培植自己的势力，张天画又被提拔了两级，现在是七品官职。

势力日增的韦保衡更不忘排除异己，将没有站进自己队伍里的人都狠狠打压一遍，首当其冲的便是于琮。

说来于琮也是倒霉，刚到山东便发生天灾，降雨量还不到上一年一半，大片大片的庄稼旱死，原本富庶的粮仓不仅向朝廷缴不了粮，还得朝廷调拨粮食赈灾，这就让韦保衡和路岩抓住了把柄。

他俩按照既定对策，挑了个皇上心情不好的时候，对于琮一通数落，说他是个酸书生，读书写字还行，做官一塌糊涂，完全没思路，担任山南东道节度使以来，与当地风水不合，造成山东大旱，原本万亩良田竟减产一大半，别说增加税赋丰盈国库了，连既定的税收任务都完不成，还得国库倒贴给他，简直罪无可恕。

皇上一听宝贝女婿这么说，再加上路岩与他一唱一和、沆瀣一气，也不知头绪理清了没，反正下了道圣旨，又把于琮贬了，这回贬至韶州刺史。

虽被贬官，但依然没有处死他，这又大大刺激了韦保衡和路岩，坏话都说到这份儿上，皇上还不让他死，看来皇上执意保他性命，就算找出再多罪状，贬官到天涯海角，皇上还是会留他一命。

两人一合计，他们对于琮的仇恨已经到了白炽化的程度，只要于琮活着，对他们总是威胁，但目前又没法弄死他，与其让他在外地逍遥度日，不如弄回长安放在自己眼皮子底下，就算皇上不出手，日复一日，自己也总能想办法出手，怎么说都得要他一命。

另一端，庞勋之乱的风波更大，原计划派出高品和张敬思与朝廷里应外合，再加上三路兵马合力镇压，区区千人的农民起义翻不起多大风浪，却不料事情远远超出掌控。

在高品和张敬思这两个大宦官的尽力游说下，朝廷与叛军貌似达到了前所未有的和谐。朝廷表现出最大胸怀，完全赦免叛军罪行，叛军则表现出最大信任，对朝廷毕恭毕敬，双方都像演剧本似的，完美诠释着各自该有的角色。但有一点很奇怪，庞勋始终不放两人回长安。

高品和张敬思在叛军中待久了，逐渐察觉其中猫腻，叛军说是归降，为什么还不停地招兵买马扩充军力？如果他们和朝廷一样，说一套做一套，嘴上答应着归降，依然行叛乱之实，他俩岂不成了人质？一旦坐实叛乱，首先杀的就是他俩……思来想去，两人觉得保全性命最重要，开始偷偷张罗各方力量，以朝廷之名剿灭叛军。

高品和张敬思先是秘密与荆南节度使崔铉取得联系，双方密谋出一个策略，分工大致如此：高品和张敬思利用深入叛军之便，负责松懈军心，能策反的策反，能瓦解的瓦解；崔铉率重兵埋伏在湖南边界的一处山势险隘之地，待军心涣散的叛军进入埋伏圈后，崔铉刚好杀他个措手不及，如天降神兵一般一举歼灭叛军。一切都计划得周密完美，只等傻乎乎的叛军落入埋伏圈。

正所谓兵不厌诈，庞勋、许佶等人岂是轻易被骗的？他们早早看出端倪，却假装蒙在鼓里，同样演戏给高品和张敬思看，把高品和张敬思忽悠得一愣一愣，暗地里不知商量了多少回对策。

庞勋认为，朝廷之所以赦免他们，无非就是担心两件事，毕竟从桂林到徐州战线太长，一旦开打，一是担心他们袭击沿途州县，破坏面更大，二是担心他们溃散到山野更难抓捕。如果他们回到徐州，从一条线汇聚成一个点，方便朝廷剿灭的时候，朝廷必然痛下毒手。这是朝廷的老把戏，此前也这么干过。六年前徐州银刀军叛乱，朝廷就是打出招安的旗号，最后却将归降的将士全部杀掉。有此前车之鉴，朝廷此番赦免也绝对是缓兵之计，如果相信了朝廷，下场会像银刀军一样被杀个精光，不如大家同心协力一反到底，说不定还能另开生路，夺得一片天下。

几番讨论，大家都认同了庞勋的想法，毕竟朝廷不守信誉有目共睹，已经被坑了六年，又岂会再轻易相信？既然朝廷在演戏，他们陪演就是了，看谁能演过谁。

叛军也开始布局，表面上军心涣散，卖了刀剑买酒喝，甚至为了抢酒大打出手，把高品和张敬思完全蒙在鼓里，实际则暗中操纵更大的动作。为了凝聚人心，先将企图投降朝廷的十二个人处死，并下令军中不许再提招安之事，谁提就砍谁的脑袋，将投降气焰彻底浇灭，再命令当官的带头，拿出个人钱财打造兵器，重新武装起来。行军路线也背着高品和张敬思偷偷做了调整，不走陆路改走水路，绕过崔铉的重兵，乘船东下，过浙西进入淮南。

这一招声东击西着实狠，让埋伏在山谷的崔铉苦等好几日，却扑了个空。庞勋叛军一路向淮南进发，投奔者接踵而至，人数猛增至六七千人，与起事之初的八百人相比，才过了短短三个月，实力已翻了八倍之余。

叛军一路气势汹汹，吓坏了淮南节度使令狐绹，他以没有得到朝廷命令为由，不仅不出兵，反而遣使慰劳，给叛军送去军粮饲料。

叛军得到补给，气势更盛，乘机召集散落在乡间的银刀军及陆续赶来的投奔者，人数已激增至五六万。

与此相比，朝廷派出去的三路人马接连吃败。先是康承训率领的中路军，因诸道兵力尚未集结，遭遇叛军阻击，退守宋州，不久求胜心切的南路军主帅戴可师又在都梁被叛军王弘立部击溃，戴可师被割下头颅，传示三军，所部三万余人，仅剩几百人脱逃，其余全部被灭，尸体布满街道，武器、粮草、车马尽数落入叛军之手。

遭此变数，皇上震怒，而满朝文武却拿不出个对策，就在如此紧急的节骨眼儿上，韦保衡和路岩又跳出来数落于琮，说此人实在无德无能，不配主政一方，祸害完山东还不够，连个小小的韶州刺史都当不好，当地老百姓苦不堪言，联名上书赶他走。

皇上正为庞勋起义之事急得火冒三丈，再看到韶州老百姓联名上书的状子，也不深究状子的真伪，只听韦保衡和路岩的一面之词，便定了于琮的罪。至于如何处置于琮，也完全听从韦保衡的建议，于琮虽有罪，但罪不至死，若再贬，广德公主的颜面挂不住，不如召回长安，当个普王傅，让他在闲职上养老算了。

所谓普王傅，就是给普王当老师。在所有人看来，普王自身都是朝廷养的饭桶，普王傅就更没名堂了，要权没权，要钱没钱，要人脉没人脉，也就勉强给口饭吃而已。想在这个位置上有所作为，基本属于痴心妄想。

韦保衡和路岩的目的终于达成，把于琮弄回眼皮子底下时时处处盯着，以如今这局面，估计他的死只是迟早的事。

62. 惊天秘密

经过几个月努力，公主府的壁画总算完工。

眼看公主大婚在即，为保万无一失，张天画又细细查看每幅壁画，若是有破损的地方，现在还来得及弥补。

他走着走着，可能因为饿了，不知不觉到了伙房，这里与他的工作无关，本想转身就走，却隐约听到"嗯嗯啊啊"的呻吟声。

好奇感油然而生，想去看个究竟，到底是谁活腻了敢在同昌公主大婚的府邸幽会？是宦官宫女对食，还是侍卫宫女偷情？刚走了两步又想转身离开，多一事不如少一事，万一偷窥败露，当事人为自保极有可能杀他灭口，手起刀落不过一瞬间的事。往回走两步又不甘心，那声音实在勾魂，看一眼吧，只一眼应该不会被发现……

各种想法在他脑袋里东拉西扯，鬼使神差似的，他循声而去，想一探究竟，看看这声音的主人到底是谁。

他压抑着"咚咚"的心跳，悄悄走到伙房门口。

大门紧闭着，估计从里面反锁了，但旁边的窗户却隐隐开着道缝，可能这对男女一时情急没留意，竟给他留了机会。

他悄悄蹲在窗下，屏住呼吸往里一瞧，果然是两具白花花的身子，脱得一丝不挂。那女的躺在案板上，腿夹着男人的腰，闭着眼睛享受。男人刚好以侧后方对着他。

但这侧后方竟惊得张天画差点叫出声。

他捂住嘴，仔细看男人的侧脸，熟悉得不能再熟悉，居然是他！再看那女人，更让人惊出一身冷汗。

他生怕看错，强迫自己瞪大双眼，盯住他们仔细瞧，直到所有的视觉神经都告诉他，确实没看错，就是他们。他已来不及思考，四下看了看无人，悄悄离开。

他边往回走，腿边发抖，整个脑袋都是麻木的，怎么到的家，怎么进了卧室躺下，通通不知道。直到诗琪端了碗药喂他喝下，这才缓过些神来。

"出门还好好的，怎么突然烧得像个木炭？是被冷风打着了，还是撞着不干净的东西了？"

他一愣，不能被人看出异样，连诗琪也不行："哪有什么不干净的东西！可能看了一天的壁画，没吃饭，累着了。"

"你一工作就废寝忘食，身子又不是铁打的，怎经得起这般折腾，你自己不心疼，我还心疼呢。刚熬好的粥，你喝点儿再睡。"

稀里糊涂喝了些粥，张天画赶紧躺回床上，等诗琪掩门出去，这才把下午看到的情景翻出来细细回想。

他确定没看错，那对偷情的男女，男的是韦保衡！女的是郭淑妃！就是同昌公主的母亲，即将成为韦保衡丈母娘的郭淑妃，也是大唐第一美人，当今皇上最宠爱的郭淑妃。

这是个惊天炸雷，若任它炸出去，第一个发疯的估计是皇上，他最爱的女人给他戴了绿帽子，而这顶绿帽子不是别人，偏偏是他最疼爱的女儿的丈夫。接下来就是同昌公主，一边是丈夫，一边是亲妈……

这个炸雷偏偏让他遇见，他该揭发他们，还是隐秘不报，装作一切都不知道？

皇妃就算不爱皇上，爱一个臣子侍卫都能理解，为什么要沾染自己的女婿？她如何面对丈夫，如何面对女儿？简直把伦理道德、礼义廉耻都践踏成灰。而韦保衡就更匪夷所思了，同昌公主是皇上最宠爱的女儿，富贵自然不在话下，更是生得美艳灵动，韦保衡当初设计一场好戏，让全天下都相信他痴情于公主，终于赢得芳心，让皇上赐婚，没想到却是个大骗局，他为的不是公主，而是公主的母亲。以他的权势地位，有个三妻四妾都很正常，就算留情青楼也能理解，但他居然和丈母娘搞到一起。

女婿与岳母，臣子与皇妃，他俩已经不算偷情，而是乱伦……张天画一阵恶心，把刚吃的稀饭又吐了出来。

若是以前，他会不顾一切揭发他们，因为这世界非黑即白，只要把丑陋和罪恶揭发出来，自然有人伸张正义，说不定他还会因此立功受奖成英雄。但庞勋的事让他深受教训，在没有能力把控全局的时候，自以为善意的揭发只会被有心人利用，他所谓的正义最后不过是单纯无知下的自私，现在想来，庞勋起义完全是韦保衡一手促成，是他排除异己的招数。如果他当时把事实揭发出来，与韦保衡对着干，庞勋之事不会有任何转机，而他会死得连渣都不剩。

大势便是真理，谁握着大势谁便是真理。如今的大势握在韦保衡和郭淑妃手里，正是那句"人如刀俎，我为鱼肉"。这件事一旦被引爆，必将炸得天崩地裂，而这动荡绝不是一个小小的画师能掌控的，他及他的家人都会在这场动荡中粉身碎骨。

如果不揭发，当作什么都没看到，此事除了天知地知，便只有他知，大家都会像从前一样，相安无事。

至少还可以活着！

其实细细想来，郭淑妃和韦保衡的乱伦在很早以前便露出端倪。韦保衡能那么残忍地虐待苏婉，就不可能是个至情至性之人，又怎会对公主一往情深？他心里有个天平，当谦和仁义的一头压得越重，残忍暴虐的一头便翘得越高。同理，当深情专注的一头压得越重，滥情无义的一头便翘得越高。明明骨子里是个恶魔，非要披着君子的外壳，压抑得越狠，爆发得越猛烈。正常事物已不能引起他的兴趣，越是刺激的、变态的东西，才越能抚慰他恶魔般的灵魂。苏婉在时，她便是韦保衡变态心理的宣泄处，苏婉死了，乱伦的奸情才能安慰他向往的刺激……现在想来，苏婉承受的折磨肯定比他看到的要多得多，她都默默忍下了，那么卑微地活着，却连命都没保住。

郭淑妃也是早有表现，就拿上次在太液池边为她作画来说，正常女人都想展现出皇后般母仪天下的高贵，而她却不同，就想表现出青春俏皮的一面。也许那时他俩已经勾搭上了，也许比那还早，早在同昌公主动心之初，他俩就设计好了一切。知女莫若母，所以才有了四十幅公主像和挂满画像的"思卿堂"。回想那次韦府宴请，韦保衡的母亲只是一个普通的诰命夫人，哪能随意请动郭淑妃，偏偏他们韦府做到了，郭淑妃不仅亲自来，还带着同昌公主，在众目睽睽之下亲手打开"思卿堂"，闹得尽人皆知，一段情就此贴上标签，赐婚成了水到渠成……自始至终都是他俩设计好的，完美的一出戏演给众人看，只为了掩盖奸情、方便偷情。而他张天画在这出戏里，竟成了推波助澜的小丑。

他们如此陷害公主，冒天下之大不韪，为人妻、为人母、为人夫、为人婿，心不痛吗？

在郭淑妃与韦保衡的设计里，画师这个角色本该是夏侯辰的，但奈何他早早看出端倪，不愿违背良心任人摆布，所以选择退出官场，隐居河西……因为夏侯辰的不屈和隐退，他们才选择没有官场背景、对一切毫不知情的张天画。

到了这一刻，他才终于读懂夏侯辰，也才终于明白了他的那句话，"有些人、有些事，就得让它烂在肚子里"。说实话是件奢侈的事，不是每个人都有实话实说的资格。

夏侯辰让这件事烂在了肚子里，他也得继续，让它烂在肚子里。

63. 公主大婚

徐州城外，庞勋带着王者归来的霸气，一呼百应。城内的老百姓被崔彦曾压迫已久，听说叛军回来了，就像期盼天降神兵似的，纷纷拿着锄头镰刀，只等庞勋发起攻城指令便在城内接应，里应外合助他们进城。

因是自己家乡，叛军打起来格外谨慎。还不等庞勋他们动手，老百姓已自发组织起来，将城内守军打得落花流水，推来草车焚烧城门。本来计划三四天的进攻，结果只用了不到一个时辰，庞勋大军就已顺利进城。

时隔六年再回这座城，庞勋等人百感交集，连年被骗的苦、戍守边关的苦、背井离乡的苦、一路征战的苦……都变成了满腔的慷慨激昂。他们连家都顾不得回，直接冲进府衙，将已吓得屁滚尿流的崔彦曾抓起来，并把尹戡、杜璋、徐行俭等人开膛破肚、碎尸万段，然后又屠杀了他们全族……这下，憋在胸中多年的恶气总算出了。

当天，城中自愿跟随叛军的百姓又有一万多人，随后的日子，各地前来投奔庞勋的人络绎不绝,不仅徐州附近州县,就连光州、蔡州、兖州、郓州、沂州、密州以及淮河一带江浙地区的百姓,也都从四面八方赶来归附……

随着队伍越来越大,势头越来越盛,庞勋开始飘飘然,天天宴饮游猎,像土皇帝般过起了享受的日子。

军师周重劝他:"自古以来,由于骄奢淫逸导致得而复失、成而复败的例子太多了,更何况现在功业未成,你就先带头骄傲奢侈,这种心态岂能成就大事?"

此时的庞勋沉浸在花天酒地当中,早已听不进去,只当是耳旁风,吹过就散。

另一头,已经到了咸通十年正月初九,同昌公主大婚的日子。

皇上把对公主的宠爱都放进了嫁妆里,除了广化里一座公主府,仅赐钱这一项,就足足有五百万贯。这是什么概念?自安史之乱以后,国家财政早不富裕,全国的财政收入基本为一千二百万贯,也就是说,相当于中央财政近一半的收入全都放进了同昌公主的私宅。这还不够,国库里历代收存的许多宝贝也一件件搬进了公主府,除了之前披金挂银的那些物件,还有连珠帐、却寒帘、翡翠匣、九玉钗等,规模可谓空前绝后。就连则天女皇和高宗李治的太平公主,嫁妆也未能出其右。

依祖制,婚礼安排在晚上举行。婚车所过之处,道路两旁的树上全插满了火把。整个大明宫火树银花,把夜晚照得有如白昼,角角落落都打扮得喜气洋洋,草草木木都招展着接喜纳福。

婚礼之后,阖宫欢庆。伴舞的舞娘多达数百人,她们的衣服都是新做的,镶嵌了许多珠宝,在灯火照耀下闪闪发光。

美酒佳肴,大家在舞乐中欢笑着、庆祝着,就像生而为人,只为这一场盛宴,就像天下太平,百姓们衣食无忧,只剩这吃喝玩乐。

从那四十幅画像开始,张天画看着公主一步步走到现在,一步步陷入万劫不复的境地,那个冰雕玉琢般的人即将被恶魔啃噬殆尽。当她知道所有真相后,现在的美好都会化作利刃穿心而过,她的世界会撕裂,会崩溃……想到此,他很内疚,有一瞬觉得自己很不是人,甚至是韦保衡的帮凶,亲手帮他打造了这个玫瑰色的炼狱。明知公主的结局,却无力阻止,只能眼睁睁地看她掉进炼狱,离死亡越来越近。

婚礼越奢华便越讽刺,氛围越喜庆便越戳心。张天画一盏一盏吃着茶,保持头脑清醒,生怕沾点酒气就把实话说出来。披上虚假的外壳,装作和周围人一样,无比欢喜地庆祝这场婚礼,为一对郎才女貌的"璧人儿"送上祝福……

酒过几巡,大家都喝多了,礼仪规制渐渐抛在脑后,纵情高歌,大声畅谈。

崔跃成搭着他的肩,吐字不清地咧咧着:"这可是御酒啊,人生能有几回醉,其中一醉是御酒,值了。当初你让我进公主府画壁画,我还有些不情愿,如今看来,果然是好差事,没出多大力,荣誉和好处却得了不少,不愧是亲师弟,对我真好。"

哪里是没出多大力啊,苦力全让他和诗琪、刘青彦出了,他自然觉得轻松。张天画说:"师父一走,我在长安也没几个亲戚,你就是我最亲的人了,相互照顾都是应该的。"

"果然没白疼你。以后再有这样的差事,还记着找我。"

"那还用说,肥水不流外人田,有好事自然第一个想到你。"

崔跃成依然想到什么说什么,张天画心不在焉,有一句没一句地应答。

"你小子今晚不对劲,心事重重的样子,好像公主大婚跟你有仇似的,莫不是公主画多了,心也系在了公主身上?"

张天画吓得赶紧看了看周围,幸好没人注意:"这话可不敢乱说,是要掉脑袋的。公主那么金贵,我这身份只有仰望的份儿,不敢生出半点非分之想。"

崔跃成嘴一撇，有点扫兴似的："跟你开玩笑呢，说得这么认真，多没意思。"

这一惊吓，将张天画飞远的思绪往回拉了拉，祸从口出，不能总这个样子，哪天惹祸上身了都不知道："你呀，不是我说你，咱们都老大不小了，说话也得过一过脑子，不能想说什么就说什么。咱俩这关系无所谓啦，可旁人呢？要是被哪个别有用心的听了去，暗地里害你咋办？"

"瞧你大惊小怪的，人要活得这么憋屈，想说的话不敢说，想放的屁不敢放，活着还有什么意思？不如死了解脱。反正老子就这样，改不过来了，谁看得惯就看，看不惯的，任他说我是高矮黑白，又与我何干！"

这家伙泡在蜜罐里长大，对江湖险恶丝毫不知。张天画劝："怎能与你无关？现在有你爹撑着，与你一起的那些官宦子弟多少都得买你爹面子，不敢太坑你，可万一你得罪了连你爹都惹不起的权贵怎么办？你爹毕竟照顾不了你一辈子，还得靠自己多长个心眼儿。"

他有些不耐烦："你这些个处世哲学还是留着自己慢慢享用吧，我又不入仕途不当官，能碰上什么事儿？就算有个偷鸡摸狗，也不至于被阴谋算计着送命。你在宫里混久了，这副提心吊胆的模样都快赶上大师兄了。"

忠言逆耳，好话果然不容易接受。看着他兴致勃勃又冲进酒场，不知怎的，张天画心中感到一丝不祥。

64. 庞勋失败

张天画很久没去张议潮老将军那儿了。最近发生了很多事，他通通憋在心里，不敢翻出来细想，那真是细思极恐。可憋的时间久了容易郁闷，喝酒都排解不了，就想跟一身正气的老将军聊聊天儿。

他提着酒来到将军府，张议潮年纪大了，多少带些病，眼神中明显没了英气，已不见当初意气风发的模样，看天、射箭、喝酒……成了他的生活日常。

见到张天画，老将军高兴极了："你小子，好久不见，陪老夫射箭。"

"好。"他一口答应，想象着心中烦恼像箭一样嗖地飞出去。

他们来到靶场，虽然许久不曾碰弓箭，但握住它的那一刻，心底还是传来一种久违的熟悉感，热血升腾而起。

这一次他不加掩饰，集中精力，看准靶心，沉稳放箭，随着一声闷响，命中红心。再来一箭，搭弓、瞄准、放箭，如行云流水般一气呵成，连射数十箭，箭箭都在靶心。

老将军高兴得直拍手叫好："你他娘的不从军真是亏了。明明是个行武的料，非要拿支笔在女人堆里描红画绿，把一身硬气都画没了，真不知你咋想的。"

射箭果然是排解郁闷的一剂良药，张天画现在感觉轻松多了："我也觉得亏，既然拿了画笔就好好画嘛，可谁又让我专心画画了？这世道就这样，难道拿上武器就能专心打仗吗？"

老头儿一愣，随即大笑道："通透啊，你小小年纪竟看得如此通透。画师不能专心作画，得算计，军人不能专心军事，得算计，做官也不能专心辅君为民，还得算计，人人都在算计，算来算去不知道算了个啥，下场还不都那样……"

"可为什么人人都要算计，不算计就没法活吗？"越深陷这个泥潭，越觉得每个人都在不由自主地算计，其实每个人都不轻松。

张议潮一伸手，有小厮搬来椅子，他坐下，望着天，满眼的疲惫："我们每个人都像洪流中的一滴水，如果你感到痛苦，看到你周围的人也很痛苦，那不是你们错了，而是洪流的方向错了，他拧着人心流到别的方向,洪流当中的每个人自然都痛苦。年轻的时候我看不透这个问题,以为是水滴的错,现在年纪大了,才悟到是水流的错,再想做点什么,可身体已经不允许了。"

张天画第一次听到这些话,这么深刻的思考。每个人都在社会上生活,承担着不同的社会分工,如果大多数人都觉得生活不如意,到处受欺压,不是人的感觉错了,而是社会的运转出了问题。他不禁问:"如果您还年轻,身体还好,您打算做些什么?"其实心里还有一句没说出来,他还年轻,身体也很好,或许能去做老将军想做的事。

老将军看了看他,叹了口气,仿佛看透了他的心思:"我这一生都在战斗,推翻不合时宜的统治,让老百姓过太平安宁的日子。可惜呀,我没碰到志同道合的人。"

这句话听着有些耳熟,让他想起了很久以前的那个人,平康坊的醉汉,落榜的学子,以及那首《不第后赋菊》……

黄巢也曾说过要推翻现在的统治,张天画当时觉得大逆不道,但这句话从张议潮老将军嘴里说出来却听着很顺耳。是因为说这话的人不同,还是因为他变了?

老将军见他不吭声:"怎么?吓到了?"

"没吓到,曾经有个朋友也这样说过,他被欺负得很惨,有不得不反的理由,就像现在的庞勋,被朝廷再三欺骗,出于无奈只能造反,他们都是可怜人,有着让人同情的遭遇,可老将军是忠贞爱国之人,一辈子忠肝义胆、光明磊落,尤其近些年在长安颐养,别说受欺负了,连不顺心的事都少,为什么也这样说呢?"

张议潮说:"不知道第一个对你说这番话的人是谁,但最近造反的庞勋,别看此时势头正猛,他的初衷已注定了结局,是不会成功的。他仅站在一己私利上,为解决他们一个小团伙受欺负的问题。一个小团伙能走多远,打一巴掌给块糖,保证就乖了。可我说的不同,忠贞爱国是爱这个国家以及国家的子民,不是对某个人的愚忠，我心里装着天下，而不是区区一个李唐王朝。不为一己私利，只为老百姓好，这样的起义才是历史的进步。顺天道则事成矣。"

张天画听得云里雾里，还不能理解老将军的话，但第六感觉告诉他，老将军说的是对的。黄巢现在不知道啥情况，但庞勋造反的轨迹看得很清楚，他是被逼得不得不反，说到底也是想自己当王，把被欺负换成欺负人。但张议潮所说的，是解决所有人被欺负的问题，那似乎是另一个层次，他目前还达不到的层次，感觉那才是民心所向，是历史发展的趋势。

他们喝酒聊天到大半夜，张天画才意犹未尽地回去。

另一头再看庞勋，果然如张议潮分析的那样，好运似乎都用完了，势头开始由盛转衰。

康承训率官军逐渐扭转了劣势，对叛军展开全面反攻，尤其是朱邪赤心率领的沙陀骑兵，发挥了不可小觑的作用。随后半年多，官军节节胜利，相继击溃叛军的王弘立、姚周等部。到了这一年九月，庞勋屡战屡败，最后带着残部两万人逃至蕲县西面，被官军四面合围，部众几乎全部被歼，庞勋也死于乱兵之中。

十月，叛军余党基本肃清，庞勋之乱宣告平定，朝廷终于大喘了一口气，开始论功行赏。

匪夷所思的是，第一功臣居然不是一线带兵打仗的康承训，而是整天躲在香雾缭绕的殿堂里指手画脚的驸马韦保衡。其理由更让人瞠目结舌，是同昌公主大婚给朝廷转了运。公主是正月成婚，也就是从正月起，官军开始转败为胜，所以头功该记在驸马韦保衡身上，封为宰相。接下来才轮到康承训，封为河东节度使、同平章事；第三封了沙陀酋长朱邪赤心，为大同军节度使，赐名李国昌，名列皇族之籍，并在长安亲仁里赐给他一座住宅。

除了封赏三名大员之外，其他人也封赏不少，凡与公主和驸马沾边的人都得了赏。张天画又跟着这趟顺风车连升两级，到了五品。这速度引得旁人一片唏嘘赞叹。就连以前跟他共事的那几个小宦官也瞬间趾高气扬起来,仿佛下对了赌注,现在身价涨了,不仅不再受欺负,也有资本去欺负其他弱小了。

庞勋被灭,张天画心里多少有些不忍,总觉得当初若没有把他们戍边六年、兵心不稳的消息告诉韦保衡,也许他们就不会被算计,现在还在桂林不停地申诉抗议……也许,他们还有机会活着。那真是:

> 期待着自由,却已入了别人棋谱。
> 期待着归途,哪里轮到自己做主?
> 你是小卒,拼尽全力走一步。
> 你是小卒,舍弃生死不在乎。
> 你是小卒,望断故乡无觅处。
> 你是小卒,饮恨长歌自当哭。
> 偏要只进不退,还敢反扑?
> 偏要凉了身躯,还不认输?

在韦保衡心里,庞勋不过是一枚捡来的小卒,也许在他心里,他张天画亦是如此。

可他不愿步庞勋后尘,他想活着!

65. 战场头功

康承训还朝后,对新任宰相韦保衡气不打一处来。这很能理解,自己在外风餐露宿、辛辛苦苦打了一年多的仗,好不容易打赢了,自己不是头功,反而让朝堂上耍嘴皮子的驸马占了头功,并且邀功成为宰相。这种事任谁都心理不平衡。

可康承训还是太直率了,常年在外征战的人,哪里知道朝堂上天天钻营心计的人心里想些什么。

就在皇上摆庆功宴的当晚,康承训彻底惹翻了韦保衡。

那晚,所有听封受赏的人都来了,基本分为两派,一派以康承训为首,是正儿八经在战场打拼出来的,包括李国昌、李克用父子,尤其是那李克用,才十五岁就骁勇非常、冲锋陷阵,被军中称为"飞虎子"。另一派以韦保衡为首,几乎全是韦系党羽,这其中自然也包括张天画,坐在宴席最末端的角落。

一开始氛围挺好,美酒佳肴配歌舞,李国昌还让几个沙陀美女表演了一段民族舞。这些异族美女长得很好看,皮肤白,眼睛大,鼻梁高,眼睛还是琥珀色的。再看那李国昌和李克用父子,虽赐了国姓,还完全一副汉人打扮,但他们长相一看就是异族,浓眉大眼,高鼻翘胡。

跳完舞,皇上当即选中一舞女充盈后宫。

酒过几巡之后,康承训开始按捺不住了,他摇摇晃晃站起身,大声说道:"平定庞勋,我们在座的每个人都有功。既然大家都参与了,就该知道这仗打得有多艰辛,戴可师,那是我兄弟,在都梁战死,头被割下来,吊在叛军大旗上,为他娘的叛军壮军威,到现在,我也没能为兄弟拼凑出完整的身子骨,只留了个衣冠冢……"

他说着,情绪有些失控,声音带些颤抖,皇上身旁的刘守城立马打断他:"康大人,打仗肯定惨烈,所以皇上摆了庆功宴,斯人已矣,咱们得胜归来的人该好好庆祝,好好感谢皇上隆恩。"

康承训继续慷慨陈词:"的确,斯人已矣,既是庆功宴,战死的兄弟也该有份儿喝碗庆功酒,咱们立下头等功的韦保衡大人,该带着我们给泉下的兄弟们敬碗酒。"他故意将韦保衡三个字加重,让韦保衡难堪。

大家都知道韦保衡不曾上战场,没有资格以战场的仪式给逝去的将士敬酒。

韦保衡的脸黑到极点,他一动不动,也一言不发。

皇上看不下去,出面替他解围:"韦相,你是百官之首,文武百官都应以你为尊,你率百官为死去的将士敬酒也无不妥。"

皇上都这么说了,康承训只能不较这个真儿。

韦保衡大大方方站起来,举起一酒樽,道:"黄泉下的将士们,这樽酒告慰英灵,是你们用生命换来今天的胜利与安宁,我和在座各位一起敬你们,敬英雄!"

大家捧起酒樽齐声高呼:"敬英雄!"然后将酒洒在地上。

本以为康承训见好就收,毕竟韦保衡是皇上爱婿,现在又是宰相,地位非同一般。

可酒壮英雄胆,康承训压根儿不理这茬儿:"宰相大人既然以战场仪式为逝去的将士敬酒,看来对战场毫不陌生,不愧是头功,我和国昌都心服口服。战场上将士们忠贞报国的事迹应该传颂出去教育感召更多人,就请宰相大人讲个我和国昌都不知道的英勇战事,若讲得出,我和国昌每人给宰相大人敬杯酒,若讲不出,就请宰相大人给我和国昌每人敬杯酒。喝了宰相大人的酒,我们来讲,绝对精彩。"

韦保衡哪里能讲得出战场故事,康承训这是变着花样让他难堪,还要让他敬酒啊。场面顿时安静,连大声喘气儿的都没有。这一回,怕是皇上也不好解围了。

韦保衡的脸比刚才更黑。张天画心中暗暗叫好了好几回,敢让韦保衡当众出丑的,满朝上下,怕只有他康承训一人了。皇上对韦保衡无原则的偏爱,早已让群臣心生怨恨,康承训的这两次难题,多少让众人出了口恶气。

张天画尽管心中暗暗窃喜,但毕竟是韦系人,关键时刻还得演一演,既然目前还动不了他,就不能失了他的信任。

张天画走到康承训身边:"将军威名下官早有耳闻,韦相日理万机，对战场的奇闻逸事不见得比下官知道得多，不如由下官替韦相给两位将军斟酒。"他起身正要去斟酒，被康承训从身后一脚踹翻在地。

"我跟韦相说话呢，你算个什么东西！"说完，康承训端起酒樽，迎头泼他一脸，把酒樽也顺势砸在他头上。

张天画默默忍下，正要爬起来，康承训又一脚踩在他胸口，力度之大让他差点喘不过气儿，嘴里一腥，吐出一口血。这是把对韦保衡的怨气都撒在张天画身上了。

远远的，韦保衡不紧不慢说了句："打狗还得看主人。他不懂规矩，将军又何必跟他置气？"

这种场合，张天画显然是背锅的，却被康承训踩得见了血。若再不制止，死在庆功宴上，皇上颜面何存？

刘守城赶紧打圆场："张大人这个时候瞎凑什么热闹，宰相和将军说话呢，也不瞧瞧自己身份。"

康承训一看这形势，若再不收手自己也难堪，便气呼呼坐回自己位置上。"我当是个什么人物，不过是条韦家的狗！"

身后传来韦保衡训斥的声音："还嫌躺在地上不够丢人？赶紧回去！"

张天画赶紧爬起来，连血都顾不得擦，灰溜溜回到自己座位上。

刘守城甩了一下拂尘："欢庆了一晚上，满场的酒气熏得人睁不开眼，皇上乏了，起驾回宫！诸卿也都散了吧。"

按理酒宴结尾时，皇上都要总结点评以示圆满，今天却一句话都没说，明显对刚才的场面不满。

皇上前脚走，韦保衡后脚就狠狠甩着袖子走了，将"愤怒"大大写在脸上，专让康承训看。

张天画紧跟着韦保衡走了。一上马车，韦保衡就大声开骂："就那么点儿战功，尾巴都快翘到天上，好像天下人都该让他！天画，你先回去养伤，咱们之后再议，不信扳不倒他！"

张天画边往回走边想，康承训真是个直肠子，把所有不悦都表现出来，这种耿直的人心眼儿通常不坏，但他今天可算把韦保衡得罪干净了，以韦保衡那阴狠劲儿，定不会放过他。只是不知道这保了大唐稳定、立下赫赫战功的将军与纸上谈兵的驸马相比，皇上更看重谁？

66. 三人内讧

回到家，诗琪见张天画挂伤带彩的，一着急，眼泪滚豆子似的哗啦啦滚下来："他还一介武将呢，打你算什么本事？真要气不过，找那韦保衡算账去，别往你身上撒呀……"

这种气话只能两口子之间说，当着外人的面就一定不安全了，若传到韦保衡那里，必会怀疑他的心思，他掩饰这么久岂不白费？他一把推开诗琪："以后这种话休要再提。若再让我听到，定不饶你。"说罢，他一甩手回卧房了。

过了好一阵，诗琪端着药进来，委屈巴拉地叫他喝药，看来刚才对她发火，她当真了。

张天画叫她把门闭上，拉她坐在床前，这才说："韦保衡这人不只疑心重，还特别小心谨慎。刚才那些话关起门来对我说就行了，千万不能让别人听见。"

诗琪回味了一下又觉得委屈，眼泪又流了下来："你就不能好好说嘛，非得冲我发火，我以为你真生气了。每天你一出门儿我就提心吊胆，直到平安回来才能放心。今天好不容易盼到你回家，又见你受伤了，我能不心疼嘛！只说了半句话你就发火，我，我咋这么可怜……"

这家伙撒娇呢，越撒越入戏，张天画没忍住笑了出来。

"人家都难过死了，你还笑。"

他顺势把她拉进怀里，她想挣扎，他硬将她的头摁在怀里，这招很管用，不超过一个呼吸就安静了，她嘟着小嘴："哼！"

张天画说："刚才那场合，我得义正词严反驳你，要是纵容你再多说两句，传出去就成罪过了，这乱世立足不容易，咱家可经不起折腾啊。"

"咱们府里都是自己人，怎么会传出去？"

"那可不见得。你忘了刘青彦是谁的人？刘守城可是韦保衡一伙儿的。"

诗琪特别认真地说："青彦虽是刘守成的亲戚，可这么长时间处下来，我觉得那小子挺可靠，不像有外心的样子。"

"人心隔肚皮，嘴上说的都很真诚，实际心里想的啥谁又能知道，就像我，韦保衡估计也没猜透我现在怎么想的。"

经过这么一说，她开始对号入座，似要找出蛛丝马迹来印证他的话："细想确实如此，论起亲疏，青彦势必会向着韦保衡。"

"我的傻媳妇儿，不是让你防着青彦，话到嘴边留三分，对谁都得谨慎些。"

正说着，青彦进来问安："师父，这是上好的人参，滋补疗伤佳品，您试试。"

那人参足有三根指头粗，这成色没有千年也有百年。张天画问："这么珍贵的东西拿来给我，你爹知道吗？"

他神色一慌："我爹知……知道。"

这小子不会说谎，一慌就脸红，明显是从家里偷的。"你的心意我领了，人参拿回去，又不是啥大伤，躺两天就没事了。"

"师父您就收下吧！不瞒您说，我家里还有好几个，我爹整日闲在家中，没病没灾的也用不上，好东西还得派上用场，闲放着不也浪费了？"

"你再不拿回去，我亲自给你爹送去，到时看你爹打不打断你的腿。"

"这……"

不等青彦犹豫，张天画把人参往他怀里一塞："趁你爹没发现，原模原样从哪儿拿放哪儿去，赶紧！"

"好，那我先放回去，看还能再整点啥？"

这傻孩子真好骗，张天画假装生气："啥也不用整，我年轻力壮的，除了需要你师母，啥也不需要，赶紧走，再磨蹭我先打断你的腿。"

"师父手下留情，我马上走。"说完一溜烟地跑了。

看着他的背影，张天画笑着说："他脑子估计长在脚上了，浑身上下就脚好使，跑得快。"

诗琪说："这么实诚的孩子，你还说防，防他犯傻还差不多。"

张天画却但笑不语。

在家休息了两天，韦保衡派人传话"商议要事"。他猜测着估计要收拾康承训了。

来到公主府，他先向韦保衡行了礼，规规矩矩坐在一旁。若是以前替韦保衡背锅受伤，行礼时肯定会扶他免礼，但这回却没有，他有意树立一种尊卑的距离感。

韦保衡打着官腔："张大人伤势好些了吗？"

张天画也官腔回他："谢宰相大人关心，已经痊愈了。"

"哦，那就好。他们粗人下手没轻重，多调养段时间，别留下后遗症。"

正说着，茗玉报信说路岩来了。

这情景让他想起上次三人聚会，那时商量的是如何逼反庞勋。

路岩看到张天画，大概已经猜到今天的议题，低头猛喝茶不说话。韦保衡观察着路岩的动作，也喝茶不说话。

就这样沉默了一盏茶的工夫，韦保衡开口了："今天叫你们来，不是商量事儿，而是告诉你们一声，我要收拾康承训了，你们有没有什么好对策？"

路岩声音极小："他除了为人张狂些，好像没什么收拾的必要，况且他刚打了胜仗，朝廷上下呼声极高，对他下手怕得不偿失啊。"

这句话的意思很明显，在平定庞勋之乱中，韦保衡抢了康承训的头功，康承训对他不满，就找机会撒火泄愤，但这些都是韦保衡与康承训之间的事，与他路岩毫无关系。韦保衡要打击报复康承训，这是他的私事，不在他俩利益合作的范围内。他也是堂堂宰相，比韦保衡入相时间还早，实在没必要为了韦保衡的私人恩怨冲锋陷阵。

韦保衡喝着茶，也不看路岩："刚打了胜仗又怎样？皇上不记他头功等于白搭，整天上蹿下跳地惹是非，若不收拾，他就不知道如今朝堂谁说了算。"

"哼，"路岩轻笑一声，"朝堂是皇上的朝堂，自然皇上说了算。我们当臣子的，都该效命皇上。除了皇上，谁称霸朝堂都是祸乱朝纲。"

这意味太明显了，不仅不愿一起收拾康承训，还大有跟韦保衡分庭抗礼的意思。也对，路岩为相多年，根深蒂固，实在没必要屈尊韦保衡之下，受他指使，他俩无论是资历还是受宠程度都差不多，但韦保衡却自以为高他一等，时时处处想压他一分，难怪他心里不是滋味，与韦保衡越走越远。

韦保衡一听路岩的意思，没再吭声。路岩也相当识趣，借口夫人身体不适，提前告辞。

路岩一走，韦保衡将手中茶盏狠狠摔在地上。这一摔，估计他和路岩的利益集团也就到此为止了。

茗玉听到摔杯子的声音，赶紧进来收拾，顺便低声说着："大人，陈蟠叟已静候多时了，让他进来还是打发他走？"

"带他进来。"

陈蟠叟只是个地方官员,没想到竟也是韦派。

"陈蟠叟见过韦大人。"他恭恭敬敬地跪拜行礼。

"嗯,你起来吧。"

他看了看张天画:"想必这位就是张大人吧,听闻张大人才华横溢,深得韦大人器重,虽初次见面,但仰慕已久。"

"陈大人过誉了,都是韦大人对我的抬爱。"

等大家客套完之后,韦保衡说:"果然不出所料,那路岩早有二心,此人不除,将成为咱们的大敌。"

韦保衡真把朝堂当成他家了,谁不听话就收拾谁,康承训还没收拾清楚呢,又想对路岩动手。张天画说:"大人,此时树敌太多会分散实力,路岩毕竟根深蒂固,急不得,若把他和康承训逼成一道,合起伙来对付咱们,麻烦可就大了。"

"我知道,路岩不是个省油的灯。动他之前得先试探皇上的心意。"他想了想,接着说,"直接拿路岩开刀太冒险,他有个心腹叫边咸,咱们就从这个边咸入手,看皇上护不护他。"

说完,他拿出一张纸递给陈蟠叟:"这是边咸家的财产清单,相当于他目前薪银的七千倍,足够供应军队两年的薪饷和粮食。这么大的贪污受贿数额,判他个满门抄斩都绰绰有余。你上奏皇上,看皇上如何处置。"

陈蟠叟拿到清单连连惊愕:"没想到区区一个边咸能贪污这么多。"

张天画也吃惊不已,原来韦保衡和路岩合作之初就已将他的把柄掌握清楚,一旦散伙,随时都能给他致命一击。就连今天路岩的态度,他也一早算到了,提前布局陈蟠叟,一切都没逃出他的谋划,这样深远的心思着实让人害怕。

他顺着韦保衡的意思说:"边咸都能如此,他背后的路岩更不知贪成什么样,打掉他也是为民除害。"

陈蟠叟一听"为民除害"四个字，更加坚定了信心："下官愿意上奏。只是……"

韦保衡很明确地表态："放心，我不会亏待你。若揭发边咸，皇上对你无非就两种做法，一种是处置边咸升你的官儿，这样自然皆大欢喜，除了皇上的赏赐，我还会额外给你十万贯钱。另一种可能就是皇上碍于路岩的情面，力保边咸而处置你，我定会想办法保你一命，最多让你被贬，但我会安置好你的妻儿老小，再给你五十万贯钱，足够你们三代人衣食无忧。"

陈蟠叟立即拜谢。

韦保衡打发走陈蟠叟。今天的重点依然是康承训，这个人必须得整掉。

他让张天画把庞勋起义以来所有的战报、奏报齐齐过一遍，从蛛丝马迹中找到康承训的罪状。

67. 功臣被贬

这种事干起来很亏良心，张天画没叫别人帮忙，自己一个人闷在文档中。越咬文嚼字越发现，中国的文字在表述中模棱两可的太多了，这样理解也行，那样理解好像也说得过去，没问题能抠出小问题，小问题能抠成大问题。

另一边，陈蟠叟按照既定计划，借着地方官员入朝参拜之机，从文武百官的最末列冲出来，大着胆子对皇上说："臣有本要奏。"

皇上一看是个地方官员，来一趟长安不容易，好歹给他个机会："卿所奏何事？"

陈蟠叟递上一本奏折，由当值宦官收走，然后道："臣得知陛下为军队开支所忧，特献一良策。"

"什么良策？"

"请陛下没收边咸的财产，足够军队两年开销。陛下若不信，臣将边咸的财产清单附上，相当于他目前薪银的七千倍，请陛下过目。"

众臣一听"七千倍"这个数，纷纷唏嘘不已。皇上也不理会，边翻阅陈蟠叟的奏章，边问一旁的刘守城："所奏属实吗？"

刘守城悄悄回复："属实，可边咸是路岩的亲信。"

皇上没吭声，观察着诸臣的反应。只见路岩黑着脸，两手紧握着笏，一声不吭，也不看陈蟠叟，装作很镇定的样子，但已有汗水顺着脸颊往下流。

相比路岩，边咸慌张多了，一会儿看看皇上，一会儿看看路岩，好像祈求着路岩挺身而出为他求情。

就在陈蟠叟胸有成竹，而边咸沮丧到极点之时，皇上开口了："陈蟠叟，你好大的胆子，你只是区区一个地方官员，手伸得够长啊，居然能搞到朝廷官员的财产清单，你想干什么？是谁让你调查朝廷官员的？或是谁给你提供了这份清单？除了边咸，你还调查过谁？"

陈蟠叟着实没料到皇上会有这般反应，一紧张，结果欲盖弥彰，漏洞百出："回禀皇上，没有谁给臣提供清单，臣调查边咸，是因为他和路岩合起伙儿来贪污受贿，在老百姓中口碑极差，臣、臣是本着为民除害的初心调查边咸。"

听完这些话，韦保衡叹了口气。皇上最忌讳拔出萝卜带出泥，连他都只能旁敲侧击地试探，不敢轻易动路岩，陈蟠叟指名道姓地说路岩贪污受贿，这不是拐弯抹角骂皇上有眼无珠、所用非人吗？

皇上果然怒了："怎么还扯到路相？妄议宰相、污蔑朝廷命官，你是嫌自己官太大了吧。传朕口谕，削去陈蟠叟所有官职，贬为庶民。"

陈蟠叟骨子里还是正直的，又没做错事，却无端被贬，他气昏了脑子，竟大骂道："昏君，用了一帮奸佞小人，大唐天下迟早败在你手上。"

大殿侍卫赶紧过来抓住陈蟠叟，将他拖出殿外，皇上气得随后补来一句："将陈蟠叟流放爱州。"

韦保衡自始至终没说一句话，也多亏陈蟠叟没多看他一眼，没咬出他这个幕后主使。

陈蟠叟就这样莫名其妙被流放了，其实他只是韦保衡试探皇上心意的一枚棋子。明知路岩贪赃枉法，皇上还执意用他，看来目前还动他不得。

陈蟠叟的价值利用完了。没几天便传来消息，陈蟠叟及其家人在流放途中得了瘟疫，暴毙。

他们哪是得了瘟疫啊，分明是被灭口。韦保衡明明答应会护他性命，还有五十万贯钱的安家费，可兑现给他的却是灭门惨局，甚至提起他就厌恶："这就是不长脑子的下场。"

陈蟠叟死了，张天画好像从陈蟠叟身上看到了自己的未来。给人当棋子，都不会有好下场。

他翻遍所有关于康承训的奏报、军报，大致整理出几条罪状，一是讨伐庞勋时逗留不进，最初几仗贻误战机，导致不能直攻徐州，在周边迂回了好几个月。二是平定后没有把余党全部肃清，还有余孽溃散在民间。三是带头抢夺战利品，事后没有及时奏报朝廷。

他将这三条罪状呈给韦保衡。韦保衡相当满意："还是你办事牢靠。"

韦保衡没有在朝堂当面上奏，而是拿着罪状去找皇上密谈，毕竟这三条"铁证"都是无中生有，上不得台面，只能悄悄给皇上捣个闲话。具体谈了些什么无从得知，但第二天皇上就罢免了康承训河东节度使、同平章事之职，贬为蜀王傅（蜀王李佶的老师）、分司东都。

康承训辛辛苦苦打了胜仗，却落了个贬官的下场，简直是荒谬,满朝文武皆为他喊冤叫屈。康承训的心态崩了,不是称病不朝,就是带着蜀王玩些不着调的。他若不闹,时间长了说不定皇上会想明白其中的委屈,但他偏偏跟皇上耍脾气,这还哪能有好果子吃?刚好韦保衡谗言陷害,借机继续打压他。

果然,不出一个月,康承训又被贬为恩州司马,从此淡出实权范围。

68. 酒宴议事

康承训被贬后,韦保衡十分高兴,叫了张天画和崔跃成来府上欢庆。正巧郭淑妃来探望公主,她便提议大家一起欢庆。

公主府不似皇宫规矩重重,郭淑妃卸去华丽的服饰,梳着扭角式发髻,戴一个扁平的金发扣,插两支金簪,虽淡施粉黛也难掩她大唐第一美人的容颜,看上去既有皇妃的贵气又显得轻便。她故作轻松地说:"这块桂花点心好好吃,在这个季节还能吃到桂花真是太难得了,皇上还是偏心公主。"

反而公主沉稳大方得像位长者:"这桂花可不是父皇赏的,是我宫里的宫女在桂花盛开时节采摘,再用晨露清洗,用蜂蜜腌制,放在冰窖内,这样四季都有桂花吃。母妃若是喜欢,走时多带几罐,刚好也让父皇尝尝。"

"好不容易躲到你这里,赶紧让我清闲几天,可别催我回去。"

公主温柔地笑着:"母妃要住我府上,还得经驸马同意,我一个人说了不算。"

郭淑妃狡黠地看着韦保衡:"乖女婿,我在你府上住两天,后天再回宫,可好?"

韦保衡很讲礼制,不与郭淑妃对视,只对同昌公主说:"难得母妃高兴，就依母妃吧。"

郭淑妃笑得十分明艳。

看到此情此景，崔跃成端起一盏酒站起来："淑妃娘娘、公主殿下和韦相一家如此相亲相融，让我不禁感慨，若天下的家庭都能效仿之，何来老不养、子不孝？相府真是天下家庭之典范。这樽酒敬你们，愿相府永远温馨和睦。"

"说得好！皇室乃万民表率，我有幸娶到公主，理应树好家风，为百姓带好头。"四人将酒一饮而尽。

好一个相亲相融的家庭啊！张天画心里五味杂陈，既鄙视乱伦的奸情，又同情公主遭遇。但看了看他们，每个人都尽力扮演着自己的角色，看不出任何破绽。

听说郭淑妃经常在公主府宴饮，喝多了就夜宿公主府，这听上去很正常，母亲住在女儿家，跟女儿女婿关系和睦，恐怕天底下只有张天画知道这关系和睦的背后到底是什么。

既然当事人都在演戏，他又何苦瞎操心，演好自己的角色、稳住韦保衡才是当务之急。他捧起酒樽："韦相，我敬您，首先是感恩，卑职能有今天，离不开您的提携与帮助。其次是敬佩，您对公主的深情，卑职都看在眼里，那真是旷古绝今，所谓情深意切也莫过于此。然后是充满希望，您是朝廷的中流砥柱，您的才能与胸襟定会带着朝廷实现复兴。"

说完这一番奉承的话，他差点被自己肉麻到，真恨不得抽自己两耳光。但听者很受用，将酒一饮而尽。

"你是我一手提拔起来的，虽然出身贫寒，但很有才，也能吃苦，交办的事情让人很放心，别看我身边人多，真正可靠的没几个。当画师对你屈才了，我正把你往仕途上拉，当官儿才是正途。"

"韦相待我恩重如山，无论何时何事，卑职都愿赴汤蹈火。"

在吹嘘与自我吹嘘中，崔跃成先醉了，吐得一塌糊涂，只能让侍儿扶他去客房休息。

崔跃成离席后，韦保衡对张天画说："你师兄崔跃成出身不错，为人也活泛，本想提拔重用一下，但性子太过闲散，受不住官场各种规则，若把他强拉上道儿，于他于我都未必是件好事，不如由他这么散漫着，好吃好喝地让他享受着罢了。"

韦保衡的话通常都有言外之意，这番话的意思是他不是没想过照顾崔跃成，但奈何他不是这块料。张天画连忙表态："劳烦韦相费心了。我师兄确实不适合在官场发展。"

"你能想通就好。用人还得靠才，留着没用的人在身边只会浪费时间和精力，若他因愚蠢闯下祸说不定还会牵连到自己，这就更不划算了。"

"韦相提醒的是，我会多留心我师兄，不让他闯祸添麻烦。"

崔跃成留宿，为了方便照顾他，张天画和他同住一房。

半夜崔跃成翻身出去，张天画以为他去解手了便没在意，但见他迟迟不归，张天画一个激灵，心中暗道：糟了。

以前听崔跃成说过，他醉酒后喜欢找小丫鬟。此时他酩酊大醉，该不会以为在自己府中，又找小丫鬟去了吧？不管推开哪个丫鬟的门都是罪，这还是轻的，一旦推开郭淑妃的门、公主的门，或是……看见了不该看的，后果不堪设想。

张天画后背直发冷汗，一个蹦子从床上蹦起来，顺着厕所的方向去寻他，一路安安静静没听到任何动静，又折回去沿反方向继续寻。

正东张西望，只见崔跃成连滚带爬地跑过来，样子比丧家犬还丧，连话都顾不得说，逃命似的拉着张天画就往客房跑。

69. 大唐公主

回到房间，崔跃成反锁上门，嘴里念叨着："他们不会放过我的，这回死定了。"

看他面无血色，嘴唇都是白的，眼神空洞，三魂七窍仿佛已去两魂。张天画大概猜出他看到了什么。

"二师兄，你怎么了？"

他看着张天画就像不认识似的，确认了半天才反应过来："我可能要死了，他们一定会杀了我……"

张天画拍着他的肩，用力晃了晃："你先清醒一点。别人还没把你怎么样，别先把自己吓死！"

"是呢，我得捋捋，不能自乱阵脚。"他走到茶几前一屁股跌坐下去，伸手去倒茶，手却抖得握不住茶壶。

张天画倒了杯茶递给他，他往嘴边送了几次才喝进去，连喝七八杯后，回过些神："师弟，我惹上大麻烦了。"

"什么麻烦？"张天画心中祈求着，希望崔跃成只是看到侍女沐浴之类，千万别像他一样，看到了要命的……可事实却是所有可能中最坏的那个。

"我醉得太厉害，忘了自己在公主府，想去丫鬟那儿，不知怎的，鬼使神差般推开一扇门，竟看到淑妃娘娘和韦相他们正在、正在通奸。"

"淑妃娘娘和韦相看到你了吗？"张天画仍抱着一丝侥幸。

"看到了！我正对着他们，怎能没看到！"崔跃成绝望地说，"当时淑妃娘娘正坐在韦相身上，光溜溜的，她看到我，捂住脸背过身去，韦相拉来被子给两人盖上，大喝着滚出去……我吓得赶紧跑，正撞上你。"

这么赤裸裸地直面相对，想找借口都难。

崔跃成说："他们一个是当朝宠妃，一个是当朝宰相，权势滔天，别说整死我了，就算灭我崔家九族也如踩死只蚂蚁，如今只有一个办法，或许还能活命。"

"什么办法？"

"先发制人,把郭淑妃和韦保衡通奸的事告诉公主,公主必然大怒,把事情闹到皇上那儿,若皇上先治了郭淑妃和韦保衡的罪,他俩就没命再杀我了。"

这个主意乍听上去很有道理,但细想却根本不可能:"你向公主告发他们,他俩必然否认,一个是母亲,一个是丈夫,公主凭什么不信他们要信你?"

崔跃成慌乱地抓住张天画的手:"师弟,你和我一起作证。"

虽然知道他说的是真的,但张天画不能让这件事公开出去,否则后果不堪设想:"我什么也没看到,怎么给你作证?"

"你不信我?"

"你喝多了酒,梦魇了,你说的那些怎么可能。"

"不管你信不信,如今情况已经到了你死我活的地步,要么把事情闹大,把他们闹死,要么束手待毙,等他们把我杀了。难道你愿意看我死?师弟,帮帮我吧,就算你不信,也站到我这边,求你了。"说着便要跪下。

"有话好好说,"张天画拉起他,"不是我不愿帮你,事情绝不能这么处理,咱们得好好合计。"

他一听张天画愿意想办法,赶紧站起来,期待地看着他。张天画说:"这个事情千万不能闹大,你也千万不能跟他们硬碰硬,真理永远掌握在权贵手里,就算把咱们整个家族搭进去都撼动不了他们毫分。"

"那咋办?难道我就只有死路一条?"

"装疯卖傻,你从现在起就是个疯子,或许还能渡过这一关。这点我能帮你作证。"

"装疯卖傻,他们放过我的概率有多大?"

"也不大。但目前只能寄希望于此。"

此时天已经亮了,他看了看窗外:"与其这样,不如跟他们拼了。"说着便冲了出去。

这家伙生死关头怎么如此冲动!"万万不可,二师兄,你回来!"张天画急急追出去,眼见他朝公主房的方向跑去,已不能再追,便一个人回到房间,万念俱灰,瘫坐在床上。

　　崔跃成太不了解韦保衡了,如果韦保衡要出手,他根本没有还手之力。事已至此,只能等。

　　不一会儿,有女官来传张天画,他装作若无其事跟着走,脑子里盘算着公主的各种反应,以及他的各种应对。

　　公主在偏殿等着,门口站了八名侍女,殿内无一人随侍,公主静静地坐着,亦如平常那样安静,像尊雕像,绝美的脸上看不出任何情绪。崔跃成正跪在一旁,满眼期待地看着张天画。

　　"臣拜见公主殿下。"

　　"嗯。"公主没说让他起来,意思就是跪着回话。她问:"听说昨晚你和崔跃成都夜起了,说说都看到了什么。"

　　"回殿下,臣确实夜起了,但方便完就又回房睡了,回房时崔跃成还在,所以臣睡得很踏实,除了茅房,臣什么都没看到。"

　　"你什么时候发现崔跃成不见的?"

　　"我一直不知道崔跃成夜起的事,直到有女官传唤才知道,他竟闯入殿下寝殿,真是罪无可赦,但请殿下念他素来患有疯病,犯病时癫狂不知所以,饶他不敬之罪。"

　　"哦?崔跃成有疯病?"

　　"臣不敢隐瞒,崔跃成确实自幼患有疯病,常把自己臆想的事当成现实说出来,他的话有时只能信一分,有时连一分都不能信,所以崔家至今都没让他出去公干。"

　　崔跃成插嘴道:"回殿下,我没有疯病,我说的句句属实……"

　　公主带了几分怒气打断他:"闭嘴,没让你说话你就不许说,再吐一个字就割你舌头。"转而又面无表情地问张天画,"他犯病时可曾对你说过什么疯言疯语?"

　　她不愧是公主,尽管平时温婉贤淑,但霸气天成,一怒竟让人不寒而栗。张天画道:"他说过很多疯言疯语,比如前世是秦国公主之类,简直让人哭笑不得,其中也有与殿下相关的,但这种无稽之谈臣绝不相信。"

"说说与我相关的那些疯言疯语。"

"臣不愿说,怕污了殿下耳朵,更怕殿下一生气治了臣的罪。"

"没事儿,你说。本宫不会因为几句疯言疯语就治你的罪。"

公主此时已然对他们了如指掌,他若隐瞒反倒犯了大忌:"崔跃成说淑妃娘娘和韦相有奸情。"

公主淡定地喝了口茶:"你对此话怎么看?"

"这是他一贯的疯言疯语,根本无从谈起,更没法评价!"

公主冷笑一声:"你果然聪明,说得不错,此话正是我想听的。"

话落,门外那八名侍女都进来了,另加四个侍卫。

公主不看崔跃成,只对侍女和侍卫说:"虽是个疯子,但污蔑皇室是死罪,赐酒!"

"是!"

一名侍女端了杯酒,崔跃成见状,吓得连哭带嚎:"公主殿下,我不是疯子,我说的句句属实,您一定要相信我啊。"

四个侍卫将崔跃成牢牢摁在地上、掰开他的嘴,侍女将酒猛灌进去,一滴没洒,又娴熟地捂住嘴、捏住鼻子,呛得他全部咽下。

崔跃成绝望了,撕心裂肺地吼骂:"张天画,我拿你当兄弟,你却说我是疯子,这么多年,你竟不信我!"

话还没说完,侍女拿布塞住了他的嘴,他用最大力气挣扎着,两只眼睛憋出两道血泪,紧接着鼻子也流出两道血,耳朵孔里也流了血,腿抽了几下,然后就不动了。

这一切就发生在张天画眼前。他眼睁睁地看着同昌公主毒死崔跃成,本以为下手的会是韦保衡,没想到竟然是公主,印象中她是那么温柔善良……

"拖出去埋了。"

"是。"

他们把崔跃成抬走了,像抬着一截木桩,那是张天画最亲的兄弟。他心如刀绞,胸口一阵抽痛,有腥咸味从喉管涌进嘴里,他硬是咬住嘴没喷出来,将这口血又一口一口咽下去……

同昌公主扬着头,没有丝毫表情,高傲又冷漠地说:"没错,我是女儿,是妻子,但我更是大唐公主,必须把皇室利益与尊严摆在第一位,个人那点私欲与我的职责相比,又算得了什么!"

公主估计也为张天画准备了毒酒,见他头脑清醒,什么该说、什么不该说都拿捏准确,便暂且放他一马。而她在他面前毒死崔跃成,也是为了震慑和警告:不要挑战她的立场,记住自己刚说的话,传闻郭淑妃与韦保衡有奸情纯属疯言疯语,造谣的疯子已被赐死,再有谣言传出,当追究他的责任,下场就和崔跃成一样。

他伏在地上没敢抬头:"臣谨记殿下教诲。"

70. 身份暴露

从公主府出来,张天画恍恍惚惚、昏昏沉沉,脑中不停回放着崔跃成临死时的情景,他七窍流血,他恐惧,他无辜,他绝望,他痛恨……

终于体会到了公主的狠辣决绝。一直以为她不知道母亲与丈夫通奸的事,而事实恰恰相反,她明知却故作不知,这得忍下多大的伤痛,需要多深的城府?大唐公主果然不是白当的,老天给你常人所不及的富贵,必会给你常人所不及的痛苦和压力。

公主亲自出手杀了崔跃成,不知崔家会作何反应。但凡崔仲谋稍微有点智慧,都会装作不知情,管好家人不打听、少言行,看能否侥幸逃过此劫，稍有不慎将是满门血灾。

张天画虽与崔仲谋有杀父之仇，但崔跃成是好人，他从未想过用他抵仇，也从未有害他之心。可如今崔跃成丧命与他有脱不开的关系，如果当初没有拉他给公主府画壁画，他就不会进入韦保衡的圈子，也就不会撞见这天底下最荒诞的奸情。

张天画深一脚浅一脚地走回家，直接进卧室、上床、躲进被窝。疲惫得连伸指头的力气都没有。

诗琪见他失魂落魄，忙问："怎么了？"

她若知道崔跃成死了，不知会伤心难过成什么样，张天画本不忍心告诉她，可他俩一起长大，有权知道实情："确实有件事要告诉你，不过你得答应我不激动，不深究，更不闹事，能做到吗？"

她可能预感到了什么，紧追着问："有这么严重吗？"

"有。"

一听这话，她吓得脸色都变了，瞪着眼睛："好，我答应你，不激动，不深究，更不闹事。"

张天画尽量让自己语气平缓："二师兄今早死了。"

她一怔，像是没听清他的话，慢慢消化了一会儿，眼泪啪啦啦往下掉："怎么死的？他不是和你一起去公主府赴宴了吗，难道死在公主府了？"

他一把捂住她的嘴："这种话可不敢乱说。你只要知道他死了就行，不要问怎么死的，更不要跟别人谈论。去准备些纸钱，等天黑了咱们给他烧些，好歹送他一程。"

她一头钻进他怀里，哭成了泪人："他那闲云野鹤的性子能得罪谁？连数钱都懒得数，为什么要害他？"

他紧紧搂着她，知道她心痛，他也一样痛。"确实有人害他，可害他的人不能说，否则咱们也在劫难逃。你这会儿好好哭，走出这个房间就收起情绪，装作什么都没发生，知道了吗？"

"哇！"听了他的话，她放声大哭。

天色刚暗，张天画和诗琪便到后院烧纸，没带一个仆人。

　　正烧着，忽听前院打闹声，来者并未跟家丁纠缠，而是径直冲进后院。

　　这是一队全副武装的官兵，把张天画和诗琪团团围住。

　　崔仲谋从官兵中走出来，穿着一身铠甲，显得很威武："你还有脸给他烧纸？处心积虑不就是为了害他吗？人都被你害死了，烧纸有屁用！"

　　"伯父，您误会了……"

　　"我没误会！"他歇斯底里地怒吼道，"张天画，从第一眼见到你，我就觉得你眼熟，必是抱着某个目的才接近成儿，我劝过他，可他太善良，根本听不进我的话，非要相信你。为了说服他，我一直调查你，但还是晚了一步，让你先得逞害了成儿。张宏武是你爹吧，我早该想到，你和他长得一模一样，你就是那土包子的孽种，专门找我报仇来的！"

　　既然他已经查出真相，张天画也没必要再隐瞒："没错，我爹就是张宏武，那个拿你当兄弟，却被你害死的张宏武。"

　　崔仲谋咬牙切齿地说："终于承认了。当年我应该斩草除根，一时仁慈留下你这个孽种，把我最纯良的孩子害死，让我承受丧子之痛。我今天来，就是要把你家荡平，杀个片甲不留，连只苍蝇都不放过。你不是要报仇吗？看咱们谁更狠！"

　　"他的死确实与我脱不了关系，但并不是我有意害他。"

　　"少胡搅蛮缠，你已是刀俎下的肉，最好老实交代，我儿到底怎么死的，尸体在哪？不说清楚就一刀一刀剐了你。"

　　崔仲谋手下的官兵将张天画和诗琪押着跪在地上，拿刀架在他们脖子上。

　　崔仲谋满腔悲愤以山崩之势朝他们扑来，丝毫没有善罢甘休的意思，誓要把崔跃成之死查个水落石出……闹得动静如此大，以公主做派，岂能容他去查？皇室丑闻必须捂住。崔仲谋这一步显然踩到了公主雷区，收拾他已是毋庸置疑。

张天画插翅难飞了。如果公主行动得快，他或许还能活过今晚，否则，崔仲谋会让这里片甲不留。"他的死是个意外，因为喝多了酒，睡到半夜突然癫狂发疯，一不小心摔倒，刚好太阳穴撞在了桌角上。"

"胡说，我儿有没疯病我不清楚？他不可能癫狂发疯，亏他一直诚心待你，人都死了还污蔑他。"他一剑戳在张天画肚子上，又狠狠将剑抽出来，"再耍花样，下一剑戳的就是你媳妇。"

张天画疼得冷汗直冒，血也汩汩流出，将衣裳浸湿了一大片。

诗琪歇斯底里地喊着"夫君"，想扑过来看他伤势，被官兵死死拉住，她挣扎了几下没甩脱，气急败坏地扭头往官兵手上咬了一口。那官兵回手一巴掌扇在诗琪脸上，她被打得在地上半天起不来。那官兵嘴里骂着脏话还要再打，张天画急得大喊："住手，若再动她一指头，你们崔家满门都活不过今晚。"

这话果然有用，打人的官兵停了手，诗琪这才颤巍巍坐起来，鼻子和嘴都流着血，脸也肿得变了形……她是张天画的软肋，他宁愿自己死，也不能让他们伤她。

崔仲谋拿剑挑着他的下巴："哼，好狂的口气。"

为今之计只有先拖他一拖，若真能拖到公主出手，他们一家便有活路。

张天画猛一撇头避开他的剑："崔仲谋，你说的没错，我就是处心积虑找你报仇。不过你还是小瞧我了，你自恃位高权重，我区区一个小画师动不了你，焉知你此时来我家这么一闹，已是大祸临头，你家今晚将被灭门。"

"就凭你？"

"就凭我。"张天画冷笑着，"你仔细想想，你们崔家也算长安有名的富贵人家，敢杀崔跃成并且瞒得密不透风的人，会让你去调查死因？我要是你，只默默哀悼，然后关门谢客、谨慎行事，毕竟生者为大,还有其他家小要护。可惜呀,你犯了大忌,崔家马上就要因你灭门,你还不自知,跑我这里撒泼逞威风。现在赶紧回去,说不定还能见到家人最后一面,再迟些,你连合葬的份儿都没了。"

"你、你这个恶魔。"他嘴里边念叨边想着他刚才的话。

眼见他气势已短,此时再压一筹便可彻底击垮他:"我这恶魔还不是拜你所赐,我一出生就没爹,有记忆以来的唯一念头就是为父报仇,杀你是我活着的全部意义。我的目的已经达到了,你在这多磨蹭一会儿,就少见一会儿亲人,你自己决定吧!"

他将剑又逼紧了些:"少装神弄鬼,一般人不敢动成儿,你是怎么说动韦保衡出手的?你不过是他的一条走狗,凭什么驱动得了他?"

"哼,你还是看得太浅,若韦保衡出手,你家灭门可能还得再等几天,不会是今晚这么急。"

他半信半疑:"你把自己说得本事通天,以为我信吗?我既然来了,就必杀你全家为我成儿陪葬。"

看这架势,生死只在他举手之间,张天画并不怕死,但他得护诗琪周全。他心慌到极点,强装镇定:"既然如此,我就对你实话实说吧,崔跃成被杀的确是我谋划的,你家今晚灭门也是我早策划好的,这一切都为给我爹报仇。唯有一点出乎意料,就是你识破计划快我一步,赶在你家灭门之前先找到了我。既然我的命已在你手里,不如我们做个交易,我一家性命抵你一家性命,如何?我家不过十几口人,你家少说也有百十口,这生意还是你划算。你若放我家人活过今晚,我便保你百口人性命。"

他愣了下神,脸上的惊恐一晃而过:"我凭什么信你?"

张天画煞有其事地说:"你带我一同回去,若你家已出事,我便兑现承诺,保你全家性命无忧。若你家没出事,你先杀我,再回来屠我满门,于你不过片刻之事。你考虑清楚。"

他思索一会儿还是信了,毕竟灭门这种事他输不起。他令人将张天画绑起来，拎着出门摔在马上，纵马急驰而回。

张天画曾害怕过公主的狠辣决绝，这一刻，却希望公主再狠辣、再决绝一些。他们一家的生死此刻全在公主手里了。

71. 崔家倒台

快到崔府，远远望去并无动静，一般人可能早就冲回去了，但崔仲谋不愧是老江湖，他没有立即下马，更没有直接入府，而是在四周仔细观察，直到东西南北的门都走了个遍，确认府内没有任何异动，这才下马，并从马背上把张天画扯下来，重重摔在地上。

张天画此时慌得厉害，根本顾不上疼，吭都没吭一声就从地上站起来。

崔仲谋扯着张天画进府，有小厮过来牵马："老爷，您回来了。"还有小厮要来接手张天画，被崔仲谋一把推开，意思是要亲自动手解决。

一切都看起来那么正常。

张天画心想着这回完了，公主没指望上，自己反倒困在崔仲谋家，彻底没了逃出去的机会，怕是真要送命于此。

正想着，突然众多官兵破门而入，大喊着："把崔家所有人都绑起来带走，所有财产一律收缴。"

训练有素的官兵见人就绑、见物就扛。这架势绝不是突然袭击，而是早有埋伏，只等崔仲谋进府，让他逃无可逃方才收网。

几个高品阶的将士直奔崔仲谋而来："崔将军，得罪了。"说着便要绑他。

崔仲谋哪是束手就擒的人，情急之下只能松开张天画，跟官兵们打了起来："我犯了什么罪？竟然用神策军抓我！"

"你犯的罪还少吗?你是怎么爬上来的,自己心里没数?就你干的那些事,杀一千次也不为过吧!既是神策军,就该懂规矩,束手就擒是唯一出路,所有抵抗都是徒劳受苦。"

张天画趁乱赶紧闪到一边,刚好过来一个小兵,他满脸堆笑:"麻烦这位兵爷帮我松个绑。"

"你是崔府的人?"

"当然不是,我是内侍省的人,因得罪了崔仲谋,被他偷偷绑来准备用私刑的。我身上还有内侍省的令牌呢。"

"哦,连内侍省的人都敢动,他们崔家果然包藏祸心。"他一剑割开张天画身上的绳子。绑的时间太长,突然松开,他踉跄了一步,小兵连忙扶住他:"公公没事儿吧?"

敢情这小兵把他当宦官了……倒也无所谓,这节骨眼上只要能松绑就谢天谢地:"没事儿,谢谢兵爷。"

崔仲谋负隅顽抗地打了一阵,毕竟寡不敌众,浑身是伤。

"就算我有罪,与我家人何干?放了他们,我跟你们走。"

"放不放他们不由你说了算,你们的命全都划给阎王爷了,明天午时一起去阎王那儿报到吧。"

"啊!"崔仲谋一听这话,又鼓起一股气儿和他们打,但也不过是鸡蛋碰石头,几下便被制服,像绑粽子似的五花大绑起来。

府里的人一看他被绑,泄了气儿似的纷纷扔下兵器,被官兵一个个绑走,崔仲谋三四岁的孙子奶声奶气地骂了两句,被官兵狠狠捣了一拳。小家伙哪经得住这一拳,顿时晕死过去,他娘为了护他,一把抓破官兵的脸,被官兵一剑砍去一条胳膊……凶残至极。

对女人和孩子都这么残忍,俨然已不把他们当人看了。

崔仲谋"扑通"跪在地上,哭喊:"都是我的错,放过他们吧。"

官兵们理都不理,该绑人的绑人,该抬东西的抬东西,遇有反抗的照样残暴对待,反正都是要死的人,给他们留口气儿就行。

崔仲谋看到刚被松绑的张天画，像是看到了救星："你答应护我家人性命。"

官兵们要拉他往外走，他硬是立着不动，直勾勾看着张天画。

张天画突然有些同情他，公主亲自下手杀他，他还哪有半点生还可能，抵抗也只是徒劳受罪。"我的确答应过你，可有能力将你满门抄斩的人，岂会听我瞎说，我的话在他面前还顶不上一个屁。"

他怒吼一声，狂暴地要朝张天画扑过来，奈何满身绳索捆得结实，又被四个官兵牢牢捏在手里，他大骂道："你这个骗子，我真后悔信了你的鬼话，刚才应该先灭你全家。"

"你后悔已经晚了，我谢你刚才不杀之恩。"

他被扯着往外走，边走边喊："当初是我害了你爹，可冤有头、债有主，你要报仇冲我来啊，与成儿何干？与我的家人何干？他们都是无辜的。你这么做会遭报应的，我做鬼都不会放过你！"

张天画也往门口走："他们的确无辜，可又与我何干？要怪就怪这个乱世吧，怪他们生不逢时。"说完这话，他转身离开，将这里所有歇斯底里的呐喊都抛于脑后。

虽然崔仲谋是他的杀父仇人，虽然他是含着对崔仲谋的恨长大，杀他报仇曾是他们全家活着的意义……虽然他无数次地想过借刀杀人。

可如今真走到这一步时，他并不开心，甚至连释怀都没有。他们全家连主仆一百二十余口，被公主连根摧毁，除了崔仲谋，其他人的死都不是张天画想看到的，他又何来畅快之说？

他跌跌撞撞回到家，诗琪见他，哭着冲进他怀里，眼睛肿得像两个核桃："以为再也见不到你了。"

"怎么会呢，傻瓜，我这不是回来了吗？"

她哽咽得说不出话，只一味地哭，好半天才平静下来："你的伤怎样了？疼吗？我去请大夫。"

他一把拉住她："别去，没捅到要害，死不了，用点金疮药躺两天就没事儿了。"

她扶他回房,帮他处理伤口,一副欲言又止的样子。张天画知道她想问什么:"想问就问吧。"

"那崔仲谋说的可是真的?你爹真是被他害死?"

"是的。"

"你接近二师兄真是为报仇吗?"

"不是,也许一开始有是的成分,但后来没有了,我真心与他相交。"

"崔家灭门是你谋划的吗?"

"当然不是,"他斩钉截铁地回答,"我瞒你这么久,是我不对,今天便将一切都告诉你。"他将身世如实讲了一遍。"初到长安我一直隐瞒身世,就是为防崔仲谋,他若知道我爹还留了个种儿,肯定会想方设法杀我。瞒来瞒去,便一并也瞒了师父和你,你不怪我吧?"

"不怪,你当时确实不能说。我信你,也信你没有害二师兄。"

他握着她的手,一股温暖升腾而起,将她拉进怀里:"只要你信我就够了,其他都无所谓。"

第二天,张天画望了望外面的太阳,快到午时了,崔仲谋一家应该已到刑场准备受刑。对比当年杀王安勇的激动,张天画此时早已没了那样的快意恩仇,连去刑场看手刃仇人的心思都没有,反而满是同情。

崔仲谋昨晚来张家一闹,府里的人对他都很仇视,刘青彦带头想去刑场看热闹,张天画却说:"不许去,没我允许谁都不能离府半步。"

但还是有消息传来,崔仲谋的罪状列了几十条,连通敌叛国这样的罪名都有,一家子一百二十多口都被砍了头,连三四岁的小娃都没放过……

听完这些,张天画心里五味杂陈,便起身画了尊佛像,算作为崔跃成及其无辜枉死的崔家人超度吧。那真是：

> 荣华富贵一朝逝，命丧黄泉一夕间。
> 嚣张跋扈正得意，转瞬老少皆蒙冤。
> 王朝更迭尚有时，焉能拿命赌苍天？
> 心术不正谋害人，因果轮回终清算。

72. 仓皇而逃

公主为了掩盖皇室丑闻，抬手就灭了崔家满门，张天画作为整个事件的参与者，会被轻易放过吗？就算公主仁慈，能不杀尽量不杀，难保郭淑妃不会动手，那晚崔跃成可是把她看了个精光，而他又刚好与崔跃成同宿一室，估计想起那个尴尬场景，她都恨不得捏死张天画。再加上韦保衡，比起淑妃娘俩的狠毒，他绝对有过之而无不及……

这么一分析，张天画的处境危险至极，杀他的铡刀早已高高举起，只等他伸长脖子便可轻松落下……他得赶紧逃。

就在崔家满门抄斩的当晚，他轻轻捣醒诗琪。诗琪迷迷糊糊地问："夫君，这么晚怎么还没睡？"

张天画悄悄说："快起来收拾些东西，咱们走。"

"大半夜的去哪儿？"

"逃命。"

她刚准备点灯，张天画制止了："别点灯，不能让人发现，简单收拾些就行，越快越好。"

诗琪毕竟跟着他经历的也多了，没多问，快速收拾了一个随身包袱，只装了些衣服和干粮，少许钱。

"从后门走，李贵已备好马车在那儿等着了。"

"还叫谁？"

"就咱们三个，其他人一个都不能带。"

她拉住张天画："其他人不带都可以，把青彦带走。"

"不行，他是刘守城的人，万一他出卖我们呢？"

"不会的，他是你徒弟，我信他。咱俩成婚这么久，我也没为你生出个一儿半女，他可是咱唯一的根儿，不能让他在这儿等死。"

诗琪执意要把刘青彦一起带走，时间紧迫，张天画拗不过就依了她，反正青彦这孩子也不错，讲义气，憨厚老实，体察甚微，说不定路上还用得着。

等青彦迷迷糊糊上了马车，看到张天画和诗琪这架势，吓得一激灵："师父师娘，咱们这是要干啥？"

"逃命。"

他透过马车缝往外看："谁要杀我们？这不好好的。"

张天画说："要杀我们的人不止一个，现在逃也不一定能逃掉，说不定追兵一会儿就到了。少说话，趁现在脑袋还在，抓紧休息，苦日子还在后面呢。"

李贵问："老爷，现在宵禁，出不了城，咱们往哪儿走？"

张天画看了看诗琪："先去大哥李正辉那儿吧，跟他碰头合计一下，等天亮了再出城。"随后又叮嘱一句："走小路。"

张天画一边听着窗外声响，一边打盹。直到李贵说："老爷你看，大老爷家好像出事了。"

他赶紧打开窗户查看，李正辉家的方向传来哭喊声，空气里飘散着一股血腥味，慢慢还有火光燃起，越燃越大。诗琪激动得要下车，被他一把拉住："冷静点，大哥家已经没救了，我们不能再去自投罗网。"

她一头埋在他怀里痛哭："太惨了，大哥死得好冤。"

张天画紧蹙双眉:"此刻咱们府上估计也这样。大哥是咱们在长安的唯一亲戚,依他们的做派,肯定派出两路人马,一路杀大哥,一路杀咱们,这是要灭门的意思。"

青彦哽咽着问:"李妈、翠儿她们都会死吗?我走时大家还在睡觉……"

张天画打断他:"咱们要没逃出来,也和他们一样。别光顾着难过了,打起精神想想怎么保命。"

青彦急躁不安起来:"师父,到底是谁要杀我们?下手太狠了,连李大人一家都不放过。"

李贵说:"看这手法应该是韦保衡。"

一听这个名字,他浑身一震,没再吭声。张天画也没空揣摩他的想法,转头对李贵说:"他们在咱们府上估计还得折腾一阵儿,咱们趁机去南城门吧,那里离韦府最远,等他们发现咱们不在,一时半会儿也拿不准咱们从哪个门出城,就算派四路兵马堵截四个城门,也不一定有咱们快。如果幸运,说不定还能赶在封城之前出去。一旦出了城,存活的概率就大了。"

到了南门口,天还没亮。过了好一阵才有百姓和车马陆续排队,等待出城。一切看起来都很正常。

张天画他们在车内焦急地等待着,一颗心始终提在嗓子眼儿,生怕有人快马加鞭送情报。终于,天蒙蒙亮了,一队士兵懒洋洋地打开大门,站在两侧准备检查通行。

一个士兵伸了伸懒腰,打着哈欠:"干什么的?"

李贵娴熟地说:"到乡下祭祖,请官爷行个方便。"悄悄塞给他一把散钱。

他掂了掂分量,一副心安理得的样子,只例行检查了一下,便大喊一声:"放行。"

随着马车缓缓穿过城门,诗琪紧握着他的手才稍微放松了些。从车缝里,他看到又放行了两个人,然后传来快马加鞭的声音,城门关了一半,然后只有人进,再没有人出来。

太紧张了,但凡他们再慢一刻,此时都被关在城里出不来了。

李贵挥舞着鞭子,马车快速奔跑起来,这一路没敢再停。张天画和李贵、青彦三人换着驾马,人歇马不歇,见马跑不动了,就到驿站换匹马再跑,跑了四天四夜,人和马都累到极限,决定找个驿站休息一晚。

这是个很僻静的驿站。在一座小城镇的边上,正门对着街道,还有个后门对着山。张天画选择住在这里是因为逃跑方便,万一有追兵赶来,他们能第一时间从后门上山。

大厅里还有两桌人在吃饭,他让老板直接把饭送进房间,边吃边给诗琪他们三人交代:"为防不测,咱们晚上都和衣而眠,如果有追兵或土匪出现,尽量躲进后面的深山,到时能一起逃就一起逃,如果分散,就各自逃,先想办法活下来再找彼此,切记不能等这个等那个,容易让人一窝端。"

说完,他把所有的钱和干粮平分成四份,每人各装一份,这样存活的概率更大。

张天画躺在床上,虽然很累但怎么也睡不着,想着李正辉,也许他们一家人正其乐融融,突然一伙官兵像土匪一样闯进去,二话不说就烧杀抢掠,那么一个温暖的家立马变成刑场,估计他们到死都不明白犯了哪条罪,是被谁牵连的。还有自己府上那十几口子人,当知道他们四个已经跑了,抛弃了他们,用他们的命来争取时间,死前会不会恨他们……

诗琪突然扯了他一下:"夫君,你听是不是有动静?"

原来她也没睡。

张天画屏住呼吸侧耳倾听,似有一队马蹄声疾驰而来,由远及近,在寂静的夜晚显得格外突兀。

他们走的这条路本就隐蔽,在哪个位置自己都说不清楚,追兵怎么可能这么快追来?除非追兵有线索,知道他们的行踪。如果真有人出卖了他们，四人当中只有可能是刘青彦。

来不及多想，张天画一个翻身爬起来："大事不好，追兵来了，快跑！"

诗琪还想去拿干粮，他拉起她就跑："别带了，赶紧走。"

他一脚踢开李贵和刘青彦的房门："有追兵，快逃。"

刘青彦果然不在。

李贵一个蹦子跳起来，三人一起从后门出去往山上跑。

73. 青彦背叛

远远地，就见一队追兵举着火把，把驿站团团围住，不多时，就从后门往山上来了。那火把像条龙似的游向他们，吓得他们脚步又加快几分。

爬到半山腰，李贵气喘吁吁有些走不动了，张天画推着他又走了一截，眼见火龙快游过来了，李贵突然甩开他的手："老爷，把你的衣裳脱下来给我。"他边说边脱自己的。

"你这是干吗？"

他说："青彦知道你穿着什么样的衣裳，咱们三人一起跑，你前推一个后拉一个太拖累，迟早都得被他们抓住。我年纪大了，也活够本儿了，我穿着你的衣裳把他引开，或许你们就有机会逃了。"看来他已抱必死之心。

诗琪一把抓住他胳膊："叔，你不能这样，要逃一起逃，要死一起死。"

他甩开诗琪的手："都什么时候了，别耍小姐脾气，能活一个算一个，再磨蹭会儿，咱仨一个都活不了。"

他说得对，能活一个算一个。张天画也不推辞，赶紧换上他的衣裳:"叔,您的大恩大德我无以为报,只能记在心里,请受我一拜。"此一拜,便是永别,他会永远记得他。感激、心痛、不舍,交织在一起。

李贵一把扶住张天画:"老爷,使不得啊,我一个下人,您不能拜我。"

张天画推开他的手,硬是拜了一下。

李贵老泪纵横:"要是有机会去河西见到老爷和夫人,代我问声好,李贵来世再伺候他们。"

诗琪泣不成声:"李叔,您,一定要活下来。"

李贵最后看了他们一眼,转身走了。

诗琪望着李贵离开的方向,用手捂住嘴哭,张天画拍了拍她:"坚强些,我们一定要逃出去,不然就辜负了李叔的一番心意。"

张天画拉着诗琪接着往山上爬。

李贵则往另一个方向跑,边跑还边把衣服的布料扯破些挂在树上。

青彦大概认出了树上的布料,队伍稍微停顿了下,但只安排了三四个人去追李贵,绝大多数人依然冲着张天画他们追来。也不知是谁带队,竟这般机敏。猛然间脑子里冒出一个人,茗玉。对了,一定是他,韦保衡既然已对他下死手,一定派了最熟悉他的茗玉。张天画心中闪过一丝不祥的预感,今晚怕在劫难逃了。

刘青彦带着三四个人一会儿工夫就追上了李贵,一看上当了,那三四个人当场擒住李贵就要杀,刘青彦拦了一下:"他不过就是个老管家,杀了也无济于事,不如放他走吧。"

李贵啐了刘青彦一口唾沫:"你个忘恩负义的狗东西,你出卖的不是别人,那是你师父师娘啊,你良心都被狗吃了?"

刘青彦泪流满面:"我有什么办法,一边是我师父师娘,一边是我爹娘、我叔,还有我全族人的性命与荣耀,亲疏有别、血浓于水,我不能当家族的罪人啊,只能出卖你们,你以为我这么做心里不难受吗？"

"呸，你干了欺师灭祖的勾当还找借口，枉你拜了祖师，受你师父师娘悉心教导，你真是狼心狗肺……"话还没说完，李贵的头已被一刀砍掉，身子无力地倒下去。杀他的那人只冷冷地说了句："啰唆。"

刘青彦跪在地上号啕不已："我都说了他只是个管家，为什么还要杀他。"

那人一边擦着刀上的血，一边冷冷地说："我们接到的命令是一个活口不留。"

刘青彦有些癫狂："我也是张府的活口，你们是不是也要杀了我？"

"你要再这般胡闹，杀了你又能如何？"

"反正我的任务完成了，把你们引了来，给我家族也算有交代了，剩下的路我就不奉陪了。"

那人要动手拿下刘青彦，被其他几个拦下。"别跟他一般见识，吃里扒外的孬种，留在身边没准哪天给咱们也背后捅刀，随他去吧。"几个人甩下他，和大部队会合继续追张天画了。

刘青彦看着李贵的尸体逐渐变凉，各种情感在心里翻滚，想到在他的出卖下，张天画和诗琪马上要被杀了，他的家族踩着这样的血腥，在韦保衡的庇佑下能勉强风光几时？当他的家族像崔家一样倒台时，他又该如何？……一时情难自禁，大叫了声："师父，我对不住您啊，徒儿先去等您了，黄泉下给您认错赔罪。"

说完，他拿出防身的匕首，狠狠在脖子上一抹，倒在了李贵旁边。

张天画仿佛听到了青彦的叫喊，心里一疼，知道他也没了。虽然他泄露了他们的行踪，但仔细想来，不能全怪他，他只是加速了韦保衡的追捕而已，生死仍然捏在韦保衡手里，他们仍然几乎没有生机……其实张天画心里并不怎么怪他。当初刘守城把青彦安排在他身边,他就知道迟早有一天青彦会出卖他,毕竟他的出身决定了他的立场,他注定身不由己。

74. 夫妻失散

张天画估算了一下他与追兵的形势,不出一时三刻,追兵必能抓住他。他死没关系,诗琪是无辜的,她不知道皇室丑闻,不知道他与韦保衡之间的恩怨纠葛,甚至连苏婉都不知道……他凭什么拉她丧命?就算拼尽血肉,也得护她周全。

为今之计,也只有一个办法了。

"诗琪,你身后是什么?"

诗琪对他的信任已成了条件反射,想也不想就转身。他一掌劈在她后脖颈上,她闷闷地倒了下去。这力道足以让她昏迷半日。

张天画将诗琪抱到一个低洼处,在她身上撒了些土,又盖了些树叶,掩藏好后,将随身匕首放在她手里,若遇野兽咬噬,她疼醒后就能拿匕首自卫……

干完这一切,张天画一个人朝另一个方向继续上山。山势越来越陡峭,拖延了他的速度,也让追兵慢了下来。眼见有几个火把就快到诗琪那个方位,张天画大喊一声:"别跳,前面是悬崖。"

这一声让所有火把都聚到了一起,然后快速向他移动。见成功吸引了追兵,诗琪这一命算保住了,张天画无所顾忌地朝山上拼命跑、拼命跑……

乌云遮住了月亮,山路黑得伸手不见五指。

一路追兵举着火把,像条火龙似的在山中穿梭:"活要见人,死要见尸!"追兵越来越近,生死一线的压迫感让他喘不过气,此时但凡有个石缝,他都能钻进去!

上天似乎不打算让他就这么死在这儿，黑漆漆的岩壁间果然出现一道山缝，他像看到生机一般拼命挤进去。

这是一道像被巨斧劈开的山缝，宽处不过两尺，高不见顶，两面的岩石似无数把锋利的刀，一不小心就将肩膀和后背划破，但与逃命相比，这种小伤根本不算什么，他连哼都没哼一声，依旧铆足劲儿往里钻。

只钻了十来步就卡住了，慌乱中，又听到领兵"快，快点"的督促声，追兵已迫在近前。情急之下，也不知哪来的力气和胆量，他竟踩着如刀刃般的山岩往上攀。

此情景莫说别人，连他自己都不信，他一个毫无武功的宫廷画师，竟能在这么陡峭的崖壁上攀爬。

几道电闪雷鸣，老天爷落井下石一般让暴雨狠劲冲刷着本就光滑的山岩，他脚下一滑差点掉落，慌乱间伸手一抓，恰好抓住一丛蒿草才险险站住。刚站稳，只听脚下传来叫嚷声："赶紧给我找，明明就在这座山上，还能插翅飞了？"

"报告大人，我们已经查过，这道峭壁里面是条绝路，根本过不去。"

"峭壁底下过不去，那上面呢？"

听到这话，他紧张得心都快跳出嗓子眼儿了，用手牢牢抠住岩石，屏住呼吸不敢有任何声响。

"这峭壁连猴子都爬不上去，就凭那弱不禁风的张天画，根本不可能……"

话还没说完，当官儿的已飞来一脚："少废话！派两个人爬上去看看。"

"是。"

一种不祥的预感让他的身体有那么一瞬僵硬，生死就在这一刻了。他心里盘算着，若是侥幸不被发现，便是死里逃生；若是有人爬上来，死前也要拉几个垫背，上来一个踹一个，踹下去两个就算赚了。

还不等他踹,只听"啊!""啊!"两声,两个人从岩壁上掉了下去,然后就是疼痛的叫唤声。

"没用的蠢货,换个地方继续搜!张天画肯定还在这座山上,活要见人,死要见尸!"

人声渐渐远去,他依然紧张得不敢动,十个指头紧抠在岩缝中。

不一会儿,追兵便杀了个回马枪,所幸大雨模糊了视线,任谁都看不见在这高不见顶的崖壁中间还趴着一个人,壁虎似的贴在岩石上。

追兵在杀过两轮回马枪之后,很久没动静了。雨打岩石的声音显得格外响亮,"哗啦哗啦"。他仰头喝了几口雨水,努力让自己紧张的情绪平缓一些,然后静静等着他们来第三轮回马枪。直到雨停了,天也亮了,仍不见他们杀回来,这才发现,他不上不下正好卡在崖壁中间。

他抠出一小块岩石扔下去,试探追兵虚实,又等了一会儿,确实不见有人,这才认真为自己打算起来。既然已经卡在了中间,就干脆往上爬,说不定这出其不意的一举反倒能躲过追捕,辟出一条生路。

此时他已浑身是伤,每个指头都在流血,抓过的岩石上留下一个个血手印。随着越爬越高,背后的深渊已不见底,掉下去便是粉身碎骨,每一步都仿佛用尽周身力气。本就破烂的衣衫几乎成了破布条,掩盖不住浑身一道道划伤,有的刚结出深红色的血痂,有的还在渗血,看上去斑驳可怖。

终于爬到崖顶,料那些追兵怎么也想不到,就是他这个手无缚鸡之力、弱不禁风的宫廷画师,愣是从陡峭的崖壁底下爬了上来。

体力和疼痛已经到达极限,他躺在地上稍作喘息,顺便回想了一下前半生,是怎么背负着血海深仇,从最底层的平民爬到宫廷画师的位置,又是怎么沦落到如今被追捕通缉的来龙去脉。那真是:

闹战屡败不及遑，含恨带怨离故乡。

画遍脂粉妆，跻身官宦场。

东边唤来西边闯，荒唐对荒唐。

而今不知路何方，归途已茫茫。

只恨这水沧浪，只恨这天苍黄。

  张天画不敢耽误太长时间，得赶紧去找诗琪。他折返了不知多少山路，祈求着一定要找到诗琪，第二天傍晚才来到掩藏她的地方，居然没有人，他仔细扒拉周围的树叶，别说诗琪了，连片衣衫都没留下，她是逃了，还是被追兵捉了，还是被野兽吃了？

  如果被追兵捉住，一定会留下血迹，但周围不见血。如果被野兽吃了，除了有血迹，她的匕首肯定会遗落，可地上也没有匕首……由此可见，她一定是逃走了。

  只要她活着就好，张天画悬着的心放下一半。她肯定也在找他，不敢喊，更不敢留下蛛丝马迹，就这么一边躲着追兵，一边漫无目的满山找。

  可这么大的山，连追兵都捉不到他们，躲躲藏藏的两个人又岂会刚好遇见？

  山里有条小溪，是这座山唯一的水源，张天画却不敢过去喝水。茗玉没有抓住他，肯定会守住水源。他只能嚼些树叶润润嘴、充充饥。

  不知过了多少天，依旧没有诗琪的蛛丝马迹，张天画又渴又饿又累，他尚且如此，诗琪又能坚持多久？在驿站的那晚他曾说要迂回向西南，也许诗琪正在西南的某个小镇等他。他得去西南，那是找到诗琪的唯一希望。

第六卷　人上人

75. 于琮搭救

他下了山往西南走，不远便有个镇子，叫文山镇，远远望去，进镇的唯一通路有官兵把守，旁边立着告示栏，贴着两张画像，正是张天画和李诗琪，所有进出人员都要与画像一一对照。而坐在一边圆睁双眼监督的人，不是别人，正是他的老搭档——茗玉。看来茗玉对他还真不是一般的了解。

张天画此时正好穿着李贵的衣裳。他把衣服脱下来洗了洗，洗净上面的泥浆血渍，又生起一堆火烤干，割来白色树胶涂在头发和胡须上，打扮成一个老头。

张天画也熟知茗玉的规律，每天如厕基本在午饭后，他最近有些上火，应该会便秘，如厕的时间可能会更长些。张天画决定就在这个时候进镇。

他含胸驼背拄着拐杖，颤颤巍巍往里走，被官兵拦下："干吗的？"

他装作耳背："啥？"

士兵冲着他的耳朵喊："干吗的？"

他很认真地开始絮叨："得了个怪病，总是咳嗽，吃了好几年的药都是老样子，不见好也不严重。"他边说边咳嗽着："但奇怪的是，凡跟我密切接触的人几乎都得了肺痨，要么死了，要么将死，最近三四年，身边十五口子人都因我没了，反倒我这老不死的还活着，想死吧，一口气儿吊着咽不下，不死吧，家里没人养我，村里也容不下我，索性出来寻医问仙，若是哪天寻得个仙医治好了，算我福分，我便随那仙医云游天下，若是没寻得仙医，病死了，就死哪儿算哪儿吧……"

张天画越说，周围的几个士兵越往远挪，眼见马上忽悠成功，一个老妇人拿着一顶带黑面纱的斗笠猛然扣他头上，将他的脸遮住："你个老不死的，知道自己得了传染病，听你多说几句话的人都会被传染，还把斗笠摘下来，是嫌被你害死的人不多吗？造孽啊，哪天把我这个老太婆传染了才好，省得天天伺候你，还得吃苦受累遭白眼。"

这老太婆是哪儿冒出来的？突来的变故让张天画不知所措，只能低下头故作镇定。她自称是他媳妇，这节骨眼儿又不敢拆穿，只能顺着她的戏往下演。可她到底是谁的人，怎么知道他在这儿？为什么要救他？

无数个问号还没整清楚，茗玉打着官腔走过来："让你们对着画像找人呢，怎么还有一个戴斗笠的？给他摘了。"

茗玉往日如厕时间都挺长，偏偏今天这么短。张天画紧张地站着没动，连大气都不敢喘。

老妇人凑上前去，点头哈腰对茗玉说："这位大人，我家老头子有传染病，凡是跟他凑近的人都会得肺痨，所以出门儿得戴个面纱，他刚才在这儿跟几位官爷唠叨半天了，劝他们赶紧回去洗手洗脸或许还能预防，若再揭开面纱，刚才的那几位官员怕是危险了，我也是为你们好。"

刚才的那几位士兵立马帮忙解释。"是啊！""老太太说的没错，这老头咳嗽个没完，刚刚才把面纱戴上，之前我们几个都查验过了，不是画像上的人，面纱还是别摘了吧。"

茗玉仔细打量着老太太，似要把她每一个细节都抠出来对比，但在他的记忆里确实找不出这么一个人："你是他妻子？"

"是啊。都一把岁数了，谁还冒充两口子？我俩夫妻已三十多年，之前我得病，老头子不离不弃照顾我，现在老头子病了，换我照顾他。"

茗玉不耐烦地说："行了行了，谁听你们陈芝麻烂谷子的破事，赶紧走。"

"多谢大人。"

老太太扶着张天画走,张天画将计就计倚着她,一路没敢多说话。

整座小镇只有一家客栈。进了房间,两人都松了口气:"感谢老夫人相救,我与老夫人从未谋面,不知为何救我?"

"老夫人?"她轻笑着,"看来我易容术还真是不错,不仅瞒过了韦保衡那狗腿子,还瞒过了你。"

她边说边卸妆,洗干净脸,拿布巾擦干,再抬起头,竟是一位年轻貌美的女子,大眼睛,高鼻梁,眉不画而黛,唇不点而朱。

张天画赶紧行礼:"原来是位姑娘,在下有眼无珠,望姑娘莫怪罪。"

"没事儿,为了救你,我有意化装成这样,若被看出来岂不白整了。"

"你是谁?为什么救我?你是怎么发现我的?可见过我妻子,就是与我同行的那名女子……"

一堆问题蹦了出来。

她皱了皱眉:"这么多问题,你好啰唆,为了找你,我一路从长安追查过来,好几天都没合眼了,我先睡会儿。"

说着,她便躺到床上翻身要睡。上一个字的话音刚落,下一个呼吸已然睡着了。

天下还有这种人?张天画一个大活人就在旁边问她话,她竟然说睡就睡。反正她没脱衣服,他也不用回避,为了找诗琪顾不得那么多,他连摇带晃:"喂,你还没回答我问题呢。"

她被晃得睁开半只眼:"你好烦哪,我救你一命,不仅没个谢字,连觉都不让人睡。我说了,一切等我睡醒再说!"

他正要再推她,只见她一挥手,一粒小药丸飞进他嘴里,他一呛,直接咽了下去:"你给我吃的什、么……"

浑身好像变成了木头，僵硬得动也动不了，眼皮似有千斤重，意识越来越模糊……

他是被一阵吧唧嘴的声音吵醒的，醒时正躺在床上，而她又乔装打扮成老妇人，坐在桌前大快朵颐："醒了？这一觉睡得够长啊，饿了就过来吃点儿。"

他掀开被子看看衣着，还算穿戴整齐。她白他一眼，十分不屑地说："别看了，我可不喜欢瘦骨伶仃的。"

张天画已很多天没吃过像样的东西了，看见桌上的包子稀饭，哪里还忍得住，张着嘴扑过去，也顾不得形象，一口一个包子，噎住了就喝口稀饭。

装包子的笼屉儿垒了一大摞，实在吃不下了，他才放下碗筷："还是昨天的问题，一个一个回答我。"

"放心，绝对实话实说，我的任务是把你平安带回长安。"

张天画心里顿时七上八下，为什么又回长安？她到底是谁的人？

她说："我叫燕雨若，是广德公主府的护卫，此次下令救你的正是公主殿下和驸马。"

张天画的脑子飞快运转，努力对接着与广德公主相关的信息，争取拼凑出一条完整的信息链。

燕雨若说："驸马还是宰相时，你给他写过一封信吧？正是这封信起了大作用，驸马才得以保全性命。为了报答你，殿下和驸马这才派我来救你。"

"原来如此。驸马此时已是普王傅，出入偏远的普王府，怎会知道我的情况？"

燕雨若顿了顿，低下眼帘："半个月前，你家和礼部李正辉家同时被抄，因你活不见人，死不见尸，他们就放火烧了你家，那是当晚长安最亮的火，动静这么大，普王府就算再与世隔绝也该听说了，不仅如此，你远在河西的岳父李云彰，偏偏这个时候得了瘟疫，全家上下四五十口人，全都病死了。"

"什么？你说什么？"张天画一把拍在桌子上，差点把桌子拍烂，心里祈祷着他听错了。

燕雨若没好气地说："这个小镇就一家客栈，韦保衡那狗腿子也住这儿，你再吼大点声，把他们都吼过来。你也算见过世面的人，怎么这般控制不住情绪？"

张天画深吸一口气，缓缓坐下："抱歉，我失态了，你说我师父师娘怎么了？"

她很平静地说："你师父师娘这一系，都因水土不服，又不幸感染瘟疫，全都病死了。"

"有生还的吗？"

"你跟韦保衡这么久，他的做派你不清楚？"

是呀，以韦保衡的做派，定是一个活口不留。他要灭他，就会彻底灭了他的根儿，何况他还没死，更会断了他所有退路，让他无处容身。

燕雨若接着说："这还只是官方报出来的，据我们的情报显示，实际比这要惨得多。韦保衡为防有人生还，凡中毒之人皆割取喉部三寸喉管，这四五十条喉管全部运回长安敬献给了他。"

李云彰和李夫人那么正直善良，竟死得这么惨。张天画浑身血脉都在偾张，牙都快咬碎了。但内心再澎湃，表面依然不起波澜，唯有徒手握碎的茶碗，流露着他此时的情绪。那些陶瓷碎片像刀一样刺进他手掌，流下一滴、两滴……的血。

"雨若姑娘辛苦了。可有我妻子的消息？"

"你说的是李诗琪吗？我也一直在找她，不过目前还没消息。"

没消息就是好消息，至少她还没落在韦保衡手里。张天画接着问："你的计划是什么？"

"韦保衡那狗腿子在这里，我们目前最好不动，就待在这个客栈，最危险的地方也是最安全的地方，正好你也养养伤，我就不信熬不过他们。等他们走了，咱们直接回长安，与殿下和驸马会面后再做打算，目标应该直指韦保衡。"

一听要报复韦保衡，张天画心里便有了认同感。不过得先找诗琪。"等韦保衡那狗腿子走了，我想先找我妻子。"

"我看你是急糊涂了。有韦保衡指挥坐镇，你还打算找人？你敢露个面试试，估计连说话的机会都没有就被他拍死了。你现在是个多敏感的人自己不清楚吗？放眼天下，除了公主和驸马接纳你，你还能去哪？"

她说的没错，就连远在河西的李云彰都被韦保衡害死了，他还能去哪？他已没有退路，也没有容身之处，唯一能投奔的地方恐怕只有于琮那里了。

于琮被韦保衡害得够惨，贬官三次，又差点被害死在贬谪的路上，与韦保衡同样也有深仇大恨，敌人的敌人就是朋友，他可以信任于琮，刚好也能借于琮之力寻找诗琪。这大概是目前最好的办法了。

于琮此次出手相救，一方面就像燕雨若所说，是为了还当年送信之情，另一方面也想联合张天画对付韦保衡，毕竟他跟了韦保衡那么长时间，对他十分了解。

经过一番思考，张天画决定跟燕雨若回长安，和于琮一起对付韦保衡。不管这条路多凶险，他都要奋力一搏。

76. 再入长安

在文山镇，张天画和燕雨若每天都乔装打扮成年迈夫妻，张天画闷在房间里养伤，燕雨若出去打探消息，顺便寻找诗琪下落。可半个月过去了，依旧一无所获，连诗琪的一片衣衫都没找到。

这天，燕雨若兴奋地说："韦保衡那狗腿子实在熬不住，刚刚离开了文山镇，往西北方向去了。你的伤也好了，依我看，咱们明天就出发回长安吧。"

张天画仍不死心："再给我一天时间，我再找找我妻子，也许她留下的线索只有我能看懂。"

"也罢，就一天时间，我陪你一起去，韦保衡那狗腿子应该没走远，万一有个啥事我也能护一护你。"

天一亮他们就出发了，把文山镇连同附近的几个村子都搜了个遍，确实没有诗琪的任何痕迹。张天画有些感伤，生怕诗琪遭遇不测，但同时又想，找了这么多天也没找到蛛丝马迹，证明她还活着。相信只要他们都活着，总有相遇的一天。

眼下，是该回长安的时候了，那里是权力的集散地，只有回到长安，他才有机会扳倒韦保衡。

张天画和燕雨若昼伏夜出，走了七天才赶到长安。

望着这熟悉而又陌生的城郭，他恍如隔世。曾经带着仇恨，一无所有地来，一心想要报仇，如今依然带着仇恨，一无所有地来，一心想要报仇……命运似乎给他开了个天大的玩笑，让他在一个模式中无限轮回。

城郊，早已候着一辆马车，旁边站着八名侍女，燕雨若观察了一下四周，带他径直走过去，单膝跪在马车前："殿下，我带着张天画先生回来了。"

广德公主亲自来接他们？看来长安城内形势很严峻。

车内传出声音："辛苦了。换身衣裳，我们进城。"

公主出行可以有十名侍女相随，但此时车外只站了八名，这是要他们打扮成侍女的意思？果然有侍女递给他一个包袱，里面装着侍女服。张天画想了想，也不计较那么多了，公主都屈尊出城接他，他还有什么可挑剔的。

换好衣裳，公主说："你们两个都进到马车里来吧。"

张天画与公主同乘一辆马车，很是拘谨，一双手都不知道该放哪，倒是燕雨若，嘴巴不停地说："那韦保衡似乎知道你要回来，几乎出动了所有亲兵，日夜不停地查你。为了保你平安，公主殿下屈尊亲自接你进城，以后可得好好为殿下效命。"

张天画闷哼一声，算是敷衍过这个话题，他不想再像当年对韦保衡那样攀附与报答。这世上没有无缘无故的好，有人对你好，一定是你有价值，要么能为他所用，要么能陪他同行。而广德公主和于琮此时对他好，可能因为他更熟悉韦保衡吧，能更精准地打他死穴。

马车缓缓往城门口驶去。刚到门口，就被卫兵拦下了。

"干吗的？"

公主侍女说："眼瞎吗？看不见是公主銮驾？还不赶快让开。"

士兵退下了，却出来一个人，正是茗玉。他还真是阴魂不散，张天画走到哪他跟到哪，似是算好了他的行踪，定要把他揪出来。

茗玉对马车恭敬地行了个礼："公主殿下请恕罪，小的们也是职责在身，对所有行人车驾一律严查，要是有违命令，宰相大人怪罪下来，小的们也担待不起。"

公主气场十足，根本不把他放在眼里："你怕当今宰相怪罪，就不怕当今圣上怪罪？我的銮驾，除了圣上，谁人敢查？"

听到这话，其余士兵都往后退了退，可茗玉不依不饶："我们只接到要搜寻所有车辆行人的圣旨，没接到公主銮驾可以例外的圣旨。所以还请殿下恕罪，我们要例行公事了。"

张天画听到这番话，心都快跳出来了。

公主脸上也露过一丝慌张，但很快重回镇定。她朝张天画和燕雨若摆了摆手，意思是稳住，千万别自乱阵脚。

随着门被强行推开，茗玉把脑袋探了进来："殿下，多有得罪了。"然后角角落落地看，恨不得把车上的锦缎都看得入木三分，最后目光落在张天画身上，上下几番打量……

张天画机敏地用手捂住胸，低着头往燕雨若身后躲。

公主愠怒地吼道："放肆！"声未落，燕雨若已飞出一脚，将茗玉直直踢了出去。

茗玉趔趄了一下，单膝跪在地上向后滑了几步，刚想站起来，瞬间不知从哪里跳出十几个黑衣侍卫护在公主驾前，与城门口的士兵形成对峙之势。其他士兵眼见事情闹大了，跟公主硬抗肯定没好果子吃，赶紧低头往后缩。

茗玉估计也没想到公主带了这么多侍卫，此时也弱下势来，跪在地上动都不敢动。

公主盛气凌人："你个狗奴才，连本宫的銮驾都敢搜，既然搜了，就给个交代，搜到你们要找的人了吗？"

茗玉此时心中大叫不妙，今天行事草率了，他虽然确定那个男扮女装的侍女就是张天画，但这话他却不敢挑明说。若说公主銮驾上藏了个男人，此话一出，公主刚好有动怒的理由，她的侍卫估计抬手间就能要了他的命。相较而言，他暂时放张天画离开，回去向韦保衡报告，做足准备了再向公主发难可能更稳妥……思来想去，他说："没，没搜到，惊了殿下銮驾，请殿下恕罪。"

公主一听这话，嘴角微微上扬，对茗玉冷冷说道："既然没搜到，就以对本宫大不敬的罪名治你，领死吧！"

说完，公主的马车缓缓驶进城门，那十几个侍卫也不知是谁动的刀，都没听见茗玉叫唤，只一个脑袋滚了下来，一具身体颓然倒地……然后那十几个侍卫又向四面八方"嗖嗖"散去，无影无踪。

茗玉就这么死了？

张天画心下暗暗高兴。茗玉今天还真是草率，一心想抓张天画，结果自乱阵脚。他这一生跟着韦保衡嚣张跋扈惯了，栽在广德公主手里也算罪有应得。不过话说回来，韦保衡几次三番陷害于琮，公主早就恨他入骨，今天刚好布下这个局，救了张天画，再一并除掉茗玉。

张天画偷偷看了眼广德公主，她心情颇好，皇室女人果真没一个是简单的，茗玉的心思哪能算得过公主啊。

回到公主府，待一切收拾妥当，张天画专程拜谢了广德公主和于琮。

于琮很客气："张先生与我虽第一次见面，但神交已久。在那种危急时刻，先生不顾个人安危给我送信，我才有机会活下来，若论谢，该我先谢谢先生。"

人在落魄的时候听到这些话，心里格外温暖。张天画说："这么些年，别人都认为我是韦保衡的人，但实际我与他早就貌合神离，我看到他戕害忠良，一手遮天，欺凌百姓，恨不能一棍子打死他，但奈何他是大树，我是蝼蚁，他动动指头就能捏死我，我却无法撼动他分毫。这次他害我家破人亡，夫妻离散，又将我恩师一家全部杀光，我恨不得喝他的血，吃他的肉。我差点就死在他手上，生死攸关之际，幸亏于大人出手相救，让我有了依靠，更有了报仇雪恨的机会。"

于琮说："先生不用客气，我们有着相同的目的，都是为了扳倒韦保衡。虽然我们几个无权无势的加起来也斗不过他，但他当初把我逼到普王傅的位置上，就是给了我最大的机遇。设想一下，倘若有一天普王登基，我们该有怎样的权势与荣耀，也只有普王登基，我们才有可能彻底击垮韦保衡。所以此番救先生回来，不仅要对付韦保衡，还想请先生入普王府，与我们一同辅佐普王。虽然他年幼且无母依靠，是个最不得宠的皇子，但只要是皇子就有可能继承大统，一切皆在人为，只要下足功夫，他便是我们翻盘的唯一希望。"

原来辅佐普王才是于琮的真正目的。别人都当普王是废物，避而远之，于琮也是被逼得没办法了，才想出这招背水一战。

可他说的没错，如果不依靠皇权，仅凭他们几个无权无势之人，怎能扳倒韦保衡？

从目前形势来看，辅佐普王登基凶险太大、胜算太小，也许不是最好的办法，但人生充满变数，眼前不好不一定将来不好，胜算虽小也不是绝无可能，一切尽在人为。况且，这条路上不只有张天画和于琮，普王府还有个田令孜，他也是颇有本事之人，正所谓三人成虎，他们三个合起来搏一搏，干一场天下最大的赌局，赌输了大不了赔条命，反正现在他无亲无眷一个人，但赢了，可不只掐死韦保衡这么简单，还有整个天下……

77. 公主重病

张天画本来想在于琮府上休养几日，但才过了两天，燕雨若就来找他："很久没出门了吧？带你出去购置些衣物。"

"好啊，我也正有此意。"她的易容术太厉害了，只要她想瞒过的人，即使大摇大摆在那人面前晃悠也不会被发现。张天画要进普王府，正好可以让她帮忙易容。

她一脸古灵精怪："咱们今天不化装，就这么出去试试。"说着便抬腿要走。

这丫头疯了吗？张天画一把拉住她："等等，这可不是试试的问题，满城都在通缉我，不化装等于往刀尖上撞，我还想多活两天。"

燕雨若却得意地浅笑着："本姑娘亲自找你出去，自然是因为警戒解除了。放心吧，他们已经顾不上你了，你可以安安心心出去透风。"

这话什么意思，难道韦保衡出事了，还是宫里的什么人出了事？

她"扑哧"一笑，一副看热闹不嫌事儿大的表情："我就不跟你绕弯子了，直接告诉你吧，因为同昌公主病了。"

公主正值盛年，怎么说病就病？若说伤寒之类倒也正常，但普通小病不可能这么大动静："公主得了什么病？"

燕雨若说："这个目前还不得而知，也没有小道消息传出来。大家都知道公主是皇上的心肝，都不敢说晦气话。虽然不知道具体病情，但总能从别的方面看出端倪，皇上几乎把整个太医署都派去公主府，而且已经下令，若治不好公主，要那些医官全族性命。由此可见，公主的病绝不简单。"

"医官的全族性命？这么大阵仗？"

"废话，那可是同昌公主啊，她的婚事是你一手促成，什么阵仗你不知道？别装作一副没见过世面的样子。"

张天画被她生生噎住，他怎会不知皇上对公主的偏爱？任何不正常的事发生在同昌公主身上都正常。只是这么多御医会诊，皇上又放出这么狠的话，要韦保衡日夜伏床照顾，估计正如燕雨若所言，公主的病来势汹汹，极其严重。

燕雨若见他半天没吭声，怕是怼狠了他，堆着歉意地笑，语气也放软了些："现在整个皇宫和韦府都忙得团团转，所有精力都集中在这件事情上，公主要有个三长两短，保准他韦府吃不了兜着走，所以你现在相当于是自由的。"

"这种自由充满变数，公主万一突然好了，我不得被韦保衡杀个措手不及？我还是稳妥点，先不要太招摇。"

她眼睛一转，贼兮兮地问："对了，坊间传闻韦保衡和郭淑妃有奸情，传得有鼻子有眼，都说公主这次生病是被母亲和丈夫气的，还有说公主不想活，自己喝毒药自杀，更有甚者说是韦保衡和郭淑妃合谋害的公主，就为了他们这对狗男女能在一起……五花八门，说什么的都有。你和他们那么近，其中的内幕应该最清楚。传言是真的吗？他俩是不是真有那回事？"

张天画沉默了一下，没有立刻回答。若要人不知，除非己莫为。韦保衡、郭淑妃、同昌公主，他们站在各自立场上，守护着自以为是的平衡，使这段乱伦关系像包着火的纸，以为杀了所有知情人就能堵住悠悠众口，可纸怎能包住火？真相终究还是流传了出去，成为坊间人们茶余饭后最热衷的笑谈。"传言若可信，世间岂不处处充满奇迹？"

她想打破砂锅问到底，带着些急切："到底有没有嘛？"

"这个问题除了他们自己，旁人谁又说得清？"

燕雨若翻他一记白眼，气鼓鼓的："跟你说话真费劲，在你嘴里从来得不到肯定答案，所有事都模棱两可，听得人云里雾里，这么理解也可以，那么理解也可以，你就不能有板有眼地说清楚吗？"

她还真是个直肠子，这么敏感的话题怎么可能有板有眼说清楚？"你看到的、听到的都不一定是真的，你以为的真相不过是你以为。什么是真相？每个人的感悟都不一样，真相从来就不是那么好揭开的，有些真相的代价也不是我们能承受的，也许当你知道真相的那一刻，便是祸起的那一刻……"

"行了行了，"她不耐烦地打断他，"照你这么说，我们就不能探求真相了，活该像个傻子蒙在鼓里？"

"这倒也不是，探求你有能力承受的真相。你无力承受的，就不要强求知道，那绝对是祸，不是福。"

她无奈地摇了摇头："你真是个怪人，不喜欢吃，不喜欢穿，连扯是非都不喜欢，真不知道你活着的乐趣是啥。"

这句话刺痛了张天画，他愣了一下："像我这种家破人亡的人，还有什么乐趣？最大的心愿就是找到我妻子，最想干的事就是报仇雪恨，至于其他，都是不着边际的奢望，有了多余，没有更好。"

她意识到自己说错了话，连忙解释："我不是那个意思，不是有意揭你伤疤，我、我……"她越急着解释，越不知从何说起，竟哭了起来。

真不知道她有什么可哭的，反而像是张天画欺负了她。

张天画无奈道："大小姐，有话慢慢说，你别哭啊！"哄女人这一套他真不擅长,一双手不知该往哪里放,帮她擦眼泪也不是,藏在身后以示清白也不是。

她也不理他,自顾自地陷入回忆:"其实我比你好不到哪儿去,别看我从小在公主府长大,皆因我是孤儿,很小就被父母抛弃,是公主收留了我。到现在我还清楚地记得那一天,我发着高烧,再加上几天没吃东西,躺在路上动弹不得,爹拉着娘说要给我买肉包子,我心里清楚他们在骗我,他们没钱给我治病,怕我拖累,打算丢弃我,但我没力气跟他们走,连喊的力气都没有。我当时很绝望,也想着干脆死了算了,甚至有好心人真的以为我死了,在我身上盖了块草席。也许是我命不该绝,天降大雨,冰冷的雨水淋在我身上,把我浇醒了。碰巧公主去寺院上香经过那条路,又碰巧我突然想家,掀开草席坐起来哭,公主听见小孩的哭声就让落轿,既然在上香途中遇见我,说明一切都是菩萨的意思,她不仅收留了我,将我医好,还安排我识字和习武,这才有了今天的我。到如今,我都不知道父母还在不在世,他们的形象已经很模糊了,又没留下任何信物,找都无从找起,所以我只当公主是我唯一的亲人。"

这是她第一次谈起身世。别看她平时英姿威武,原来也是个可怜人。在这个时代里,谁又不可怜呢?天之骄女的同昌公主被丈夫和母亲背叛,此时已奄奄一息;宠冠后宫的郭淑妃顶着被杀头的危险爱上女婿,爱而不得;就连高高在上的天子,把大唐江山搞得乌烟瘴气,最爱的女儿命在旦夕,最爱的女人背叛自己……

那真是:

> 君臣逢场作戏,夫妻貌合神离。
> 亲子各逐名利,朋友失信忘义。
> 纲纪背道废弛,伦常分崩离析。
> 社会动荡扰攘,家国危在旦夕。

张天画和燕雨若没化装易容就走到了大街上，不为别的，就想看看现在的形势是不是已经松懈了。大街上虽然还贴着他的通缉画像，但旁边已没了驻守官兵，画像也被风吹得破破烂烂，连眉眼都分辨不清，谁还能认出画中人就站在一旁？

他们缩头缩脑地出去，大摇大摆地回来。看形势同昌公主的病情果真不容乐观，占用了整个皇宫和韦府的全部精力。韦保衡估计天天伺候在病榻前，一颗心都提在嗓子眼儿上，公主若是真死了，皇上不得把他剥层皮，说不定一激动让他陪葬也不无可能……他还哪有心思顾及张天画。连于琮也松了口气。

他现在不用易容就能进普王府，他们三人的计划终于可以行动了。

78. 进普王府

张天画当年受田令孜之邀为普王过寿，因普王几乎没怎么见过皇上，对父爱极其渴望，他专门画了一幅父子图送他。那时张天画是韦保衡身边的大红人，是首屈一指的宫廷画师……如今还是因为韦保衡，他家破人亡，颠沛流离……

又到普王府，楼宇还是这个楼宇，小毛孩儿普王还是这小毛孩普王，张天画的心境却完全不同，那真是：

老翁幼童景相似，
物是人非心不同。
有云：沧海桑田更变，
不过，贵贱生死一糟。

"先生来了？"普王奶声奶气地打着招呼。他已经八岁了，依然那么稚嫩，不像其他缺少父母关爱的孩子那样早熟，看来田令孜对他照顾得很好。

张天画赶紧跪拜行礼："草民拜见普王殿下。"

"先生快快请起，这么久不见，我都想你了。你送我的画还挂在书房，我天天都看呢。"

田令孜也热情地打着招呼："殿下听闻先生入府，高兴了好几天。这次来就不走了，咱们一起辅佐殿下。"

普王高兴地拍手："对呢，阿父说要把你留下来当门客，以后王府就是你家，让阿父安排你食宿吧。"

张天画揖手行礼："多谢殿下收留。"按理，他这个时候该表达忠心，说些鞍前马后、肝脑涂地之类的话，但经历了韦保衡之后，这种话现在让他恶心。

"阿父说，你是个有大才的人，将来能助我成就大事。"

"殿下谬赞了，只要殿下吩咐，我定不遗余力。"

田令孜满眼慈爱地看着普王，像一个父亲看着自己的孩子，又像一个工匠引以为傲地看着自己一手打造的工艺品。

"阿父还说，当年你红火的时候没嫌弃我们，如今你落难了，我们也不能嫌弃你，这叫义气。"普王言语间都是田令孜，好像那才是他的天，除此，生活再无其他。

张天画感激地看了一眼田令孜，他俩都是穷苦出身，都是从底层一点一滴打拼上来的，这种经历让他俩有一层天然联系，相较别人更显亲切。

田令孜一本正经地吩咐侍女："按照殿下吩咐，以后张先生就是咱们王府的门客，宿东客房。"

侍女们恭恭敬敬地回话："是。"

张天画和普王又闲聊了几句，他毕竟是个小孩子，正经话说不了两句就惦记着玩儿："阿父背我，我要去斗鹅。"

"您都这么大了，还要奴才背？"

"我就要阿父背，多大了也要阿父背。"

"好，奴才背您去。不过您要答应奴才一件事，以后不能再把奴才叫阿父了，传到皇上耳朵里可不得了。"

说话间，普王高兴地跳到田令孜背上："我偏要叫阿父，这里又没外人，不会传到父皇那里的。"

普王和田令孜要去看斗鹅，他是跟着一起去看，还是先安顿着住下？他们一个相当于无父，一个无子，私下又以父子相称，此时他若横亘其间，显得很不识趣……

正犹豫着进退，田令孜转身说："先生可先安顿着住下，以后咱们就是一家人了，不用拘谨。我伺候殿下看斗鹅，暂且失陪了。"

张天画赶紧应允着离开。

经历了这么多，若还以为田令孜说这番话是为他好，那就太天真了！不只如此，他背普王看斗鹅这出戏也是故意演给他看的，意思是他才是这里的主人，普王是他的，除了他，谁都不能和普王这么亲近。

张天画暗笑，他想护犊尽管去护，他绝不和他争儿子！

侍女带他来到东客房，这是一间陈设豪华但四面通透的房间。所谓豪华，从桌几到床榻都是檀香木所做，雕工十分精细，散发着淡淡清香，床上铺着丝被，几上摆着鎏金的茶盏，一应用度都是接待的最高规格。所谓通透，就是每面墙上都有一扇窗户，虽糊了一层薄薄的窗户纸，但只能勉强遮羞，个人隐私什么的基本不存在，他们能三百六十度无死角监控。

田令孜如此布局，心思也是够深够狠的，绝不是好对付的善茬儿。可命运把他带上这条路，他已毫无选择，只能硬着头皮往下走。

在普王府刚安顿下来，田令孜和于琮就传他去议事，他们可不是白救他回来的，得表现出他的价值，他对此心知肚明。

田令孜先问："先生吃住可还习惯？"

张天画客套地说:"谢殿下盛情,安排得太过奢华,我诚惶诚恐。不过我的事两位大人都知道,就是想尽快找到我妻子。"

田令孜直奔主题:"你的事我都记在心里,咱们现在是打天下阶段,确实困难些,你也是这个圈子里的人,应该清楚咱们目前人单力薄、缺资少物的困境。但困境不是绝境,普王殿下就是咱们的希望。皇上虽有八个儿子,可至今没立太子,普王虽年幼,仍具竞争力。皇子拼争,拼的都是咱们这些辅佐之人。你的加入让我们更增添了信心。你想想,要是有天普王当了皇上,那韦保衡就是个屁,说把他捏死不就捏死了。你要找你妻子,想怎么找就怎么找,整个天下都是咱们的。"

这些话于琮之前早已说过,他思虑再三,目前没有比这更好的路:"田大人所言极是,我此番就是要助殿下成就大业。"

田令孜很高兴:"既如此,还请先生详细说说行动步骤。"

"第一步就是要剔除阻碍普王登基的头号势力,也就是必须首先削弱韦保衡的势力。如果他仍然稳坐相府,还像现在这样只手遮天,储君之事恐怕他一个人说了就算,咱们殿下估计没有可能越过他去继承大统。所以无论从公心还是私仇,我都认为应该先瓦解韦保衡的势力。"

于琮说:"确实,韦保衡身为当朝宰相,势力如果不减,咱们断无可能突出重围,必须扫掉这个障碍。"

既然他俩认同了他的观点,也就是承认了他的价值,张天画提条件了:"若有朝一日普王登基,我想要韦保衡的命。"

他俩对张天画的话毫无意外。"他的命我也想要,"于琮说,"他几次三番陷害我,让我连贬三次,还差点命丧他手,不过与你相比,我的恨远不如你的仇,若真有普王登基的那一天,韦保衡的狗命可以交给你,但有一条,别让他死得太舒服。"

田令孜说:"当年我还在马坊的时候,他可是瞧不起我的,这辈子都忘不了他当着两个小蹄子的面羞辱我,他死在谁手里我不在乎,只要他死。"

张天画继续说:"韦保衡现在正得势,犹如一只猛虎,我们要伤他,就要先断其爪牙,路岩是其最有力的一个爪牙。之前他俩沉瀣一气、排除异己时,团结得跟一个人似的,如今都是宰相,权势相当,却为了争谁更得宠而心生嫌隙,所以此时是我们对付路岩的最佳时机,韦保衡绝对会袖手旁观。等干掉路岩,就相当于断了韦保衡的一只臂膀,他就算明白过来也为时已晚。"

于琮眼睛一亮:"如果韦保衡与路岩之间真有内讧,单独剿灭路岩不是难事。我手里正好握着他贪赃枉法、收受贿赂的证据,先从底下找个人告一状试试。"

张天画立马摆手:"这一招韦保衡早亲试过了,当初找了陈蟠叟,还没直接告路岩,只是告了路岩身边的边咸,就被皇上流放。所以贪污受贿这一条,我们不能直接用,得扯到皇上的痛点才能用。"

于琮捋着胡须:"请先生来果然没错,这条信息太及时了。若说皇上的痛点,必在同昌公主身上。此番公主大病,怕已凶多吉少,熬不了几天了。若公主薨逝,朝廷时局势必大动荡,咱们就在此时见机行事揭发路岩。"

田令孜有些不解:"为什么不直接把韦保衡与郭淑妃的奸情抖出来,公主一薨逝,皇上不用再顾及公主颜面,说不定把韦保衡和郭淑妃都一并处理掉。"

"万万不可,"张天画说,"韦保衡与郭淑妃的奸情比表面看到的要复杂得多,当初我师兄崔跃成正好撞了个正着,因为害怕被他俩杀人灭口,迫不得已向公主揭发,谁知公主早就知情,只是为了维护皇室尊严才一直隐忍,她做了如此大的牺牲,绝不让人破坏她的良苦用心,她当场杀了我师兄,又怕我师兄的家人在追查死因时引出丑闻,索性将他崔家全族杀了个精光。当儿女情长和皇室尊严放在一起时,他们会毫不犹豫地牺牲儿女情长,维护皇室利益,所以我推测皇上自始至终也对此事知情，公主的想法压根儿就是皇上的想法，若我们把韦保衡和郭淑妃的奸情抖出去，正好触了皇上的底线，对于抖出此事的人，皇上只会比公主做得更决绝。"

于琮很认同这个观点，他说这是皇族的特性，广德公主也如此，都把皇家尊严看得高于一切。皇上何等聪明，一段坊间热谈的奸情怎能瞒得了他？他假装不知，只是演戏给天下人看！既然他要演，大家都得陪他演，绝不能碰触这条底线。

商量来商量去，如果要让皇上治路岩的罪，必须把他贪污受贿与公主的病扯到一起。公主现在全凭药材吊着口气儿，每一服药都价值连城，就说他克扣了其中珍贵药材，导致药量不足、影响药效，一旦公主薨逝，将会给路岩带来灭顶之灾。

他们三人越商量越兴奋，仿佛一条辉煌的道路正在面前慢慢打开。田令孜眼睛冒着光："先生果然见解独到。咱们一方面要对付韦保衡，另一方面，还得对殿下的大事早做筹谋，先生有何想法？"

"自打我进入王府，就一直在思考这件事。目前已经想了个大概，刚好与两位大人商榷。皇上一直没有册立太子，八个皇子都在暗中较量，普王年幼，正好可以避开各种锋芒。依我之见，我们目前不必掺和这些较量，而要把精力放在拉拢兵权上，谁手里握着兵权，谁就说了算，当今皇上便是例证。"

于琮十分赞同。目前要集中精力拉拢神策军，说白了就是拉拢两个关键人物，左军中尉刘行深和右军中尉韩文约，只要他俩站在普王这一边，将来的大事就算稳了，即使皇上另立太子，有神策军做后盾，来个兵谏也不是不可能。至于其他皇子，任他们鹬蚌相争，暂时不用理会。

一番商榷，张天画回到房间已近深夜。他躺在床上深吸一口气，想让自己尽量放松，可月光从四面八方洒进来，把房间照得犹如白昼，反而更紧张，总觉得有人透过窗户在看他。是错觉吗？这气息竟如此熟悉，像诗琪……

他跳起来飞快地打开每一扇窗,努力在黑夜中搜寻着,除了树枝在风中龇牙咧嘴地晃动,并不见人。可诗琪的气息如此清晰,似乎就在不远处,他仿佛都能看到她小小的身躯不住地颤抖,害怕地东张西望,翕动着双唇却什么都不敢说……太思念她了吗?竟如此恍惚。

> 我听到,你的心跳就在耳边,
> 只一瞬间,模糊难辨。
> 我闻到,你的呼吸贴在唇边,
> 只一伸手,化为云烟。
> 我看到,你的眼泪滑落指尖,
> 只一转眼,消散不见。
> 彻骨的思念,在黑夜中蔓延,
> 揪心的痛,都凝在眉间。
> 爱人啊,你可听到我的呼唤?
> 那白首的誓言,似乎就在昨天。
> 爱人啊,你可知道我的心愿?
> 哪怕生命走到尽头,也要护你周全。

79. 公主薨逝

听闻同昌公主病得越发严重,短短十几天就已瘦脱了相。皇上的一颗心整日揪着,见不得有人说跟死相关的字,谁犯了忌讳就砍谁脑袋。

那么一个冰雕玉琢还心有大义的美人儿,张天画真不愿她死。对她,他总有一种愧疚感,若说她的病是韦保衡气的,说他是帮凶也不为过。

太医们无力回天，谁都不敢给皇上说准备后事的话，眼看公主快不行了，皇上还在给韩宗绍、康仲殷等医官施加压力，医官们被逼得实在没办法，想了一个铤而走险的拖延之策，一人说出一种稀世罕见的药材，合成一份几乎无法实现的药方，公主只有吃了这个药方才能痊愈。于是就有了千年灵芝、千年人参、红蜜、白猿膏之类拼凑的药方。

原本韩宗绍、康仲殷等医官已想好托词，少一样药材或是有一样年份不达标，就说药方无效，尽量将罪名推出去。但万万没想到，皇上命人把内库翻了个遍，把列祖列宗珍藏下来的珍品尽数交给太医署，硬是把这份药方实现了。医官们惊到五雷轰顶，但此时各种药材都到手了，再说药方无效之类的话，皇上估计立马就得把他们灭族。无奈之下，医官们只能硬着头皮走流程，煎药、伺候公主服药。没有丁点办法，只能希望公主再拖延几日，那是他们的活命符，公主活，他们活，公主死，不仅他们得死，还会连累家人甚至全族，他们连大气儿都不敢喘，生怕一个喷嚏闪着公主，尽心竭力到这种程度，可公主还是没能撑过三天。

公主在万千人的呵护下撒手人寰。咽气儿时，哭声震耳欲聋、排山倒海。第一个哭晕的就是韦保衡，然后上到公婆妯娌，下到医官侍女跟着晕倒一大片。

谁都没有想到，公主这么年轻，平日身体也很康健，竟死得这么突然，这么决绝，仿佛对这世间厌恶到了极点，不带任何留恋，巴不得早些解脱。谁都不知道公主心里是怎么想的，到底经历了怎样的心境，但凡她有一点活下去的意志，凭着举国之力的仙药，也不可能走得这么快，甚至临死都没留下一句话。

随着公主薨逝，一场剧烈的动荡开始了。

首先是韦保衡。怕皇上责怪照顾不周，他连夜扑到皇上脚下痛哭流涕。因皇上曾放出狠话，若医不好公主，就让整个太医署陪葬，韦保衡便理直气壮地说都是那帮庸医的错，公主平时身体很好，这次只是一点小病，庸医们却居心不良、小题大做，想把病情说得严重些，白得一次立功升官的机会，刚开始就用药过猛，往后更是求奇求珍，根本没有对症下药，这才把小病治成大病，造成公主香消玉殒。

皇上也不知是出于各种复杂原因的考虑，还是失女之痛无法控制，竟然听信了韦保衡的谗言，盛怒之下真的命人将韩宗绍、康仲殷等十几个医官从太医署提出来，不顾周围人的劝阻，直接提去刑场砍了头。仍觉得不解恨，一意孤行又将医官中为首的韩、康两家宗族三百多人抓了起来，一并交给京兆尹温璋收押监牢，宣称三天后处斩。

因公主病逝，皇上斩杀全部医官，别说本朝本代了，历朝历代的昏君们都没干出过这等事，闹得"物议沸腾，道路嗟叹"。生老病死乃人生常事，医官何错之有？

要么，皇上昏聩至极，要么，他想干些有悖常理的事，故意吸引大家注意，故意让人去议论，掩盖他想保护的真相！思前想后，张天画觉得皇上这么做是属于后者。虽说皇上确实不是什么明君，但他至少真心疼爱女儿，真心维护皇室尊严。与其让人议论皇妃与女婿乱伦气死公主，不如让人议论那些无辜枉死的医官……也许这是他能想到掩盖真相最好的办法了。

想明白这一点，就有了下步的对策。

继韦保衡上演苦情戏之后，朝廷一应官员相继开始表演，为首的便是左威卫大将军李可及，他本是乐工出身，这回可派上用场了，创作了一首《叹百年》舞曲，专门表达对公主的哀思，歌曲凄凉悱恻，听到的人都涕泗横流，皇上大为感动，流着泪赐给李可及两银樽酒，但银樽里装的并不是酒，而是满满的金翠珠宝，李可及高兴得不得了，到处炫耀。官员们看到之后顿生羡慕，皇上借机下令，文武百官都要以李可及为榜样，发挥所长为公主写**挽歌辞**，以寄哀思。

在这场大动荡中,以普王为首的于琮、张天画、田令孜自然不能无动于衷,早就谋划好了细致的行动方案,只等时机成熟一步步实施。他们先以普王的名义写了一篇文采飞扬的马屁文章,主要追思了弟弟对姐姐的无尽爱戴和彻骨哀伤,同时也婉转提到了朝廷某些官员贪腐成风,比如宰相路岩,平时贪也就算了,竟然贪红了眼,连给公主救命的药材都想染指,导致汤药分量不足,影响药效,无奈弟弟弱小,除了痛心疾首之外,也只能写写文章表达哀痛。若在平时,普王写的文章估计皇上看都不会看,但此时只要是抒发对公主哀思的,并且把矛头指向医官、汤药的,皇上都会看,而且还会推波助澜让其发酵,引导大家去议论。果然没过几天,朝堂便有人对路岩发难,把公主救命的药材占为己有,影响了药效,如此胆大妄为的行径根本不把皇权放在眼里,建议把路府彻查一番……听到这些,他们三人很欣慰地等着,估计要不了多久,就能看到他们想要的结果了。

皇上斩杀医官的事总有些"直肠子"挺身而出,宰相刘瞻就是刚正不阿的一位,他先提议谏官上表劝谏,但被皇上吓破胆的谏官们连屁都不敢放,刘瞻只好亲自劝谏,给皇上提了三点建议,一要减少滥杀无辜,放了韩、康两族收监的三百多名家属;二要正纲肃纪,朝堂官员都是国之栋梁,应为国家和江山社稷贡献智慧,少写酸腐文章追思公主,没用;三是公主已嫁夫家,没有诞下子嗣,为国为家都谈不上突出贡献,葬礼应按普通公主规格即可,不要超出礼制过分铺张。

刘瞻说完这些话,皇上气得半天没吭声,一吭声就将刘瞻贬为荆南节度使,然后刘瞻所谏的三件事,皇上一件都没采纳。收监的三百多名医官家属,死罪虽免,但活罪难逃,一个不落全部治罪,女为妓,男为奴;皇上照旧令文武百官为公主写诗赋词以表哀思,照旧以超出礼制许多倍的规格安葬同昌公主。

说到安葬公主,这绝对是一场空前绝后的盛大葬礼,一如当初的婚礼一样,什么礼制传统,都是约束别人的,同昌公主就是例外,皇上想怎样便怎样,不仅亲自写了挽歌,追赠公主为卫国公主,谥"文懿",葬少陵原,驸马韦保衡撰神道碑,还下令文武百官都要为公主送葬。

百官们即便心有不满,也敢怒不敢言,刘瞻就是前车之鉴,谁都不想因为这件事被罢官免爵,纷纷携金带银去做场面活儿,有些连公主面都没见过的官员,也惺惺作态哭得像死了亲娘。不管是真情还是假意,为公主送葬的队伍竟长达三十几里,载运陪葬金银财宝的车辆多达一百二十乘,仪仗、明器均为金玉所制。物件倒也罢了,活人陪葬的规模也前所未有,公主的乳母和所有服侍过的宫女全部殉葬。

朝堂都折腾成这样了,动荡还没结束。皇上命翰林学士户部侍郎郑畋起草刘瞻的罢相制诏,可郑畋平日就十分敬佩刘瞻,此次更对刘瞻的直言劝谏钦佩不已,实在找不出罢相的理由,就在制诏中写了"安数亩之居,仍非已有,却四方之赂,惟畏人知"这样表荐的句子,惹恼了皇上,也被贬官。

刘瞻任职荆南节度使后,依然耿直刚正,不停劝谏。皇上偏跟他杠上了,继续贬他,看他闭不闭嘴,连续将他贬为康州刺史、骧州司户参军,朝堂上凡与刘瞻关系密切的官员都受牵连,关系远的被训斥,关系近的被贬官,右谏议大夫高湘、比部郎中知制诰杨知至、礼部郎中魏纭、兵部员外张颜、刑部员外崔彦融、御史中丞孙瑝、京兆尹温璋等人都被贬官。京兆尹温璋本来就对皇上处死医官和治罪三百多家属愤愤难平,现又被莫名其妙贬了官,更感叹"生不逢时,死何足惜",竟然气郁难平地自杀了。

温璋一自杀,空出了京兆尹的位置,毫无危机感的路岩上蹿下跳,为他一派系的薛能奔波。薛能也颇为争气,有路岩撑腰,自己明里暗里又不知送出多少银两,没过几天就如愿当上了京兆尹。

路岩正庆幸他的派系又壮大了些，好好庆祝了一番。与此相比，韦保衡少了同昌公主就如同少了主心骨，路岩越想心情越顺畅，他的权势终于胜过韦保衡，如今是朝堂第一人了。可还没高兴两天，皇上却突然拿他贪污受贿说事儿。他以为与前几次一样，只要吐些钱出来，皇上就不再追究，可还不等他拿钱运作，皇上已下旨抄了他的府邸，所有财产收缴国库，还将他贬出朝廷，外放为西川节度使。

路岩此次被贬，与其平日为非作歹分不开，但导火索肯定与普王上表的挽词有关，再加上边疆不稳，南诏屡屡进犯，皇上正愁没钱打仗，路岩多年来的横征暴敛刚好可以充盈国库。至此，路岩算彻底离开了政治中心，他们三人小组的目标实现了第一步。

路岩知道自己得罪的人太多，担心贬谪的路上遭人报复，便对一手提拔起来的薛能说："我怕出城时有人用瓦砾给我饯行！"言下之意是薛能欠他一个人情，应该派兵护送。

但此时的薛能生怕刚升的官还没坐稳再被撸下来，对他避之不及，铁面无私地说："就连宰相出城，京兆府司都没有派人护送的先例，何况区区一个西川节度使，大人还是自行出城吧。"

路岩又羞又恼，但除了感叹世态炎凉之外，实在也没什么可说的。离京赴任的那天，他果然在路上被人用石头瓦砾乱砸一气，狼狈之状与过街老鼠相差无几。那真是：

> 官不正，枉为朝中相。
> 献谗言，勾结害忠良。
> 暴敛财，金银覆满仓。
> 势倾颓，伶仃叹炎凉。

80. 拉拢军权

路岩被贬出京后,韦保衡在朝中一人独大,只手遮天。他庆幸皇上依然信任他,同昌公主是自己病死的,不是他和郭淑妃气死的,太医署的一众医官罪有应得,也不是他陷害冤枉的……

尽管如此,公主没了,他就没了驸马身份,没了与皇上之间的那层亲眷关系,心里始终不安。为了亲近皇上,他写了份奏章,赞扬了皇上的丰功伟绩,并请皇上加尊号"睿文英武明德至仁大圣广孝皇帝"。其言之凿凿,情之切切,皇上看完大为感动,当真认为自己英明神武、功德无量,便听了韦保衡的建议,将自己的尊号加成十四个字。可是在大唐历史上,高宗和太宗活着的时候都没给自己加尊号,后来历代皇帝的尊号也大都只有四到六个字,达到八到十个字的已经很少了,比较多的是唐玄宗十六字尊号"开元天地大宝圣文神武孝德证道皇帝",懿宗的尊号字数居然只比玄宗差两个字,但两者的功绩相差可是十万八千里。

改了尊号之后,皇上自我陶醉,等着百官称颂拜谒,朝堂上下马屁声四起,热闹非凡……但这些都离僻静的普王府太遥远,根本没人注意角落里的他们在干什么。

"到现在也没摸清刘行深和韩文约到底爱好啥,"田令孜有些气恼地挠着头,"那两个老狐狸狡猾得很,说话办事滴水不漏,咱们送的黄金都原封不动退了回来,还没找到突破口。"

"收服人心的事可急不得,得下一番狠功夫、慢功夫,粗犷式的砸钱肯定不行。咱们先把他俩的人际关系图画出来,再想办法攻破。"张天画边说,边在纸上分别写下左军中尉刘行深和右军中尉韩文约这两个名字,然后根据目前掌握的信息,在名字周围分别写下相关人物,画出关系草图。

刘行深为人宽厚,在军中颇有威望,只有一个养子叫刘季述,他与刘季述的父子结缘比较特殊。一般大宦官收养子都不会挑年纪太小的,至少得十五六岁,性情合得来,有一技之长,还得足够聪明,一旦认养马上能为己所用,才有可能确认收养关系,田令孜就是如此,被认养子时已有十七岁。如果把人比作白纸,这些养子被认时相当于已是写了字的半成品,大宦官们只管挑选哪些半成品有前途、更合意。而刘行深则不同,他身为神策军的最高指挥官,想认他当干爹的小宦官比比皆是,他都不为所动,近几年才从新入宫的宦官中挑了一个认成养子,取名刘季述,这个刘季述出身贫寒,看起来脏兮兮的,也不怎么机灵,只因入宫时年龄最小,才四岁,刘行深便将他抱走抚养。他说,别人培养好放在你跟前的今天可能是儿子,明天就不一定了,儿子还得自己培养,在一张白纸上想写什么就写什么,想怎么写就怎么写,这样的儿子才可能永远是自己的。他把所有的爱都放在刘季述身上,像个普通父亲一样陪孩子成长。如今刘季述还尚未成年,只比普王大四五岁。

了解了刘行深的人物关系,可以先从刘季述下手,拉拢一个小孩子简单多了,如果抓住了刘季述的心,攀附刘行深的概率将大大提高。

再看韩文约,他和刘行深的行事方法颇为相似,只有一名养子叫韩全诲,已经二十出头,目前在神策军任职,也是他从小养到大的。孩子小的时候总围在他身边,现在长大了,更多时候待在军营,所以他经常一个人,想孩子了就去看看刘季述,教他些武功。这个人对孩子很有爱心,要拉拢他,也可以从刘季述那里突破。

捋清了人物特征,三个老谋深算的人设计了一场相识。刘季述正在皇宫里玩儿,几个小宦官见他一个人,便找他问话:"你是王爷吗?"

"不是。"

"皇宫里像你这么大的孩子，不是王爷就是宦官，那你是宦官了？"

"是。"

"都是宦官，凭什么你在这里玩儿，我们却要干粗活儿？你穿着崭新的绸缎，我们却穿着别人不要的旧衣裳？把你身上好看的衣裳脱下来给我们，不然今天打断你的腿。"

刘季述心里害怕极了："我爹可是刘行深，你们敢动我，我爹定要你们好看。"

小宦官们嘲笑着："也不撒泡尿照照自己，就你这样儿，还敢说是刘将军的儿子。"

小宦官们边说边动手扒他衣服，普王刚好经过，田令孜又刚好内急不在普王身边，情急之下普王大喊一声："住手，不许欺负人！"

正扒衣服的小宦官们一看又来了个小孩儿，穿得挺好，还没仆从跟着，干脆把他衣服也一起扒下来。一堆人推推搡搡就把两个小家伙围在了中间。

普王和刘季述这两个难兄难弟狼狈地蹲在地上，自然成了统一联盟，两人悄悄商量："这里离王府很近，到那就没人欺负咱了，跟我跑。"

"好，我数一二，咱俩同时站起来，跑！"

两人一起往十六王宅跑。小宦官们见他俩跑进了王府，再没敢追，悻悻地散去。

普王气喘吁吁地说："今天好倒霉，偏偏阿父不在，受人欺负了。"

刘季述问："你阿父是谁？"

"田令孜。"

刘季述高兴得直拍手："原来我们一样，父亲都是宦官。我原以为宫里只有我这样，没想到竟然还有你，真是太好了。"

两人一下子成了好朋友，一起去吃糕点，普王炫耀地说："这桂花糕可好吃了，是我阿父亲手做的，我最喜欢吃了。"

"真好吃，我们家也有好多糕点，都是别人送的，但都没你家的好吃。"

这个时候张天画和于琮出场了，把他俩领进课堂，使出浑身解数，把枯燥的课程上得生动有趣，让他俩既捧腹大笑，又学到很多知识，最重要的是抛开身份背景，让他俩感觉彼此很亲切。

课业结束后，两个小家伙意犹未尽，相约着明天还要一起玩儿。看到这一幕，三个老谋深算的人欣慰地笑了，孩子还是好哄啊。

直到吃过晚饭，田令孜才出现，见到刘季述，装模作样地狠吃了一惊："这不是刘将军的儿子嘛，怎么在这儿？你父亲到处找你，都快急疯了，快随我回去。"

两个孩子难舍难分，于琮非常适宜地说："你俩要是愿意一起学，我就把刘季述也收为学生，以后一起教。"

他俩兴高采烈地欢呼着："愿意愿意。多谢老师。"

于琮伸出手："那就击掌为誓，明天不许迟到。"

刘季述雀跃着与于琮击掌："遵命，老师。"

田令孜拉着刘季述的手，好生把他送回去。

刘行深一看是田令孜送来的，心里转了好几个弯儿，但还是客气道："犬子没给普王殿下添麻烦吧？"

刘季述一脸疑惑："普王殿下是谁？"

田令孜满脸和蔼可亲："怎么会添麻烦呢？他和殿下玩得可好了，还约好明天继续来。殿下一直嫌课业太枯燥，有刘季述陪着，学习都认真了呢。"

"原来他俩在一起学习，真是有劳田公公和普王傅了。"

刘季述兴奋地插嘴："父亲，我今天拜了于琮当老师，还学了好多东西呢，我给你讲讲……"

田令孜识趣地说:"令公子已平安送到,天色已晚,老奴先回去了。"

田令孜走后,让他们父子俩尽情掰扯去吧,想那刘季述明天一定会来。

第二天,刘季述果然准时来了,他们三个都很高兴。如此上了一个月的课,功夫不负有心人,刘行深终于带着厚礼来感谢了。

于琮、张天画和田令孜盛情招待他。

刘行深见到张天画,颇有些吃惊:"你是张天画?"

"是啊,中尉大人,好久不见。"

"你还活着,看来传言是假的。你不是一直跟着……"他欲言又止。

张天画明白他的言下之意,他不是跟着韦保衡嘛,怎么又进了普王府,跟于琮和田令孜走到了一起?

张天画既选择信任他,将来还有可能是一个战壕的兄弟,也不避讳他:"我和韦保衡早已分道扬镳,我们的目标不一样,投入再多也是为他人作嫁衣,不像普王,年龄又小又单纯,可塑性很强。"

刘行深是何等聪明的人,肯定明白他的话中之意,虽表现得波澜不惊,但在心里必定留下烙印。

"韦保衡下了那么大功夫要杀你,很多人都以为你死了,没想到你居然在这里。"

张天画顺着他的话说:"既然大家都认为我死了,我就暂不露面,也请刘大人为我保密,免得某人知道了引起不必要的麻烦。"

"张大人既不避我,就是对我的信任,我自是不会出卖这份信任。"

人际关系就是这么奇妙。不要说他像铁桶似的没有突破口,只要你想攀附、肯下功夫,七拐八绕地一定能攀附上。

与刘行深混熟了之后,认识韩文约就成了顺理成章的事,刘季述带着普王去韩文约那儿学武术,一来二去自然也熟了。

眼看事情一点一滴朝他们希望的方向发展，势头越来越好，却听到了一个噩耗：张议潮老将军溘然长逝，享年七十四岁，获谥太保。

81. 遇韦保衡

在张天画心中，张议潮老将军是天高地阔培养出来的，是大漠孤烟熏陶出来的，是金戈铁马淬炼出来的，更是刀剑拼杀血染出来的。他满怀报国之志，将一生的战绩拱手捧给朝廷，自困长安为质，但他的忠勇不过是给昏聩的君王换了些花天酒地的资本，何曾实现过抱负？他到现在还记着张议潮望向天空的样子，满眼的渴望与憧憬、惆怅与失落。

那真是：

> 将军持钺开旧路，万里驱兵过萧关。
> 一振雄名烽烟静，收复河西奉长安。
> 君王瑶池归来醉，谁管将士血流干？
> 犬戴金铃猫戴翠，笑看忠烈铁衣寒。
> 孤身为质难为官，故乡一别难相见。
> 铁马冰河成旧梦，一任丹心垂暮年！

张议潮对张天画不仅有恩，两人更是忘年交。他平易近人、胸怀天下、刚正坦荡的品格就像冬夜里的一盏灯，始终指引和温暖着他。

老天不知怎么了，非要把对他好的人都一个个夺走，让他感受一段又一段生离死别的痛，再眼睁睁看着那些奸佞横行霸道。

虽然现在形势紧张，但老将军的葬礼他必须去，就算有可能碰到韦保衡，他也定要送老将军最后一程。燕雨若专程来给他化装易容，把他打扮成沙州敦煌人，那是老将军的故乡。

张天画和于琮一起去将军府拜祭。张议潮的六个子女都在，灵堂布置得非常讲究。

自打进了灵堂，张天画就觉得有一道目光在注视他，四下望去又没有熟人。等他上了香，拜祭完，小厮给老将军的子女传话："宰相韦保衡大人到。"

韦保衡知道张天画对老将军的感情，料定他今天一定会来，故意安插了眼线，事已至此，他也没什么好躲的，听天由命吧。

张议潮的大儿子给韦保衡行了礼："宰相大人怎么不提前通传一声？我们也好做个准备，眼下真是怠慢了。"

韦保衡客套地说："我是来拜祭老将军的，又不是来做客的，何来怠慢之说？"他边说边打量张天画。

张天画心虚极了，燕雨若这易容术能瞒得了别人，肯定瞒不住韦保衡，他即使化成灰他都能认得。但转念一想，灵堂之上韦保衡也不能把他怎样，与其唯唯诺诺地闪躲，不如大大方方地站着。

韦保衡皮笑肉不笑地跟于琮打招呼："哟，普王傅也在这儿？"

于琮与韦保衡水火不容，压根儿不给他面子："宰相大人是闻着味儿找我吧？不然咋这么巧，我前脚刚到，宰相大人后脚就到了。"

韦保衡被挖苦得一鼻子灰，众人跟前也不好发作，干笑两声，指了指张天画："你身后这位是？"

"宰相大人何时对我的下人这般关心？他是张议潮老将军从河西带来的旧部，因身手不错，我就把他调到公主那里，现在是公主的府兵。今天因要拜祭老将军，就让他按家乡习俗穿着，你若觉得碍眼，不看他便是。"于琮故意搬出广德公主，意思是警告韦保衡，公主府的人不是宰相说提就提的，那得经过公主同意。

韦保衡明显不相信于琮的话，轻笑一声："身手不错，怎么个不错法？"

于琮毫不示弱："怎么，难不成灵堂之上还想让他比画两下？"

两人剑拔弩张，张议潮的儿子赶紧出来圆场："两位大人喝喝茶、降降火，这时节河西早已下雪了，长安还这么热。"

于琮一甩袖子："茶就不喝了，公主这两天不舒服，我得赶回去照顾，先告辞了。"

张天画自始至终一句话没说，赶紧跟着于琮走。韦保衡让身边的一个跟班跟上，这家伙大概是接了茗玉的班，看着有些眼熟，以前应该见过，但叫不出名字。他跟在张天画身后恶狠狠地说："张天画，真是踏破铁鞋无觅处，得来全不费工夫！我们把长安周边翻了个遍都没翻着你，没想到今天竟然在这儿遇见你，你胆子够大的，还敢回长安。"

张天画故意用蹩脚的河西口音说："兄弟认错人了吧？我们第一次见，实在不懂你说的啥。"

"哼，少装！韦相已经认出你了，你就等死吧！"

于琮转过来没好气地训斥："你个狗腿子，不好好跟着你家主子，跟我干吗？我可没骨头给你。"

那跟班停下脚步，非常邪佞地笑了一下："看广德公主能护你几时，张天画，咱们走着瞧。"

张天画悻悻地回到普王府，于琮说："今天的事情很明显，韦保衡知道你与张议潮的关系，料定你会出现，专门在那儿守你。如今你的行踪已暴露，今后还是少出门。"

张天画心事重重地回到住所，燕雨若来帮他卸装。见他一副要死不活的样子，便宽慰道："你去之前不是已经料到会碰见韦保衡吗？如今真的碰见了，只是在你预料之中，还有什么可难过的？"

他叹了口气："就是因为预料到了才让人难过。无力改变这个预料，除了更清醒地认识到自己太弱小，对手太强大，没有丝毫办法,就像我预料到韦保衡会马上出手,我无力招架只能等死,多绝望。"

她水汪汪的大眼睛骨碌碌转着,闪着狡黠的光:"也不全是绝望啊,我料定韦保衡不会马上对你出手,因为他又顾不上了。"

"莫非你又打探到啥消息了?"他想着不会总这么命好吧,每当韦保衡想对他下手的时候总会遇到事儿,然后自顾不暇,让他暂得喘息。

燕雨若神气十足,高高扬起了下巴,那神情就好像世界尽在她的掌握之下:"也不看看我是谁,论收集情报,放眼整个大唐,我若认第二就没人敢说是第一,否则也不可能在深山老林里找到你。"

她说这话完全没有吹嘘,她绝对是谍报高手。张天画又有了绝处逢生的希望:"说说看,这回韦保衡又摊上啥事儿了?"

"皇上可能近期要去法门寺迎请佛骨舍利,我之所以得出这样的结论,是基于四个原因:其一,皇上放不下同昌公主的死,他想为公主超度亡灵。其二,皇上向来崇佛,去年法门寺地宫发现一尊'捧真身菩萨',他就极想举行迎奉活动,这样的想法也是由来已久。其三,国家现在内忧外患,民间一直流传着佛骨'三十年一开,开则岁丰人和'的传说,所以皇上想迎佛骨消灾祈福。其四,也是最重要的,皇上可能已经病了,只是没有对外公布,他想迎佛骨保佑自己健康长寿。综上所述,他迎请佛骨势在必行,如果皇上真这么决定了,其中有同昌公主的因素在,韦保衡身为公主驸马,肯定第一个被派出去!"

燕雨若的分析有条有理,但迎请佛骨非常敏感,毕竟五十四年前宪宗李纯曾这么做过,可还不到一年就被宦官暗杀了,所以迎请佛骨一直被皇族视为不祥。这事要是在其他皇上那儿,估计会听老祖宗的话不这么干,可今上不一样,什么事发生在他身上都有可能。若真如燕雨若分析的那样,皇上非要一意孤行迎请佛骨,于张天画而言就相当于救命了。

昏聩的皇上也有好处，对张天画来说昏聩，对于韦保衡来说同样也昏聩。

82. 迎请佛骨

就在张天画担心韦保衡何时下手杀他之际，皇上果然提出了去法门寺迎请佛骨，而且正如燕雨若分析的那样，他要派韦保衡去。

此话一出，一石激起千层浪。大臣们纷纷劝谏，最近国家动荡不安，虽平定了庞勋之乱，但元气大伤，再加上北方常年兵连祸结，河北诸藩拥兵割据、赋税自享，朝廷财政已相当困难，迎请佛骨势必造成财政困境雪上加霜，实在没有这个必要。可皇上根本听不进去，骂他们没有远见，佛骨法力无边，只要迎请佛骨入宫，自会保佑天下太平，百姓安康，一切困难都会迎刃而解。双方争执不休，甚至有大臣提到宪宗当年迎请佛骨不久便驾崩的事，但皇上居然拿自己性命回怼："朕在世时只要能见到佛骨，就是死了也毫无遗恨。"

大臣们见皇上决心已下，纷纷摇头叹息，又要干一件劳民伤财的事了。

咸通十四年三月二十二日，皇上下诏派韦保衡率功德使、大德高僧数十人和一批宦官一起前往法门寺迎佛骨。

皇上的执意而为，让这件事变得很敏感，其他几位皇子为博皇上青睐，都申请与韦保衡同去，普王到底去不去？当晚，张天画和于琮、田令孜碰头商量了一下。

田令孜说："去吧！瞧那皇长子李俨，还没当上太子呢，先摆起太子的架子，我最看不惯这种人。咱们殿下虽然年幼，但也是皇子，其他皇子享受的排场，咱一样也不能落下。"

张天画说："还是别去了，本来这件事就受人非议，皇上执意要为，咱们硬跟着去凑热闹也不见得能讨好，还不如避开锋芒韬光养晦。再加上，韦保衡全权负责这件事，他正愁没机会找咱下手，咱主动往跟前凑，不相当于送死吗？离他远点好，越远越安全。"

于琮赞成张天画的看法："我也觉得还是别去了，与其挤在皇上跟前找存在感，不如趁着其他皇子都不在，好好维系和刘行深、韩文约的关系。至于皇长子李佾，依我看不足为惧，他要是真有本事，早当上太子了，也不至于拖到现在，空占着皇长子的高位无所事事。"

一番商量，他们最终决定不让普王去法门寺迎请佛骨。好不容易巴结上的刘行深和韩文约，维系这段关系更重要。

另一端，迎请佛骨的事大张旗鼓地铺开了。皇上不惜"削军赋而饰伽蓝，困民财而修净业"，耗费巨资大造法器，在长安至凤翔三百里的道路两侧广设宝塔、宝帐、幡花、香辇幢盖之类，装饰金玉、锦绣、珠翠等宝物，整条路都金灿灿、明晃晃，迎请的队伍达到了好几万人，除了皇上派的各路官员，更有数万民间信徒，车马往来，昼夜不息，花团锦簇，人声鼎沸。

四月初八，佛骨从法门寺运到长安，入宫仪式极为盛大奢靡，自长安城西边的开远门到皇城西面的安福门之间"彩棚夹道，念佛之音震地"。禁军仪仗队在前护卫引导，民间乐队的音乐声和人群的叩拜声响成一片，点起的蜡烛铺天盖地，绵延数十里。

皇上亲自登上安福门顶礼膜拜，激动得眼泪都流了下来，当场拿出金帛赏赐随行的僧侣和前来观看盛会的老百姓，还颁布"德音"，所有在押囚犯一律减刑一等。文武百官和富商们跟风效仿，大量施舍黄金丝绸等财物。

佛骨在皇宫供奉了三日，转入安国寺、崇化寺，让士庶朝奉。长安从王公贵族到官吏百姓纷纷前往瞻仰膜拜、施舍钱财，有的不惜倾家荡产，整个长安都陷入一种莫名的狂热之中。

皇上看到此情此景，无比自豪地说："在朕的治理下，百姓如此富足，国家如此繁荣，列祖列宗都该欣慰了！"

这皇上一天不干实事，尽想着粉饰太平。为了让天下人说他忠孝，从高祖皇帝到宣宗皇帝的皇陵，他一个一个祭拜，接连拜了十六座，花费不计其数。为了让天下人铭记他的功勋、膜拜他的尊容，他用真金铸了一尊真容像，打算流传百世。为了让天下人说他爱民如子、体恤百姓，他一边迎请佛骨，一边增加赋税来满足穷奢极欲的生活。对他说实话的忠臣，他统统贬谪出朝，留着那些贪婪奸佞，陪他一起自我满足、自我陶醉！

在皇上的穷折腾下，精疲力竭的韦保衡果真没腾出手来对付张天画。一方面是因为皇上的幺蛾子层出不穷，韦保衡疲于应付、自顾不暇，实在没精力跟于琮较量，他觉得反正已经知道了张天画的行踪，不妨先放一放，等有精力了再说。另一方面，自同昌公主过世，韦保衡的荣宠大不如前，稍有疏忽，皇上就百般挑剔，他也每天战战兢兢、如履薄冰，不再像以前那样为所欲为了。

迎请佛骨的事情处理完，皇上对此极为满意。韦保衡也松一口气，打算腾出精力跟于琮较量几个回合，顺道把张天画这个小喽啰收拾掉。可谁知，又有一件事让他不得不暂时放下张天画，而这一放，他就再也动不了他了。

因为，皇上病了。

83. 懿宗驾崩

回想当初迎请佛骨时，皇上曾说"朕在世时只要能见到佛骨，就是死了，也毫无遗恨"，竟然一语成谶。距迎佛骨只过了短短三个月，皇上就病倒了，而且来势汹汹。

前朝后宫随之翻起了惊涛骇浪，因为皇上没立太子，连个监国的人都没有，一旦驾崩，谁登基为皇？

有人希望皇上赶紧好，比起争储的凶险与动荡，更喜欢现在的平稳，皇上虽然昏聩，但好歹有个主心骨，等皇上康复了，再劝谏立太子，国家就能平稳过渡。有人希望皇上赶紧死，天下乱则枭雄出，当不了英雄就当枭雄，说不定还能分得天下一隅。这时的每个人都给自己设定了角色，然后拼命扮演自己的角色。

从皇子来说，皇上有八位皇子，皇长子魏王李俏，二皇子凉王李倛，三皇子蜀王李佶，四皇子威王李偋，五皇子普王李俨，六皇子吉王李保，七皇子寿王李杰，八皇子睦王李倚。皇子们纷纷努力扮演孝子，废寝忘食地伺候皇上，谁都舍不得休息，其实内心真正舍不得的是出局，生怕打个盹的工夫，皇上已经立下太子。因为这个时候皇上最心软、最脆弱，平时对他百分好，他不一定能感动，这时对他一分好，他都能记住，也许因为这一分好，他就能把江山托付给谁。

表面上看，皇子们相互心疼："皇兄，你都几天没合眼了，去休息一下吧，父皇有我看护着，你放心。"

"父皇吃不下喝不下，我心痛得不得了，怎能离开？你莫要再劝了，作为儿女，此时就应该守在父皇病榻前以尽孝道。"

可是，在这兄友弟恭、父慈子孝的背后，有多少是对父亲真心实意的爱？或许也有爱吧，但更多的是对权力的渴求与欲望。

皇子们在病榻前辛苦地伺候，病榻外更是暗流汹涌。择立储君是所有人最关心的问题，不仅关系着国基根本，更关系着个人的生死存亡。大臣们纷纷选择站队，支持哪位皇子就站在哪一队，然后整个利益集团一荣俱荣、一损俱损。嫔妃们联合娘家势力，有儿子的为儿子奔走争取，没儿子的也要站队，如果支持的皇子当了皇上，自己也许还能享受荣华富贵，一旦失败就比较惨了，陪葬或出家都是有可能的。

在皇子中，魏王李佾的支持者最多，他毕竟是皇长子，长幼有序，立嫡立长是传统，尽管没有嫡，但长子也算占了一头，况且他已经成年，相对而言较能担起帝国重任。韦保衡就坚定地站在魏王这一边，与张天画、于琮和田令孜的立场更加对立。

郭淑妃现在老实了，再没了往日的明艳动人，衣着黯淡，面容憔悴，好像时刻都在担惊受怕。她没有儿子，唯一的女儿也死了，现在无依无靠，全部的希望都在韦保衡身上，一心希望他能念及旧情，救她出这个水深火热的皇宫，别让她陪葬或出家，所以她也支持魏王。

在韦保衡的鼓动下，朝中大臣多数都支持魏王，其他诸王支持者寥寥无几，基本成不了气候。韦保衡此时估计心里乐开了花，按这个态势发展下去，魏王登基的可能性极大，他的好日子又要来了。跟懿宗的种种都将过去，与同昌公主的、与郭淑妃的……恩宠也罢，怨恨也罢，都会随着懿宗驾崩封入尘土、一了百了！而即将登基的新王，将被他控于股掌之中，到时李唐天下就由他韦保衡说了算。

韦保衡的如意算盘打得挺好，但张天画他们三个也不是吃素的，运作那么久，该到爆发的时候了。之前因忌惮韦保衡，张天画一直在普王府深居简出，如今天下即将换主，谁还能顾得了他？他开始堂而皇之地公开露面。

他们三个做了精密分工，于琮负责亲王方向，动员广德公主一起说服各亲王，争取在亲王中有人站在普王一边。田令孜负责朝官方向，争取在文武百官中也能有人支持普王。而张天画负责神策军，争取军队支持。

分好工后，三人各自行动，形势紧张得令人窒息。

张天画先去找刘行深，好在之前打下的关系基础不错，刘行深有啥说啥，也不拐弯抹角："普王才十二岁，少不更事，说他勤于政事、孜孜求治，他还没这个本事，说他明察沉断、从谏如流，他还没这个见识，立他为储恐怕难服人心。"

"将军所言极是，但——"张天画意味深长地说，"军心向着谁，人心就会向着谁。乌合之众再多，刀枪都能给他戳成血窟窿，中尉大人的心意才最关键，只要中尉大人支持普王，普王就是新皇，其余那些乌合之众都是腌臜泼才，成不了气候。"

"我支持普王有什么好处？魏王可是允诺我国公待遇。"

张天画说："魏王的允诺有什么稀罕，国公待遇铁板钉钉放在那儿，普王将来也能给，但普王能给的，魏王绝对给不了。"

他颇感兴趣地一抬眼："普王给的什么是魏王给不了的？"

"普王就像一张白纸，将来在上面画些什么，全凭中尉大人心意，岂不更好？这张白纸就是魏王给不了的。"

他猛一抬头，连呼吸都快了几分："一张白纸？"

"对，属于您的一张白纸。"

刘行深大笑着："来人啊，上酒。就为这一张白纸，我们干了此杯。"

张天画顿时觉得一颗心放下了，整个世界清明了："来，干杯！"随着酒入喉，大势已定。

刚放下酒樽，小宦官传话："宰相韦保衡求见。"

"知道了，请韦相先到厅堂。"

韦保衡跟他的路数一样，只可惜晚了一步，只此一步，张天画便占尽优势："中尉公务繁忙，我就不多叨扰，告辞了。"

刘行深心情大好："也罢，我送你出去，顺便迎一下韦相。"

张天画往外走，正好碰见韦保衡，他带了十几个人抬着四五十箱东西，正卖力地往刘行深院子里搬，看见张天画就好像看见了狗身上的跳蚤，嗤之以鼻，然后满脸堆笑地对刘行深抱拳行礼："中尉大人，好久不见，近来可好？"

"托宰相大人的福，一切都好！"两人热络地进了厅堂。

张天画看着那些进进出出搬箱子的人，同样嗤之以鼻。韦保衡以为像普王这样的小毛孩儿，连礼都送不起，不可能得到刘行深的支持，可他根本不懂，正是送不起礼的小毛孩儿才有可能送他一片天下。如今大势已定，他们再奔波也注定白忙一场，送再多的钱也注定是打水漂。

从刘行深这里出来，张天画又到了韩文约处，把刚才的话如法炮制对韩文约说了一遍，果然韩文约与刘行深想法一致："魏王现在说得好听，等他当了皇上，封不封我当国公就不一定了，可普王不一样，若他登基，我就有把握继续说了算。"

"这点您放心，殿下少不更事，您不仅做得了殿下的主，还做得了天下的主！"

韩文约高兴极了："要的就是这个结果。"

从韩文约处出来，又碰到韦保衡，他依然让人搬着四五十箱厚礼，一副胜券在握、有你好瞧的表情，张天画也不理他。凡事表面喊得越凶、成功率越小，反而是那些静如止水、看着没情况的，实则暗流涌动，闷不吭声就把事干了。

按理，皇上生病也不是一两天了，只要他说立储，马上能终止一场动荡，但他偏就不说，仍抱着自己能康复的幻想，生怕大权旁落。直到他病入膏肓，想说也说不出口了。

七月十九日，皇上病情突然加重，局势也变得更加危急，众人都趴在皇上耳边等着安排后事，见皇上终于有些动静了，以为回光返照，赶紧屏住呼吸，没想到他却只连声说了三个"朕"，便带着对皇权的无限留恋和无尽的遗憾撒手人寰，留下一屋子皇子、亲王、大臣，惊愕、哀痛、争斗……

懿宗皇帝就是这样，连死都不负责任，没有把帝国的舵轮交到下一任舵手手里，他一死了之，留下一场皇权争斗的血腥大戏，谁来买单？那真是：

稀里糊涂一闭眼，留给天下一茫然。

兄弟相残争皇权，不惜头断血流干。
王公贵族分派别，文武百官先内乱。
家国根基尚摇曳，黎民百姓怎能安？

84. 立储兵变

"皇上驾崩了！"

咸宁殿内哭成一片，号啕之声快把房顶掀翻。

在哭声的掩盖下，各派别都以各自的方式传递信息。随着一只只信鸽被射死掉落，张天画和刘行深、韩文约一条一条翻看着情报，身后是五千名武装到牙齿的神策军将士。

韩文约焦急地问："咱们还不行动吗？再不动手怕大势已定。"

张天画内心也很焦急，殿内瞬息万变，只有田令孜陪着普王，不会出什么意外吧。"再等等，时机到了一定会传信出来。"

身为宰相的韦保衡此时有权主持大局了，他估摸着哭的时间差不多了，便晃悠悠站起来，悲伤得几近晕厥，哽咽至语不成句，从袖筒里取出一份诏书："国不可一日无君！先皇虽走，但留下遗诏，立皇长子魏王李佾为太子。"

这个结果虽然让一些人不满，但也挑不出毛病，毕竟是皇长子，又有宰相撑腰，纷纷跪下等待听诏。

此时，田令孜一边让陈万全往空中射信号箭，一边冲进咸宁殿，对着韦保衡大喝一声："这份诏书是假的，大家不要听信谣言。"

看到信号箭，张天画对刘行深和韩文约说："两位将军，时机已到，咱们出发！"

韦保衡刚拿出诏书准备宣读，居然被田令孜打断了，他看了看这个在他眼中比老鼠还卑贱的宦官:"你算什么东西,这里哪有你说话的份儿,赶紧滚出去!"

田令孜发疯似的扑到韦保衡身上,拼了命去抢诏书:"皇上不可能立魏王为太子,若是想立早都立了,何必等到现在,你假传圣旨,其罪当诛!"

韦保衡竟不是田令孜的对手,生生让田令孜抢到诏书,他气得大喊:"快把这只疯狗拿下!把诏书抢过来!"众人刚被田令孜的疯狂举动搞蒙了,这才反应过来。

魏王亲自去抢,另让几个大臣去叫护卫。可还不等魏王冲到田令孜跟前,田令孜已将诏书团成一个团塞进嘴里,脖子一伸,咽了。

魏王怒不可遏,大喊着:"反了天了!快拿下这个狗奴才,剖开肚子,把诏书给我取出来!"

刚才出去叫护卫的人颤抖着退进来,一人脖子上架着一把刀,同时进来的还有张天画和刘行深。

韩文约在殿外镇守,张天画和刘行深带着一路人马冲进殿内,整个咸宁殿都被他们控制了,连只苍蝇都飞不出去。

韦保衡不可思议地望着张天画:"怎么是你?"

张天画冷冷一笑:"怎么不能是我?"

士兵们一进咸宁殿,便刀出鞘随时待命。韦保衡一看这架势,瘫软在地上:"完了,大势已去!"

刘行深开始发话,态度十分强硬:"皇上之所以在弥留之际都没有说出立哪位皇子为太子,是因为他早就把立储诏书拟好了,根本不在某个人的手里,而是悬挂在宣政殿的大堂上。为了公平起见,神策军已控制了整个皇宫,所有皇子都不得离开,由亲王恭请诏书方可服众。"

鄂王李润是懿宗皇帝的弟弟,早被于琮说服,神策军支持普王,他又不傻,怎会与大势为敌?于是鄂王李润在神策军的护卫下，从宣政殿取回诏书，不敢私自打开，双手捧回咸宁殿，煞有介事地整理了衣冠，在众目睽睽下打开诏书。

所有人都跪下听诏：

"朕守大器之重，居兆人之上，日慎一日，如履如临。旰昃劳怀，寝兴思理，涉道犹浅，导化未孚。而摄养乖方，寒暑成疠，实有虑于阙政，且无暇于怡神。恙未少瘳，日加浸剧，万务凡总，须有主张。考思旧章，谋于卿士，思阐鸿业，式建皇储。第五男普王俨改名儇，孝敬温恭，宽和博厚，日新令德，天假英姿，言皆中规，动必由礼。俾崇邦本，允协人心，宜立为皇太子，权勾当军国政事。咨尔中外卿士，洎于腹心之臣，敬保予胤，辅成予志，各竭乃心，以安黎庶。布告中外，知朕意焉。"

诏书读完，大多数人都服帖了，魏王却不甘心，明明已设计好所有环节，皇位马上就到手了，怎么能出这种事？他防来防去，收买也好，打压也好，但凡稍有实力的皇子，他都交过手，唯独忽略了这个十二岁小毛孩儿，但偏偏就是这个小毛孩儿颠覆了自己所有的努力。他很想冲过去撕了这个小毛孩儿，但神策军的刀剑让他动无可动。他用祈求的眼神看向韦保衡，韦保衡当然明白他的意思。一切都已无法挽回了，他们的诏书被田令孜吃了，死无对证，普王的诏书已经宣告天下，又有神策军支持，他只能向魏王摇头叹息："罢了，休矣！"

魏王却不听，给三皇子蜀王李佶使了个眼色，那李佶向来是魏王的跟随者，得到示意后开始滋事："父皇为什么要立李俨为太子？若论长幼，他上面有皇长子，还有其他三位兄长，怎么算都轮不着他，若论文韬武略，他才十二岁，怎能振肃朝纲？我不信父皇会下这道诏书。"

此时的田令孜，身份已截然不同，他居高临下地质问："有旨不遵，你是打算抗旨吗？"

李佶边说边站起，十分不羁："如果圣旨是真的，我自然遵旨，可这份圣旨分明是假的，我恕难从命！"

这正是杀一儆百、确立威信的好机会，田令孜大喝一声："抗旨不遵者，杀无赦！"

士兵对田令孜的指令没有任何迟疑，对准李佶的脖子迅速一抹，他血溅当场，把所有对诏书的疑惑都压成了喷涌的血柱，身躯颓然倒地。

李佶好歹是皇子，田令孜说杀就杀，其他人哪还敢出头，吓得吭都不敢吭一声，跪在地上瑟瑟发抖，那魏王更是吓得尿都流了出来。

田令孜狠狠地说："若再有不奉旨者，李佶便是下场。"

张天画给于琮使了个眼色，两人带头叩首："臣遵旨！吾皇万岁万岁万万岁！"

见有人带头，其他皇子和百官纷纷叩首："儿臣遵旨！""臣遵旨！"魏王李佾也在人群中叩首膜拜，再不敢流露出丁点不满。

田令孜此时满面红光，他跪着给普王整理衣裳，激动得泪涕横流。

韦保衡此时呆若木鸡，怎么也想不明白，他用金银财宝都收买不了的神策军，张天画是怎么做到的。那张天画明明是他当替补工具一样提拔起来的奴才，他却怎么都捏不死他，就算把他的亲族全杀光，把长安城掘地三尺，他依然活着，还一步一步活到他眼皮子底下，一步一步打垮他。

韦保衡惊恐地看着张天画，像是在说："怎么是你？"

张天画冷冷一笑，还是那句："怎么不能是我？"

85. 时局变动

当晚，郭淑妃找到韦保衡，惊慌极了："怎么会是李俨那小毛孩儿？瞧瞧他身边的那些人，除了田令孜和于琮，还冒出个张天画，会给咱们好果子吃吗？"

韦保衡憋一肚子火，总算来了个出气筒，他吼道："我哪知道怎么会是李俨，要早知道，我早把那小子杀了，也不至于现在让张天画、于琮和田令孜这些腌臜泼才在我头上拉屎拉尿。我辛辛苦苦谋划，花了那么多钱，吃了那么多苦，到头来屁都没捞着，你还指责我。"

郭淑妃一听这话，立马蔫了，她现在可是最无势力的人，就像水上的浮萍般无依无靠，要想活得好还得仰仗韦保衡。她柔声细语地说："我不是指责你，只是太害怕了，在这个陌生的未来，我不知道该怎么走下去。我看不到光，唯一能握住的只有你。"

她边说边哭，梨花带雨，还小鸟似的往韦保衡怀里钻。若是平时，这副楚楚可怜的模样定让男人心动，可此时的韦保衡自身难保，哪还有心思哄这个老女人。他不耐烦地说："都什么时候了，你还乱跑，皇上已经死了，咱俩都没了靠山，不能再让人抓住把柄，赶紧回去吧，若没其他事，咱俩还是不要见面了！"

"你怎能如此绝情？我是为你才走到这一步的，女儿没了，丈夫没了，现在连你也不要我……"

"话不能这么说，什么叫为我才走到这一步？你女儿是怎么死的心里没数吗？还不是你自己逼死的。"

郭淑妃一听这话，急眼了："是我逼死的？跟你没关系吗？若不是因为她知道了我们的关系，觉得生不如死，怎么可能一心求死？明明只是一个小病，明明可以好的，她却宁愿去死……她可是我唯一的骨肉啊！"

韦保衡一脸鄙夷："啧啧啧，少在这装可怜，当初跟我偷情的时候怎么不心疼她？现在人都死了才说心疼，假不假！"

两人越吵越大声，引来了两个小宦官，一看是这么两个顶天的人物，吓得直哆嗦："淑、淑妃娘娘，韦相，你们……"

"滚！"两人异口同声地喊着。

小宦官吓得转身就跑，两人一想不合适，在这节骨眼上，若再传出绯闻，他俩岂不是往枪口上撞？

韦保衡大喝一声："站住。"

两个小宦官立马停下了脚步："韦相有何吩咐？"

韦保衡和郭淑妃相当默契地抽出匕首，悄悄走到二人身后，一人对准一个，"嚯"的一声给他们抹了脖子，然后一人拖一具尸体，拖进花园埋了。

折腾完也累了，想发的火也没力气发了。两人坐在地上打理着各自身上的血迹和泥土，韦保衡先开口："咱们的处境本来已够危险，现在又摊上两条人命。"

郭淑妃十分不屑地说："不过就是两个狗奴才，有什么大不了？"

韦保衡很无奈地看了她一眼，想这个女人怎么这么疯狂，关键时刻不收敛，若还跟她纠缠，只会被她拖死，得赶紧抽身。他一把将她拉进怀里，在她脸上狠狠一吻："你是从地狱来的妖魔，我还就喜欢你这个妖魔。"

郭淑妃被这突如其来的一吻哄得面若桃花，娇滴滴地靠在他肩头："咱们好不容易清除了身边所有障碍，终于可以长久待在一起了，我可不想还困在皇宫让人欺负，你得想办法把我弄出去。"

韦保衡抚摸着她的秀发："我知道你受苦了，我也心疼你啊，可现在普王即将登基为新皇，他身边的张天画、于琮、田令孜都跟我有过节,我得想办法先渡过这个难关,等平安无事了,自会把你弄出来。我们不顾一切这么辛苦才走到一起,岂有不珍惜的道理?"

郭淑妃既觉得委屈,又觉得欣慰,她拼尽全部来爱的男人,总算没有负她,感动得眼泪直流:"我自毁前程换了你,除了你,我已一无所有。"

韦保衡柔情蜜意地擦着她的眼泪:"别哭了,宝贝儿,你的眼泪让我心疼。"擦都不足以表达爱意,他温柔地吻干她的眼泪,然后抓起她的手放在心口,信誓旦旦地说:"我一定不负你,否则不得好死!相信我!"

郭淑妃用手指轻点他的唇,满眼的感动:"这节骨眼儿上别说不吉利的话,我信你!"

终于把这个女人安抚好了,韦保衡逃一样地离开她。

第二天,普王李俨改名为李儇,刘行深和韩文约以皇帝名义下诏:立李儇为皇太子,监理国政。又过了一天,太子李儇在枢前继皇帝位,他只当了一天太子,便成为李唐王朝年纪最小的皇帝,改元乾符。然后,朝堂开始大换血。

田令孜为枢密使,于琮为太子太傅,张天画为太子少傅,刘行深和韩文约居中执政,封为国公。先前被贬的刘瞻、郑畋被召回朝,刘瞻任中书侍郎、同平章事,郑畋任兵部侍郎,同时被贬的高湘、杨知至、魏纮、张颜、崔彦融、孙瑝等全部平反,官复原职。原本混乱的天下,正在恢复秩序。至于先皇的嫔妃们,永居禁中。也就是说,郭淑妃只能在她的小院儿里养老送终了。

当郭淑妃被几个凶巴巴的老侍女推进冷宫,再将宫门永久上锁的时候,她大概才明白,韦保衡从没爱过她,与她在一起不过是图了一时的新鲜和刺激,她满心期待那个她深爱的男人带她走,去开启他们曾构想过无数次的瑰丽生活,都是她一厢情愿罢了。多么痛的领悟,如今一切都晚了,再也回不去了,她曾经的风华绝代也好,雍容华贵也罢,都将被关进这个破烂冰冷的小屋,从此暗无天日。陪伴她的除了漏雨的房子、透风的窗户和单薄的被褥之外，再无其他。

"骗子，都是骗子。"她喃喃自语着，一双美丽勾魂的大眼空洞无光，仿佛这世间万物再也进不了她的眼。

她不甘心地冲出房间，用力拍打着大门："你们这帮狗奴才睁眼看看我是谁，我是大唐第一宠妃，我女儿是最得宠的同昌公主，我吃饭要用金匙金箸、八人服侍，沐浴要用牛奶，衣裳要用顶好的丝绸……"

可任她再怎么哭喊，再怎么摔、打、拍、砸，除了风声，没有任何回应。她当初把所有一切都给那个男人的时候，就已经注定失去一切，可她又怨得了谁？原本爱她的人，她一个一个伤害，原本美好的生活，她一点一点撕裂，是她的骄纵任性将她推进这万劫不复的深渊，一切都是她作茧自缚，就只能自作自受。

她凄厉地尖叫着："韦保衡，我恨你。"可回应她的连个鬼都没有。

而此时的韦保衡正庆幸着，终于把这个疯女人甩掉了。他曾觉得自己已经够疯狂了，没想到这个女人比自己还疯狂，简直就是玩命的赌徒，当初只为刺激，大家都是同道中人，逢场作戏地玩一玩罢了，没想到她竟缠上自己，怎么甩都甩不掉，还要挟他如果不跟她继续就同归于尽，她也真不自量力，连公主那么年轻美丽又贤淑的女人他都不爱，怎么可能爱这个皮肤松弛还骄纵跋扈的老女人？就让她在冷宫里熬死吧，再别来烦他。最近朝堂上的这些事已够他头疼，实在没有精力陪一个疯女人演戏。

朝堂进行了第一次大换血，以田令孜、于琮、张天画为首的支系开始枝繁叶茂，韦系的势力首先被干掉，其余派系要么向他们示好，要么就是等待被干掉。

刘守城作为韦保衡的嫡系，毫无例外被免了官，钱财全部充公，里面还有当初张天画送他的画，与他有关联的亲人全部被贬为奴，流放西川。张天画不禁想，假如刘青彦知道这个结局，他当初还会不会背叛他。

田令孜提拔了他的人当内侍监，张天画提拔了陈万全掌管尚宫局，还有以前跟他关系好的，都纷纷有了官职。

现在，张天画终于有能力与韦保衡抗衡了，可以与他面对面地坐着，可以在他面前称"本官"，不用再点头哈腰、卑躬屈膝了。以前韦保衡是大树，张天画是蝼蚁，现在韦保衡这棵大树摇摇欲倾，而张天画则是刚刚长成的参天大树，正在春风中招摇。

第一次上朝，面对十二岁的新君，身为宰相的韦保衡竟有些煎熬。朝堂上的文武百官几乎一个声音，所有人都站出来告他的状，有被他害过的，有看不惯他的，还有通过告状表明立场的……以前不敢说的话，现在在新君面前通通说了出来。

此时若是把韦保衡直接拉出去斩了，估计也不会有人觉得不妥，正所谓墙倒众人推，棒打落水狗。

韦保衡微闭着双眼，好像周围的一切都是场闹剧，他看着那些翻脸比翻书还快、表演入木三分的戏子们，超脱到仿佛置身事外。也许他早已看到自己的结局，死对他来说不过就是时间问题，他像一只待宰的羔羊，伸长脊子只待落刀。

眼见韦保衡就要被治罪，张天画站了出来："众卿少安毋躁，此时就给韦相定罪未免太过草率。韦相的功过是非还需御史台细细审查方可定论。"张天画不是不想他死，只是不想他现在死，他还没有把诗琪的下落告知，他还不能死。

于琮顺着他的话说："要给宰相定罪，不是朝堂上吵嚷几句就算数的，有板有眼查清楚才能给众卿一个交代。"

见于琮和张天画都这么说，田令孜便指使新皇下诏，将韦保衡交由御史台审查，其间暂不履行宰相职务。

下朝时，韦保衡灰溜溜靠边走，以前他可是众星捧月的人物，如今却被众人像避瘟神似的避之不及。张天画几个跨步追上韦保衡，迫不及待地问："韦保衡，我问你一件事，你若据实说了，或许我还能念及往日情分留你一命，你若不说，我将亲自取你性命。"

韦保衡用非常嫌弃的眼神看着张天画："你不过是我豢养的野狗，就算下对赌注翻了身，也改变不了野狗的本质。"

随他怎么侮辱，他只想知道诗琪的下落："我妻子李诗琪，你到底有没有抓住她？她在哪儿？"

韦保衡对这个问题来了兴致，他诡异地一笑："你越想知道我就越不告诉你，你不是很想折磨我吗？我也用这个问题折磨你，咱俩谁都别想好过。"

凭张天画对他的了解，他能这么说，肯定知道诗琪的下落，不管用什么手段也要把消息问出来。"你若放了我妻子，咱俩之间的恩怨一笔勾销。"

韦保衡对他勾了勾手指，意思是让他凑过去，然后在他耳边悄悄说："我就不告诉你！"

说完，他大笑着扬长而去："你以为像我这种人会怕死吗？哄三岁小孩呢，咱俩恩怨一笔勾销顶屁用，想要我命的人多的是，你算老几！"

张天画气得咬牙切齿，却想不出个好办法对付他。

张天画现在已经有了自己的府宅，一切都按正二品配置，还是陈万全帮他打理的，豪华得有些过了头。

看着府里崭新的一切，脑子里全是诗琪的身影，想象着她小小的身影各处奔忙，见到他回来，像雀儿一样跳跃着钻进他怀里……他伸手一抱，却是空的。

是啊，他把诗琪弄丢了。他颓然坐下，韦保衡到底抓住她了没？她现在到底在哪儿？

韦保衡说对了，这个问题果然折磨他！

忽然一只手搭在他额头上："啧啧，你发烧了知道吗？"

好软的手，他一把握住："诗琪，你终于回来了。"

"你烧糊涂了吧？我是燕雨若。"

他定睛一看，果然是燕雨若："你怎么来了？"

"来看看你呀，我若不来，你病了都没人管。"

她扶着张天画进房间，端来一碗药，张天画喝下便睡了，梦里全是诗琪在照顾，又是喂粥，又是喂药，忙得转来转去。等他再醒来，只见燕雨若趴在床边睡得正香，原来他在梦里看到的影子全是燕雨若。

张天画一有动静燕雨若就醒了，又试了试他的额头："总算降下来了，你足足烧了三天，身上都能煎鸡蛋了。"

他看了看燕雨若，除了看到欣喜之外，还看到她眼中闪烁着羞涩。经历了这么多，他怎会读不懂这种眼神，这是少女动情时的眼神。她对他动情了。

可他不能回应，他有诗琪，她还在某处受苦，等他去解救。"谢谢你照顾我，以后这些事交给下人做就可以。我已经好了，你辛苦这么多天，赶紧回去休息吧。你一个大姑娘总待在我这里不好。"

燕雨若没想到辛苦照顾这么多天，他病刚有起色，不仅没有感激，反而一脸的油盐不进，她心里难免委屈："逃亡的时候咱俩也一直在一起，你怎么不说我是个大姑娘？如今好日子来了，却说起了避嫌的话，你这是过河拆桥！"

燕雨若对他有恩，把他从茗玉眼皮子底下救出来，陪着他从落魄的亡命之徒一路走来……就因为有恩，更不能耽误她："随你怎么说，赶紧回去吧！"说完便转身睡下，用被子把头一蒙。

"你，真是头不识好歹的倔驴！"她气呼呼地跑了。

燕雨若是个好姑娘，如今新皇登基，于琮得势，她完全有机会让广德公主指一门好婚事，他怎能忍心耗费她的感情？

经历了一场又一场生死，爱恨纠葛，他还有什么看不清、放不下？只想执一人手到白头，上天为什么就是不给他机会，非要把他的爱人夺走。

86. 见夏侯辰

张天画一病便是几日，看他的人络绎不绝，他都没让这些人进门，唯有于琮来，两人好好聊了聊。

"你把雨若那丫头怎么了？从你这儿回去，她就吃不下睡不着，硬把自己折腾病了。这下好，你在这边病着，她在那边病着。"

跟于琮打交道了这么久，一起合作干了件顶天的大事，张天画对于琮除了有恩人之情，还有战友之谊，他们之间有啥说啥："雨若是个好丫头，只是不该喜欢我，你也知道我的情况，我已有妻子，我妻子正等着我去救她，我每天心急如焚，怎么可能撇下她再娶一个？前两天我问过韦保衡，他虽不说是否抓住过我妻子，但他当时是那种邪气的神情，以我对他的了解，诗琪就在他手里，绝对错不了。"

于琮叹了口气："为了找诗琪你都快魔怔了。既然怀疑诗琪就在他手里，等你病好了去抄他家，把他家翻个底儿朝天，看能不能找到诗琪。只是你要考虑清楚，找到诗琪自然最好，倘若找不到呢？总得做最坏打算，难道你这辈子就这么一直单着？"

"我知道你是为我好，但我现在真没有这方面的心思，只想把韦保衡碎尸万段，把他家掘地三尺。"

"这有什么难，丧家之犬只管打，他没有丝毫还手之力。"然后冲着张天画笑了笑，一脸诡异，"你和燕雨若还真是一对冤家，执着起来一个样儿。我料定你俩的故事不会这么简单，不信走着瞧。"

"你就别再看我热闹了，有工夫劝一劝雨若，给她许个好人家才是正事儿。"

"我可不干这种事，她对你用情至深，我们把她许给别人，先不说她从不从，这也是害了别人呀！你就别瞎操心了，一切顺从天意，不是你的强求不来，是你的躲也躲不掉。"

说完他大笑着离去，留下张天画在床上大喊着："你这是什么意思？看热闹不嫌事儿大吗？"

于琮走后，府上又来了一个人。这个人简直让他喜出望外，正是他的大师兄夏侯辰。他以为李云彰这一脉全在河西遇难了，没想到夏侯辰还活着。

往日种种在心头涌起，两人竟都有些哽咽："大师兄，你还好吧，师父师娘他们怎么样？"

他终是忍不住流下泪来："除了我，他们都走了。"

夏侯辰讲起了事情经过：

"初到河西时，一切都还顺利，师父除了政事之外，经常带我们去敦煌莫高窟参学，那里自东晋乐尊和尚首开窟以来，历朝历代都在兴建，从皇帝到百姓，从王侯将相到达官显贵，很多人都在那里供养佛像，那里真是研究绘画的艺术殿堂。那里有个叫了清的和尚，参禅悟法之余也帮有缘的供养人画壁画，因他说认识你，还欠你一个人情，我们便格外亲密。"

他讲到这儿，张天画极力回想，在记忆深处，好像有那么一个身影，清新脱俗、不染尘埃，当年正云游参学，路过他家，他省了两天口粮给他当斋饭，没想到他竟记了几十年，更没想到他竟然在敦煌莫高窟，还跟李云彰相识。

夏侯辰继续讲，大家对这样平静的生活很知足，谁知还是躲不过远在长安的算计。韦保衡对他们下了死手，在饮食中投毒，为防不死，又截取喉部三寸喉管，以此验证必死无疑。李云彰和李夫人他们既中毒、脖子还挨了刀，连副全尸也没留下。李云彰那么善良，为人清正，爱民如子，从没干过一件缺德事，竟得得这么冤枉、这么惨。每思及此，他都恨得牙痒痒，恨不能把韦保衡剥皮抽筋。

夏侯辰哽咽着语不成声，说他之所以没死，是因为当时正巧在了清和尚那里研画，所以才幸运地躲过一劫。他很想报仇但无从下手，得知长安这边李正辉死了，张天画的府宅被烧了个干净，所有下人也都死了，他便认为张天画和诗琪可能都没逃过，加之张天画隐于普王府这段时间没有任何消息流出，他更加确定他们这一脉全死了，只留下他一个人，他每天都在浓浓的恨意中煎熬。没想到苍天有眼，老皇上一死，新皇上登基，张天画重新出现，而且还成了辅佐新皇登基的功臣，被封为太子少傅。收拾韦保衡已不是奢望，他便日夜兼程赶过来，一是看看张天画，把李云彰的死交代清楚，其次便是要和他一起手刃韦保衡这个仇敌，祭奠李云彰和李夫人的在天之灵。

夏侯辰还讲起了当初离开长安，就是被韦保衡逼的，他早就感觉韦保衡与郭淑妃关系不正常，不愿与他们狼狈为奸，坑害无辜，没想到他俩这么丧心病狂，不仅气死了同昌公主，还以此为借口打压朝臣、排除异己，造成一系列冤假错案。

了解了事情的来龙去脉，张天画说："韦保衡多行不义必自毙，我不会让他活太久的，既然你已回长安，不如就留在我身边，给我帮把手。"

夏侯辰却执意不肯："当初既然跳出这个圈子，就不会再跳进来，我对李唐王朝已经失望透了，上梁不正下梁歪，即使除掉一个韦保衡，还会有田保衡、朱保衡，无穷尽也！我要去濮州濮阳，那里有个王仙芝，以前是个卖私盐的，为了抗拒官府查缉，四处拜师学了一身好武艺，江湖上都说他是个英雄好汉，他自称天补平均大将军兼海内诸豪都统，如今跟随者云集，我想去他那里看看，到底是不是真如传言所说的没有欺凌压迫、均分天下富贵。"

贩私盐的王仙芝？这让张天画想起了黄巢，那个被他从平康坊救起的落榜考生，也是贩私盐的，也是满口均分天下财富，不知道他俩认不认识，若他们合起伙来，说不定还真能干出惊天动地的大事。

夏侯辰反复说杀了一个韦保衡，还有田保衡，他含沙射影指的就是田令孜。新皇是田令孜一手带大，对田令孜相当信任，加上新皇只有十二岁，还是个什么都不懂的孩子，所有事全凭田令孜做主，现在田令孜权倾朝野，有些事做得也不妥当，毕竟读的书不多、眼界也有限，但他绝对是对皇上最好的那个人。

夏侯辰听张天画为田令孜辩解，便知他与田令孜交情颇深，不再评论当下时政，只等着杀韦保衡报仇。

87. 倾覆宰相

张天画得的这场风寒足足拖了半个月。

半个月后，他病好了，也开始着手收拾韦保衡。像他这么坏的人不能死得太痛快，得先受尽凌辱，折磨够了再让他死。

权力真是个好东西，只要你敢想，权力就能帮你实现，怪不得人人都争权夺势，站在权力巅峰，掌握他人生死的感觉真好。

皇上先下了一道圣旨，贬韦保衡为贺州刺史，家财充公，包括同昌公主结婚时皇上赐的那些珍宝，全都又搬回国库。抄他家时，张天画和夏侯辰都去了，里里外外上上下下搜了个遍，没有找到任何关于诗琪的蛛丝马迹，又把他家里所有人都严刑拷打了一遍，也没人能说出个一二三，难道关于诗琪的信息只有韦保衡一人知道？

韦保衡往贺州赴任，他的待遇比路岩有过之而无不及，石块瓦砾打得他头破血流，仅老百姓的唾沫就让他衣服湿了一大半。城门口，张天画和夏侯辰正等在那儿，韦保衡一副高傲不可一世的样子："野狗就是野狗！爬得再高，见到主人还得摇尾乞怜。"

夏侯辰二话不说，一拳砸在他脸上，他扭头啐了口血："有本事就打死我，我还乐得个轻松。"

"打死你还嫌脏了我的手，你以为你还能活多久？我就慢慢地玩你，玩死你！"然后对他又是一阵拳打脚踢。

韦保衡也不还手，像摊烂泥一样任他折腾。眼见再不停手就要打死了，张天画拦住夏侯辰："行了，留口气儿让他上路。"

韦保衡被打得半天爬不起来，张天画掐住他脖子，问："我妻子李诗琪到底被你藏哪儿了？若不说，我有的是办法折磨你。"

韦保衡冷笑一声："你这么想知道？那就赶紧请道圣旨让我死，死之前告诉你。哈哈哈……"

张天画气得一把将他推倒在地上，然后叫来六个壮汉，叮嘱他们："韦大人此去贺州路途遥远，你们好好操练，记住，两天练一次，一定要留口气儿。"

"遵命！"

与此同时，被贬为西川节度使的路岩在新皇手里再贬为新州刺史；路岩接到圣旨刚出发，皇上又追一道圣旨，削除他所有官爵，改为流放儋州，几天后又一道圣旨，勒令他自尽，家产全部抄没，妻儿充为官奴。

路岩死后，韦保衡大概看到了他的未来，已经到了贺州，却不急着接官印。果然不出两天，皇上就下了道圣旨，将他再贬为崖州澄迈县令。

张天画一直琢磨着韦保衡临走时的那句话，请道圣旨让他死，死之前告诉他诗琪的下落。他说了一辈子假话，玩了一辈子算计，莫非这句话是真的？

张天画不敢拿诗琪的安危做赌注，抱着一线希望，给田令孜打了个招呼，向皇上要了道赐死韦保衡的圣旨，带着夏侯辰去追韦保衡了。

韦保衡还没出贺州，他们便已经追上。

张天画坐着船在江上，命人将韦保衡带来。他和夏侯辰边喝茶边等他，不一会儿他被那六个壮汉提了过来："跪下！"壮汉命令他。

"我不跪野狗！"

"放肆！"两名壮汉一人踢他一条腿，硬是把他踢着跪下，然后摁住他不让动。

张天画看韦保衡鼻青脸肿，浑身是伤，衣服破破烂烂的，人也消瘦了好几圈，便拿出六块马蹄金放在桌上，对那六个壮汉说："活儿干得不错，这是赏钱。"

壮汉们个个眉开眼笑："多谢大人！"

张天画一手捏住韦保衡的脖子，指甲都掐进肉里："我是来给你痛快的，你不感谢我？"

"哈哈哈，"他大笑着："你不是来弄死我的，你是来听我说李诗琪下落的，怕我死了，就再也找不到你妻子。"

不可否认，韦保衡真的是这世上最了解张天画的人，可如今他是大树，韦保衡是蝼蚁，他能轻易捏死韦保衡，韦保衡又能奈他何："没错，我就是来听我妻子消息的，你说吧，说了我就给你个痛快，否则这一切折磨才只是开始，我有的是花样慢慢折磨你。"

他冷笑着，似早已置生死于度外："千万别给我提折磨人，若论心狠手辣，你可比我差远了。"

"少啰唆，你到底说不说！"

"线索就在我身上，等我死后，你在我的尸体上找吧！"

"少给我来这套，我不要线索，你清清楚楚、明明白白地据实说，我妻子在哪儿！"

他昂着头，高傲得不可一世："你以为我想死，凭你能拦住我吗？我好歹还是朝廷命官，等的是皇上的一纸诏令，现在诏书到了，我便光明正大地奉旨赴死。不过就算我死了，照样能折磨你，还记得兰香苑的苏婉吗？你的女人一个一个都落在我手里，这算不算宿命？哈哈哈。"

张天画本来因急寻诗琪下落久而不得，憋着一肚子火，现在韦保衡又跟他提起苏婉，更是气得咬牙切齿。几句恶狠狠的话正在心中酝酿，还没说出口，夏侯辰已拔出佩剑，在他脖子上划挑而过，差点将他的头割掉，他邪笑了一下，倒在地上没了动静。那抹邪笑，成了他留给这个世界的最后语言。

张天画着急地指责夏侯辰："师兄，他还没说出诗琪下落，你怎能动手杀他？"

夏侯辰斩钉截铁地说："他不会说的！你已被他折磨这么久，还没摸清他的套路？他就是利用你的软肋一次又一次折磨你，若不来个干脆，你俩消磨十年都不会有结果，杀了他，于你也是解脱。"

韦保衡死了，脖子下流出一摊血，他的头就躺在血泊里一动不动。任他出身高贵、满腹经纶，曾得皇上青睐，任他英俊潇洒、风流倜傥，曾让母女迷情，也任他野心勃勃、独断专行，曾让百官俯首，如今都成了一堆死肉，倒在血泊里。这个权倾朝野的宰相、不可一世的驸马、心肠歹毒的狂魔……就这么死了。

夏侯辰用刀截取他喉部三寸喉管，他说当初师父师娘死时就是这般，他只是用其人之道，还治其人之身。

韦保衡曾说诗琪的线索就在他尸体上，张天画去翻找，果然在腰间有个裹着黑布的东西，打开一看，竟是把匕首。

看到这把匕首，张天画的脑子"轰"的一下，这正是当初他和诗琪在山中逃命，他将她打晕，为防野兽咬她，亲手放在她手里的那把匕首……韦保衡果真知道诗琪的下落！

张天画继续翻找，还有一个信封，拆开一看，里面是一幅佛像，看笔迹是韦保衡亲自画的，除此之外再无其他。他画佛像干什么？像他这么歹毒的人，有什么资格画佛像！张天画一气之下把佛像撕得粉碎，然后扑上去摇晃他，疯狂地摇晃，歇斯底里地大喊着："韦保衡，你到底把诗琪藏哪儿了？"

可任他怎么摇，韦保衡都不会回答了。又让他说对了，即便是死，他依然能折磨他。

88. 天下之大

大仇得报，张天画和夏侯辰祭奠了李云彰等人，然后他俩大喝一场，醉得酣畅淋漓："师父师娘的仇终于报了，还有二师弟崔跃成的仇，李正辉的仇……都结束了。师弟，是你把韦保衡一步步推下神坛，最后由我亲手杀掉的。痛快！还是你有本事，师兄敬你！"

"师兄别这么说，韦保衡作恶多端，墙倒众人推，凭我一己之力也不可能撼动他。"

"所谓众人，还不是你们那几个权力中心说了算。"

说到这儿，张天画刚好再表达一下挽留之意："如今我跻身权力中心，可以给你丰官厚禄，你再考虑一下，留下来帮我吧，有了权力，你所有的想法都能变成现实，我们一起干番大事。"

夏侯辰说："你给我丰官厚禄我相信，可若说一起干大事，我看也未必能成。那田令孜绝不是省油的灯，皇上登基已有一段日子了，他天天带着皇上吃喝嫖赌，除了正事一件不干，这个人心思邪乎着呢。"

夏侯辰说的有道理，最近这段时日，张天画对田令孜也颇有意见。皇上才十二岁，正是学习成长的重要阶段，田令孜却变着花样让皇上玩，想方设法占用所有时间。皇上身边不是陪玩的宦官，就是教玩的优伶，朝臣们很少有机会能见皇上。他和于琮每提及此，田令孜便借口皇上小时候太可怜，想弥补他童年的不幸，毕竟皇上现在还只是个孩子……诸如此类。若偶尔玩一两次，谁都能理解，可天天如此荒嬉无度就不合适了，不学习怎能进步？不接触朝政将来怎能担起国家重任？这些话刚开始说时，田令孜还解释几句，说得多了他便厌烦，依然我行我素，现在连张天画和于琮想见皇上都难。

张天画有些感慨："有些人，走着走着就变了，有些情，走着走着就淡了。"

夏侯辰说："不是人变了，而是本性使然。要知道一个人的本性如何，权力是最好的试金石，一试便知。以前你觉得田令孜好，是因为他无权无势，现在大权独揽，尝到了权力的滋味，恐怕巴不得皇上一直弱小，他就能一直当这个国家的主人。这家伙的心思绝不单纯，不信你看着，他比那韦保衡有过之而无不及。"

张天画以前生活在社会最底层，从没想过皇上每天干什么，因为他不在这个位置上。可如今他是太子少傅，有责任去教育引导皇上，不能辜负了他的职责，不能任田令孜裹挟着皇上为所欲为。况且，他和于琮联起手来不见得斗不过田令孜。也许塑造一个好皇上才是终止这个乱世的最小代价，正如他当初拉拢刘行深和韩文约时所说的，皇上还是一张白纸。

夏侯辰还是走了，他不相信这个时代还有救，不相信终止乱世的会是现在这个小皇帝。他说长安目前虽然安全，但天下已大乱，作为政治和经济中心的长安，又岂能独善其身？覆巢之下无完卵，毁灭之火一旦燃烧，很快就会蔓延到长安。他要去找新的希望，能让心中公平正义的种子生根发芽的希望，也许这希望是王仙芝，也许是黄巢，也许另有其人。

随他去吧，乱世之中便是如此，各找各的门路安身立命，合则聚，不合则散，也许有一天，他们还会再见。

张天画如今位高权重，把之前有心无力的事通通干了一遍，该轮到为苏婉做些事了。当时在乱葬岗，张天画只留了她的一件外衫，如今就用这件外衫给她修个衣冠冢。

正如当初所愿，这个衣冠冢修得相当豪华气派，把他对苏婉的爱和亏欠都化成金钱，陪葬在这座墓里。她生前享尽奢华，死时却那般悲凉凄惨，被抛在乱葬岗……苏婉是他此生第一个用心去爱的女人，孤魂野鬼当久了，终于可以风光一回。墓碑是张天画亲自题写的"苏婉之墓",落款是"夫"。

站在苏婉的墓前,张天画感慨万千,苏婉的仇报了,李云彰和李夫人的仇报了,桂林八百戍兵的仇报了……韦保衡死无全尸,可他们之间这么多的恩怨纠葛,纵使他死了都没能结束。

他到底把诗琪藏哪儿了?除了用一把匕首说明诗琪曾在他手里,其余都不知,世界这么大,他要去哪儿找他的诗琪啊?

忽又想起苏婉曾让他画的地藏王菩萨,当时他总画不好,苏婉说他还没有悟到佛的本质,佛是温暖的归宿,而不是居高临下的官僚,好人也好,坏人也罢,皇帝也好,乞丐也罢,英雄也好,妓女也罢,都可以温暖地回归。

那真是:

> 世人都晓有权好,唯把公心立不了。
> 今日钻营谋虚位,他日入狱全没了。
> 世人都晓有钱好,唯把德行立不了。
> 挥霍潇洒处处欢,吃苦受累谁见了?
> 世人都晓美色好,唯把真心付不了。
> 有利日日说恩情,无利又随人去了。
> 世人都晓富贵好,唯把修身错过了。
> 生前亲朋呼满席,一抔黄土全散了……
> 回不去的放下,拿不起的随他,
> 心若了无牵挂,何处不是天涯?